악마는
법정에
서지 않는다

변호사
고진
series

악마는
법정에
서지 않는다

도진기 장편소설

황금가지

차 례

프롤로그

"남편을 죽여 주세요."

여자가 말했다.

고진은 고개를 떨구고 담배를 찾았다. 담뱃갑에서 한 개비를 꺼내 입에 가져가다 말고 여자의 얼굴을 한 번 더 바라보았다. 살인 운운하는 말이 나오리라고는 도무지 상상할 수 없는 조그만 입술이었다. 엷은 화장으로 더 빛나는 희고 맑은 피부를 보면 42세라는 나이가 믿기지 않는다. 겁먹은 듯 큰 눈은 보호하고픈 욕구를 불러일으킨다. 살짝 고개를 돌린 여자의 이마에서 코로 흐르는 선은 마치 예술가의 붓에서 탄생한 것 같다. 여기에 만약 젊음까지 더해졌다면 고진은 그녀 앞에서 제대로 숨쉬기조차 어려웠을지 모른다.

무척 아름답지만, 손톱으로 한 번 긁으면 금방 찢어져 버릴 것 같이 얇은 실크. 하지만, 이 여자는 정말 오랜 세월 손상을 입지 않았군.

고진은 살인이라는 단어의 무게를 잊고 잠시 감상에 빠져들었다. 미녀를 앞에 두고 본론을 잊어버리는 고진의 나쁜 버릇을 알지 못하는 여자는 그가 망설인다고 생각했는지 옆자리에 놓인 핸드백에서 흰 봉투를 꺼내 고진 앞으로 밀었다. 음식이 치워진 빈 테이블 위에 여자의 희고 가는 손이 올라왔다.

고진이 봉투를 열자 빳빳하고 흰 종이가 나왔다. 수표였다. 0이 몇 개인가를 세어보지 않아도 최소 몇천만 원 단위 이상의 거액임이 분명했다. 고진의 손 움직임이 멈췄다. 손가락에 낀 담배에서 연기가 홀로 피어올랐다.

"이런."

고진의 입술에서 탄식 비슷한 말이 새어 나왔다. 여자는 감탄으로 들었을까.

"원하신다면 추적이 되지 않는 현금으로 바꿔 드릴 수도 있어요."

여자가 고진의 눈치를 살피며 말했다. 그녀가 굳이 일식집 구석방을 고집한 이유가 이것이었나.

담배 연기를 마신 여자가 조그맣게 기침을 했다. 고진은 한 모금밖에 빨지 않은 담배를 비벼 껐다. 이어 봉투를 앞으로 밀어 놓고 팔을 들어 곤란하다는 몸짓을 해보였다.

"뭔가를 잘못 알고 오신 것 같은데요. 저는 살인청부업자가 아닙니다."

오늘 처음 만난 이 아름다운 의뢰인은 고진에 대해서 뭔가를 잘못 전해 듣고 온 것이 분명했다.

"살인청부업자가 아닌 건 알고 있어요. 변호사시잖아요."

"그런데 왜?"

"'죽음의 변호사'라는 별명을 갖고 계신 고진 변호사님 아니에요? 합법을 가장해 사람을 죽일 수도 있으신 걸로 알고 왔습니다만……."

고진은 "와." 하며 허리를 뒤로 젖혔다.

"제가 좀 안 좋은 별명들을 갖고 있습니다만 그중에 죽음의 변호사란 별명은 없습니다. 당연히 청부를 받아 누굴 죽이거나 하는 일도 안 하고요."

고진은 그러다가 혼자 피식 웃었다.

"하긴 지난번엔 누군가가 '뒷골목 변호사'라고 부른 일도 있긴 했어요. 그분도 여성이었죠."

"혹시 액수가 적어서 그러시는 거라면……."

고진은 황급히 손을 내저었다.

"아닙니다. 누군가가 잘못된 소문을 낸 모양이네요. 솔직히 합법적으로 사람을 죽이는 일도 가능합니다. 하지만 저는 하지 않습니다."

여자의 얼굴이 일그러졌다. 그럼에도 여전히 아름다웠다. 어느새 눈가가 빨개졌고 눈물이 그렁그렁 맺혔다. 여성 앞에서는 아주 예외적인 경우를 빼고는 단호한 태도를 취해선 안 되지만, 고진은 지금이 그 예외적인 경우라고 판단하였다. 그럼에도 왠지 자신이 잘못한 것 같은 기분에 사로잡혔다.

"그러면 혹시 그런 일이 가능한 분을…… 소개해 주실 수는 없나요?"

고진은 자신이 뱉은 말을 후회했지만 어쩔 수 없었다. 여자는 마치 고진이 유일한 구명줄을 쥔 사람인 듯 간절한 눈으로 바라보았다. 부탁을 들어주고 싶은 유혹에 빠지게 만드는 눈빛이었다. 고진의 머릿속에 얼핏 이탁오라는 이름이 지나갔다. 거의 불가항력적이고, 반사적이었다. 또 다른 이름도 떠올랐다. 김진구. 아니, 그 친구라면 살인은 하지 않을 것이다. 고진은 머리를 흔들어 그 이름들을 지웠다.

"글쎄요, 그런 사람은 모르겠네요."

여자는 잠시 곤혹스러운 얼굴을 지었다가 이내 처음 만났을 때의 차분한 표정을 회복했다. 글썽이던 눈물은 어느새 말라 있었다. 아마도 이 표정이 평소에 늘 쓰고 있는 아름다운 가면일 듯싶었다. 오늘 고진에게 보여 준 얼굴은 조개가 살을 내비치듯 잠깐 드러낸 모습이 아닐까. 여자는 봉투를 도로 백에 집어넣으며 눈을 내리깔고 말했다.

"오늘 제가 너무 바보 같았네요."

"아닙니다. 그리고 걱정 마세요. 전 의뢰인의 비밀을 지키지만 의뢰를 하러 오신 분의 비밀도 지키니까요."

여자의 입가에 웃을 듯 말 듯한 미소가 새겨졌다. 수줍음이 사라진 시대, 그 조그만 웃음에는 세파에 찌든 남자의 마음을 잡아끄는 기묘한 매력이 있었다. 고진도 물론 그런 종류의 매력에 열광하는 인파에 들어갈 것임에 틀림없다. 위태로운 경계선까지 걸어가 버린 이성을 되부르듯 고진은 머리를 가볍게 흔들었다. 그는 남자들이 흔히 빠지는 함정을 떠올렸다. 미추(美醜)와 선악(善惡)은 분명히 다르다. 하지만 여자의 아름다움은 그 자체만으로 반대편에 서 있는 사람이 나쁜 놈이라고 무작정 믿게 만드는 힘이 있다. 그 사실을 모르는 여자는 없다. 그리고 자신이 아름다우면서 아름답다는 사실을 모르는 여자는 더더욱 없다.

고진은 여자에게 '이유'를 묻고 싶었지만 끝내 입을 다물었다. 묻는다면 의뢰를 받아들여야 한다. 남편을 죽여 달라는 살인 의뢰를.

"죄송했어요. 계산은 제가 할게요."

여자는 서둘러 일어섰다. 육체가 이룬 곡선에 블라우스와 스커트가 빈틈없이 휘감겨 들어갔다. 그녀는 마치 쫓기는 사람처럼 방을 나섰다. 곧게 뻗은 다리였다.

그녀의 뒷모습을 보지 않기 위해 고진은 무진 애를 써야 했다.

제1장

　80년대 대학가에서는 그들의 낮과 밤, 겉과 속을 상징하는 두 종류의 노래가 불려졌다. *사랑도 명예도 이름도 남김없이 한평생 나가자던 뜨거운 맹세…….* 대낮 하늘에는 짱돌과 최루탄이 교차했다. *난 네가 좋아하는 일이라면 뭐든지 할 수 있어…….* 외딴 밤 바닷가에 모여든 외인구단 루저들은 지옥 훈련을 견디며 저마다의 청춘을 거머쥐려 했다.

　모든 것이 심각했다. 가벼움은 구석에 내몰려 숨도 쉬지 못하고 있었다. 어떤 감정에 관해 이야기할 때, 처절하기까지 하지 않으면 그건 감정이 아니었다. 인간의 눈은 분명 총천연색을 보도록 되어 있건만 80년대를 떠올리면 늘 세피아 톤으로 바래져 있는 건 무슨 까닭인지.

　소비에트 연방이 속절없이 무너져 내리며 인류의 거대한 실험이

12

불현듯 막을 내렸고, 90년대가 열렸다. 압구정동 오렌지라는, 단군 이래 처음 보는 종족이 생겨나 여전히 한 손에 짱돌을 들고 있던 사람들을 어리둥절하게 만들었다. 이데올로기에 홀려 보잘것없는 청춘을 보냈던 이들은 훗날 386이라는 이름으로 불리며 명줄을 이어갈 준비를 했고, 사상의 투망을 아슬아슬하게 피한 첫 행운의 주인공이 된 신세대는 서태지와 아이들에 열광했다. 그럼에도 아직 80년대식 리얼리즘의 잔재는 어디에나 있었다. 누군가는 여전히 F학점과 막걸리를 낭만의 훈장으로 자랑스레 내밀었고, 또 다른 누군가는 군대에서 개털 신세가 되어 복도에 뿌려진 하사관의 토사물을 치웠다. 신념이 빠져나간 공백 지대에 선 사람들은 포스트모더니즘이란 이름으로 이 혼란을 설명하려 했다.

일체의 진지함을 비웃으며 등장한 1990년대는 어쩌면 10년 뒤에 도래한 밀레니엄보다 더 중요한 분기점을 만든 시대일지 모른다. 이제는 어서 응답하라며 리콜하는 어떤 드라마의 소재가 되어 추억샘을 자극할 만큼 흘러가 버린 그 시절의 한때, 같은 하늘 아래 이름 없는 청춘들도 그들만의 시대를 흘려보내고 있었다.

서울 강북 어느 대학의 운동장에서는 막 때 아닌 달리기 시합이 벌어지려 하고 있었다. 어둑어둑했고, 찬바람이 불었다. 멀리 도서관의 불빛이 건너다 보였다. 네 명의 남자가 트랙의 출발선상에 섰다. 추리닝 아니면 티셔츠에 청바지나 면바지. 복장은 제각각이지만 날씨에 걸맞지 않게 조금 추워 보이게 입었다는 것만은 같다. 신발은 모두 운동화다. 낙엽이 구르다 그들의 발치에서 바스러졌다.

"이건 유치한 짓거리야."

임의재가 못마땅한 표정을 지으며 말했다. 하지만 그의 발은 의지를 배반하고 새 나이키 운동화를 신고 있다.

"여왕벌 분부라면 따라야지, 별수 있어?"

남궁현이 허리를 숙여 무릎을 꾹꾹 눌러 댔다.

김명진이 까르르 웃었다.

"자식들, 빨랑 시작해라. 왜 한 입으로 두말이야."

신창순은 서울말을 부산 억양으로 내뱉으며 양손으로 임의재와 한연우의 등을 툭 쳤다. 얼굴에는 조급한 열기 같은 것이 떠올라 있다. 넷 중에 가장 작고 깡마른 몸인데 무슨 자신감인지 알 수 없다. 등을 떠밀린 한연우가 말했다.

"너나 나중에 딴소리하지 마. 말발로 우겨봐야 소용없어."

"물론. 지금부턴 계급장 떼야지."

신창순이 대꾸했다.

"오빠들, 빨리 하기나 해! 추워!"

앳된 얼굴의 김해나가 잔디 위에 웅크리고 앉아 짜증난다는 듯 소리를 빽 질렀다. 대학 1년생의 눈으로 보기에도 이 해프닝이 적잖이 한심했나 보다.

"해나야, 서둘지 좀 마. 오빠들 몸도 풀어야지."

김명진이 동생에게 말했다. 그녀는 남자들 옆에 서서 조그맣게 두 주먹을 말아 쥐고, 파이팅을 외쳤다. 눈웃음이 번졌고, 입꼬리는 장난스럽게 말려 올라갔다.

불문학과 4학년인 김명진의 온몸에서 청춘의 발랄함이 발산되고 있었다. 크고 또렷한 눈망울엔 미래에 대한 흔들림 없는 믿음이 깃들어 있는 것 같다. 이마에서 콧날까지 물결처럼 흘러내린 선, 석회처럼 하얀 피부, 부드러운 턱. 눈 옆까지 차분히 내려오던 머리카락은 어깨 근처에서 풍성하게 물결쳤다. 무릎까지 내려오는 스커트에 꽉 끼는 블라우스, 짧은 밤색 외투를 입었다. 남자들을 부를 때 명진은 당시 유행하던 호칭인 '형' 대신 '오빠'라고 했는데, 조그만 입술이 가볍게 터지며 나오는 그 울림은 남자를 못 견디게 만들었다. '보는 것이 믿는 것이다'라는 말이 있는데, 명진에 관한 한 '보는 것이 사랑하는 것이다'라고 해도 좋았다. 명진을 본 남자들은 모두 그녀를 좋아했다.

남궁현, 임의재, 한연우, 신창순 네 사람은 불문학과 입학 동기였다. 2학년을 마치고 약속이라도 한 듯 군대에 입대해 3년을 복무한 후 3학년에 복귀한 복학생이었다. 80년대 막바지에 입학해서 90년대에 복학해 보니 세상과 대학, 모두가 바뀌어 있었다. 그사이 김명진이 불문학과에 입학해 3학년에 재학하고 있었는데, 강의실에서 그녀를 발견한 네 사람은 눈이 휘둥그레져서는 앞다투어 말을 걸었다. 그때부터 2년 내내 명진을 에워싸다시피 하여 같이 다녔다. 수강신청표도 명진의 것을 거의 복제했고, 밥도 같이 먹었다. 명진이 도서관에 가면 옆자리에 책을 펴놓고 잠이라도 잤다. 다른 남자들은 이들이 워낙 법석을 떠는 통에 떨어져 나갔다. 그리고 네 사람이 남았다.

김명진을 정말 좋아해서라기보다는 '노땅'인 그들과 놀아 줄 다른 후배가 없어서라고 헐뜯는 이들도 있었다. 그들도 딱 부러지게 부인하지는 못했다. 서로 남녀의 색깔은 옅었다. 일대일 데이트는 거의 없었고, 같이 본 영화는 「트루 라이즈」나 「레옹」 같은 액션물이 주였으며(명진을 위해 「가을의 전설」, 「매디슨 카운티의 다리」 상영관에 들어가 남자들은 졸고 나오기도 했지만), 오고 간 선물이라고 해봤자 밸런타인 데이 때 공평하게 건넨 가나초콜릿 정도가 전부였다. 그런데 돌연, 사정이 변했다.

네 사람이 거의 동시에 김명진에게 청혼한 것이다. 갑작스런 청혼이었지만 '우연히'라고는 할 수 없었다. 경위는 이러했다.

졸업을 앞두었다고는 하나 아직 나이도 고만고만하고 직장도 구하지 못한 상태라 결혼 같은 건 생각지 못하던 차였다. 그런데 신창순이 돌발 행동을 했다. 그가 김명진과 만나 꺼낸 말은 '사귀자'도 아니고, '사랑한다'도 아니었다. 대담하게도 '결혼하자'였다. "결혼?" 하며 되묻는 명진의 입가에 살포시 웃음이 떠올랐지만 뜻을 알기 어려웠고, 대답은 없었다.

이 사실을 안 나머지 세 명은 뒤통수를 맞은 기분이었다. 결혼? 그때까지 생각해 보지 못하고 있었다. 명진은 한 해 일찍 대학에 입학했기에 나이도 상대적으로 어렸다. 명진을 대하는 마음도 각기 다를 수밖에 없다. 하지만 버리려던 장난감도 누가 주워가려는 걸 알면 슬쩍 손을 거두는 게 사람 마음이다. 하물며 김명진은 외모든 내면이든 신붓감으로 나무랄 데 없었고, 어쨌든 2년의 청춘을 같이한 여자가 아닌가. 얼떨떨한 기분도 잠시, 곧이어 조바심이 덮쳐 왔다. 신창순의 태도가 자신만만한 만큼 세 사람은 다급해졌다. 결국 이들도 앞다투어 '청혼'을 하기에 이르렀다. 학과 동기 아무개는 '키핑 경쟁' 혹은 '사재기'라고 이름 붙였다. 남에게 빼앗기지 않으려는 치기로 벌이는 소동에 불과하다는 조롱이었다. 외적 조건으로는 한연우가 조금 불리해 보였다. 한 학기를 더 쉬는 바람에 동기들의 졸업 대열에 끼지 못했고, 장학금을 받지 못하면 학업을 그만두어야 할 만큼 가정 형편도 안 좋았다. 하지만 명진은 그런 이유로 그를 거절하지 않았다. 하긴, 나머지 세 사람 또한 곧 졸업한다는 것 말고는 크게 다르지 않았으니, 한연우를 특별 대우한 건 아닌 셈이다.

명진은 밝았다. 부모와의 이별을 겪으면서도 잃지 않은 그녀의 천성이었다. 누구에게나 호감을 주었기에 사람들은 그녀에게 호의와 친절을 베풀었고, 그녀는 그 호의를 잃고 싶지 않아 했다. 차마 다른 이의 미움을 사지 못했다. 상대방이 상처받을 말도 하지 못했다. 신창순의 청혼에 살포시 웃던 김명진은 다른 세 남자가 잇달아 청혼을 해도 여전히 웃음으로 넘길 뿐이었다. 약간은 우쭐대는 마음도 생겼을 것이다. 장난스런 기분이 발동했을지도 모른다. 그녀가 나중에 한 행동을 보면 그런 것 같다. 어쨌든 그녀는 선택을 미루었고, 거절하는 대신 얼버무렸다.

결혼 자체를 두려워한 건 아니었다. 유복했던 어린 시절은 부모의 이혼으로 균열이 갔다. 어머니는 곧장 외국 어딘가로 건너가 소식도 알지 못했고, 아버지는 3년 전 병환으로 별세했다. 유산은 꽤 남았지만, 가족이라곤 여동생뿐이다. 대학 4학년의 겨울방학을 앞둔 11월, 미지의 세상에 뛰어들려는 지금, 자신을 위하는 남자가 옆에 있어 준다면 그보다 든든한 일이 없다.

마음에 소용돌이가 일었다. 네 사람 다 싫지 않다는 게 문제였다.

여자로서의 허영심이 없다고는 할 수 없다. 하지만 그보다 선택에서 제외된 세 명에게 낙담을 안길 사람이, 그들에게서 일방적인 애정을 받아 왔던 자기 자신이라는 사실을 받아들이지 못했다.

그래서 그들은 김명진을 좋아했다. 처음 그들의 눈길을 붙잡았던 건 김명진의 외모였지만, 지금은 오로지 그 이유 때문에 그녀를 좋아하는 건 아니었다. 막무가내의 청혼에도 김명진이 보인 가장 격렬한 반응이 '꺼져!'라든가 비웃음을 흘리며 도도하게 자리를 떠난다거나 하는 게 아니라, 겨우 곤란하다는 듯 입술을 우물거리며 웃는 거라는 사실 때문이었다. 복학해 보니 이념, 민중 같은 커다란 이야기는 사라져 있고, '나는 내 인생만 생각한다'는 새로운 사조를 온몸으로 받아들인 세대들이 캠퍼스를 점령해 있었다. 시대에 저항할 수는 없었다. 좋다, 나쁘다 불평하기에 앞서 세상은 이미 변했다. 하지만 명진만은 예외였다. 그녀는 랭보의 시를 좋아했다. 미셸 사르두의 「사랑이라는 병(La Maladie d'Amour)」의 노랫말을 읽고 싶어 불문학과에 진학했다고 했다. 친구의 무리한 대리 출석 부탁을 들어주었다가 들통나서 곤란을 겪기도 했고, 남자친구와 헤어지고서 술에 취해 새벽에 찾아온 친구의 상담 상대가 되어 주다가 다음 날 시험을 망치기도 했다. 어수룩할만치 상대방을 배려했다. 게다가 그런 여자로서는 놀랍게도, 아름다웠다. 그녀는 밝았지만 그것으로 상대를 압도하지 않았다. 울 때는 마치 어린아이처럼 엉엉 목 놓아 울었다. 그런 그녀를 그들은 좋아했다.

학교 앞 골목을 두 번 돌아 늘 모이던 맥줏집. 갈등하는 김명진과

호프 잔을 앞에 두고 네 남자는 이렇게 말했다.

"결정해 줘. 명진이 네 의사가 가장 중요하니까. 네가 결정하면 군말 없이 따르기로 다 약속했어."

이 순간만은 모두 진지했다. 후리후리하게 키가 크고 하얀 피부가 인상적이며 늘 고뇌하는 듯한 표정을 짓는 한연우도, 툭 불거진 광대뼈와 강인한 턱을 가진 남자의 얼굴을 한 투사형 근골의 임의재도, 처진 눈과 회색빛 피부가 순한 인상을 주지만 입을 열면 달변이어서 누구나 다시 보게 되는 신창순도, 이마가 훤칠한 둥근 얼굴과 넉넉한 체형에 어울리지 않게 늘 시니컬한 말투와 웃음을 달고 다니던 남궁현도 그랬다.

"아무래도 오빠들 장난하는 거 같아. 갑자기 웬 프러포즈야."

"장난 아니다."

신창순이 손가락으로 자기 얼굴을 가리켰다.

"내 눈 봐라. 장난기가 있는가."

"있어."

남궁현이 대신 말했다. 김명진이 깔깔 웃었다.

"저 녀석하곤 달라. 난 진심이거든."

남궁현이 손바닥으로 자신의 가슴을 덮었다.

"자식, 그러니까 더 장난 같잖아."

임의재가 굵은 음성으로 나무랐다.

"의재 너야말로 대충 끼어든 거잖아."

한연우가 금테 안경을 손가락으로 추켜올리며 말했다.

"그게 무슨 소리야. 내가 왜."

"잘 생각해 봐. 그저 경쟁 심리 아닐까? 단세포적인……."

"그런 거 아냐, 임마."

임의재는 한연우의 공격을 잘랐다.

"날 선택하라니깐. 먹여 살리는 건 내가 젤 나을 거다."

신창순은 사법시험 공부를 하고 있었다. 변호사가 되어 명진을 공주처럼 모시겠다는 게 그의 공약이었다.

"이 자식이, 입으로 먹여 살리냐?"

남궁현이 받아쳤다.

서로 물고 물리는 혼전을 벌이는 가운데, 다툼을 무마하려는 듯 김명진이 말했다.

"나 결정 못 하겠어. 오빠들 다 좋아하는걸."

"그나마 쓸 만한 놈을 골라 봐."

남궁현이 말했다.

"못 해. 도저히."

"아니면 한 놈 남을 때까지 우리끼리 피 터지도록 싸워야 하는데? 그럼 만족하겠어?"

신창순이 말했다.

"정말 시끄럽네. 너가 결정해. 그럼 이 녀석들도 입 다물 거야."

임의재가 말했다.

"맞아."

한연우는 짤막하게 맞장구쳤다.

"결정 못 한다니까."

"그래도."

한연우와 신창순이 재촉했고, 나머지 두 사람도 명진을 향해 무언의 압박을 보냈다.

　"도저히 못 하겠는데 어쩌지……."

　명진이 긴 속눈썹을 치켜떴다. 이때 그만 곤란한 상황을 모면하려는 장난기가 발동해 버린 모양이다. 좋은 생각이 났다는 듯 그녀가 손뼉을 딱 치면서 말했다.

　"그럼 차라리 네 사람이 달리기 시합을 해. 어때요?"

　신창순이 기다렸다는 듯 상체를 맥주잔 위로 불쑥 내밀었다.

　"그러자! 차라리 그게 낫겠다."

　이어 세 친구를 차례로 보았다.

　"단거리는 좀 그렇고, 장거리로 하자. 운동장 스무 바퀴 어때?"

　"정말? 재밌겠다!"

　명진은 큰 눈을 더 크게 뜨면서 깔깔 웃었다. 남궁현과 한연우는 목을 움츠리고 얼굴을 마주 보았다. 임의재는 "뭐야, 그게! 애들 장난이야?" 하며 펄쩍 뛰었다. 결혼의 승부를 달리기로 가른다는 건 누가 봐도 치기 어린 발상일 터. 임의재의 반대가 어쩌면 이성적이었을 테지만, 기류는 이상하게 흘러갔다.

　이 시합이 채택된 건 전적으로 그 자리에 있던 남자들의 이해관계와 기질의 조합이 빚어낸 우연이라고 해야겠다. 우선 말발 좋은 신창순이 집요하게 밀어붙였다. 불리한 조건을 딛고 공정한 기회를 잡고 싶었던 한연우도 동의했다. 의뭉스런 남궁현도 "차라리 그러지, 뭐." 하며 고개를 끄덕였다. 결정의 주인공인 명진마저 재밌겠다며 박수를 쳤다. 남자의 자존심을 내세우며 버티던 임의재도 결국엔 끼어들 수밖에 없었다. 스무 바퀴가 많다는 이야기도 나왔지만, "그 정도 지구력은 있는 놈이어야지, 토끼 같은 놈이면 되겠어?"하며 신창순이 고집했다.

이리하여 이들은 며칠 후 스산한 초겨울 밤, 학생들이 물러간 운동장 트랙의 스타트 라인에 서게 된 것이었다. 구경꾼은 새내기 대학생인 김명진의 동생, 김해나 한 명뿐이다. 그녀는 경기 진행도 맡기로 했다.

김해나도 언니 못지않게 예뻤다. 하지만 그 네 명이 김해나를 처음 보았을 땐 고등학생이었던 탓에 관심 밖이었고, 무심함은 대학 1학년을 마쳐 가는 지금껏 이어졌다. 김해나도 누군가를 좋아하는 기색은 없었다. 어느 한 사람 편을 들지 모른다는 우려는 아무도 제기하지 않았다.

김해나는 출발선에 선 네 사람이 전방을 뚫어지게 주시하고 있는 모습을 확인하고서 카운트다운을 시작했다.

"셋 하면 뛰는 거다. 자아. 하나, 둘⋯⋯."

입상처럼 굳어 있던 네 남자는 김해나가 "셋." 하는 순간 동시에 뛰쳐나갔다.

어둠 속에서 경주가 시작되었다. 네 쌍의 건장한 다리가 증기기관의 피스톤처럼 바삐 움직이기 시작했다. 임의재가 선두였다. 뒤의 세 사람은 이를 악물었다. 임의재의 굵은 허벅지와 통뼈는 장거리에 유리하지만은 않았다. 두 바퀴 만에 임의재가 뒤로 밀려났고, 남궁현이 선두로 나섰다. 잠시 후 신창순이 남궁현을 제쳤다. 그가 선두

22

를 유지한 것도 잠시, 이번에는 긴 다리의 한연우가 그를 제쳤다. 임의재가 다시 잠시 앞섰다가 신창순이 어깨를 밀고 들어왔다.

엎치락뒤치락이었다. 팔이 날개를 치듯 움직였고, 벌어진 입에서 때 아닌 하얀 김이 솟았다. 스무 바퀴의 레이스는 생각보다 길었다.

그때 명진은 자신의 마음을 확실하게 알았다.

남자가 앞으로 나왔을 때 기뻤다. 뒤로 처졌을 때는 안타까웠다.

그런 이가 있었다.

'그랬구나……. 내 마음은.'

하지만 여자의 마음이 어디로 흐르는지 알 리 없는 네 남자는 계속 뛰었다. 얼굴이 하얗게 변했고, 땀이 비 오듯 흘렀다. 명진은 누구 한 명을 향해 소리쳐 응원할 수 없었다. 눈앞을 지나갈 때마다 "힘내!" 하고 소리 질러 줄 뿐이었다.

열한 바퀴를 막 넘어갈 때 낙오자가 나왔다.

한 명이 속도를 줄이며 트랙 옆으로 빠져나왔다. 임의재였다. 이어 친구들의 뒤통수에 대고 소리쳤다.

"때려치워!"

처음부터 이 레이스가 불만이었던 그는 결국 폭발하고 말았다. 명진과 해나가 깜짝 놀라 쳐다보았지만, 임의재는 그쪽을 보지도 않은 채 바닥에 던져 놓은 점퍼를 집어 들고 교문 방향으로 저벅저벅 걸어가 버렸다. 잔뜩 화가 난 듯 벌게진 얼굴이었다.

남은 세 명은 속도를 늦추지 않았다. 임의재가 제 성질에 떨어져 나가서 내심 쾌재를 불렀으리라. 명진은 마음이 한껏 불편해졌다. 더 이상 웃을 수 없었다. 그리고 깨달았다. 이건 정말 바보 같은 짓이란 걸. 그저 곤란한 상황을 피하고 싶었을 뿐인데. 장난이라고만 생각했는데. 그들은 핏발 선 눈으로 헐떡이고 있었다. 이렇게 죽자 사자 하게 될 줄은 몰랐다. 초조해졌다. 이 이유 없는 뜀박질을 중단 시켜야한다고 생각했다.

"그만하자! 의재 오빠 화나서 집에 갔어!"

명진이 소리쳤다.

"언니가 그만하재!"

해나도 소리쳤다.

아무도 듣지 않았다. 한 번 더 소리치자, 제법 많이 뒤처져 있던 남궁현이 거기에 대답하듯 앞선 친구들에게 빽 소리를 질렀다.

"관두자! 의재도 집에 갔어. 판 깨졌다고!"

이치에 닿는 말은 아니었다. 임의재는 중도에 포기했다. 남은 사람들끼리 달려서 승자를 가리면 된다. 뒤처진 남궁현이 승산 없어진 시합을 무효로 돌리려는 속셈이란 걸 한연우와 신창순이 모를 리 없다. 두 사람은 아랑곳 않고 달렸다. 쌍두마차처럼 어깨가 나란히 붙었다.

"젠장."

남궁현도 하는 수 없이 다시 다리에 힘을 주었다.

명진은 발을 동동 굴렀다. 추위가 엄습했다. 남자들의 눈에서 집 넘 어린 인광이 빛나고 있었다. 어쩌면 이제는 자존심을 건 승부만 이 남은 건지도 몰랐다.

"냅둬. 끝까지 하게."

해나가 불쑥 말했다. 혼잣말처럼 덧붙였다.

"머저리들."

명진이 놀라서 쳐다보니 해나가 입을 삐죽거렸다.

"저 인간들이 언니를 좋아해서 저러는 거 같아? 지들끼리 경쟁이 붙은 거야. 남자들끼리의 유치한 기 싸움이라고. 누가 이겨도 결혼 같은 거 하면 안 돼."

싸늘한 해나의 말은 다행히도 죽어라 뛰고 있던 세 남자의 등에는 가 닿지 않았다.

네 바퀴를 남기고 또 한 명의 승부가 갈렸다. 남궁현이 완전히 뒤처졌다. 무거운 몸이 문제였던 모양이다.

신창순과 한연우는 막바지까지 나란히 달렸다. 거친 숨소리, 박자를 맞춘 듯한 발소리가 운동장을 메웠다. 한연우가 창백한 얼굴로 보인 집념은 놀라웠다. 입만 살았다는 신창순이 죽을힘을 다하는 모습도 의외였다. 명진의 꼭 쥔 주먹 안에 땀이 솟았다.

승부의 행방은 마지막 한 바퀴를 남겨두고 드러났다. 갑작스런 지진으로 균열이 생기듯 두 사람 사이가 쩍 벌어졌다. 한 명이 기력을 완전히 소진해 버린 듯했다. 그는 어느새 거의 걷고 있었다.

드디어 스무 바퀴째.

마침내 남자가 의기양양하게 손을 들며 들어왔다. 그는 골인 지점을 조금 지난 곳에 발을 멈추고서 양손으로 무릎을 짚었다. 몇 번 호흡을 고르더니 몸을 펴고 명진을 돌아보았다. '내가 이겼어.' 하는 눈빛으로. 말은 아직 나오지 않는 모양이었다. 머리카락은 땀범벅이 된 이마를 제멋대로 덮었고 피부는 초췌해졌다. 하지만 이를 드러내고 웃는 얼굴은 환희로 빛나고 있었다.

멀찍이 뒤처진 채 어기적어기적 달리던 남궁현은 그 자리에 주저앉았다. 두 번째 남자는 아예 바닥에 등을 대고 드러누웠다.

경기는 끝났다.

한 남자가 이겼고, 세 남자는 졌다.

밤하늘에는 어느덧 별이 점점이 떠올라 있었다.

모든 것은 20년 전 네 명의 청춘이 벌인 이 치기 어린 달리기 시합에서 시작되었다.

* * *

뒷길은 무너진 사회주의의 꿈처럼 빛이 바래 있었다. 바로크풍의 아름다운 대로변과는 대조적이었다. 땅거미가 러시아의 골목에 드리우고 있었다. 겨우 12월 초입이지만 수은주는 영하로 곤두박질친 지 오래였다.

전당포인 'ломбард(롬바르트)'가 철창살을 감옥처럼 매단 채 음습하게 자리했고, 별 하나도 아까울 'Vladivostok Hotel' 간판도 끼어 있고, 레스토랑인 'ресторан(레스토란)', 약국인 'аптека(압테카)', 빵집인 'булочная(불라치나야)' 간판도 있다. 외국인 손님을 기다리는 '블라디보스토크 호텔'을 빼고 나면 모두 이방인은 읽을 수 없는 키릴 문자였다. 이 도시는 마치 언어의 장막을 두르고 있는 것 같다.

회색 하늘은 낮게 내려앉았다. 푸르스름한 미광만 남기고 어스름도 이내 사라져 갔다. 도시의 외딴 길을 이방인 두 사람이 걷고 있었다. 모퉁이 너머에서 건너온 불빛에 비친 얼굴이 노랬다. 한쪽은 작은 키에 깡마른 체형의 남자. 성마른 발걸음으로 보아 어떤 기대감에 차 있는 것 같기도 하고, 불만이 있는 것 같기도 했다.

남자가 키오스크에 들러 담배를 샀다. 일행은 옆에서 서성거렸다. 아련한 불빛이 비추는 가게 안에 아리따운 백인 여성이 앉아 거스름돈을 내밀었다.

"스파시바!"

남자는 러시아어로 고맙다는 말을 과장되게 외쳤다.

두 사람은 다시 어깨를 나란히 했다. 찻길을 따라 얼마를 걸었을까. 어느새 으슥한 길목이었고, 띄엄띄엄 있던 키릴 문자 간판도 사라진 지 오래였다. 오른쪽으로 갈라져 뻗은 길이 나왔다. 어둠 속에 사람 그림자가 겹쳐 있다. 노숙자였다. 무릎까지 덮는 낡고 긴 울 외투를 걸치고 무너져 가는 석벽에 기대어 앉아 있던 수염투성이 백인은 보드카 병을 쳐들며 서툰 영어 발음으로 소리쳤다.

"웰컴 투 러시아!"

"젠장, 추워 뒈지겠구만, 너 같으면 웰컴이겠어?"

남자는 한국말로 대답하며 입으로만 웃었다. 노숙자는 누런 이빨을 드러내며 순박하게 웃었다. '웰컴'이란 말이 들렸으니 나머지는 호의적인 인사였을 거라고 해석한 듯했다. 남자의 일행은 말없이 이마를 찌푸렸다.

오른쪽 소로로 들어서자 음산한 기운이 짙어졌다. 불빛이 비쳐 들었지만 길목은 대부분 어둠에 물들어 있었다. 그들 외에 인적은 없었다. 다시 모퉁이를 돌아 들어가기 전, 남자의 일행은 골목에서 손을 호호 불면서 잠시 두리번거렸다. 그가 안내를 맡은 듯했다. 남자는 일행의 몸짓이 가리키는 대로 망설임 없이 골목 안으로 쑥 들어 갔다. 지저분한 골목이 이어졌다. 이제 불빛은 멀리서 교차할 뿐이 었다.

"왜 이리 어두워? 아예 뒷골목이잖아."

남자는 불안한 음성으로 말했다.

"이런 데에 그 집 문이 있단 말이야?"

일행은 고개만 끄덕였다. 남자는 약간 뿔난 것처럼 한 번 더 불평 했다.

"빙빙 돌기만 하고, 뭐야. 사람을 불러냈으면 제대로 안내해야지."

"이 골목 안이야. 뒷문으로 가야 하거든."

일행은 차분하게 말했다.

"안에 아무것도 없잖아."

"더 안쪽."

골목 안쪽 막다른 곳에는 커다란 검정 비닐 봉투가 겹겹이 모여 조그만 산을 이루고 있었다. 쓰레기가 가득 담겨 있는 것 같았지만 추운 날씨 덕분에 냄새는 나지 않았다. 투기물과 폐타이어, 철물 따 위가 틈을 메우며 쌓여 있었다. 남자는 그 양옆을 휘휘 둘러보았다. 들어갈 문은 보이지 않았다.

"대체 어디……."

그는 말을 끝맺지 못했다. 뒤에서 번뜩이는 눈이 짐승처럼 달려들 었다. 남자의 목에 낚싯줄이 감겼다. 낚싯줄은 그의 목 뒤에서 교차 되며 엄청난 압력으로 당겨졌다. 그는 두 손으로 낚싯줄을 끌러보려 했지만 허공을 돌 뿐 헛수고였다. 팽팽하게 당겨진 낚싯줄이 그의 목살 깊숙이 파고들었다. 금방이라도 정맥이 터질 듯 힘줄이 불거졌고, 낚싯줄을 따라 피가 맺혔다. 남자는 제대로 된 신음조차 내지 못했다. 금세 무릎부터 꺾였다. 털썩. 그가 쓰레기봉투 사이로 떨어져 내리듯 쓰러지기까지는 그리 오랜 시간이 걸리지 않았다.

일행은 가쁜 숨을 몰아쉬었다. 쓰러진 남자의 목에 파고든 낚싯줄이 마치 단단히 둘러맨 스카프처럼 찰싹 달라붙어 있었지만, 일행은 혹여 낚싯줄이 풀어질까 봐 두어 번 더 남자의 목둘레에 감았다. 그러고는 가죽 재질의 장갑을 구겨 호주머니에 집어넣으려다 다시 손에 꼈다. 할 일이 남은 모양이다. 일행은 누운 남자 뒤편에 쌓인 쓰레기봉투 네댓 개를 끌어내려 그리 크지 않은 남자를 발까지 완전히 덮었다.

하얀 입김이 일행의 얼굴을 가렸다.

낚싯줄의 주인은 등을 돌려 천천히 골목길을 되돌아 나갔다.

제2장

　이유현은 서울중앙지방법원 102호 대법정에 들어섰다. 재판이 막 시작되고 있었다. 사건을 수사한 형사가 재판을 참관할 필요는 없지만, 그만의 오랜 버릇이 또 발동했다. 기소의견으로 검찰에 송치해 놓고도 왠지 찜찜하고 증거가 몇 퍼센트쯤은 부족하지 않은가 하는 생각이 드는 사건이 있다. 그럴 땐 괜히 재판을 방청하러 오게 된다. 법정에서 어떤 판단을 받게 될지 궁금증을 참지 못하는 것이다. 서울광역수사대 팀장으로서의 자존심이 온전히 붙어 있는지를 확인하려는 심정인지도 모른다. 예전 정유미 살해사건* 때 이후 법정까지 나오게 만든 사건은 오랜만이었다.
　이날은 공판준비기일이었다. 본격적 공판에 앞서 사건의 쟁점을

---

* 『라 트라비아타의 초상』 사건

정리하고 앞으로의 입증이나 소송 진행 등에 관해 조율하는 절차다. 사람들의 관심이 쏠린 살인사건인 만큼 재판부에서 신중을 기하는 모습을 연출하기 위해 준비기일을 지정한 모양이다. 실은 정식 공판과 별다를 게 없다.

대법정을 방청객이 가득 메우고 있었다. 바깥은 한겨울이지만 법정 안은 히터의 열기로 후끈했다. 이유현은 외투를 벗어 팔에 걸고 두리번거리다 방청석 맨 앞쪽 교도관들 바로 뒷자리의 빈 의자를 발견했다. 구경하러 왔으면서도 왠지 법정 앞쪽에는 앉지 않는 게 사람들의 심리다.

법대에 앉은 세 판사는 모두 남자였다. 여성이 약진하는 법조계에서 재판부 전원이 남자일 확률은 그리 높지 않다. 이 우연은 어떤 작용을 하게 될까. 가운데 재판장 자리에는 갈색 뿔테 안경을 쓰고 입이 툭 튀어나온 늙수그레한 판사가 앉아 있었다. 법복을 벗는다면 전철 노약자석에서 흔히 볼 수 있을 만한 얼굴이다. 그가 막 사건을 호명하고 있었다.

대기실과 연결된 옆문이 열리고, 교도관의 안내를 받으며 피고인이 모습을 드러냈다. 이유현은 그녀를 잘 알고 있다. 몇 번이나 대면하고 진술을 듣고 증거를 들이대고 거짓말탐지기 조사까지 했다. 살인 혐의를 받고 있는 그녀는 40대라는 나이를 잊게 만드는 굉장한 미모의 소유자였다.

이유현은 궁금했다. 그런 미녀가 화장을 지운 채 고무신을 신고 고개를 숙인 채 법정에 들어서면 어떤 모습일까. 더구나 그 어떤 미모도 지워 버리는 갈색 수의를 입으면…….

하지만 이유현은 걸어 들어오는 그녀의 모습을 보고 깜짝 놀랐다.

그녀는 수의를 입지 않았다. 엷게 화장을 했고, 차분한 재색 톤의 재킷과 무릎을 살짝 덮는 에이라인 스커트를 입었다. 굽이 있는 구두 덕에, 원래 작지 않은 키의 그녀가 더욱 늘씬해 보였다. 패션 감각이 뛰어나 방송에도 출연하는 여자 변호사가 법정에 막 들어온 듯한 느낌이었다.

이유현은 보존된 그녀의 아름다움에 자신이 왠지 안심하고 있다는 사실을 깨달았다. 여자의 옆얼굴은 표정이 처연하기는 했지만 그녀의 미모를 방청객들에게 충분히 각인시켰다. 압도하지 않는 압도적인 미모. 방청석에서 약간의 술렁임이 일었다. 만약 외모만으로 결정하라면 이 여자에게 유죄표를 던질 사람이, 적어도 남자 중에서는 있기나 할까? 이유현은 방청객의 반응을 보고 확실하게 예감했다. 이 여자의 미모만으로도 이 사건은 언론과 대중의 관심을 끌고 유명해지리라는 것을.

여자는 피고인석에 섰다. 머리는 틀어 올려져 있었고, 법대를 보고 선 그녀의 하얀 목덜미가 자연스레 방청객을 향해 노출되었다.

잠시 의외의 상황에 시선을 뺏겼던 이유현은 고개를 왼쪽으로 돌려 검사석을 바라보다 흠칫 놀랐다.

'피고인이 고생깨나 하겠는걸.'

수사를 담당한 검사가 직접 법정에 들어와 있었다. 공판만을 담당하는 검사가 따로 있지만, 사건의 중대성을 고려해 수사검사가 직접 출석한 모양이다. 검붉은 얼굴은 마흔이 가까운 나이를 가감 없이 드러냈고, 머리를 이마 위로 빗어 넘긴 탓인지 오늘따라 더욱 뺀

질뺀질해 보였다. 법복을 입고 비스듬하게 앉아 한쪽 팔꿈치를 책상 위에 올려놓은 모습에서는 거만함이 흘렀다.

하지만 피고인에게 동정이 인 건 검사의 태도 때문이 아니었다. 유죄판결을 위해서라면 어떤 비열한 수단도 마다하지 않는다는 조현철 검사. 그는 교도소 안에서 '악질 중의 악질'로 통하다 못해 '살모사'라는 별명으로 불렸다. 최근 부장검사 승진을 앞두고 한층 지독하게 변했다는 소문이다.

김명진은 가녀린 외모와는 달리 경찰 수사를 받으면서 한 번도 울지 않았다. 그저 담담하게 자신이 무고하다고 말할 뿐이었다. 검찰로 송치된 후에도 결코 눈물을 보이지는 않았지만 집요한 조사에 상당히 시달렸다는 후문이었다. 조현철 검사는 눈앞에서 김명진이 지쳐 쓰러져도 눈썹 하나 까딱하지 않았다고 한다. 아마 김명진의 미모가 통하지 않는 유일한 남자가 있다면 이 조현철이리라.

그에게는 유명한 일화가 있다. 잘나가던 건설업자가 돈 문제로 고소를 당했다. 수사가 지지부진했고 증거도 부실했지만 조현철 검사는 구속영장을 청구했다. '일단 구속해라. 그러면 자백한다.' 그것이 그의 지론이었다. 그래 놓고 그는 곧장 영장담당판사를 찾아가서 구속영장을 기각해달라고 부탁했다. 자기가 청구한 영장을 기각해달라고 부탁하는 일은 바보짓일지는 몰라도 '악질'이 될 수는 없을 터였다. 그가 덧붙인 말이 없었더라면. "형식상 영장은 쳤지만 정말로 구속하려는 건 아니거든요. 피의자는 이 업계에선 큰손이에요. 영장을 슬쩍 기각해주시면 잊지 않을 겁니다." 판사의 얼굴이 새파랗게 질렸다고 한다. 영장을 기각했다가는 업자의 청탁을 받아 업무를 처리했다는 더러운 누명을 뒤집어쓸 판이다. '영장이 기각된 전날, 업자의 부탁을 받은 검사가 영장담당판사실로 찾아왔다'는 의혹 기사만 떠도 끝장이다. 판사는 바로 영장발부란에 도장을 찍었고, 증거가 엉성한 사건이었음에도 불구하고 건설업자는 바로 교도소에 처박히는 신세가 되고 말았다.

'변호사는 아마 국선이었지?'

한 달에 스무 건 이상의 형사사건을 맡는 국선변호사가 이 한 건을 위해 독랄한 조현철 검사를 상대로 얼마나 열심히 해줄 것인가. 이유현은 다시 한 번 피고인에게 연민을 느꼈다. 그런데 변호인석은 비어 있다.

"변호인은 아직 안 왔습니까?"

재판장이 말했다. 몇 명이 두리번거릴 뿐 아무도 대답하지 않았다. 마지못해 교도관이 나서서 "그런 것 같습니다."라고 했다. 네모난 재판장의 얼굴에 초조한 기색이 떠올랐다. 형사소송법상 살인사건에서 변호사 없이 재판을 개시할 수는 없다. 법정에 때 아닌 침묵이 돌았다. 잠시 후 재판장이 입을 열었다.

"그럼 이 사건은 잠시 미루고, 다른 사건 진행을……."

그때 법정 뒷문이 벌컥 열렸다. 누군가가 들어서며 큰 소리로 말했다.

"이거, 죄송합니다. 출입구를 못 찾아서요."

법대를 향한 목소리의 방향으로 보아 이 사건의 변호사인 모양이었다. 이유현은 속으로 혀를 찼다. 변호사가 매일 다니는 법원 출입구를 몰랐다고? 이걸 변명이라고 하는 얼간이 변호사는 대체 누구야? 그런데 왠지 목소리가 귀에 익다. 이유현은 고개를 뒤로 꺾어 법정에 등장한 변호사를 보았다.

놀라움에 이유현의 입이 쩍 벌어졌다. 실실 웃음을 흘리며 법정 앞으로 걸어 나오는 '얼간이 변호사'는 고진이었다.

'저 형님이 왜 여기에?'

변호사가 법정에 있는 건 당연하겠지만 고진이라면 얘기가 다르다. 그는 한 번도 법정에 나간 적이 없었다. 그래서 '어둠의 변호사'라는 별명까지 붙어 있지 않은가. 오로지 뒷길에서 사건을 의뢰받아 법의 허점을 찌르는 변칙적 해결만을 도모했던 그다. 법정에 서는 일이 끔찍하게 지루하기 때문이라는데, 그게 진정한 이유인지는 알 수 없다. 아무튼 그를 법정에서 보는 건 백록담에서 네시를 발견하는 일만큼이나 상상하기 어려웠다.

고진은 호리호리한 몸을 조릿대처럼 휘청대며 걸어와 김명진 옆에 앉았다. 흙에서 막 빠져나온 듯 거무스름한 낯빛, 작게 찢어진 눈, 움푹 꺼진 뺨, 모르는 사람이 보면 마치 약 올리는 듯 보이는 비뚤어진 입매는 여전했고, 불안정한 걸음걸이, 깡마른 몸에 비옷처럼 두른 감색 양복과 흰 셔츠도 그대로였다. 평소와 다른 점이 있다면 자줏빛 넥타이를 단정하게 맸고, 다리를 꼬고 앉지 않았다는 정도다. 둘 다 고진이 싫어하는 것들이다. 아마도 법정에 나오지 않는 사소한 이유 중의 하나일지도 모른다.

고진은 가죽 가방에서 서류를 몇 장 꺼내 테이블 위에 주섬주섬 올리다가 방청석 앞줄에 앉은 이유현과 눈이 마주치자 한 눈을 찡긋했다. 마치 올 줄 알았다는 듯이. 하긴, 사건 기록에 덕지덕지 찍힌

수사 책임자 이유현의 이름과 날인을 보았으리라. 그리고 또 알았을 것이다. 이 사건은 이유현이 법정에 나와 볼 만큼 안달 나는 사건이 라는 것을. 그래도 이유현은 놀랐다. 저 어설픈 윙크를 법정에서 할 줄이야.

"변호인께서 다행히 출입문을 찾아 들어오셨으니 그럼 이 재판을 시작하겠습니다."

심기가 불편해 보이는 재판장의 선언이었다. 각진 얼굴에 옹기종 기 모인 눈코입을 보면 확실히 뒤끝이 있어 보였다. 진술거부권 고 지에 이어 피고인의 신상을 확인하는 인정신문이 이어졌다.

이름 김명진, 나이 만 41세, 주민등록상 주소는 서울 서초구 양재 동, 현재 거주지는 러시아 블라디보스토크 스베틀란스카야 89, 직업 은 없으며 가정주부.

이런 내용들이 재차 확인되었다. 뺨에 엷은 홍조를 띠고 대답하는 김명진의 말소리는 법정 뒤편까지는 들리지 않을 만큼 작았다. 진 술을 마친 김명진은 고진 옆자리로 가 앉았다. 이유현은 방청객들의 시선이 김명진을 따라 움직이는 걸 느꼈다.

"검사님, 기소 요지를 말씀해 주시죠."

재판장의 요청에 조현철 검사가 기다렸다는 듯이 자리에서 일어 섰다.

"피고인 김명진은 사건 발생 2개월 전 남편 신창순과 같이 러시아 블라디보스토크로 건너갔습니다. 하지만 곧 집을 나와 스베틀란스 카야 거리에 거처를 얻어 남편에게 알리지도 않고 혼자 지내 왔습니 다. 이곳은 블라디보스토크에서도 쇼핑으로 유명한 거리죠."

이유현은 쓴웃음을 지었다. 검사의 진술은 꼬여 있다. 아는 이 하나 없는 타국 땅의 주부가 어떤 이유든 가출했다면 안전을 생각해서 번화한 거리에 자리를 잡고 싶을 것이다. 그걸 굳이 쇼핑가에 집을 얻었다는 식으로 말해 판사들에게 은근히 좋지 않은 인상을 심어 주려 하고 있다. 조현철의 말이 이어졌다.

"피고인은 이혼을 요구했지만, 신창순은 응하지 않았습니다. 결국 피고인은 남편을 살해하기로 마음을 먹었습니다. 지난해 12월 14일 밤 러시아 블라디보스토크 항구 옆 '아무르'라는 카페로 남편을 불러냈습니다. 그곳에서 멀지 않은 베르흐네포르토바야 거리 18 뒤편 막다른 골목으로 유인했습니다. 그 뒤 적당한 틈을 타서 신창순의 뒤에서 낚싯줄 혹은 유사한 탄성이 있는 종류의 선을 목에 감고 힘껏 졸라 살해했습니다. 시체는 주변의 쓰레기봉투들로 덮어 놓고 자리를 떴습니다. 워낙 외딴 곳인 데다가 우범 지역인 탓에 시체는 일주일 후인 12월 23일 새벽에야 발견되었습니다."

방청석 여기저기서 가벼운 탄식이 들렸다. 이 재판에는 지켜보는 이들에게 놀라움을 안겼을 두 가지 요소가 있다. 김명진의 미모, 그리고 소름 끼치는 살해 방법. 도무지 어울리지 않는다. 김명진은 검사가 기소 요지를 읽는 동안 내내 고개를 숙이고 있었다.

"피고인은 공소사실을 인정합니까?"

재판장이 물었다.

"아닙……니다."

김명진은 들릴 듯 말 듯 작은 목소리로 대답했다. 누군가 기침이라도 한다면 덮여 버릴 만한 음량이었다. 고개를 떨어뜨린 탓에 표정은 거의 보이지 않았다. 예상한 답변이었다. 수사 내내 김명진은 범행을 부인했다. 검찰에서도 부인했다. 그랬기에 조현철 검사 앞에서 지독하게 시달렸다. 법정에 와서 자백할 리가 만무하다. 더구나 자백할 심산이었으면 국선변호사에게 대충 맡길 것이지 저 해괴망측한 변호사 고진을 선임했을 리도 없다. 조현철 검사 또한 예상했다는 듯 아무런 표정의 변화가 없었다.

김명진은 이어 무슨 말을 했다. 하지만 알아들을 수 없는 메마른 소리만이 새어 나왔다. 자신이 살인자라고 몰아붙이는 검사의 논고에 목이 멘 듯했다.

"피고인한테 물 한잔 갖다 드리시죠."

재판장은 법정 뒤쪽에 선 법정경위에게 말했다. 흰 제복을 입은 20대의 건장한 경위가 밖으로 나가더니 잠시 후 냉수가 든 종이컵을 들고 와서 김명진 앞에 놓았다. 그녀는 물을 조금 마시고는 다시 고개를 숙였다.

"무슨 할 말 있습니까?"

재판장이 부드럽게 말했지만 김명진은 가볍게 고개를 저을 뿐이었다. 재판장은 안쓰러운 표정을 지으며 바라보다가 퍼뜩 고개를 들었다.

"검찰 측에서는 어떤 증거를 신청하실 건가요?"

조현철 검사는 법대 아래에서 조서를 작성하고 있던 참여관에게 증거 목록이 적힌 서류를 건넸다.

"증거는 모두 동의하겠습니다."

재판장이 참여관으로부터 건네받은 증거 목록을 채 다 읽기도 전에 고진이 말했다. 재판장은 고진을 힐끔 보고는 이내 다시 서류로 눈길을 주었다. 그 상태로 "네에." 하며 말을 끌었는데, 의아함이 묻어나왔다. 그럴 법도 했다. 살인을 부인한다면서도 검찰 측 증거를 모조리 법정에 제출해도 좋다는 프리패스 선언을 한 셈이니까.

이유현은 이유를 짐작할 수 있었다. 직접 증거는 어차피 거의 없었다. DNA도, 지문도, 혈흔도, 목격자의 증언도 없다. 주변인의 진술조차 김명진의 범행이 불가능하지 않다는 걸 알려 주는 정도에 불과했다. 강력한 정황증거와 부실한 물증. 그것이 이 사건의 모순이었다. 고진은 잔챙이 증거의 입정 자격을 두고 지루한 싸움을 벌이기보다 유리한 입장을 활용할 수 있는 다른 길을 선택한 모양이다.

하지만 치명적인 증거도 하나 있다. 그 때문일 것이다. 고진이 한마디를 덧붙인 것은.

"거짓말탐지기 조사 결과만 제외하고요."

이유현은 자기도 모르게 고개를 끄덕였다. 기소냐 불기소냐 갈등하던 이유현이 그녀가 범인이라고 확신한 순간은 바로 그 거짓말탐지기 조사 결과가 나왔을 때였다. '남편을 죽였지요?'라는 질문에 김명진은 아니라고 답했다. 하지만 그건 거짓말로 판명되었다. 거짓말탐지기 조사 결과는 피고인이 증거 동의를 한다면 엄격한 요건 하에 증거로 쓰일 수도 있지만, 그 엄격한 조건이란 게 '너무 엄격해서' 갖추기 어렵고, 또 자신한테 불리한 결과라면 피고인들이 증거 동의를 할 리가 없기에 원천적으로 법정에 나오는 길이 봉쇄되어 있다. 고진은 당연하게도, 거짓말탐지기 분석이 재판정에 들어올 수 없도록 방어막을 쳐 버렸다.

조현철은 변호사의 속내를 다 안다는 듯 비릿한 웃음을 지었다. 어쩌면 일말의 기대를 걸었던 거짓말탐지기 조사 결과가 쓸모없어진 허탈감을 덮으려는 과장된 반응인지도 모른다.

재판장이 검사에게 물었다.

"검찰이 파악하고 있는 범행의 동기는 뭡니까?"

조현철이 책상을 짚으며 천천히 일어섰다.

"피고인 김명진은 남편과 이혼하기를 원했습니다. 하지만 남편 신창순은 응하지 않았습니다. 김명진은 남편을 죽이는 방법으로 이혼이라는 목적을 달성하려 했던 겁니다."

"피고인은 왜 남편과 이혼하기를 바랐던 거죠?"

"젊은 시절 사귀던 남자가 있었고, 그는 성공해 있었습니다. 최근에 연락이 닿았고, 피고인은 남편과 이혼하면 그와 결혼할 수 있을 거라 생각했습니다."

방청석에서 작은 탄식이 두어 번 들렸다. 재판장은 시선을 돌려 김명진의 얼굴을 새삼스럽게 쳐다보았다. 약간 눈빛이 변한 것 같다.

"변호인의 의견은 어떻습니까?"

재판장이 물었다.

"검찰이 쓴 로맨스 소설이라는 의견입니다."

고진의 대답에 방청석에서 잔웃음이 일었다. 그게 조현철을 자극한 듯하다. 검사는 재빨리 일어섰다.

"내심의 의사란 건 어차피 내심에 그칩니다. 우리는 외부 정황으로 범행의 동기를 합리적으로 추론해야 합니다. 피고인은 사건 얼마 전 예전 남자친구와 연락이 닿았습니다. 그는 여러모로 성공해 있었습니다. 반면 피고인의 남편은 거듭된 사업 실패로 구차한 생활만을 안겨 주었습니다. 심지어 아는 사람 하나 없는 먼 타국까지 데리고 갔습니다. 비교가 될 수밖에 없습니다. 피고인은 결국 남편을 참아내지 못하고 가출했죠. 그리고 얼마 뒤 남편은 무참히 살해당했습니다. 모든 증거는 범인이 피고인임을 가리키고 있습니다. 그렇다면 여기서 피고인의 동기를 이렇게 추론하는 것이 창작의 과정에 불과하지는 않을 겁니다."

"피고인을 안 지 얼마 안 된 검사님이 피고인도 모르는 피고인의 마음을 이야기하고 있군요."

고진의 말에 조현철의 눈이 뱀처럼 작아졌다.

"자신의 동기를 자신이 잘 모르겠다? 그건 인정한다는 거나 다름없다고 봅니다만."

그는 굳이 자리에 앉으며 말했다. 변호사의 말이 상대할 가치가 없다는 듯한 느낌을 전달하려는 제스처. 이유현은 그렇게 보았다.

"죽이지 않았으니 동기 따위가 있을 수 없단 겁니다."

고진은 조현철을 똑바로 보며 말했다.

"그럼 여기서 검찰에 한 가지 질문을 던지고 싶습니다. 도대체 남편과 헤어지고서 피고인이 만나려 했던 남자가 누구란 겁니까?"

조현철이 멈칫했다. 그의 말이 이어진 건 잠깐의 공백이 흐른 후였다.

"예전에 피고인과 사귀었던 남자는 몇 명 있습니다. 그중 한 명입니다. 피고인이 마음에 둔 남자가 그중 누구인지는 전혀 중요하지 않습니다."

"그런 식이라면 살인자가 누구인지도 중요하지 않겠군요."

"그건 중요합니다. 그 살인자는 변호사님의 의뢰인이니까요."

논박을 지나 유치한 말꼬리를 잡는 지경까지 이르렀다. 이유현은 속으로 혀를 찼다. 그렇지만 이건 앞으로 이어질 두 사람이 벌일 길고 긴, 치사한 말싸움의 서두에 불과했다.

김명진은 조용히 앉아 있을 뿐이었다. 낯선 남자들이 자신의 운명을 논하고 있건만 그녀는 마치 풍미 좋은 차를 감상하는 자리에 초대받아 온 귀부인처럼 아무런 동요가 없었다. 엷은 화장이나마 없었다면 수녀쯤으로 보였을지도 모른다.

이유현은 문득 혼란스러워졌다. 자신이 수사했고, 유죄라고 확신했음에도 그 사실을 잠시 잊어버렸다. 느낌이 증거를 대체할 순 없겠지만, 찰나적인 회의가 밀려들었다. 이 여자는 과연 독부일까? 아니면 심금을 울리는 사연을 품은 사실상의 희생자일까. 이도저도 아니면 아예 무고하고 억울한 피고인일까.

"본 검사는."

조현철이 불쑥 일어섰다. 마치 콩나물이 솟듯 머리가 솟아 올라갔다. 어조가 심상찮았고, 사람들의 시선이 모였다. 재판의 흐름을 깨는 듯한 검사의 다소 돌출된 행동 때문에 이유현도 상념에서 빠져나왔다. 조현철은 이어 귀를 의심하게 하는 말을 던졌다.

"국민참여재판을 신청합니다."

이유현의 입이 자신도 모르게 벌어졌다. 표정 관리를 해야 할 판사 세 사람도 제각기 미간을 모으거나 눈썹을 치켜세움으로써 격한 반응을 드러냈다. 고진은 보일락 말락 얼굴을 찌푸렸다. 방청석에는 그다지 동요가 일지 않았지만, 재판 실무를 아는 이들에게 검사의 참여재판 신청은 법정에서 물구나무를 서는 것만큼이나 어색한 일이었다. 국민참여재판, 달리 말해 배심재판은 항상 피고인 측이 신청해 왔기 때문이다.

엄격한 법리와 관행에 충실한 판사의 재판은 결론이 예측되는 면이 있다. 하지만 배심재판은 다르다. '재판 아마추어'가 생활인의 상식과 감성으로 내리는 판단이기에 의외의 결론이 내려질 가능성이 상대적으로 높다. 피고인들은 사안에 따라 이쪽을 선호하기도 한다. 하지만 검찰은 극력 기피하는 절차였다. 결론을 예측하기 어렵고, 공판 준비도 어려운 때문이다. 지금껏 검사가 신청한 경우는, 이유현이 알기에 단 한 건도 없었다.

우발적인 결정일 리는 없다.

아마 사전에 준비한 시나리오일 것이다.

조현철은 대체 무슨 생각을 하는 것일까.

히터로 후끈거리던 법정 밖을 나서자 찬 기운이 물씬 덮쳤다. 2월이어도 아직은 겨울의 한가운데였다. 고진을 찾았지만 없었다. 이유현은 코트 깃을 세우고 하얀 입김을 내뿜으며 법원 건물 뒤편 민원인 주차장으로 향했다. 법원 주변에 사무실이 있는 변호사가 아니니 일단 차에 올랐으리라 싶었다.

주차장 입구에 서서 두리번거리자 왼쪽 앞에서 전조등이 깜빡하고 빛났다. 이유현은 그쪽으로 걸어가 차 문을 열고 조수석에 올랐다. 고진이 인사도 없이 말했다.

"마포까지 모셔다 주지."

마포에는 이유현이 근무하는 광역수사대 사무실이 있다.

"한동안 소식이 없다 했더니…… 대체 어떻게 된 일입니까."

이유현도 인사를 건너뛰고 물었다.

"어떻게라니 뭐가. 좀 대답이라도 할 수 있게 범위를 좁혀서 물어
줘."

"어떻게 이 사건을 맡았어요? 그리고 법정까진 웬일입니까."

"그거라면 천천히 이야기하지. 교통 체증으로 시간은 많을 테니까."

입구에 뭉친 얼음 때문에 차바퀴가 잠깐 헛돌았다. 고진은 차를 후
진시킨 다음 앞으로 비스듬하게 돌려 복작대는 주차장을 탈출했다.

법원 앞 교차로에 멈췄을 때, 고진은 오른손을 핸들에서 떼고 윗
옷 안주머니를 더듬거렸다. 그러다 손을 멈추었다.

"이런, 끊어 놓고 또 버릇이 나왔군. 나도 모르게 담배를 찾았어."

"담배를 끊었다고요?"

이유현은 고진의 옆얼굴을 신기하다는 듯 쳐다보았다.

"와아, 이거 연이은 충격인데요. 담배는 형님의 평생 친구 아니었
습니까?"

"나쁜 친구는 끊어야지. 한 달 됐어."

조수석 송풍구에 머리핀처럼 꽂힌 방향제가 이유현의 눈에 띄었
다. 고진의 차에서는 처음 보는 물건이었다.

"그건 그렇고, 배심재판 신청에는 왜 동의했습니까? 검사 페이스
에 말려든 거 아닙니까?"

"글쎄……. 꼭 나쁘다고는 할 수 없지 않을까."

고진은 전방의 도로를 주시할 뿐 더 이상 말이 없었다. 차는 이윽고 반포대로에 접어들었다. 차창 밖으로 건너다보이는 겨울 거리는 잘 닦인 거울처럼 깨끗했다. 이유현이 물었다.

"김명진이 무죄라고 믿으세요?"

"아니."

고진은 고개를 갸웃하다가 덧붙였다.

"사실은 아직 몰라. 사건을 맡은 지 며칠밖에 안 됐거든."

"법정에서 부인하고 나온 건 그저 변호사의 습관이나 버릇 같은 거였던가 보네요."

"무죄든 아니든 무죄로 만들 수는 있을 것 같아서지. 검사가 무슨 증거를 숨기고 있는지는 몰라도 지금 나온 증거는 형편없거든."

고진이 운전대에 손을 얹은 채로 이유현을 흘깃 돌아보았다. '형편없는 증거'로 김명진을 법정에까지 세운 사람은 바로 이유현이었다.

"자넨 유죄라고 확신해?"

"간접증거나 정황증거라면 충분해요. 물론 동기도요."

"나도 대충은 알아. 하지만 이 반장의 해석을 듣고 싶은데."

"왜요. 재판에서 써먹게요?"

"이런, 서로 입을 닫을 거면 누가 불리한지 생각해 보자고."

이유현은 어이가 없었다. 하긴 지금껏 고진의 말 때문에 곤란을 겪은 적은 없다. 이제 와서 입을 닫을 이유도 없다. 유죄라고 판단했기에 검찰에 기소의견으로 송치했지만, 그것으로 이유현의 역할은 끝났다. 고진은 직업인으로서의 판단 이전에 자연인 이유현의 생각을 묻고 있다. 이유현도 물론 자신의 수사관 경력에 한 줄을 추가하기 위해 억울한 사람을 유죄로 만들 생각은 추호도 없다. 그의 관심사는 실적이 아니라 진실이다.

"일종의 치정 살인으로 보고 있어요."

"치정이라……. 참 어감이 더러운데. 김명진의 미모에 대한 실례 아냐?"

"여자 얼굴에 넘어가 헛삽질한 일이 몇 번 있었죠? 내가 아는 것만 해도……."

"음, 알았어. 이야기해 봐."

고진이 이유현의 말을 서둘러 끊고 재촉했다.

"먼저 피해자 쪽부터 이야기하죠. 신창순은 변호사였습니다."

"변호사'였다'?"

"고향인 부산에 내려가 법원 근처에 개인사무소를 열었답니다. 아무래도 연고가 있으니 사건이 좀 있을 거라고 생각한 모양이죠. 하지만 실력이 변변찮았던지 수임도 별로 못 하고 사무실을 겨우 유지하는 정도였는데……. 아, 여기서 '변호사였다'고 이야기한 건 몇 년 일하다가 사무실을 접었기 때문인데요, 큰 사건이 있었습니다. 어떤 정신이상자가 사무실에 돼지죽을 뿌리고는 각목을 휘두르며 난동을 부렸답니다. 사무장이 창문으로 뛰어내리다 크게 다쳤고, 사무실은 박살이 나버렸어요. 신창순은 마침 사무실에 없어서 살았죠. 신창순은 그 충격으로 변호사를 그만두고는 사업에 뛰어듭니다."

"어차피 변호사로선 변변찮았다며. 그만두려던 차에 그 사건은 하나의 빌미였을 뿐일 수도 있겠지."

"그럴지도 모르죠. 변호사를 할 때부터 사업 쪽에 관심이 많았다고 하더군요. 그런데 이쪽에는 통 재능이 없었나 봅니다. 이것저것 손을 댔지만 재미를 못 봤고, 마흔을 넘기도록 자리를 잡지 못했죠. 라오스에서 모래를 수입했고, 중국에 건너가 한국 옷을 팔기도 했는데 다 접었어요. 얼마 전에는 한국 중고 버스를 러시아로 수출하는 사업을 했는데 세금 문제에 걸려서 또 폐업했답니다. 그 무렵 러시아 교포를 한 명 알게 돼요. 일종의 사업 브로커인데, 이 사람한테 홀렸는지 새 사업을 한답시고 아예 블라디보스토크로 건너갔습니다. 서울에 겨우 마련했던 집을 팔아 버리고 아내인 김명진까지 데리고요. 그 뒤 두 달 만에 이 사건이 벌어졌어요. 현지에선 거의 룸펜 비슷하게 살았던 모양입니다. 사업은 진행 안 되고 아내는 가출하고. 사업 브로커 몇 명한테만 줄곧 매달렸고, 현지 교포들하고는 전혀 교류가 없었답니다."

"괜히 사업에 손을 대서 인생이 꼬였군."

"주변 이야기를 들어 보면 사람은 좋은데 좀 가볍고 참을성이 없었답니다. 욕심이 컸고요. 안 좋은 일이 있었더라도 좀 참고 변호사하면서 적당히 벌고 살았으면 되었을 텐데 요리조리 옮겨 다니다 결국 하나도 못 건지고 망한 케이스죠."

"그럼 김명진하곤?"

"대학 선후배 사이였습니다. 한연우, 임의재, 남궁현이라고, 라이벌이 세 사람 더 있었던 모양인데, 다 제치고 신창순이 결혼에 골인했죠. 그 뒤에 사법시험에 합격했고요. 근데 몇 년 골방에 처박혀 시험 공부를 한 데다가 개업 후엔 부산으로 이사한 탓인지 다른 친구들하곤 연락이 끊겼던 모양입니다. 그러다가 사건이 일어나기 5개월 전쯤 다시 연락이 되었다니, 20년 만이었죠. 계기가 좀 묘해요. 김명진의 동생인 김해나하고 남궁현이 우연히 만나 남녀 사이로 발전했답니다. 그 덕에 김명진과 예전 친구들도 연락이 닿았대요. 다른 남자들은 다 성공해 있었죠. 그래서 아마 김명진이 옛 남자들 중 한 명한테 감정적으로 불이 붙지 않았나 싶어요."

"젠장, 치정 사건의 실체란 게 결국 그런 어림짐작이었어?"

"남편 살해라는 결과가 거꾸로 동기를 말해 주지 않습니까? 뭐 불만이라면 그만 이야기 접죠."

고진은 운전대에서 한 손을 떼 다급히 흔들었다.

"아냐, 아냐. 계속 얘기해 줘."

이유현은 거만하게 헛기침을 한 후 이야기를 이었다.

"네 사람은 20년 만에 해후했지만 바로 3개월 뒤 신창순이 사업한답시고 김명진하고 같이 블라디보스토크로 떠나 버렸어요. 그 전 중국 생활도 힘들었던 모양인데 또 객지로 떠나게 되었으니 김명진은 불만이었을 겁니다. 여기서부터 부부 사이가 크게 삐거덕거린 것 같아요. 마치 형님 무릎처럼요."

고진은 입술을 씰룩했다.

"결국 김명진은 집을 나가 버립니다. 둘 사이엔 아이도 없으니까 가출도 부담이 없었겠죠. 근데 참 지독한 게, 남편한테 사는 곳조차 알려 주지 않았답니다."

"고독을 즐기고 싶었나 보지."

"동생이나 예전 남자들한테는 주소를 가르쳐 줬는데, 그건 뭡니까?"

"흠……."

고진은 잠시 생각에 잠겼다가 말을 돌렸다.

"신창순이 좀 문제 있는 인물이 아니었을까?"

"전혀요."

이유현이 딱 잘라 말했다.

"주변 평판이 좋은 인물이었어요. 인상이 선한 데다 싹싹하고 붙임성 있고 정 많은 사람이라고요. 변호사 시절에도 실력이 없어서 그렇지 의뢰인들한테 좋은 소리는 많이 들었답니다. 그래도 뭐 여자 마음이야 어떻게 알겠습니까. 싫은 데야 이유도 없는 거고요. 김명진은 남편이 싫었나 봅니다. 그것도 엄청요. 사법시험 붙어서 좀 형편이 피나 했는데 변호사 사무실을 덜컥 폐업해 버렸고, 그 뒤로 이것저것 손만 댔지 제대로 하는 게 하나도 없었잖습니까. 꼴 보기 싫었겠죠. 원래 고상한 여자들일수록 그런 비실이를 경멸하잖아요. 괜히 개폼 잡는 남자가 멋있어 보이고……."

"잠깐, 자네의 콤플렉스에 나까지 끌어들이지 마. 난 폼 잡는 남자를 좋아한다고."

"그런 놈이 뭐가 좋습니까?"

"웃기잖아."

이유현은 대꾸하지 않고 이야기를 계속했다.

"그러던 중에 예전 남자들과 만났습니다. 하필 모두 싱글이었어요. 남궁현은 이미 동생과 결혼을 앞두고 있었으니 그렇다 쳐도, 임의재는 부자고, 한연우는 대학교수입니다. 김명진은 그중 한 명을 마음에 두었던 것 같아요. 아마 지금이라도 손가락 하나만 까딱하면

바로 달려올 거라고 생각했을지도 모르죠. 사실 형님도 보셨듯이, 뭐 미모에는 자신을 가질 만하죠. 어떻습니까? 이런 상황이니 뻔하지 않겠어요? 찌들대로 찌든 남편하고 비교가 되었을 게 분명합니다. 남편에게 질려 버린 차에 잘나가는 옛날 남자를 만났으니, 불에 기름을 부은 겁니다. 이혼하고 싶었지만 신창순은 응하지 않았죠. 그래서 가출까지 했던 거고. 그래도 안 되니 최후의 방법으로……. 하여간에 사건이 절묘하게 맞아떨어졌어요. 원래 살인이란 게 그런 우연한 사정들이 겹쳐야 일어나는 법 아닙니까. 신창순은 안 헤어져 주고, 남자를 갈아타고 새 출발 하려던 김명진은 미칠 것 같았겠죠. '남편이라는 걸림돌만 없으면.' 하고 생각한 겁니다.

그러던 중에 계기가 생겼어요. 동생과 세 남자가 모두 12월 말에 블라디보스토크를 찾아오기로 한 겁니다. 이게 김명진에게 어떤 결정을 하게끔 내면의 방아쇠를 당긴 것 같아요. 뭔가 그들이 오기 전에 해결해 버리고 싶은 마음 같은 거랄까요. 더구나 타국에서는 사건을 덮기도 쉽다고 생각했겠죠. 김명진은 서둘러 남편을 불러냈고 아무도 없는 뒷골목에서 살해해 버린 겁니다."

이유현은 잠시 말을 끊고 반론을 기다렸지만 고진은 대꾸하지 않았다. 혹시 그도 김명진의 무고함에 자신이 없는 걸까. 이유현이 덧붙였다.

"사건을 수사한 블라디보스토크 경찰도 김명진이 범인이라는 의견서를 보내왔어요. 두 나라 경찰의 의견이 일치한 겁니다."

또 대꾸가 없다. 도로는 예상 외로 한산했고, 잠시 정적에 잠긴 차는 어느덧 반포대교를 눈앞에 두고 있었다.

이유현은 고진이 말수를 좀 줄였으면 하고 늘 바라왔다. 과묵한 그를 상상하기란 힘들었다. 그런 고진이 평소와는 조금 다르다고 이상하게 느낄 즈음 그의 입이 열렸다.

"하지만 그것만으로 유죄로 확신하긴 부족해. 자네가 확신한 이유는 따로 있겠지? 역시 거짓말탐지기 조사였나?"

"역시 그렇죠……."

이유현은 말끝을 흐리며 떠올렸다. 물론 고진에게 말한 것 외에 자질구레한 증거들이 더 있었지만 충분하다고는 말하기 어려웠다. 수사를 진행하면서도 김명진이 과연 살인을 했을까 아닐까 긴가민가했다. 그런 마음을 결정적으로 유죄 쪽으로 기울게 만든 건 거짓말탐지기 조사였다. 다소 부족한 증거에도 불구하고 구속영장이 발부된 것도 거짓말탐지기 분석 결과가 크게 작용했으리라. 물론 재판에서는 증거로 쓸 수 없지만.

김명진은 거짓말탐지기 조사에 동의했다. 아마도 잔뜩 위축되어 있는 탓에 경찰의 제안을 단호히 뿌리치지 못하고 끌려가다시피 고개를 끄덕인 것 같았다. 정서가 줄곧 불안한 상태였다. 잔솔가지처럼 가는 엄지와 검지를 끊임없이 비벼 댔다. '이렇게 마음이 약한 여자가 남편을 죽였을까?' 이유현은 다시금 회의가 들었다. 그때는 불구속 상태로 조사를 받고 있어서 국선변호인도 없었고, 그녀에게 법률적 조언을 해줄 다른 사람이 없었다. 경찰로서 약간은 비겁한 수법이었지만, 응할 의무가 없는 거짓말탐지기 조사에 응하도록 김명진을 구슬리는 데에 큰 어려움 없이 성공할 수 있었다.

검사관은 조사실이 내다보이는 유리창 너머에서 기계를 세팅하고 대기했다. 조사실 안에는 이유현이 혼자 들어갔다. 직접 물어보고, 확인하고 싶었다. 손가락에 전극을 연결한 김명진은 어깨를 잔뜩 움츠렸고 얼굴은 겁에 질려 있었다.

시작하기 전 기초 질문이 있었다. 본 검사를 위한 예비 단계로, 사건과 무관한 인적 사항이나 상식을 묻는다. 움츠러들었던 김명진의 어깨가 점차 펴졌고, 긴장이 다소 풀려 갔다.

기초 질문이 끝난 후 본 질문에 앞서 이유현은 조금 간격을 두었다. 길어진 침묵에 김명진도 긴장하는 기색이었다.

"몇 가지만 물어보겠습니다. 사실대로 대답하세요."

이유현은 일부러 음성을 차분하게 낮추었다. 김명진의 얼굴이 확 굳어졌다.

이제부터가 본론이다. 질문은 단 네 항목이었다. 명료한 결과를 얻기 위해서 항목을 최소화했다.

"김명진 씨는 남편 신창순과 이혼하고 싶었지요?"

김명진은 고개를 푹 떨구고 말이 없었다. 이유현은 한 번 더 물었다. 참을성 있게 기다려 보았지만 입이 열릴 것 같지 않았다. 분위기에 눌려 거짓말탐지기 조사에는 응했지만 바보가 아닌 다음에야 개별적인 질문에 그저 '예, 예' 할 수는 없으리라. 남편의 사업 문제 때문에 일시적으로 나와 따로 살고 있다고 했었다. 남편과 이혼하고 싶었다고 대답한다면 그 말이 거짓이었던 게 되고, 남들 눈에 보이는 범행의 동기가 탄생해 버린다. '그렇다고 거짓말탐지기 앞에서 대놓고 거짓을 말할 뻔뻔함도 이 여자에겐 없다.' 그래서 김명진이 대답을 하지 못한다고, 이유현은 그렇게 판단했다. 그는 잠시 후 다음 질문을 했다.

"그래서 김명진 씨는 12월 13일에서 14일 사이에 남편 신창순에게 문자 메시지를 보내 불러냈지요?"

김명진은 흠칫 고개를 들어 이유현을 보았다. 낯선 사람을 만난 아이처럼 눈이 커져 있었다. 그동안 줄곧 자신을 살인자 취급해 오던 형사가 눈앞에서 압박해 오고 있었다. 상황을 벗어나고 싶을 것이다. 하지만 문자 메시지를 보낸 사실만은 도무지 부인할 수 없다. 김명진은 조그맣게 대답했다.

"그냥 이야기를 좀 하고 싶어서…….."

"예, 아니요로 대답하세요."

"……네."

가느다란 대답이 흘러나왔다. 이유현은 생각할 틈을 주지 않겠다는 듯이 이어 물었다.

"그리고 12월 14일 저녁 남편 신창순 씨를 만났지요?"

수사관이 던진 그물이 몸을 조여 오는 것처럼 느꼈을까. 김명진의 눈동자가 크게 흔들렸다. 입이 살포시 열리는 듯하다가 갑자기 외마디 비명 같은 소리가 흘러나왔다.

"몰라요…… 몰라!"

고개를 거세게 가로저었고, 어깨까지 떨었다. 예상을 벗어난 격렬한 반응이었다. 이유현은 흔들리지 않았다. 질문을 반복하지도 않았다. 중요한 건 다음 질문이었다. 김명진이 이성을 찾거나 계산을 할 때까지 기다리지 않았다.

"그리고."

최대한 감정을 탈색한 목소리를 냈다. 이유현의 말은 토끼몰이를 하듯 야금야금 김명진을 막다른 골목으로 몰아갔다. 그녀는 겁먹은 얼굴을 들었다. 시선은 이유현의 얼굴에 못 박힌 채 움직일 줄을 몰랐다. 이어 이유현은 또박또박 힘주어 물었다. 달리 들을 여지가 없도록.

"김명진 씨는 남편을 목 졸라 살해했지요?"

발갛게 상기되었던 김명진의 얼굴에서 색조가 사라졌다. 몸은 어느 순간 푹 꺼져 버리듯 가라앉았고, 손가락 끝의 가벼운 떨림만 남았다.

"아……."

이번에는 흥분하지는 않았지만 목소리가 짓눌려 있었다.

"아니에요."

겨우 네 음절이었지만 마치 수만 번의 떨림이 뭉쳐 나온 소리 같았다. 그 대답마저 힘에 겨웠던 듯 김명진은 고개를 푹 숙였다.

조사는 그걸로 끝났다.

몸에 붙은 전극을 떼어 내는 동안 김명진은 허물어진 돌무더기 같은 모습이었다. 핏기가 완전히 빠져나간 그 얼굴을 이유현은 똑똑히 기억했다.

분석 결과는 국립과학수사연구원으로 보낸 지 사흘 만에 나왔다.

그 결과는 이유현이 한편으로는 기대하고, 다른 한편으로는 기대하지 않았던 것이었다.

남편을 살해하지 않았다는 김명진의 마지막 대답.

그것은 '거짓'이었다.

김명진은 남편을 살해한 것이다.

"하지만 아쉽겠군. 거짓말탐지 조사 결과가 법정에 증거로는 나오지 못할 테니까."

고진이 불쑥 뱉은 말에 이유현은 생각에서 깨어났다.

"근데 어쩌다가 이 사건을 맡게 되셨어요?"

"그게……."

고진이 조금 뜸을 들이다가 말했다.

"우리 아파트 아래층 여자 알지?"

이유현은 기억한다. 대모산 기슭, 사람이 살지 않는 모델하우스 같은 고진의 텅 빈 아파트. 거기에 들렀다가 아래층 여자를 엘리베이터에서 만난 일이 있었다. 피아니스트이고 독신이라 했던가. 경규란이라는 특이한 이름의 그녀는 미모가 상당했고, 나이는 고진보다 조금 많았는지 어쨌는지 기억이 확실치가 않다. 성격은 예술가답게 까칠한 모양이었다. 고진의 담뱃재가 날아와 아래층 피아노에 떨어진다면서 따지러 올라왔었다는 얘기도 들은 적이 있다.

"김명진이 그 피아니스트의 고교 시절 친구래. 20년이나 소식이 끊겼다가 얼마 전 연락이 닿았나 봐. 피아노 선생은 우연히 내가 변호사인 걸 알았고, 김명진이 구속되고 나서 날 소개해 줬어."

"그런 인연이군요. 근데 법정에 나오지 않던 양반이 웬일입니까."

"글쎄……."

고진은 말을 흐렸다.

"피아노 선생과 김명진 둘 다 미녀였기 때문이라고 해 두지."

후일 고진이 법정에 나오게 된 의미를 깨닫게 되고, 그것은 재판의 향방을 뒤집을 만한 큰 사건으로 번지게 되지만, 지금 이 순간 이유현은 얼버무리는 고진에게 더 캐묻지 않았다. 대신 그는 김명진의 옷차림을 떠올렸다.

"그래서 법정에 수의 대신 사복을 입혀 내보낸 거죠?"

재판이 진행 중인 미결수는 자신의 선택에 따라 사복을 입고 법정에 출정할 수 있다. 수의를 입는 건 유죄라는 선입견을 줄 수 있기에 강요하지는 못하게끔 되어 있다. 물론 대부분은 수의를 입은 채로 나오지만. 사복 차림을 시킨 건 미모를 돋보이게 하려는 고진의 전략임이 분명하다.

"맞아. 미녀잖아. 게다가 남자의 애잔한 마음을 부르는 특유의 분위기가 있어. 피고인에게 절대적으로 유리한 요소야. 이걸 왜 활용하지 않겠나? 아까 법정에서 그 고리타분한 판사가 김명진한테 물 갖다 주라고 한 것 봤지?"

이어 미녀가 재판에서도 훨씬 후한 대접을 받는다는 미국의 실증적 연구 사례를 고진이 줄줄이 읊는 동안 이유현은 귓전으로 흘려들으며 다른 생각에 빠져 있었다.

차는 뻥 뚫린 도로를 열심히 달려 어느덧 강변북로로 접어들었다.

"다른 용의자는 어때?"

"다른 용의자라고요……?"

이유현이 히터를 끄며 하품을 했다.

"김명진 말고는 다른 용의자라고 할 만한 사람들이 없어요. 그것도 김명진을 범인으로 지목하게 된 큰 이유였죠. 일종의 소거법이라고 할까요?"

고진도 수사 기록을 보아 대충은 알고 있을 터였다. 김명진 말고는 도무지 범인을 떠올릴 수 없게 만드는 사면초가의 정황.

"그렇군……."

대답은 짧았지만 여운이 있었다. 이유현은 문득 생각했다. 고진 역시 김명진이 범인이라고 생각하는 건 아닐까. 그는 의뢰인에 대한 맹목적인 믿음 따위를 갖는 인물이 아니다. 모든 정황이 묘하게 김명진을 가리키고 있다. 분명 그도 의식하고 있다. 이유현이 물었다.

"앞으로 어쩔 생각입니까?"

"나머지 용의자들을 만나 봐야지."

"나머지 용의자들……?"

이유현이 되뇌었고, 고진은 이를 드러내며 씩 웃었다.

서쪽 하늘이 낮게 내려앉아 있었다. 두 사람을 실은 차는 겨울 하늘 안으로 뛰어들듯 강변북로를 달려 나갔다.

제3장

김해나는 강변북로에 면한 4층 카페 창가에 앉아 기다리고 있었다. 말아 쥔 오른주먹을 턱 밑에 집어넣고 문짝만 한 창유리 너머로 한강 어디쯤을 응시하고 있다. 얼굴에는 엷게 수심이 떠 있다. 김해나와는 사건을 의뢰받은 이래 두 번째 만남이다. 고진은 외투를 옆 의자 등받이에 걸쳐 놓고 맞은편 자리에 털썩 앉으며 인사를 건넸다. 조금 전 법정에서 목을 조르던 넥타이는 풀어 놓은 지 오래다.

"재판은 어떻게 됐어요?"

김해나가 성마른 음성으로 물었다. 생김새가 언니와 비슷하면서도 어딘가 다르다. 김명진보다 세 살 아래라고 했던가. 하지만 3년 치 이상 단단해 보인다. 눈초리가 삐침처럼 올라갔고 홀쭉한 뺨 탓에 턱이 도드라졌다. 고집 세고 자기주장이 강할 것 같은 인상. 김명진과는 얼굴선이 약간 다를 뿐인데 완전히 다른 느낌을 자아낸다.

두 사람의 차이는 성격과 배우가 표정을 약간 바꾸면서 천하의 순둥이에서 반대의 인물로 변신하는 것에 비유할 수 있을 것 같다.

"금세 끝났어요. 검사가 배심재판을 신청했습니다. 앞으론 배심재판으로 진행될 거예요."

"배심재판요? 그럼 언니한텐 유리한 건가요?"

"지금으로선 중립이라고나 할까요."

"……왜 재판을 질질 끄나 몰라."

김해나는 크게 혼잣말을 했다. 남궁현과 결혼한 후 미국으로 영구 이민을 떠날 참이었다. 그런데 돌연 형부가 살해당하고 언니가 살인죄로 법정에 서는 바람에 계획이 엉망이 되어 버렸다. 툴툴거릴 법도 하다.

"오히려 희망적인 겁니다. 검사가 자신이 없으니 이런저런 그물을 던져 보는 걸 수도 있거든요."

"그동안에 언니는 구치소에서 더 지내야 하는 거잖아요."

"그런 재수 없는 일도 생기는 거죠, 살다 보면."

김해나는 시큰둥한 표정으로 외면했다.

"어쨌든 죽은 신창순 씨만큼 재수 없진 않으니까요."

고진은 기어이 한마디를 덧붙였다. 위로 같지 않은 위로에 김해나는 어이없다는 듯 고진을 쳐다보았다. 하지만 그의 말대로 신창순이 아주 재수 없는 사람이란 건 부정할 수 없으리라. 살해당한 것도 불운한데, 아이러니하게도 그 죽음에 가장 큰 관심을 갖는 사람은 가족이 아니라 생면부지의 조현철 검사다. 3년 전 모친의 별세를 끝으로 신창순에게 직계가족은 없어졌다. 그의 죽음을 가장 슬퍼해야 할

아내 김명진은 살인 혐의로 구금되어 자신 한 몸조차 돌보기 힘들고, 처제인 김해나는 그 김명진을 걱정하느라 신창순을 추억할 시간이 없다.

김해나는 죽은 신창순에게 비교적 좋은 감정을 가지고 있는 것 같았다. 사건을 의뢰하던 날, 그녀의 입을 빌어 묘사된 신창순은 그랬다. 20여 년 전 첫 만남부터 인상이 좋았다고 했다.

"공부벌레였죠. 처진 눈에 순한 인상이지만 집념이 있었고 매사에 열심이었어요. 사법시험 공부도 엄청 열심히 했죠. 의자에서 일어나면 한동안 다리가 펴지지 않아 오리처럼 어기적어기적 걷던 게 기억나요. 근데 진득한 성격은 아니었나 봐요. 변호사 개업해서 좀 살 만해지나 싶었는데 얼마 안 가 걷어치운 거 보세요. 사업을 시작했는데 운이 안 좋았죠. 손댄 거 다 실패하고 고생만 진탕. 그래도 언니한테는 잘해 줬고, 부부 사이도 좋았어요. 사업가로서는 모자라지만 남편으로서는 꽤 괜찮은 사람이었던 것 같아요……."

그녀도 한 가지 불만은 있었다. 결혼한 후에 언니와 그녀가 좀 멀어진 것 같다는 것이었다. 그게 형부 탓이라는 게 그녀의 생각이었다. 고진이 "결혼하면 아무래도 조금 멀어지게 마련이지 않을까요?" 하며 말했지만 김해나는 새침하게 고개를 흔들었다.

"남궁 선생님은요?"

고진은 김해나의 옆 빈자리를 눈짓으로 가리키며 물었다. 남궁현과 김해나를 같이 만나기로 했고, 임의재도 나오기로 되어 있었다.

"잠깐 화장실 갔는데. 아, 저기 오네요."

김해나가 얼굴을 밝게 펴며 고진의 어깨 뒤쪽으로 시선을 보냈다.

고진은 뒤를 돌아보았다. 덩치 큰 남자가 미소를 띤 채 이쪽을 향해 다가오고 있었다. 그는 고진을 지나쳐 김해나의 옆에 털썩 앉았다.

"남궁현이라고 합니다."

남자는 이름을 밝히며 테이블 위로 팔을 뻗어 여유 있게 악수를 청했다. 상대방보다 나이가 위라는 걸 충분히 인식하고 있는 몸짓이었다. 고진은 손을 맞잡았다. 손바닥 살집이 두툼하고 손등에는 털이 숭숭 나 있다. 턱살이 붙은 둥근 얼굴이지만 미끈하고 높은 코, 훤칠한 이마, 큰 눈을 가졌다. 살이 빠지면 80년대 홍콩 배우를 연상시키는 미남형 얼굴이 드러날 것 같다. 살짝 올라간 입매는 첫 대면부터 호감을 준다. 그가 매끄러운 목소리로 말했다.

"명진이가 아니란 걸 꼭 밝혀 주세요."

종업원이 다가오자 김해나는 바닐라 라테, 남궁현은 에스프레소를 시켰다. 고진은 레몬그라스 티를 '아주 뜨겁게'라고 강조하며 주문한 다음 말했다.

"김명진 씨가 범인이 아니라고 믿고 계신 모양이네요."

남궁현이 상체를 등받이에 기대고 '이게 무슨 소리야?' 하는 듯한 표정으로 천천히 턱을 만졌다.

"명진이를 잘 아니까요. 사람을 죽일 수 있는 여자는 아니에요."

이어 그가 물었다.

"공판은 어떻게 되었죠?"

고진은 재판 상황을 간추려 전달해 주었다. 배심재판이 시작된다는 사실도 말해 주었다. 남궁현은 자신이 물어 놓고도 지루한 수업 중의 뒷자리 학생처럼 따분한 표정을 지었다. 그사이 종업원이 음료를 가져왔다.

"변호사님만 믿겠습니다."

고진에게는 이 남자의 말이 어쩐지 건성으로 들렸다. 진심인지도 모르지만, 적어도 건성으로 들리게끔 말하는 재주가 그에게 있는 것 같았다.

"아무튼 변호를 하려면 저도 좀 사정을 알아야겠죠. 검찰 측 증거가 대단한 건 없지만 우리가 모르는 내막을 숨기고 있을지 몰라서요. 상대방만이 아는 정보로 불시에 뒤통수를 맞는 걸 법정에서는 '불의타'라고 표현하는데요, 특히 배심재판에서는 이 불의타를 먹으면 타격이 큽니다. 뭐랄까, 다소 감각적인 재판이니까요."

"그렇군요. 뭐, 최대한 도와야죠. 어떤 걸 말씀드리면 될까요?"

남궁현이 데미타세를 들고 입김을 호호 불며 말했다. 큰 덩치와 작은 에스프레소 잔의 부조화는 도토리를 까먹는 곰을 연상시켰다. 겨우 몇 마디 오갔을 뿐이지만, 왠지 그와는 대략 1, 2센티미터 이상의 깊이 있는 대화를 나눌 수 없을 것 같은 느낌이다.

"일단 김명진 씨하고 20년 만에 연락이 닿은 일부터 블라디보스토크로 건너간 이야기를 좀 듣고 싶습니다."

"그럴까요."

남궁현은 잔을 내려놓고 서슴없이 이야기를 시작했다.

"대학 때 친했던 친구들이 넷 있어요. 저하고 임의재, 한연우, 그리고 죽은 신창순 이렇게요. 우리 다 명진이한테 대시하기도 했었죠. 후훗. 졸업하던 해 겨울, 동시에 프러포즈했으니까. 벌써 20년 전 이야기네요. 명진이는 결국 창순이가 차지했어요. 결혼하고 나서 친구들하고 몇 번 만나기도 했는데 한 2, 3년 지나니까 연락이 뚝 끊겼어요. 창순이가 사시 붙은 뒤론 아예 부산으로 내려갔다고 하고. 뭐, 약간 궁금하고 약도 오르긴 했지만…… 지들끼리만 재밌게 살고 싶었나 보다, 그렇게만 생각했어요. 남은 우리끼린 그 뒤로도 가끔 만났습니다. 사실 우린 명진이를 두고 뭉쳤던 사이랄까요. 그런데 명진이가 사라졌으니 좀 뭣하기는 하더라고요. 그래도 한 여자를 두고 다툰 남자끼리의 우정이랄까 그런 게 있었죠. 아, 그런 건 좀 이해하기 어려우실라나?"

남궁현은 턱을 들어 고진을 쳐다보았는데, 어딘지 경박해 보였다. 고진이 대답이 없자 계속 말을 이었다.

"우린 명진이 소식을 궁금해했는데 아는 녀석이 없더군요. 창순이 놈이 너무 숨는 거 아니냐고 욕하기도 했고. 아무튼 그러다가 의재도 해외로 떠났고, 우리끼리도 완전히 왕래가 끊긴 게 한 마흔 넘어서부터인 것 같아요. 저는 오래전 아내하고 사별한 뒤로 쭉 혼자 지냈습니다. 그러다 한 8개월 전에 여기 있는 해나를 우연히 만났어요. 김포공항에서 티켓팅을 하러 줄 서다가 만났죠. 대단한 우연 아닙니까? 얼마나 반갑던지요. 대학 시절 명진이하고 꼬박 2년을 같이 다녔으니까 해나하고도 당연히 친했죠. 예전의 그 예쁜 얼굴도 남아 있었고. 거 참, 사람 인연이란 게…… 어떻게 20년을 건너 이렇게 이어지나 몰라요. 해나도 남편과 이혼하고 혼자 지내고 있더군요. 아이는 남편이 키우고 있었고요.

아무튼 그래서, 제가 친구들한테 연락했지요. '해나 만났다!' 하고요. 해나를 통해서 명진이하고 창순이 소식도 들었죠. 다들 명진이 얼굴 한번 보자고 성화였어요. 우리 중엔…… 뭐, 모르죠. 아직 명진이를 마음에 품고 있는 녀석이 있었을지도. 하하. 농담입니다. 그래도 궁금하더라고요. 변호사님도 그렇지 않아요? 아줌마가 된 걸 알아도 옛날 첫사랑이 어떻게 변했나 궁금해서 한번 만나보고 싶은 심정 같은 거."

"글쎄요, 잘 모르겠네요."

고진이 밋밋하게 대꾸했다. 머쓱해진 남궁현은 웃음을 지우고 말을 이었다.

"몇 달 전에 같이 서울에서 만났는데, 야아, 놀랐어요. 옛날 미모가 그대로더라고요. 아니, 더 깊이가 있어졌다고 할까요. 솔직한 심정으로, 완전히 아줌마로 변해서 실망했으면 했거든요. 아무 미련도 안 남게 말이죠. 하하. 나이가 있으니 피부야 어쩔 수 없겠지만, 그 성숙하고 무르익은 분위기하며……."

옆에 김해나가 있어도 남궁현은 거침이 없었다.

"첫사랑의 동생분과 결혼을 하시는 거군요. 기묘한 인연인데요."

"우리 둘 다 외롭던 처지에 가까워진 거죠. 제가 곧장 프러포즈를 했어요."

김해나는 눈을 내리깔고 있었다. 남궁현의 무신경한 말에 심기가 상한 듯했다.

"20년 전과는 달리 경쟁자가 없어서 좋았겠습니다."

"이번엔 아무리 경쟁자가 많았어도 놓치지 않았을걸요."

남궁현은 싱긋 웃었다.

"우린 결혼하기로 했습니다. 전 미국 캘리포니아로 영구 이민을 계획했고, 이 사람도 동의했어요. 아니, 적극 찬성하는 입장이었어요. 이런 말은 좀 그렇지만 우리 둘 다 한국 생활에 좀 질려 버렸다고나 할까요. 미련을 둘 만한 게 남아있지 않았거든요. 단 하나 있다면 이 사람 언니인 명진이가 문제였어요. 우리하고 다시 만난 지 석 달 만에 갑자기 러시아 블라디보스토크로 가버렸는데, 황당했죠. 한국 집도 처분했고, 아예 거기서 눌러 살 모양이더군요. 우린 결혼을 앞두고 명진이 부부를 만나보기 위해 블라디보스토크에 갔던 겁니다. LA 쪽에는 이미 오렌지카운티에 집이랑 가게까지 다 마련해 두었어요. 아, 오렌지카운티는 LA에서는 좀 떨어진 곳인데 코리아타운보다는 꽤 웃줄인 동네죠. 아무튼 이번에 떠나면 다시는 한국으로 오지 않을 작정이었습니다. 아마 이번에 명진이를 만나는 게 이 사람한테는 살아생전 언니를 만나는 마지막이 될지도 모르는 일이었죠."

"그래도 언니인데 그렇게까지 안 보게 되려고요?"

고진이 김해나를 향해 물었다. 그녀는 창밖 어딘가를 응시하며 말했다.

"너무 멀잖아요. 어차피 한국에 있을 때도 자주 보지는 못했어요."

어딘가 변명조였기에 고진은 더 묻지 않았다. 품속에서 담배를 찾다가 금연 중임을 불현듯 깨닫고 슬쩍 손을 뺐다. 대신 진하게 우려낸 차를 홀짝이는 것으로 니코틴을 대신했다.

고진은 문득 김명진과의 첫 만남을 떠올렸다. 머뭇머뭇 봉투를 내밀던 하얗고 긴 손. 상처 입기 쉬운 살결. 거칠게 잡아당기면 속절없이 찢어지고 말 것 같은 여성성. 수동적인 아름다움이라고 해야 할까. 비록 '살인'이라는 말을 입에 올렸지만 그건 그녀에게 사악한 올림을 덧씌우기보다는 오히려 속에 묻은 이유를 알고 싶게 만들었다. 돈과 욕망으로 얼룩진 악의가 아니라 핏빛 그림을 그리는 화가의 내면 같은 것이 그 안에 있을 것 같았다. 그녀는 남자의 마음에 편서풍을 일으킨다. 항상 '그녀'라는 한 방향으로만 부는 바람. 이 여자와 적대한다면 상대는 그 이유만으로 자기편을 모두 잃을 것이다. 그런 기분이 들었었다.

"예전엔 김해나 씨한테 왜 관심을 두지 않으셨을까요? 이렇게 미인이신데."

"첨 봤을 때 해나는 고3이었어요. 애라고만 생각했죠. 물론 얼굴은 예뻤죠. 명진이하고 꼭 빼닮았었어요. 하지만 고등학생인데, 이왕이면 대학생인 명진이를 만나야죠? 그땐. 하하하."

그러자 김해나가 남궁현을 흘기고는 말했다.

"첫인상이란 게 큰가 봐요. 고등학생일 때 첨 봐서 그런지 1년 지나고 대학생이 되었어도 오빠들은 날 애로만 생각하던걸요. 여자로는 보지 않은 거죠."

아마도 김명진이 없었다면 달랐을 것이다. 고진은 그렇게 생각했지만 입 밖으로 꺼내지 않았다. 그저 조그맣게 미소 지을 뿐이었다.

"12월 13일 무렵부터 블라디보스토크에 가신 후의 이야기를 듣고 싶네요."

"13일이요?"

남궁현은 눈동자를 위로 굴리며 무언가를 생각하는 듯하더니 말했다.

"그 무렵에는 이 사람하고 결혼 준비하느라 이곳저곳 다녔죠. 미국 쪽 준비를 마무리하려고 LA에도 한 4, 5일 다녀왔고요. 나머지는 한국에서 마지막으로 만나야 할 사람들 좀 만났고. 뭐, 만나야 할 사람들이라고 해봤자 그다지 영양가 있는 사람들은 아니에요. 혹시라도 나중에 한국에서의 재산 문제 같은 게 생길 때 멀리 있더라도 좀 일을 맡길 수 있을 만한 사람들, 연락이나 취해 놓으려고요. 이것저것 꽤나 바쁘게는 살았는데, 딱히 이렇다 할 일은 아니었고요."

수사 기록을 읽은 고진은 그의 말이 사실이라는 걸 알고 있다. 고진이 아는 한 가장 성실한 수사관인 이유현이 남궁현과 김해나의 그 무렵 행적을 낱낱이 조사했다. 신창순 살인사건은 부검 결과를 포함하여 블라디보스토크 경찰이 조사한 기록을 통째로 넘겨받았고, 그것이 주된 자료였다. 그러다 보니 한국에서 할 수 있는 조사, 이를테면 관계자의 행적 같은 건 오히려 더 철저하게 이루어졌다. 남궁현과 김해나는 12월 9일 미국으로 떠나 12월 13일 비행기로 귀국했다. 미국에서는 LA 한인 타운에서 현지 교포를 만나고, 오렌지카운티에서 한인 부동산 업자를 만난 사실이 확인되었다. 어차피 그들이 미국에서 체재한 기간은 알리바이가 의미 없는 날짜이기도 했다. 알리바이는 신창순이 살해당한 것으로 추정된 15일경, 좀 더 넓게는 14일부터 16일 사이에서 문제된다. 알리바이 이슈가 고개를 내밀기 시작하는 14일부터 그들이 블라디보스토크로 떠난 12월 21일 사이에는 의혹이 있을 수 없었다. 그들은 그때 서울에 있었고, 서울에 있는 사람은 블라디보스토크의 신창순을 목 졸라 죽일 수 없으니까.

"블라디보스토크에는 12월 21일 비행기로 들어갔죠. 말이 러시아지, 2시간 반이면 갑니다. 북한 바로 위에 있거든요. 부담이 없더군요. 더구나 이젠 비자도 면제되었고. 아무리 이 사람이 언니하고 사이가 그동안 뜸했다고 해도 마지막으로 보는 건데 그 정도는 해야 하지 않겠어요? 꼭 이 사람이 아니더라도 저 역시 예전에 명진이하고 추억이 있고요."

"언니한테 형부하고 같이 한국에 한번 오라고 했는데 당분간은 힘든 모양이더라고요. 그러면 우리가 가서 언니를 보고 와야 하지 않겠냐고 오빠한테 말했어요."

김해나가 거들었다.

"두 분이 김명진 씨 방문 계획을 짰고 그게 계기가 돼서 다른 친구분들도 그 무렵 블라디보스토크를 방문한 걸로 압니다만."

고진이 남궁현과 김해나를 번갈아 보며 말했다.

"그랬죠."

남궁현이 대답했다.

"의재, 연우 다 비슷한 시기에 블라디보스토크로 들어가기로 했어요. 우리가 간다니까 그럼 자기들도 그 김에 여행도 할 겸 명진이 얼굴이나 한번 보자, 그런 거였죠. 명진이 부부가 언제 한국에 들어올지도 모르고. 외국에서 갖는 동창회라고나 할까요. 서울에서도 한두 번밖에 보지 못했거든요."

"블라디보스토크에는 같이 들어가셨나요?"

"각자 일정이 있어서 들어간 날짜는 조금씩 달랐어요."

그 사정은 고진도 알고 있다. 가장 먼저 한연우가 12월 17일에 블라디보스토크로 갔고, 임의재가 12월 20일, 다음 날인 12월 21일 남

68

궁현 커플이 마지막으로 건너갔다.

"명진이는 따로 나와서 살고 있더군요. 같이 만나서 시내 구경하고 밥 먹고 술도 한잔 했습니다. 오랜만에 즐거웠죠. 옛날 생각도 났고요."

"옛날 생각이 났다고요……. 그럼 혹시 옛날 감정은 되살아나지 않던가요?"

남궁현은 훗 하고 웃었을 뿐 굳이 대답하지는 않았다. 김해나가 고진을 쏘아보았고 움찔한 고진은 시선을 외면했다. 하지만 이 순간 질타 어린 김해나의 시선보다 고진에게 더 크게 다가온 건 남궁현의 '매끄러움'이었다. 어떤 말에도 흔들리지 않는다. 대답할 질문과 대답할 필요 없는 질문을 적절히 가려낸다. 찰랑거리면서도 넘치지 않는 술잔처럼 그의 말은 늘 적절한 수위를 유지하고 있다. 대화의 진정성 대신 흐름을 타는 기술만이 몸에 배어 있다. 이야기를 통해 무언가를 캐내기에는 가장 어려운 인물 유형이었다.

남궁현이 아, 하며 입을 다시 열었다.

"창순이는 못 만났어요. 명진이가 만나기 싫댔어요. 그래도 옛날 친군데 싶어서 명진이한테 번호를 물어서 우리가 직접 전화를 했습니다. 통화가 안 되더라고요. 러시아 말로 뭐라뭐라 기계음이 나오는데, 전원이 꺼져 있다는 것 같았습니다. 우릴 피하는 게 아닐까 싶어서 살짝 비위도 상했습니다. 까짓것 우리도 뭐 창순이가 그렇게 보고 싶지는 않았어요, 하하하. 집으로 찾아가는 건 명진이하고 해나가 반대했고. 전화 한두 번 걸어 보고는 안 되니까 그걸로 끝냈습니다. 우린 어쨌든 그 녀석 만나려고 할 만큼 했다는 심정이었던 거죠."

옛 친구들은 오해를 했지만 신창순과 통화가 되지 않는 건 당연했다. 뒷골목에서 얼음덩어리가 된 채로 전화를 받을 수는 없었을 테니까.

남궁현의 대답은 실망스러웠다. 범인이 신창순의 주변인이고 면식범이라면, 김명진 말고는 생각하기 어렵다는 결론으로 귀착된다. 신창순은 15일경에 죽었다. 20년 지기 친구들과 김명진의 동생은 최소 17일 이후부터 차례로 블라디보스토크에 들어갔다. 물리적으로 살인이 불가능하다. 그나마 가능성이 있던 용의자 후보들은 본선에 오르기도 전에 자격을 모두 확실하게 잃었다.

그럼 시공간의 물리학은 제쳐 놓고, 동기는 어떨까. 우선 눈앞에 있는 남궁현은? 예전에는 김명진을 좋아했다지만 지금은 김해나와 만나서 타국에서의 미래를 설계하며 이민 준비까지 해둔 상태다. 그런데 김명진의 남편을 살해할 이유가 있을까. 세상사에 닳아빠지다 못해 물살 속에 박힌 돌처럼 미끈미끈해져 버린 중년의 이 남자가? 돈, 치정, 복수 어느 쪽이든 도무지 상상하기 어려웠다. 물론 김해나가 형부를 살해할 이유란 더 상상하기 힘들었다.

새 인생을 찾은 남궁현과 김해나에게 동기가 없다면 그렇지 못한 한연우와 임의재는 어떨까. 역시 생각하기 힘들었다. 살인까지 가려면 꽤 오랜 기간 증오와 갈등의 누적이 필요하다. 우발적인 살인이라면 다를지 모르지만 살해 방법을 봐서는 그렇지 않은 것 같다. 이들은 20년 만에 옛 친구 부부를 만났다. 그것도 한두 번. 그런데 겨우 그 시간에 외국까지 건너가 옛 친구를 죽여야 할 동기가 생겨날 수 있을까? 뜬금없이 그런 갈등이 싹틀 수 있을 것 같진 않다. 남편 신창순과 오래 살았고, 그 결과 그와 헤어져야겠다는 결론에 도달한 김명진 쪽이라면 몰라도. 그러고 보면 검찰이 김명진의 동기를 의심하는 것도 무리는 아니었다.

어쨌든 확인해 볼 일이다. 임의재는 잠시 후 이 자리로 오기로 되어 있다.

"본격적인 배심재판이 시작되면 치열한 공방이 예상됩니다. 아마 검사가 여러분들을 증인으로 부를 겁니다. 그러니까 앞으론 재판정에 나와 방청하시면서 쟁점을 미리 알아 두시는 게 도움이 될 겁니다."

"그러죠."

남궁현이 대답했다. 고진은 "잠시 실례." 하고는 일어서서 화장실로 향했다. 화장실 문을 열다가 뒤돌아보았다. 남궁현이 김해나의 어깨를 감싸고 유리창 밖을 내다보고 있었다. 그의 품 안에 몸을 묻은 김해나의 얼굴에는 일말의 저항감도 없어 보였다.

하지만 잠시 후 고진이 화장실을 나와 자리로 돌아왔을 때 두 사람은 뚝 떨어져 앉아 있었다. 김해나가 뾰루퉁해 있고, 남궁현은 휴대전화를 손에 쥐고 얼굴에 곤란한 빛을 띠고 있었다.

"왜 그러세요?"

"의재가 자기가 묵고 있는 호텔로 오라는데요. 피곤하다고."

말을 전하는 남궁현이 괜히 미안해했다. 임의재가 얼마나 피곤한지 모르지만 맘대로 약속 장소를 바꾸고는 세 사람을 자기가 있는 곳으로 부르는 건 한국적 생리에 맞지 않다. 더구나 생면부지의 변호사까지 있는 자리다.

"의재 오빠 정말 옛날 그대로야. 바뀐 거 없어."

김해나가 입을 삐죽했다. 하지만 임의재의 뻔뻔함은 오히려 고진의 호기심을 자극했다.

"할 수 없죠. 같이 가시죠."

세 사람은 고진의 차를 타고 삼성동 인터콘티넨탈 호텔로 향했다. 조금 전 고진이 타고 왔던 강변북로를 거슬러 가는 코스였다. 힐끔 룸미러로 뒷좌석을 보니 뿔이 제대로 난 김해나의 모습이 비쳤다. 남궁현은 조수석에 앉아 한강을 내다보며 콧노래를 흥얼거렸다. 어울리지 않는 듯 어울리는 커플이라고 생각하며 고진은 액셀을 밟았다.

임의재는 호텔 로비에도 나와 있지 않았다. 남궁현이 전화를 하니, 방으로 올라오라는 대답이었다. 일행은 혀를 차며 엘리베이터를 타고 24층으로 올라갔다. 복도 안쪽 깊숙이 자리한 그의 방을 찾아 벨을 눌렀다.

문이 열리고 검은 낯빛의 중년 남자가 나타났다. 임의재는 문만 열어 주고는 손님 쪽을 보지도 않고 안으로 휙 들어가 버렸다. 세 사람은 엉거주춤 따라 들어갔다. 마침 통화 중이었던 모양으로, 임의재는 휴대전화를 귀에 대고 창가 의자에 앉아 연신 큰 소리로 떠들어 댔다. 어음, 억, 세금계산서 따위의 단어가 들려왔다. 손님들은 소파와 침대에 나누어 앉아 창 너머 전망을 멀뚱히 내다보는 것 외에 할 일이 없었다. 무례한 행동이지만 그걸 거침없이 하니 오히려 자연스러웠다. 왠지 이 남자를 상대하려면 이런 취급을 늘 참아내야 할 것 같은 느낌이 들었다. 3분 정도 후에 통화가 끝났다.

"왔어? 이쪽은 그 변호사님?"

임의재는 그제야 고진을 발견한 듯 손을 내밀었다. 손가락 관절이 나뭇가지 마디처럼 불거져 있었다. 굳이 세게 잡는 힘이 느껴졌다. 약속 장소에 모인 일행을 몽땅 이리로 부를 만큼의 '피로' 대신 남자의 '허세'가 전해졌다. 길고 검은 얼굴에 광대뼈가 두드려졌다. 상어처럼 턱이 각지고 단단했으며 검붉은 입술이 두툼했다. 중키에 남다른 근골. 한 치의 음정도 빗나가지 않을 듯 단단하고 육중한 목소리. 한겨울에 어울리지 않는 검은 반팔 티셔츠 밑으로 잘 발달한 팔 근육이 보였다.

스위트룸이었고, 의자는 충분했다. 임의재가 홍차를 내오려는 걸 고진은 이미 차를 마시고 왔다며 만류했다. 이미 임의재의 허세에 익숙해졌는지 그가 차를 타준다는 게 부담스럽기도 했다.

재판에 관한 짧은 대화가 오간 다음 그가 물었다.

"그럼 언제 끝납니까?"

"재판…… 말입니까?"

고진이 되물었다. 임의재는 굵은 목을 끄덕이는 것으로 대답을 대신한 후 말했다.

"경찰 측에서 재판이 끝날 때까지 출국을 보류해 달라고 하더라고요. 그 통에 지금껏 호텔 생활입니다."

불만이 가득한 말투였다. 프랑스 파리에 거주하는 그는 한국에 들어왔다가 살인사건이 일어나는 통에 본의 아니게 머물고 있는 참이었다. 초조할 법도 하다. 출국정지를 당한 게 아니니 한국을 떠나는 데에 장애는 없다. 하지만 이 시점에서 출국을 했다간 괜한 의심을 살 수 있다. 향후 출입국 문제에서 곤란을 겪을지도 모른다. 사건이 마무리 된 후에 돌아가는 쪽이 역시 뒤탈이 없다.

"여기 계신 모두들 검사가 증인으로 부를 거 같습니다. 증언만 끝나면 돌아가셔도 뭐라 그럴 사람 없지요."

법정 증언 때문이라면 참고인에 불과한 이들의 출국 자체를 막을 이유는 없다. 해외에 체류하다가 증언하는 날 한국에 들어오면 된다. 경찰이 발을 붙들어 매 놓은 건 이례적인 사건의 성격 때문이었다. 이들은 김명진의 뒤를 잇는 잠재적 용의자인 것이다. 면식범의 소행으로 보이는 죽음을 당한 피살자의 지인이며, 죽은 날짜와 가깝게 블라디보스토크에 있었다. 출국해 버리면 신병 확보는 어려워진다. 이유현이 이들의 출국을 보류하도록 강력하게 주장한 것으로 고진은 알고 있다. 조현철 검사는 한술 더 떠 그들이 한국을 떠날 경우 도주로 간주, 체포영장을 발부할 수 있다며 엄포를 놓았다고 한다.

"어차피 법정에서 증언하시겠지만, 미리 이야기를 한번 들어보고 싶네요. 김명진 씨와의 오래된 인연부터 블라디보스토크에서 있었던 일까지요."

"예전 일도 이야기해야 합니까?"

임의재는 팔짱을 낀 채 말했다.

"살인사건이고 앞으로 치열한 공방이 예상됩니다. 검사가 아마 집요하게 캐물을 겁니다."

"그런 걸 왜 묻습니까? 내가 피고인도 아닌데."

임의재가 내던지듯 말했다. 예기치 못한 반응에 고진의 한쪽 눈썹이 올라갔다. 김해나가 끼어들었다.

"왜 그래. 변호사님이 그런댔어? 검사가 물을 거래잖아."

"그러니까 내가 왜 그런 걸 대답해야 하냐고."

임의재는 여전히 불퉁스럽게 말했지만 김해나를 향해서는 불량스러운 기운이 사라져 있었다.

"오빠. 그냥 이야기 좀 해. 아까 현이 오빠도 다 이야기했어."

김해나의 다그침에 결국 임의재는 삐거덕 소리가 날 것만 같이 둔중한 움직임으로 팔짱을 풀었다.

"예전에 친했던 친구들끼리 블라디보스토크에 놀러 갔던 겁니다."

"뼈다귀만 남은 곰탕 같은 대답이시군요."

고진이 말했다. 이번에는 임의재의 눈썹이 치켜 올라갔다.

"친하게 지냈다고 하지만 실은 김명진 씨를 두고 경쟁하는 관계였지 않습니까?"

임의재는 눈을 돌려 남궁현을 보았다. 그런 말까지 했냐는 듯, 심사가 불편해 보이는 표정을 숨기지 않았다.

"……사실입니다. 그땐 명진이한테 관심이 좀 있긴 했는데 잘 안됐어요. 본인이 배추 이파리같이 생긴 놈이 좋다는데 어떡합니까."

"그 배추 이파리가 신창순 씨입니까?"

"그런 놈한테 간 것도 명진이의 한계인 거죠."

"김명진 씨의 선택에 실망하셨던 것 같습니다."

"그 선택의 결과가 지금 이렇지 않습니까?"

임의재는 거침이 없었다. '지금 이렇다'는 건 신창순이 살해당하고 김명진이 재판을 받는 상황을 가리킨 말이겠지만, 조금은 배려

없이 들렸다.

"오빠!"

김해나가 나무라듯 부르자, 임의재는 불만스러운 표정을 짓고 턱을 당겼다. 고진이 말했다.

"그렇게 받아들이실 필요 있을까요? 어떤 이유든 김명진 씨가 좋아해서 택한 거 아닌가요? 사람 마음이 그렇다는 데야 어떡하겠습니까."

"아뇨. 꼭 그런 것도 아니었어요. 우린 그저 달리기 시합을 했을 뿐입니다."

"달리기 시합이요?"

고진이 눈을 둥그렇게 떴다.

"명진이가 네 명을 두고 결정을 못 내리고 있으니까 장난스럽게 시작된 건데…… 거기서 창순이가 이긴 겁니다. 뭐, 길게 이야기할 만한 건 아니고요. 그런 이야기를 법정에서 할 일은 없겠지?"

임의재는 마지막 말을 남궁현을 향해 던졌다.

"그래. 그런 이야기는 빼."

남궁현이 말했다.

"오빠는 중간에 포기했으니까 그런 말 할 자격도 없지 않아?"

김해나가 임의재에게 쏘아붙였고, 임의재는 대답이 없었다. 김해나에게는 약한 것 같다.

"달리기 시합을 했다는 건 무슨 얘기죠?"

고진이 김해나에게 물었다. 그녀는 할 수 없다는 듯이 예전 그들이 김명진을 두고 달렸던 일을 이야기해 주었다.

"무슨 바보들도 아니고……."

김해나는 입을 삐죽이면서 끝을 맺었다. 고진이 빙그레 웃으며 말했다.

"그래도 공정하긴 했네요."

"그게 뭐가 공정해요?"

"자유 연애를 하면 나쁜 남자들이 다 가져가니까요."

김해나의 실소를 뒤로하고 고진은 화제를 바꾸었다.

"임 사장님은 그 후론 어떻게 살아오셨습니까?"

"나요? 내 이야기를 더 해야 합니까?"

"사건하고 직접 관계가 없더라도, 혹시 모르는 일이니까요. 임 사장님이 이만큼 성공하기까지 어떤 과정이 있지 않았겠습니까? 일단 한번 들어두고 싶네요."

"그냥 살아온 이야기 해봐요. 어쨌든 변호사님은 우리 편이니까."

김해나도 거들었다.

"별 쓸모가 없을 텐데……."

"그래도 듣고 싶네요."

고진이 거듭 재촉하자 그는 못마땅한 얼굴로 이야기를 시작했다.

"……대학 졸업하고서 적당한 회사에 들어갔어요. 그땐 요즘하고 달리 4년 내내 놀았어도 취업은 쉬웠으니까. 근데 예스맨 노릇이 내 적성엔 통 안 맞더라고요. 4년 만에 때려치우고 그 3년 후에 파리로 건너갔습니다. 한국에선 되는 일도 없고, 차라리 해외에서 사업을 해보려고요. 불문과 출신이니까 이왕이면 프랑스로 가자고 해서 무작정 떠났는데, 결과적으로 내가 새로운 루트를 개척한 셈이 됐죠.

그때만 해도 유럽 쪽 교포 사회의 물류가 너무 복잡해서 가격만 비싸고 물건은 오래된 것들이 돌아다녔는데……."

마지못해 꺼낸 이야기지만 임의재는 점차 열을 올렸고, 목소리는 커졌다. 한국 식품을 수입해 유럽 각 도시의 교포 사회로 보내는 도매상을 열었고, 독자적인 루트를 만들어 유통 혁신을 이루어내 대성공을 거두었으며, 현재는 유럽으로 가는 한국 식품의 한 절반쯤이 그의 사업체를 거친다는 자랑 섞인 이야기였다.

"그러시군요. 조만간 유럽으로 가는 한국 식품 전부가 사장님 업체를 통해야 할 날이 오겠는데요."

임의재는 천천히 고개를 저었다.

"아뇨. 요즘엔 생각이 많이 바뀌었어요. 돈 더 벌 생각 없습니다. 인생이란 게 성공만이 다가 아니잖아요? 요즘엔 지배인한테 맡겨놓고 사무실도 잘 안 나가요. 주위도 돌아보고, 사람들도 챙기고, 그렇게 살려고요. 나중에 후회가 없어야죠."

크나큰 자부심이 읽혀졌다. 성공만이 다가 아니라는 말은 이미 성공한 사업가가 이미지 윤색을 위해 입에 달고 다니는 상투어처럼 들렸다. 고진은 한창 물오른 사업 이야기에 돌연 뚜껑을 덮었다.

"결혼도 하셨겠죠?"

"결혼?"

임의재는 빠른 속도로 불쾌한 빛을 띠었다.

"했었죠."

고진은 경찰조서를 읽어서 이미 알고 있다. 그는 대학을 졸업한지 3년 후 결혼했다. 아이가 없는 상태에서 프랑스로 건너가기 전 이혼했고, 그때부터 죽 혼자였다. 과거완료형의 짧은 대답을 보면 결혼에 대해 그리 좋은 기억을 갖고 있지 못한 게 분명하다. 고진이 물었다.

"김명진 씨를 좋아하십니까?"

"그야 좋아했으니까 프러포즈까지 했었죠."

"'지금' 말입니다."

"지금……?"

임의재는 고진의 질문을 되뇌다가 이맛살을 찌푸리고 소리를 높였다.

"무슨 말입니까! 지금은 친구의 아내인데."

"솔직한 생각을 묻고 있습니다."

임의재는 고진을 빤히 쳐다보았다. 불쾌한 기색이 짙어졌다.

"아니, 도대체 날 어떻게 보고 그런 걸 묻는 겁니까? 아니라고 했잖아요. 대체 주간지에나 나올 법한 그런 이야기가 이 재판하고 무슨 관계가 있습니까?"

"관계가 있는지 없는지는 사실이 밝혀진 후에야 알게 되겠죠."

임의재는 기가 막힌다는 표정으로 남궁현과 김해나를 번갈아 쳐다보았다. 김해나가 이해하라는 듯이 눈을 끔벅였다. '이 변호사는 원래 스타일이 좀 그렇다, 대충 흘러 넘겨라'라는 메시지. 하지만 임의재의 목덜미는 벌겋게 달아올랐다. 보다 못한 남궁현이 중재했다.

"변호사님 입장에서 이것저것 캐묻다 보면 그런 게 궁금할 수도 있는 거……."

아무래도 편들다가 도리어 기름을 부은 모양이다. 임의재는 남궁현의 말이 채 끝나기도 전에 버럭 소리를 질렀다.

"그래? 하지만 여긴 내 방이야. 내게 그런 식으로 말할 순 없지."

임의재는 벌떡 일어섰다. 고진을 바라보고 서서 손을 들어 호텔 방문 쪽을 가리켰다.

"나가는 문은 저쪽이오."

김해나가 급히 따라 일어나더니 두 손을 들어 그 팔을 찍어 누르 듯 당겼다.

"오빠 성질 좀 죽여. 변호사님이 무슨 의도로 그랬겠어요? 다 언 니 재판 때문에 그러시는 거잖아."

고진은 전혀 나갈 생각이 없어 보였다. 다리를 바꿔 꼬고는 아예 몸을 의자 등받이에 푹 기댔다. 임의재는 방문을 향해 팔을 뻗은 채 그런 고진을 노려보았다.

"결국 임 사장님은 제 질문에 대답하지 않은 셈이군요. 혹은 대답 하지 않음으로써 어떤 대답을 했거나."

임의재는 고진을 빤히 쳐다보았다. '뭐 이런 사람이 다 있어?' 하 는 눈빛이었다. 결국 나뭇가지가 꺾어지듯 팔을 툭 내렸다.

"두 사람이 결혼한 뒤로는 어땠습니까? 연락은 좀 하고 지내셨 나요?"

고진은 마치 지금 막 방문을 열고 맥락 없이 끼어든 사람처럼 아 무렇지 않게 말했다. 임의재는 잠시 더 노려보다가 이내 포기한 듯 고개를 흔들었다.

"끈질긴 양반이군."

혼잣말처럼 내뱉고는 털썩 자리에 앉았다.

"연락은 결혼 후 얼마 안 돼 끊겼습니다."

임의재는 차분한 목소리로 말하기 시작했다. 끓는 것도 빠르고 식는 것도 빠르다. 화를 내봤자 별 소용없다는 사업가적인 판단을 내렸는지도 모른다.

그의 대답은 남궁현과 일치했다. 한 2, 3년간 가끔 보았지만 그 뒤로는 신창순과 김명진 두 사람 다 연락이 끊겼다고 했다. 그러다가 지금부터 약 8개월 전, 그러니까 사건이 일어나기 5개월 전 무렵 남궁현이 김해나와 만난 일을 계기로 거의 20년 만에 다시 연락이 닿았고, 한두 번 같이 만나기도 했다는 부분까지.

"아무튼 오랜만에 옛 친구들을 만나서 반가웠겠습니다. 아까 여기 계신 남궁 선생님께도 똑같이 물어본 겁니다만, 임 사장님이 12월 13일 무렵부터 어떤 일정을 보내셨는지 좀 들려주시죠."

"그건 경찰에서도 한번 했던 얘긴데 또 합니까?"

"기록은 항상 왜곡되니까요. 생생한 이야기를 듣고 싶습니다."

"……별거 없었어요. 그땐 교회 사람들하고 매일 점심을 먹었고, 16일 오후 비행기로 한국에 왔습니다. 서울에서 사흘 묵다가 20일 비행기로 블라디보스토크에 들어갔고요."

여기까지는 조사된 바와 일치한다. 임의재는 매일 한인교회 사람들과 점심을 먹었는데, 13일, 14일, 15일도 마찬가지였다. 16일에는 서울행 비행기를 탔다. 17일에 서울에 도착했고, 20일에 블라디보스토크로 날아갔다. 파리 교민들의 증언과 탑승 기록, 출입국 기록 모두 의심할 여지가 없다.

"블라디보스토크에는 남궁현 선생님보다 하루 일찍 가셨죠? 그리고 먼저 가 계셨던 한연우 씨하고도 연락하지 않았어요. 왜 그러셨습니까?"

"연우가 연락처를 그때까지 가르쳐주지 않았어요. 자기 휴대전화는 한국에 두고 블라디보스토크 공항에서 폰을 임대했대요. 호텔 방도 가르쳐주지 않았고."

"한연우 씨는 왜 먼저 출발하셨죠?"

"모르죠."

임의재가 퉁명스럽게 대답했고, 남궁현이 덧붙였다.

"물어도 얼버무리던데요. 연우는 원래부터 혼자만의 생각에 빠지는 일이 많은 친구였어요. 무슨 생각을 하는지 알 수 없는 때가 많았죠."

"그럼 임 사장님은 왜 하루 일찍 들어가셨습니까?"

고진은 질문을 던지고는 임의재를 보며 씩 웃었다.

"아, 이런 건 물어봐도 괜찮겠죠?"

"내가 대답한다면 괜찮은 겁니다."

임의재는 꾹 참는 것 같았다.

"경찰에다 이미 얘기한 바 있지만, 창순이는 내가 파리에서 유통 사업을 크게 하는 걸 알고는 동업을 하자고 했어요. 창순이는 중고 버스를 러시아로 수출하고 있었어요. 수익이 꽤 나는 것 같아서 나도 자금을 약간 넣긴 했죠."

"아까는 신창순 씨를 배추 이파리라고 하셨는데, 그런 사람한테 투자까지 했단 말입니까?"

"배추 이파리는 생김새를 이야기한 거고……."

임의재는 말하다가 버럭 역정을 냈다.

"아, 젠장. 자꾸 말꼬리 잡을 겁니까? 그 녀석 솔직히 생긴 거나 말은 좀 가벼워도 머리가 좋은 친구예요."

"그렇군요. 이야기를 계속 들어 볼까요."

임의재는 불만스런 얼굴로 말을 이었다.

"창순이한테 트러블이 생겼어요. 멀쩡한 새 차를 중고차로 둔갑시켜서 수출했거든요. 이해가 힘들겠지만, 그걸로 세금 환급을 받은 겁니다. 그러다가 적발돼서 경찰이니 세관이니 여러 기관에 불려 다녔어요. 그러고 나더니 질려서는 그 사업도 접어 버렸어요. 그래도 포기하지 않데요. 이번엔 더 큰 스케일의 사업 이야기를 하는 겁니다. 러시아 유전을 하나 사자는 거예요."

"유전을요?"

"어지간한 사업은 다 해본 나도 첨에는 놀랐죠. 스케일이 너무 큰 거 아닌가 하고. 그런데 차근차근 얘길 들어 보니 사업성이 있겠더라고요. 넘어가는 유전 하나를 인수해서 돌리는 겁니다. 제대로 얻어걸리면 상상도 못할 대박이 터지는 거예요. 운영상의 어려움은 적고, 결국 투자 자금을 모으는 게 관건인데……. 친구들끼리 있는데 할 수 있는 이야기가 아니어서 따로 의논하려고 먼저 들어갔던 겁니다."

"그런데 못 만나셨죠."

"전화해도 안 되더군요. 집은 모르고."

"그때 창순이는 죽어 있었으니까."

남궁현이 끼어들었다.

"그렇죠. 그럼 현지 일정은 그냥 다들 모여서 쭉 관광으로만 채우신 건가요?"

"대충 그랬죠. 자기 볼일은 다들 며칠씩 일찍 와서 어느 정도 본 셈이니까."

여기서부터는 임의재 대신 남궁현이 비교적 상세하게 대답했다. 21일에 남궁현과 김해나가 입국해서 임의재와 한연우가 묵던 현대 호텔로 가서 다 같이 만났고, 이때 김명진도 호텔로 찾아왔다. 그날 다 같이 시내 관광을 하고 저녁을 먹었다. 22일에도 시내 관광을 나섰는데, 더 볼 만한 게 없어 오후에는 각자 따로 시간을 가졌다. 23일에는 블라디보스토크에서 차로 2시간 거리인 우수리스크를 같이 다녀왔고, 24일에는 김명진을 남겨 두고 다 같이 귀국했다. 그런 내용이었다.

김해나는 남궁현이 말하는 중에 사소한 부분을 수정했지만 대체로 "맞아, 맞아." 하며 맞장구를 쳤고, 임의재는 침묵함으로써 동의를 표시했다.

그사이 임의재에게 수마가 찾아온 모양이다. 그는 팔짱을 긴 채 연신 하품을 내뱉다가 어느새 꾸벅꾸벅 머리를 조아리며 졸기 시작했다.

"참 신경이 굵은 분이네요."

고진이 조그맣게 말했다.

세 사람은 조용히 방문을 닫고 나왔다.

겨울학기 수업 중에서 한연우의 '프랑스어 단편 강독'은 꽤나 인기 있는 축에 든다고 했다. 강의 내용이 좋아서인지 아니면 학점이 후해서인지는 알 수 없다.

약속 시간보다 조금 일찍 도착한 고진은 뒤쪽 창가에 앉아 강의가 끝나기를 기다렸다. 햇빛이 비쳐 들어오는 따뜻하고 노곤한 자리였다. 강의실을 채웠던 학생들이 빠져나가자 한연우가 책 두 권을 챙겨 고진 쪽으로 다가왔다. 긴 실루엣이 고진 앞에서 어른거렸다.

"고진 변호사님이시죠?"

나지막하고 정돈된 톤이었다. 고진은 졸린 눈을 들어 앞에 선 남자를 보았다. 고진은 반쯤 감겼던 눈을 희번덕 뜨고는 일어서서 악수를 청했다. 맞잡은 한연우의 손아귀는 앙상했다.

"제 연구실은 마침 방을 옮기느라 책 보따리 천지예요. 구내 커피숍에라도 가시죠."

한연우는 낡은 가죽가방을 들고 앞장서 걷기 시작했다. 큰 키에 호리호리한 체형이 긴 그림자를 만들었다. 조그만 돌멩이에라도 걸리면 그 자리에 철퍼덕 넘어지지 않을까 싶을 만큼 불안한 걸음걸이였다. 갸름한 얼굴과 창백한 낯빛, 길고 구부러진 머리카락은 월급 통장 대신 예술과 문학을 고민하며 나이를 먹어 온 지식인을 떠올리게 했다. 하지만 가는 눈썹과 작은 눈, 꽉 다문 입술에는 의지가 깃들어 있는 것 같았다.

한연우는 고진을 커피숍 구석 자리로 안내한 다음 주문대에서 커피 두 잔을 받아와 테이블 위에 놓았다. 가벼운 인사가 오간 후, 고진은 우선 전날 있었던 재판 상황을 알려 주었다. 그날 남궁현, 김해나, 임의재와 만났다는 이야기도 덧붙였다. 고진이 긴 이야기를 늘어놓는 동안 한연우는 한 번도 말을 끊지 않고 간간이 고개를 끄덕여 가며 조용히 듣고 있었다. 고진이 이야기를 마치고 입을 완전히 닫은 후에야 그가 말했다.

"어제 재판을 꼭 가보려고 했는데, 마침 수업이 있어서 못 갔네요."

"괜찮습니다. 어제 재판엔 다른 분들도 다 안 오셨더군요."

"그런가요."

"그리고 어차피 법정에 출석해서 증언하시게 될 겁니다. 굳이 여러 번 갈 필요는 없죠."

법정 증언이라는 말에 한연우의 미간에 불편한 빛이 스쳤다. 단조로운 일상에 익숙한 학자로서는 난데없는 일일 것이다. 그는 곧 동요를 수습하고 조용히 커피 잔을 내려놓았다.

"예전에 김명진 씨를 두고 네 분이 경쟁을 벌였다고 들었습니다. 달리기 시합을 하셨다고요."

한연우가 겸연쩍게 웃었다.

"저도 김명진 씨를 만났기 때문에 충분히 이해는 갑니다. 그런 시합을 했을 법하더군요."

"얼굴도 예뻤지만, 명진인 마음이 더 예뻤죠."

"전 마음 쪽은 모르겠네요. 만약 남편을 죽였다면 마음이 예쁘다고 할 수 있을지 의문이거든요."

한연우의 눈이 번득였다.

"명진이가 무죄라고 믿지 않으면서 변호를 하시려는 건가요?"

나지막한 말투였지만 상대방을 문책하는 진지함이 전해졌다.

"믿기 위해서 지금 여러 친구분들을 만나고 있는 겁니다."

"믿기 위해서요?"

"김명진 씨의 친구들 중 한 분이 범인일지도 모르는 일이니까요."

"우리들 중 한 명……."

"논리적으로 모순되는 일이 아니라면 가능성이란 항상 있는 거겠죠."

한연우는 고개를 천천히, 크게 옆으로 저었다.

"그런 의심을 하시다니……. 아뇨. 그건 있을 수 없는 일이에요."

"과연 그럴까요."

"차라리 저도 제가 범인이었으면 마음이 편하겠어요. 그럼 명진이가 풀려날 테니까."

고진은 한연우의 건조하고 푸르스름한 얼굴을 새삼스레 쳐다보았다. 남궁현, 임의재와는 다르게 친구의 아내였던 김명진을 생각하는 마음을 가감 없이 드러내고 있다. 고진은 손가락을 만지작거리다가 화제를 돌렸다.

"한 선생님은 결혼을 안 하셨더군요."

"허울 좋아 대학교수지, 이 나이 되도록 변변한 집 한 채 없습니다. 여자들이 좋아하겠습니까. 전임 강사 자리를 잡은 지도 얼마 안 됐어요."

그는 오랜 시간강사 시절을 함께 보낸 동지에 대한 친밀감을 표현하듯이 옆 의자 위에 놓아둔 낡은 가방을 툭 쳤다. 그가 교수이면서 동시에 가난뱅이라는 사실을 김명진이 알고 있었다면, 남편을 버리고 그와 결혼해서 팔자를 고치려 했다는 검사의 주장은 설 자리를 잃게 된다.

"김명진 씨 때문은 아니겠죠, 설마."

"그런 이유가 있었을 것 같습니까?"

"뭐랄까, 김명진 씨 일에는 아직도 예민하게 촉수가 뻗어 있는 것 같아서요."

고진은 너무 무거운 분위기로 흐르지 않도록 표현을 조절했다. 한연우가 웃었는데, 어이없어 하는 것 같기도 하고, 쓸쓸해 보이기도 했다.

"그건 아마 명진이가 우리 젊은 시절의 한가운데 있었기 때문일 겁니다. 유독 우리 세대는 청춘이란 게 짧았으니까요. 모두가 명진이를 아꼈죠."

"아꼈다는 표현을 하시는군요⋯⋯. 좋아하셨던 거 아닙니까?"

"물론 좋아했죠. 근데 명진이는 좀 특별했어요. 그땐 다른 여자가 명진이를 대체한다는 생각을 못 했던 것 같습니다. 이런 비유가 적절할지는 모르겠습니다만, 오디오 기기에 취미를 갖기 시작하면서 마크 레빈슨을 먼저 들어 버린 사람과 비슷하달까요? 그건 오히려 비극이죠. 다른 기기를 전부 평범하게 만들어 버리니까요. 명진이는 정말 좋은 여자지만, 젊은 시절 명진이를 만난 건 오히려 불운이었는지도 모르죠. 그 뒤로는 어떤 여자를 만나도 한동안 명진이하고 비교하게 되었으니까요."

"김명진 씨를 줄곧 그리워하셨던 것처럼 들리는군요."

"그렇게 받아들이셨다면 제가 좀 표현을 잘못한 것 같네요. 그런 감정은 아닙니다. 좀 이해하시기 어려울 것 같은데⋯⋯."

한연우가 탁자 위에 팔꿈치를 세우자 마른 어깨가 쑥 올라갔다.

"20년 만에 연락이 되었을 때 솔직히 가슴이 부풀었습니다. 그러면서 깨달았어요. 내가 비록 세파에 찌들어 살아왔지만 옛날을 완전히 잊은 건 아니구나, 하고요…….”

그는 말을 잠시 끊고 빙그레 웃었다.

“아, 또 오해하실까 봐 말씀드리는데, 사랑 같은 건 아니고, 불륜 같은 감정도 아닙니다. 예전의 소중한 것에 대한 추억? 소풍 가기 전날 잠들지 못하는 어린 시절의 설렘 같은 거?”

고진은 흥미를 느꼈다. 초면에 이 정도로 속마음을 털어놓는 한연우는 그 나이 대의 남자로서는 확실히 보기 드문 유형이다. 진심일까, 자기도취일까.

“솔직하시네요. 남궁현 씨나 임의재 씨도 그랬을까요.”

“그 친구들 마음이야 모르죠. 하지만 모두 아는 겁니다. 명진이가 어떤 아이인지 하는 것만은 말입니다. 명진이가 사람을 죽인다는 건 상상조차 할 수 없어요. 그래서 그 친구들도 믿는 겁니다. 아무런 의심 없이. 저처럼요.”

로맨스 연극의 대사 같았지만 한연우의 말은 전혀 감상적으로 들리지 않았다. 역시 진심이어서일까? 나쁘게 해석할 가능성은 점점 줄고 있었다.

“흥미로운 말씀이네요. 하지만 여기서 어떤 종류의 동기를 생각해 볼 수는 있을 것 같습니다. 하필 모두 혼자이시고, 김명진 씨가 좋은 여자라는 기억을 갖고 있습니다. 한 선생님을 포함해서 모두 가능성이 있지 않습니까?”

“무슨 가능성이요?”

“가령 신창순이 사라지면 옛사랑 김명진과 다시 이루어질 수 있다는.”

"하하, 너무 나가셨네요. 그건 신파 아닐까요. 제가 그래 보이나요?"

"남궁현이나 임의재 씨도 안 그럴까요?"

한연우는 작은 탄식과 함께 상체를 뒤로 물리는 것으로 대답을 대신했다.

"의견을 듣고 싶습니다. 두 분의 성격으로 본다면 어떨까요?"

"제가 무슨 정신분석학자라도 됩니까?"

"분석보단 직관이죠. 전 '꿈의 해석'보단 '꿈의 해몽'을 더 좋아하거든요. 친구들을 옆에서 관찰해 오신 한 교수님의 예리한 직관으로는 어떠실까 해서요."

한연우는 어처구니없다는 듯이 고개를 가로저었다.

"두 친구가 명진이를 차지하려고 살인자가 되는 위험을 무릅쓰고 창순이를 어떻게 할 수 있는 남자인가 하는 거 말입니까? 글쎄요, 그 정도로 행동하려면 오히려 인간이 순수해야 하는 거 아닐까요?"

"흠, 그럴지도 모르겠군요. 그 분석대로라면 그 두 분은 동기를 찾기가 어렵겠군요. 이거 고민인데요…….."

"고민을 더 하실 필요는 없을 겁니다. 아쉽게도 변호사님이 기대하시는 주간지 기사 같은 분위기는 없었으니까요. 20년 만에 연락이 됐을 때는 다들 반가워했지만 두어 번 만난 뒤에는 곧 시들해졌어요. 원래 다 그렇지 않습니까, 추억이란 게. 향수에 젖는 건 딱 거기까지였어요. 의재는 창순이하고의 동업에 열을 올렸고, 현이는 해나하고 열애하기 시작했으니까요……. 아, 그나마 제가 제일 의심스러운가요?"

"다른 분들보다 더 그런 건 아니죠."

"하지만 우리 모두가 완전히 불가능한 이유가 있죠. 신창순이 살해된 뒤에 블라디보스토크에 갔으니까요."

고진은 빙그레 웃으며 커피 잔을 기울였다. 그는 다른 의미로는 자신과 상극이라 할 수 있는 한연우에게 묘한 친밀감을 느끼는 중이었다. 임의재나 남궁현이 평면의 어느 다른 지점에 서 있다면 한연우는 같은 선상의 반대편에 서 있다. 말은 후자 쪽이 훨씬 더 잘 통한다. 고진은 잔을 내려놓으며 무심하게 물었다.

"한 선생님은 블라디보스토크에 왜 먼저 가셨죠?"

"이제부터 본격적인 알리바이 깨기인가요?"

"그렇게 농담해 주시니 편합니다."

"사실은……."

한연우는 테이블 모서리를 만지작거렸다.

"창순이를 먼저 좀 개인적으로 만나 볼 생각이었습니다."

"신창순을요?"

고진도 한연우를 따라 신창순에서 '씨'를 빼버렸다.

"명진이가 행복해 보이지 않았거든요."

"행복해 보이지 않았다? 왜 그렇게 느끼셨습니까?"

"입 밖에 꺼내지는 않았지만 창순이를 택한 걸 후회하는 눈치였거든요."

"후회……."

"제 느낌입니다만…… 명진이는 창순이와의 결혼생활을 유지해야 하는지 고민하고 있는 것 같았습니다. 그래서 창순이하고 따로 이야기를 좀 해볼 작정이었어요."

호오, 고진이 작은 눈을 모았다.

"솔직히 한 선생님 첫인상에선 초식동물 같다는 느낌을 받았는데. 목청만 큰 마초들보다 더 남자다워 보입니다."

"글쎄요. 그렇게까지는…… 그리 대단한 건 아닙니다. 마침 대학 강의도 끝났고, 러시아 구경도 여유 있게 할 겸 떠났습니다. 옛날에 창순이는 저더러 서생이라고 놀렸는데……. 그러고 보면 저도 많이 변한 거죠."

"김명진 씨가 결혼에 불만을 느꼈다고 해서 그게 꼭 신창순 씨 탓이라고만은 할 수 없지 않겠습니까? 단지 취향의 문제일 수도……."

"결혼에서 일방적인 건 없지 않을까요?"

한연우는 몸을 굽혀 바짓자락의 먼지를 툭 털었다.

"어쨌든 창순이 쪽이 노력을 한다면 바뀔 부분이 있지 않을까, 그렇게 생각했어요. 20년이나 흘렀고, 더 이상 그때의 청춘은 아닙니다. 그래도 한번 되살려 보려고요. 예전에 명진이가 우리한테 어떤 존재였나, 그걸 생각하더라도 네가 좀 더 명진이를 이해하려고 노력해야 하지 않겠냐, 그렇게요. 어차피 창순이한테 통하진 않았을 텐데……. 저만의 생각에 빠졌던 건지도 모르죠."

"결과적으론 허탕이었겠네요. 신창순 씨는 이미 그때 죽어 있었으니까."

"전화부터가 불통이더군요. 집은 아예 모르고. 친구들 들어올 때까진 명진이도 못 만났어요. 전화 통화는 한 번인가 됐는데, 뭣 때문인지 주눅이 들고 불안해하고 있더라고요. 몸이 너무 힘들어서 나오지 못하겠다고, 미안하다고 하더군요. 좀 서운했지만 그런가 보다 했습니다."

그가 미리 김명진을 만나지 않았다는 것은 적어도 김명진의 진술과는 일치했다.

"나중에 들어온 임의재 씨는 왜 안 만나셨어요?"

"의재를 만나 봤자 객지에서 남자 둘이 벌건 대낮에 할 일도 없고……. 분명 술집에 들어앉아 보드카를 들이부었을 거예요. 블라디보스토크에 비록 톨스토이나 숄로호프의 흔적은 없지만 한국에서도 얼마든지 볼 수 있는 의재를 만나느니 혼자 러시아 거리를 쏘다니는 게 차라리 낫지 않겠습니까. 실제로 며칠간 실컷 돌아다녔습니다. 나중에 제가 길 안내를 할 정도였죠."

"그렇기도 하겠군요."

고진은 빈 커피 잔을 옆으로 밀쳐놓으며 무심하게 말했다.

"블라디보스토크로 가기 전 며칠 동안엔 뭘 하셨죠?"

"가기 전에요?"

한연우는 되묻다가 가벼운 웃음기를 머금었다.

"……아무래도 변호사님한테는 알리바이를 구체적으로 대야 할 모양이군요."

"이해해 주신다면."

"그 무렵엔 학생들 기말시험 출제하고 감독하느라 매일 눈코 뜰 새 없이 바빴어요. 채점도 해야 했고. 굳이 날짜별로 따지면……."

한연우는 기억을 되살리려는 듯 눈동자를 굴려 가며 지나 버린 일정을 낱낱이 이야기했다. 고진도 머릿속으로 분주하게 자신이 알고 있는 기억과 대조해 보았다. 한연우가 성실하게 대답하고 있다는 건 금세 알 수 있었다. 그가 말하는 행적은 경찰 조사와 조금도 다르지 않았다.

"그걸 확인하시려는 거죠?"

말을 끝마친 한연우가 고진에게 물었다.

"그거라뇨?"

"제가 미리 블라디보스토크에 가서 창순이를 죽이고 돌아올 가능성에 대해서요."

"놀라운데요. 제 머릿속까지 짚어 내시고."

"아쉽게도 불가능합니다. 서울과 블라디보스토크 간 항공편은 하루에 한 번뿐이거든요. 아무리 빨라도 현지에 도착한 다음 날은 돼야 돌아오는 비행기를 탈 수 있습니다. 하루 만에 서울에서 블라디보스토크를 왕복하는 건 불가능하죠. 그런데 저는 그 무렵 하루 이상 학교를 쉰 일이 없었습니다. 물론 출입국 기록도 없을 테고요."

"아…… 그렇군요."

"지금 용의자를 놓쳐 안타까워하시는 것 같은데요."

한연우가 장난스레 말했지만 실은 그리 틀리지 않았다. 그런 안타까움은 한연우뿐 아니라 다른 이에 대해서도 품고 있었다. 그들은 한연우보다 더 바빴고, 그 무렵 그들을 만났다는 더 많은 증인이 있었다.

"아무래도 김명진 씨가 범인이 아닐 수 있는 가능성은 없어 보이네요."

한연우는 입을 꾹 다물었다. 눈빛에는 그게 변호사가 할 말이냐는 무언의 책망이 담겨 있었다. 그에게 통하는 농담에는 한계가 있는 모양이다.

머쓱해진 고진은 괜히 주변을 두리번거리다가 말했다.

"그건 그렇고, 대학 구내 커피숍이라고 해서 자판기 커피 정도를 생각했는데, 요즘 대학교는 별천지네요."

길거리의 커피 전문점과 크게 다르지 않았다. 세련된 인테리어와 고급스런 커피 향. 겨울방학 중이라 빈자리가 많았다. 대각선 건너편에서 여학생들이 나란히 앉아 휴대전화를 들여다보며 열심히 문자를 찍고 있었다.

"전 대학에 남아 기웃거리면서 그 변화를 다 목격해 왔는데도 놀라워요. 많이 변했습니다."

"연애하는 방식도 많이 변했겠죠?"

뜬금없는 말에 한연우가 쳐다보았다. 고진이 여학생들을 눈짓으로 가리키며 말했다.

"저 여학생들은 카톡 삼매경이네요……. 눈빛을 보아하니 남친을 닦달하는 문자라도 보내는 중인 것 같은데요."

한연우가 훗 하며 웃었다.

"연애도 휴대폰으로 모든 게 착착…… 아, 혹시 교수님은 저런 연애 방식에 반대하시는지?"

"아뇨. 디지털 기기에 대한 반감 따위는 없어요. 그런 건 자연스러운 변화죠. 편지로 절절한 마음을 전하던 시라노*가 보면 마르코니의 무선통신도 삭막한 거 아니겠습니까. 휴대폰은 그저 매개나 완충

---

* 희곡 「시라노 드 베르주라크」의 주인공

장치에 불과합니다. 아니 어쩌면 방어장치인지도 모르죠. 너무 심각해지지 않도록 말이죠."

"방어장치라……."

"사랑의 아픔이란 누구나 쉽게 견딜 수 있는 게 아니니까요."

조금은 예상 밖의 말이었기에 고진은 한연우를 빤히 쳐다보았다.

"……전 노래를 무척 좋아합니다. 음악은 대부분의 고통을 치유하죠. 사람들은 사랑과 이별을 노래한 가요를 들으며 추억에 잠깁니다. 비 오는 날에는 달콤한 회상에 빠지기도 하죠. 하지만 사랑으로 인한 고통이 너무 심하면 그런 이별 노래들이 절대 위안이 못 되는 곳까지 가버릴 때가 있습니다. 노래조차 치유가 되지 못하는 지경에 이르면…… 사람이 택할 수 있는 건 무엇일까요?"

"흠…… 명품백일까요? 남자라면 자동차?"

한연우가 피식 웃었다.

"그건 변호사님 나름의 방어 장치인가요? ……하긴 사랑의 아픔은 경험 삼아 한번 겪어 보라고 쉽게 말할 수 있는 건 아니겠죠."

휘이. 고진은 대답 없이 휘파람을 짧게 불었다. 익숙하지 않은 대화였다. 한연우는 읊조리듯 말을 이었다.

"사랑은 필연적으로 손해를 보는 게임이에요. 시작될 때 갖는 잠깐의 설렘을 제외하면 천상의 행복 따위는 주어지지 않습니다. 반면에 깨어질 때면 무자비한 고통이 따라오죠. 하나둘 상처가 늘수록 우린 이 사실을 본능적으로 깨닫게 되고…… 그래서 찬 개울물에 발을 담그는 사람처럼 살짝 걸쳤다가 얼른 뺄 수 있도록 준비를 해둡니다. 결국 우리가 나이 들며 익숙해지는 건, 가볍게 걷어내 버릴 수 있는,

물 위에 뜬 기름 같은 사랑? 그렇게 되는 게 아닌가 싶군요…….”

  고진은 커피숍을 나와 대학 구내 주차장까지 한연우와 같이 걸었다. 한연우가 굳이 바래다 주겠다고 우겨서였다.

  차 앞에 멈춰 선 고진은 차문 손잡이에 손을 뻗으며 물었다.

  “달리기 시합으로 프러포즈의 승부를 가렸다는 게 참 재밌더군요.”

  “예. 좀 장난스럽게 시작한 건데, 어쩌다 그렇게까지 되어 버렸죠. 그땐 정말 다들 죽을힘을 다해 달렸습니다.”

  “재밌네요. 그래서 청춘인 거겠죠. 달리니까 청춘이다? 아, 이런 말을 해 버리면 나이 든 기분이어서 별로이긴 합니다만.”

  한연우는 말없이 쓴웃음을 지었다. 고진은 문손잡이로 뻗던 손을 거두고 뒤돌아섰다.

  “하긴 그 일을 생각하면 기분이 썩 좋지는 않으실 테죠.”

  “네.”

  “그 시합의 승리자가 남편인 신창순 씨였던 거니까.”

  고진이 확인하듯 말했다.

  한연우는 입술을 조금 움직여 대꾸했다.

  “아뇨. 승자는 저였습니다.”

제4장

접견실 문이 열리며 김명진이 주춤주춤 모습을 드러냈다. 그녀는 고진이 앉은 테이블 건너편에 유령처럼 와서 앉았다. 가족 접견은 작은 구멍이 숭숭 뚫린 아크릴 칸막이를 사이에 두고 하지만 변호인 접견은 칸막이가 없는 곳에서 자유롭게 이루어진다. 고진은 그녀가 신은 고무신을 보지 않기 위해 시선을 잠시 옆으로 피했다.

"안녕하세요."

김명진은 이런 곳에서도 인사말을 건네고 있었다. 힘없는 목소리가 테이블을 겨우 건너왔다. 법정에서는 억지로 버틴 듯하다. 지금이 더 그녀의 진짜 심경에 가까워 보였다. 화장기 없는 얼굴에, 머리는 뒤로 넘겨 질끈 묶어 놓았다. 체념이 드리운 듯한 이마 위로 미처 정리되지 못한 머리카락이 헝클어져 있다. 갈색 수의는 그녀가 받아야 할 대우와는 거리가 먼 것 같지만, 화장으로 가리지 않은 초췌한 얼굴과 놀랍게도 어울렸다. 아마도 그녀에게만 깃들어 있는 분위기 때문인 것 같았다. 그녀는 무엇이든 동화시켜 버린다. 모든 바깥을 안으로 끌어들이고 마는 뫼비우스의 띠처럼.

"춥지는 않으세요?"

"네…… 괜찮아요."

하지만 시든 난초 잎처럼 생기를 잃은 김명진의 볼조차 윗부분이 빨갰다. 매서운 겨울은 지났지만 아직 온기가 돌아오려면 멀었다.

"지난 공판 다음 날에 동생분과 다른 친구분들을 만나 봤습니다."

"네. 안 그래도 해나가 면회 와서 얘기해 주었어요. 오빠들도 다 잘 있죠?"

비록 형식적인 인사말이지만 매번 잊지 않고 꼬박꼬박 한다. 지난 공판 이후 3주가 지나는 사이 김해나는 한 번 면회를 왔고, 남자들은 아무도 오지 않았던 모양이다. 고진은 고개를 끄덕였다.

"내일 배심재판 시작인데, 어떻게 될까요?"

김명진이 걱정스럽게 물었다. 절박함을 감추려 애쓰는 듯 보였다. 그녀는 고진을 처음 만나 남편을 죽여 달라고 했을 때 보였던 모습을 무척 부끄러워했다. 은근하고 고고한 자존심을 가진 여자였다. 한때 무너졌지만, 그런 모습을 다시는 보이지 않으리라 마음먹은 건 아닐까.

"걱정은 안 하셔도 됩니다. 석방되는 건 시간문제예요. 증거란 게 거의 없는 거나 마찬가지거든요."

"정말 그럴까요?"

"물론입니다. 지금 안에 잠시 갇히신 건 지독하게 운이 없었을 뿐입니다."

"그래도……."

김명진은 불안감을 감추지 못했다. 큰 눈동자로 고진에게 시선을 주었다가 아래로 숙이기를 반복하고 있었다.

"검사 측이 믿고 있는 건 거짓말탐지기 하나일 겁니다. 하지만 그건 증거로 제출되지 못해요."

"거짓말탐지기 조사에서 왜 거짓말로 나왔는지 저는 아직도 모르겠어요."

"모르시겠다고요……."

고진이 고민스럽다는 듯 손으로 턱을 문질렀다.

"네. 전 분명 사실을 말했어요. 남편을 안 죽였어요. 절대로."

김명진은 두 손을 테이블 위에 올리고 똑바로 고진을 쳐다보았다. 그녀로서는 드물게 강경한 어조였다.

"거짓말탐지기의 신뢰도는 95% 정도라고 합니다. 김명진 씨의 경우는 그 나머지 5%에 해당되는 거겠죠."

김명진은 고진을 물끄러미 보더니 가볍게 한숨을 쉬었다.

"절…… 안 믿으시는 것 같아요."

"그럴 리가요."

"아무래도 제가 처음에 어리석은 의뢰를 했던 일 때문에……."

"아닙니다. 그렇지 않아요. 그리고 제가 믿든 안 믿든 그 증거는 법정에 제출되지 못합니다. 그리고 나머지 증거로는…… 살인의 유죄? 어림없습니다."

"알겠어요……."

김명진은 고개를 숙이며 테이블 위에 올린 손을 거두어들였다. 부스스한 머리카락이 이마 위로 늘어뜨려졌다. 이유현이 이 장면을 보았다면 또 한 소리 했을 성싶다.

'형님한테 도와 달라고 손을 내민 겁니다. 거짓말탐지기의 신뢰도 통계를 논하기 전에 그 손을 잡아 주셨어야죠!'

그 대신에 고진은 나름대로 할 수 있는 최대한의 배려를 했다. 그건 목소리를 조금 더 부드럽게 하는 것이었다.

"신창순 씨는 주위에서 꽤 평판이 좋더군요."

김명진은 고개를 숙인 채 말이 없었다. 생각을 읽을 수 없는 얼굴이었다.

"이런 경우, 주변의 평이 죽은 신창순 씨한테 방어막이 됩니다. 이를테면 신창순 씨하고 사이가 좋지 않았다, 아내가 그 신창순 씨한테 불만을 품었다, 이러면 그 아내 쪽이 좀 이상한 사람이 아니냐, 별난 성격이 아니냐는 인상을 주게 된다는 거죠. 그래서 그런 부분들은 법정에서 굳이 밝히지 않는 편이 낫습니다."

고진은 잠깐 침묵했다가 물었다.

"남편과 사이가 안 좋으셨던 건 맞죠?"

김명진은 고개를 천천히 들었다. 눈에 힘이 빠져 있었다.

"사이가 안 좋았다는 말은 좀 그렇고요……."

말을 얼버무리고는 다시금 고개를 숙여 버렸다. 고진이 말했듯 신창순과 등을 돌리면 손해 보는 쪽은 김명진이다. 하지만 그녀는 고진에게 남편을 죽여 달라는 의뢰를 했었다. 사이가 좋았다고는 말할 수 없을 것이다. 고진은 더 캐묻지 않았다.

"남편과 어떤 일이 있었는지, 부부 사이가 좋았는지 나빴는지는 이 재판에서 전혀 중요하지 않습니다. 그건 범행의 동기에 관한 부분이고, 검찰이 입증해야 할 문제입니다. 다시 말하지만 그걸 우리가 '먼저' 언급하고 나오는 건 절대로 좋지 못합니다."

"네……."

어쩐지 마지못해 하는 대답 같았다.

"남편과 불화가 있었다느니 하는 이야기는 법정에서는 하면 안 됩니다."

"아무…… 말도 하지 말라는 건가요?"

김명진이 고개를 살포시 들었다.

"검사님이 너무 터무니없는 말씀을 해서요. 제가 다른 남자와 결혼하려고 멀쩡한 남편을 죽인 것처럼 몰아붙이는데……."

마치 고진이 그랬다는 듯 원망이 담긴 눈길을 보냈다.

"검사가 내세우는 범행 동기가 말은 되지만 증거는 전혀 없습니다. 증거를 댈 수도 없는 문제고요. 이 점에서도 실은 검찰이 애가 탈 겁니다. 하지만 여기서 우리가 솔직하게 부부 간에 불화가 있었다고 말해 버리면 속은 시원하겠지만 동기라는 강력한 범행 요소를 자백하는 셈이 되어 버립니다. 부부 갈등은 언제나 가장 큰 동기죠. 살인사건의 상당수가 부부 싸움 끝에 발생합니다. 말을 심하게 했다, 자기 부모에게 섭섭하게 대했다, 그냥 싫다, 어떤 사소한 이유도 살인이 될 수 있는 게 이 부부 문제라는 늪의 무서움입니다. 그 얘길 하면 검찰은 두 손 두 발을 들고 환영할 거예요. 그것 봐라, 하면서요. 이 사건 기소는 그대로 놔두면 꺼지는 불씨입니다. 굳이 그런 이야기를 사실대로 해서 불씨를 키울 필요가 없단 겁니다.”

김명진은 말없이 테이블 위 어딘가에 시선을 보냈다. 고진이 한 번 더 다짐을 받듯 말했다.

“검사가 아무리 주장해 봐야 소용없거든요. 외부에서 증거를 대 봤자 무시하면 그만입니다. 어디까지나 부부 사이의 일이다, 김명진 씨가 그렇게 말한다면 어떤 다른 증거를 들어 반박할 수 없는 문제입니다.”

김명진의 어두운 낯빛은 회복되지 않았다. ‘검찰 측의 증거가 부족하다, 이대로는 곧 나갈 수 있다’라는 이성적인 설득은 김명진의 어디엔가 자리 잡고 있을 정서적인 영역에까지는 도달하지 못한 것 같았다. 고진에게는 미지의 지대인지도 모른다. 지구에서는 볼 수 없는 달의 뒷면.

“변호사님은…… 의뢰인이 무죄라고 믿지 않으면서도 무죄라고 변호할 수도 있는 거군요.”

고진은 건조한 목소리로 말했다.

“법에서 말하는 무죄란, 죄를 짓지 않았다는 말이 아니라 증거가 부족하다는 말과 동의어입니다.”

“그럼 역시 변호사님은…….”

고진은 그녀의 반응을 무시하고 말을 이어 붙였다.

“그리고 변호사는 무죄를 믿어 주는 사람이 아니라 무죄를 입증하려는 사람이고요.”

김명진이 오른손으로 자신의 입을 가렸다. 고진은 흠칫 놀라 그녀를 쳐다보았다. 입을 가린 손 사이로 작은 신음 소리 비슷한 것이 새어 나왔다. 어깨가 떨리고 있었다. 분명 터지려는 울음을 억지로 막는 중이었다.

여성 교도관 두 사람이 들어왔다. 김명진은 자리에서 비틀거리며 일어섰다. 교도관은 양옆에서 가볍게 팔을 붙들었고, 김명진은 헝겊 인형처럼 축 늘어진 채 뒤를 돌아보지 않고 그대로 접견실을 나갔다.

고진은 자기도 모르게 양복 안주머니에 손을 넣어 담배를 찾았다. 한참 헛손질을 한 후에야 이곳은 구치소이고 게다가 금연 중이라는 사실을 깨닫고는 손을 멈추었다.

배심원 선정 절차는 오전 10시부터 진행되었다. 원칙상 이 절차는 비공개지만 일일이 법정경위가 신분증 검사를 하는 것도 아니니 마음먹으면 후보자들 사이에 섞여서 들어가는 데 어려움은 없다. 극성인 김해나는 기어이 배심원 후보자들 사이에 천연덕스럽게 끼어 법정 안에 들어가 앉았다.

김해나를 포함한 38명의 배심원 후보가 방청석에 대기했다. 법대 앞쪽에 높인 하얀색 추첨함 안에 참여관이 팔을 넣어 휘휘 저었다. 번호가 뽑힌 후보자는 배심원석에 1번부터 차례대로 착석했고, 검사와 변호사는 번갈아 후보자들에게 몇 가지 질문을 하고 자신들이 부적절하다고 판단한 사람을 배심원에서 배제하는 절차를 진행했다. 배심원단은 9명으로 구성되지만 도중에 누군가에게 변고가 생길 경우를 대비해 1명 정도를 예비적으로 더 뽑아 놓기에 모두 10명이 된다. 누가 예비 배심원인지는 서로 모른다.

보통의 사건과 다소 다른 점은 있었다. 대개 피고인이 여자라면 변호사는 배심원단을 여성들로 채우려 노력하고 검사는 그 반대인 경우가 많다. 동성 간의 공감대에 호소하려는 것이다. 이를테면 학대받던 며느리가 시어머니를 살해한 사건에서 며느리들을 배심원으로 채운다면 변호인 입장에서 절반은 성공한 거나 다름없다. 하지만 피고인이 여성인 이번 사건에서 조현철 검사는 반대로 여성을 선호했다. 변호인인 고진은 상대적으로 남자를 많이 골랐다. 결국 예비 배심원 1명을 포함하여 10명으로 구성된 배심원단은 남자 여섯, 여자 넷으로 구성되었다.

조현철은 유불리의 판단이 애매한 후보자에게는 다음과 같은 질문을 던졌다.

"CSI 과학수사대를 즐겨 보십니까?"

즐겨 본다는 답을 하는 사람들은 주로 젊은 축이었다. 주부도 몇몇 있었다. 그들 중에는 일종의 살인사건 시뮬레이션 체험이라 할 수 있는 수사물을 자주 본다고 하면 형사재판에서 판단의 숙련도를 인정받으리라는 기대감을 안고 기꺼이 그렇다는 대답을 하는 이도 있은 것 같다. 하지만 조현철은 여자든 남자든 과감하게 이들을 배심원에서 제외해 버렸다.

"검사는 왜 저러는 걸까요?"

배심원 절차를 마치고 나오는 고진의 팔을 붙들며 김해나가 말했다. 의아함이 드리운 눈에는 언니의 재판에서 한 톨의 의문이나 애매함도 용납하지 않겠다는 의지가 엿보였다.

"수사 드라마를 보는지는 왜 물어본 거예요?"

"그건…… CSI 같은 드라마를 보면 지문이나 DNA, CCTV 같은 움직일 수 없는 과학적인 증거로 범인을 잡잖아요. 하지만 현실의 수사는 그렇지 못하거든요. 그런 직접적인 증거보다 간접증거나 정황에 의지할 수밖에 없는 사건들도 있어요. 하지만 CSI 같은 드라마에 익숙한 사람들은 무조건 과학적 증거를 요구하고, 그런 게 없으면 무죄라는 쪽으로 생각하기 쉽죠. 이번 김명진 씨 사건도 마찬가집니다. 간접증거나 정황이라면 강력하지만 지문, DNA 같은 증거물이 일체 없죠. 그러니 CSI 같은 수사 드라마의 물증 논리에 익숙한 사람들을 아예 빼버린 겁니다."

김해나가 고개를 끄덕이는데, 뒤에서 목소리가 날아들었다.

"그럼 변호사님은 왜 남자를 많이 고르셨을까요?"

불쾌하면서도 익숙한 목소리였다. 고진과 김해나가 돌아보니 조금 전 법정에서 마주 섰던 조현철 검사였다. 그는 시니컬한 웃음을 띠고, 마치 잘 아는 사람처럼 익숙한 눈빛을 보내고 있었다.

"동정심 유발 작전일까요? 유죄가 뻔한 재판, 어떻게든 미인계를 써서 남심을 흔들어 보려는 변호사님의 안쓰러운 노력 정도로 이해됩니다만."

농담처럼 말했지만 법정에서와 마찬가지인 무표정과 차가운 눈빛은 어떤 의도를 숨긴 것 같았다. 고진은 어깨를 으쓱했다.

"아무래도 그런 것 같네요."

"깨끗이 인정하시다니 솔직하신 건지, 아무튼 기대합니다."

"법정에서 이렇게 의견이 일치하면 좋을 텐데요."

"유죄 쪽으로 말이겠죠?"

조현철은 이들을 스쳐 빠른 걸음으로 멀어져 갔다. 조현철의 뒷모습을 김해나가 밉살스럽다는 듯 쏘아보다가 고진을 향해 고개를 돌렸다.

"정말 그래요? 미인계 뭐 그런 건가요?"

"아뇨. 특별히 남자를 선호하진 않았는데……. 하다 보니 그렇게 된 것 같네요."

고진이 뒷머리를 긁었다. 김해나가 실망한 듯 말했다.

"뭔가 전략이 있을 줄 알았더니……."

"어차피 증거가 부실하니까요. 어떻게 하든 비슷할 겁니다."

"주먹구구식으로 대충 고르다 보니 남자였단 거예요?"

김해나가 새침하게 쏘아붙였다.

"흥, 뭐 좀 원시적인 방법인 것 같지만서두……. 하긴, 그래요. 언니는 가만히 있어도 남자들을 끌어요. 묘한 분위기가 있나 봐요. 배울 수도 없고 본인도 모르는……. 저도 예전엔 오빠들이 왜 저렇게 언니를 일방적으로 좋아할까, 의아했죠."

김해나는 혼자 중얼거리듯 말하고는 앞을 보고 횅하니 걸어 나갔다.

점심시간이 지나고 오후 2시부터 공판이 시작되었다. 3주 만에 열리는 재판. 어느덧 3월을 눈앞에 두었고, 뼈가 시린 찬 기운은 어느새 많이 가셨다.

이유현은 오늘도 방청석 맨 앞자리 의자에 앉았다. 방청석에서 보아 왼쪽 조금 높은 층에 2열로 배심원석이 마련되어 있다. 그 옆에 검사석이 있고, 그와 마주 본 위치, 그러니까 방청석에서 보아 오른편에 증인석이 있고 그 옆에는 피고인과 변호인이 나란히 앉아 배심원들과 마주 보고 있다. 가운데는 참여관과 실무관이 양 진영을 가르고 있다.

법정 옆문이 열렸고 김명진이 모습을 드러냈다. 이유현은 법정에 걸어 들어오는 김명진을 따라 시선을 옮겼다. 이유현뿐만이 아니었다. 쇳가루의 바다를 지나는 자성체처럼, 그녀는 법정 안 모두의 시선을 끌어 모았다. 지난번과 같은 차림이다. 스커트에 올림머리, 파스텔 톤의 옅은 화장. 고개를 돌리지 않아도 방청객과 배심원의 반응이 손에 잡힐 듯 보였다. 저 여자가 살인자란 말이야? 설마…….

이유현은 또 한 번 느꼈다. 김명진이 가냘프게 법정에 걸어 들어오는 것만으로도 사람들의 정서는 피고인 편으로 크게 기울고 있었다. 배심재판은 검찰이 절대적으로 불리하다. 조현철은 무슨 생각일까.

배심원들이 일어나 배심원 선서를 했다. 이어 조현철 검사가 공소사실의 요지를 읽었다. 그가 밝힌 공소사실은 지난번 공판에서보다 조금 더 자세했는데, 이유현이 조사하고 결론 내린 내용 그대로를 법정에서 읽어 나간 것이나 다름없었다. 신창순이 변호사 일을 접고 사업을 시작하면서부터 부부 갈등이 시작되었고, 사업이 난항을 겪으면서 갈등은 더욱 심해졌다. 사건 약 2개월 전 블라디보스토크로 이주했는데, 이때부터 부부 사이가 완전히 틀어져 김명진은 집을 나와 별거를 시작했다. 마침내 김명진은 남편을 살해할 마음을 먹고, 12월 14일 밤 이혼 이야기를 논의하자며 남편을 불러냈다. 그리고 뒷골목에서 목을 졸라 살해했다.

원래 공소장에는 단순화의 극치라 할 만큼 뼈대만 쓴다. 그런데 구구절절 길게 사연을 늘어놓았다는 건 역시 자신감이 부족하다는 반증이 아닐까.

꽤 길었던 검사의 낭독에 비해 고진의 답변은 어처구니없을 만큼 간단했다.

"부인합니다. 피고인은 남편을 죽일 이유가 없었고, 실제로 죽이지도 않았습니다."

재판장이 고개를 끄덕이고는 말했다.

"알겠습니다. 그럼 지금부터 증거조사를 하겠습니다. 배심재판임을 고려해서 쌍방은 증거에 관해 자세한 설명을 해주시길 바랍니다……."

말을 줄이던 재판장은 증거 목록에서 눈을 떼고 고진에게 말했다.

"변호인 측 증거는 없네요?"

"예. 검찰 측 증거의 탄핵만으로 충분합니다."

고진은 가볍게 대답했다. 그만큼 피고인에 대한 기소가 터무니없다는 생각을 암암리에 배심원에게 심어 주려는 의도이리라.

검찰 측 증거가 차례차례 법정에 제출되었다. 고진은 이미 거짓말 탐지기 조사 결과 외의 모든 증거에 대해 동의한 바 있다.

블라디보스토크 경찰이 실시한 신창순의 시체 부검서와 사진 몇 장이 배심원석 맞은편 법정 벽 스크린에 비춰졌다. 목에 남은 시커먼 줄무늬 자국과 함께 푸르뎅뎅한 신창순의 얼굴이 크게 나오자 방청석 여기저기서 작은 탄식이 들렸다. 새벽에 한 노숙자의 신고 전화를 받고 현장에 가서 시체를 발견했으며, 신고한 노숙자의 신원은 확인하지 못했다는 초동수사 보고서가 있었다. 줄로 목을 졸라 살해하고서 돈을 털어가는 수법의 강도는 블라디보스토크에서 보고된 바 없다. 비록 지갑은 사라졌지만 범행 수법이나 비싼 몽클레어 점퍼를 가져가지 않은 점 등에 비추어 강도로는 판단되지 않으며, 피해자를 잘 아는 면식범의 소행으로 보인다는 블라디보스토크 경찰 의견서 또한 번역본과 함께 제시되었다. 그밖에 신창순이 러시아 현지에서 알고 지냈던 소수의 교민들 진술서와 그들을 상대로 알리바이와 행적, 사업 관계 등을 수사한 자료 등도 잔뜩 나왔다. 신창순이 중고 버스 수입 과정에서 저지른 불법 때문에 수사를 받아 벌금형을 받고 폐업 신고를 한 증거 자료도 끼어 있었다.

"보시다시피 지금 제시한 증거들은 이 건이 강도살인이 아니라는 걸 분명하게 말해 주고 있습니다. 지갑을 가져갔지만 다른 상황은 어색합니다. 강도로 보이게 하려는 의지가 거꾸로 확연히 보입니다. 지인들의 진술에서 보듯, 신창순은 머리회전이 빠르고 조심성이 많은 성격이라는 게 주변 사람들의 평입니다. 그런 그가 한밤중에 러시아 뒷골목에서 범인을 따라갔다가 살해당했습니다. 이게 뭘 의미하는 걸까요? 범인은 면식범, 그것도 한밤중에 피해자를 음산한 타국의 뒷골목으로 불러낼 수 있을 만큼 친밀하고 또 만만한 상대라는 것입니다. 자, 다음 증거를 보시면……."

조현철 검사가 한참 증거 설명을 하고 있는데 고진이 말을 중간에 툭 끊었다.

"신창순 씨가 목이 졸려 살해당했다는 건 알겠습니다."

고진은 의자를 반쯤 돌려 등받이에 몸을 기대고 목을 젖혀 스크린을 쳐다보며 말했다.

"하지만 어떤 증거도 피고인이 그랬다는 건 말해 주지 않는군요."

배심원들 중에는 변호사가 거만하다고 생각한 사람도 있었을 것 같다. 조현철의 독한 표정 위로 '이것 봐라.' 하는 듯한 빛이 겹쳐 떠올랐다. 조현철은 터치패드를 건드려 영사를 중단했다. 스크린이 검게 변했다.

"그걸 지금부터 입증하겠습니다. 오늘 검찰이 신청한 증인들은 피고인이 범행을 저질렀다는 사실 말고는 설명이 불가능한 여러 정황을 말해 주게 될 것입니다."

조현철이 힘주어 말했지만, 고진은 조현철을 보지도 않고 툭 말을 던졌다.

"범행 이전에 일단 동기가 좀 어설프지 않습니까?"

"두 사람은 별거하고 있었죠. 미움은 가장 강력한 동기 중 하나입니다."

"부부가 따로 산다고 반드시 서로 미워하리라는 건 검찰의 상상력 부족에 지나지 않습니다."

고진은 옆자리의 김명진을 보며 모른 척 물었다.

"어떻습니까? 피고인, 왜 남편하고 따로 사셨죠?"

김명진은 목이 잠긴 듯 마른기침을 두 번 하고서 말하기 시작했다.

"남편은 그 무렵 러시아에서 새로 벌인 사업에 모든 걸 걸었어요. 밤낮없이 뛰어다녔죠. 당장은 사무실이 없어 한동안 우리 집에서 일을 진행해야 한댔어요. 사람들과 모여 밤새워 사업 구상도 할 거고……. 그래서 제가 차라리 방을 따로 얻어 나가면서 비켜 준 거예요. 전 좀 예민한 성격이어서 견디기 힘들 것 같았거든요."

나직하게 속삭이는 듯한 목소리에서 떨림이 묻어나왔다. 그러면서 어딘지 책을 읽는 듯한 느낌도 주었다. 준비한 말이라는 티가 역력히 났던지 배심원 몇몇은 고개를 갸웃했다. 조현철 검사가 입술을 끌어올려 소리 없이 웃었다. 이유현이 보기에도 불쾌한 감정이 들 만큼 비웃음이 서려 있었다.

"별거했다는 사실은 피고인도 인정하고 있네요. 그것 말고 살해 동기를 입증할 증거는 있습니까?"

재판장이 묻자 조현철은 양손으로 책상을 짚더니 고개를 뻣뻣이 들고 몸을 천천히 일으켰다. 그의 유난스런 몸짓은 배심원과 방청객들의 이목을 끌었다. "검사나 변호사나 둘 다 엄청 거만한데." 하는 나지막한 방청객의 말이 이유현의 뒤편에서 들렸다.

조현철은 선 채로 자리에 놓인 노트북 컴퓨터 터치패드를 조작했고, 잠시 후 배심원석 맞은편 벽면에 설치된 스크린이 다시 환해졌다. 컴퓨터에서 송출된 화상이 떠올랐다.

"여기 증거를 제시합니다. 남편과 '별거' 중이던 피고인이 12월 13일, 14일 이틀에 걸쳐 신창순의 휴대폰으로 보낸 메시지가 있습니다."

스크린에는 휴대전화 문자 메시지 창이 몇 개 떠 있었다. '우리 문제로 이야기 좀 해요.'라며 12월 13일자로 보낸 김명진의 문자에 신창순은 '?'라고 간단하게 답을 보냈고, 다시 김명진은 '내일 오후 4시에 카페 아무르에서 봐요.'라고 문자를 보냈다. 신창순은 이번에도 'ㅇ'라고 짧게 답을 보냈다. 다음 날인 12월 14일에는 약속 시간과 장소를 확인하고 도착 여부를 묻는 김명진의 문자가 두 통 더 찍혀 있었다.

"사이가 좋았다면 '우리 문제'로 이야기하자는 이런 문자를 보냈겠습니까? 마치 이혼 문제를 이야기할 작정 같지 않습니까?"

"증거에 대한 추측성 해석은 삼가 주시죠. 배심원들에게 편견을 심어 줄 수 있습니다."

고진이 말했다. 조현철은 고진을 외면했다.

"그럼 추측은 빼죠. 분명한 건 피고인은 우리 '문제'로 남편과 상의하려 했으면서도 이 법정에서는 부부 사이에 '문제'가 없다는 거짓말을 했다는 겁니다. 거기엔 이유가 분명 있겠죠. 이를테면 범행의 동기를 숨기기 위함이라든가 하는 거요."

"저 문자에서 살의를 읽어 내다니 실로 대단한 능력이군요. 다만 '우리 문제'를 이야기하러 만나자고 했을 뿐입니다. 사이가 좋은 부부 사이에도 문제는 얼마든지 있을 수 있습니다. 그런 식이라면 반대로 우리 집에 수도가 잘 안 나온다는 것 같은 사소한 문제도 얼마든지 '우리 문제'가 될 수 있습니다."

"피고인은 20년 전에 남편과 같이 자신에게 청혼했던 옛날 남자 친구들과 우연히 재회했습니다. 사건 5개월 전의 일입니다. 그들은 공교롭게도 이혼이나 독신 등의 사유로 모두 혼자 살고 있었고, 피고인에 대한 마음이 아직 남아 있었죠. 남편과의 결혼을 처절하게 후회하고 있던 피고인은 남편이 사라지면 그들 중 누군가와 결합할 수 있으리라 생각한 겁니다. 별거 사실과 이 정황이 결합되면 훌륭한 동기가 될 수 있습니다."

"그건 더 이상 입증의 차원이 아니네요. 가상의 영역입니다. 여기는 법정이지 양판소설 낭독회가 아닙니다."

공방이 과열되어 법정은 빈정거림과 조롱의 경연장으로 변질되고 있었다. 재판장은 네모난 턱을 쓰다듬으며 가만히 듣고만 있었다. 이 판사는 평소에 '재판은 스포츠'라는 지론을 내세우며 검사와 변호사의 증인신문이나 공방에 거의 관여하지 않는 것으로 알려져 있다. 배심재판에서는 그 편이 더 나을지도 모른다. 아마도 법정이 장터와 동급이 되기 전까지는 좀처럼 움직이지 않을 모양이다.

"문자 메시지는 동기를 알려 줌과 동시에 살인 정황에 대한 증거이기도 합니다. 다음 증거를 봐 주십시오."

검사는 터치패드를 클릭했고, 스크린의 화면은 바뀌었다.

"살인 현장 부근을 가리키는 구글 지도입니다."

조현철은 빨간 빛의 레이저포인터를 화면에 쏘아 어떤 지점을 가리켰다.

"이곳이 피해자가 목이 졸린 시체로 발견된 블라디보스토크 베르흐네포르토바야 18번지 뒷골목입니다. 그리고."

조현철은 레이저포인터를 조금 움직여 근처의 어떤 지점을 다시 가리켰다.

"이곳이 아까 문자 메시지에서 피고인이 남편을 불러낸 카페 아무르입니다. 멀지 않지요? 아, 축척은 보시는 바와 같이 거의 최대한 크게 보이도록 했습니다. 수치상으로는 불과 1.1킬로미터 떨어진 곳입니다."

"'불과'라는 식으로 평가가 들어간 표현은 곤란합니다. 1.1킬로미터'나'라고 할 수도 있습니다. 블라디보스토크는 그리 큰 도시가 아닙니다."

고진이 말했다.

"뭐, 그러지요."

조현철은 시선을 외면한 채로 대꾸했다.

"시간과 공간을 별개로 보면 변호인처럼 반박할 수도 있겠지만, 이 시간과 장소의 밀접성을 같이 보아 주십시오. 피고인은 12월 13일, 14일 휴대폰 문자 메시지로 남편을 불러냈습니다. 만남의 시간과 장소는 구체적으로 14일 저녁 블라디보스토크 항구 근처 카페 아무르란 곳입니다. 그런데 러시아 법의학 팀의 정밀 부검 결과로는 남편 신창순은 12월 15일을 전후해서 살해된 걸로 나왔습니다. 시체 발견이 늦었으니 부검에도 당연히 오차가 있을 수 있겠죠. 살해 일시가 12월 14일 밤이라고 해도 전혀 무리가 없습니다. 그가 시체로 발견된 베르흐네포르토바야 18은 피고인을 만나러 간 카페 아무르에서 불과 1킬로미터 정도 떨어진 곳입니다. 어떻습니까? 우리가 아는 사람 중에 신창순의 죽음과 가장 가까운 시간과 장소에 있던 사람은 누구일까요? 그리고 그를 그곳으로 부른 사람은요?"

"그럼 그 시간 그 장소 부근에 있던 블라디보스토크 시민 전부를 기소하시죠."

고진의 비아냥거림을 조현철은 무시했다.

"신창순과 애타게 만나고 싶어 했던 김명진은 12월 14일 이후로는 신창순에게 한 통의 메시지도, 전화도 하지 않았습니다. 당연합니다. 자기가 이미 살해했으니까. 더 이상 이혼해 달라며 매달릴 필요가 없었으니까."

조현철은 의기양양한 표정으로 배심원석을 한번 훑어보고는 말을 이었다.

"이것도 참 우연이네요. 12월 14일 김명진의 알리바이를 증언해 주는 사람은 아무도 없었습니다."

"검사님께 하나만 물어보겠습니다."

고진의 말에 조현철은 대답 없이 턱을 쳐들었다.

"12월 14일 외에 12일, 13일, 15일, 이런 날짜에 피고인의 알리바이가 있었습니까?"

"글쎄요."

변호사의 질문에는 답변이 유리하든 불리하든 일단 빼고 보는 조현철이었다. 고진은 자리에서 일어서서 배심원을 향해 말했다.

"없었을 겁니다. 왜냐하면 김명진 씨는 보시다시피 사교적인 성격이 아니어서 집 밖에 거의 나가지 않았거든요. 러시아는 말도 통하지 않고, 친구 하나 없는 객지이기도 하고요. 알리바이는 12월 14일에만 없었던 게 아니라 다른 날에도 없었습니다. 검사님은 교묘한 표현으로 혐의를 과장하고 있습니다."

조현철도 일어났다.

"그럼 여기서 묻겠습니다. 피고인은 12월 14일에 남편 신창순을 만난 사실을 부인하는 겁니까?"

애매한 부분이었다. 그날 신창순을 만났다면 일단 의심을 살 수밖에 없다. 반대로 만나지 못했다고 대답할 경우 일단은 유리하겠지만 만에 하나 거짓말로 드러날 때는 훨씬 심각한 의심을 받게 된다. 이 답변이 앞으로 피고인에게 유리하게 작용할지 불리하게 작용할지 지금은 예측하기 어려웠다.

"못 만났어요."

김명진의 답변 속도는 빨랐다. 조현철은 피식 웃었다. 그가 다시 말했다.

"그렇게 대답할 줄 알았습니다."

"그럼 왜 물으셨죠?"

고진이 빈정댔지만 검사는 할 말을 계속했다.

"12월 14일 저녁에 신창순을 약속 장소 부근에서 보았다는 증인이 있습니다. 어떤 여자와 같이 있더라는 진술이었죠. 블라디보스토크에 거주하는 박인수라는 교포입니다."

"사람을 잘못 보는 일은 흔합니다."

"그럼 피고인이 12월 14일 이후 남편에게 한 통의 전화나 메시지도 하지 않은 이유는 뭡니까?"

"신창순이 약속 장소에 나오지 않았고, 거기에 실망해서 화가 난 상태였습니다. 평소에도 그런 식으로 약속을 잘 어겨서 스트레스가 많았다는군요. 그래서 아무런 연락을 하지 않았던 겁니다."

"그럴까요? 그날 두 사람이 만났고 무언가가 어떤 형태로든 최종적인 매듭이 지어졌기 때문에 더 이상 연락하지 않게 되었다고 생각하는 게 상식에 맞지 않을까요? 그 최종적인 매듭이란 바로……."

고진이 조현철의 말을 끊었다.

"피고인이 살인했다는 선입견에서 만든 억지 해석은 상식이 아닙니다. 의문을 마구잡이로 던지는 것 말고는 지금껏 입증된 게 하나도 없지 않습니까?"

조현철은 아랑곳 않고 배심원석을 향해 꼿꼿이 서서 말했다.

"이제 여기서 결정적인 물증을 제시하는 게 좋을 것 같군요."

조현철은 극적인 언사로 운을 뗀 다음 검사석에서 무언가를 집어 들었다. A4용지보다 조금 작은 비닐봉지였고, 안에는 장갑이 들어 있었다. 그는 봉지를 배심원석으로 가지고 가서 한 사람에게 전달했다. 배심원들은 그것을 손에서 손으로 건네 가며 돌려보기 시작했다.

"피고인의 집 수색 과정에서 이 골프장갑이 발견되었습니다. 배심원 여러분이 보고 계시다시피 양가죽으로 만든 새 장갑입니다. 라벨에 나오듯 중국산이고 러시아에서 수입한 제품입니다. 그런데 웬일인지 손바닥 부분에 낚싯줄 같은 걸로 쓸린 자국이 있고 변색되어 있네요. 뚜렷하게 보이시죠? 골프장갑은 골프를 칠 때 쓰는 겁니다. 그런데 골프장갑으로 왜 낚싯줄을 만졌을까요? 그것도 한 번도 안 쓴 새 장갑으로? 피고인은 처음에 이 장갑이 자기 거라고 했습니다. 그랬다가 나중에 골프를 치지 않는다는 게 밝혀지니까 그제야 남편 건데 왜 여기 있는지 모르겠다고 말을 바꾸었습니다. 왜 자기도 모르는 장갑이 자기 집에 있었을까요? 그것도 낚싯줄 자국이 남은 채로? 설명은 간단합니다. 그리고 유일하기도 합니다. 피고인은 이 마찰력 좋은 장갑을 끼고서 낚싯줄을 양손에 말아 쥐고 남편의 목을 뒤에서 감아 당겨 버린 겁니다. 골프장갑은 범행에 쓰려고 미리 구입했을 겁니다. 낚싯줄을 더 팽팽하고 실수 없이 잡아당기기 위해서 말입니다."

"터무니없는 억측입니다."

고진은 벌떡 일어나며 목소리에 힘을 주었다. 비로소 진지하게 방어를 해야 할 필요를 느낀 듯했다.

"그 장갑이 살인에 쓰인 거라고 단정할 근거는 없습니다. 말을 바꾼 것도 처음엔 무작정 겁나서 당장 상황을 모면하려고 엉뚱한 말을 했다가 나중에 정정했던 겁니다. 모든 사람들이 상황에 맞는 이성적 판단만을 한다고 전제하는 건 법률가들이 흔히 저지르는 오류입니다."

이유현은 조현철 검사가 무언가 반박을 하리라 생각했지만 그는 만들어 낸 비웃음을 입가에 흘리며 조용히 자리로 걸어가 앉았다. 고진의 변론을 궁지에 몰린 액션으로 만들어 버리려는 '의도적인 무시 행위'로 이유현은 해석했다. 고진은 잠시 배심원들을 둘러보고는 이어 말했다.

"또한 살해 방법도 이치에 닿지 않습니다. 흔히 여성은 자신보다 힘이 센 남자를 상대로는 독살을 택합니다. 물론 많은 경우 그렇다는 이야기고, 정해진 답은 없을 테지요. 하지만, 낚싯줄로 목을 감아 살해하다니, 이건 마치 비밀요원 같은 게 연상되지 않습니까? 이 여성이 과연 낚싯줄로 목을 감아 성인 남자를 살해할 수 있었을까요?"

사람들의 시선이 김명진에게 모였다. 김명진은 시선을 아래로 둔 채 움직임 없이 앉아 있었다. 죄상을 논하는 심판대에 올라 있다기보다는 마치 초상화의 모델이 되어 아틀리에에라도 앉아 있는 것 같았다. 모딜리아니 그림쯤 되면 더욱 어울릴 듯하다.

배심원들 중 몇몇은 고개를 끄덕끄덕했다. 저 가냘픈 여자가 목을 졸랐을 리 없다는 주장을 납득한 듯이. 하지만 조현철의 얼굴은 어쩐 일인지 자신감에 차 있었다. 재판장이 말했다.

"자, 증거설명은 그 정도로 하시고, 지금부터 증인신문을 진행하도록 하겠습니다. 어디 보자…….”

말을 끌던 재판장은 고개를 들고 검사에게 물었다.

“입증취지는 뭡니까?”

“조금 전에 밝혔듯이 범인은 면식범으로 추정됩니다.”

조현철은 그 의미를 충분히 인지시키려는 듯 지긋이 배심원석을 둘러본 다음 말했다.

“그런데 신창순은 그 무렵 러시아로 건너간 지 두 달밖에 되지 않아 현지에서 알고 지낸 사람들이 극히 적었습니다. 그나마 면식이 있던 현지 교민은 확실한 알리바이가 있었고, 아무런 금전 문제나 원한을 가질 여지가 없었습니다. 그 점을 밝히겠습니다. 다음으로, 그렇다면 여기 ‘이 피고인을 제외하고는’ 그 무렵 블라디보스토크를 방문한 옛 친구들이 동기 면이나 시간적인 밀접성 면에서 가장 유력한 범인 후보가 된다고 할 수 있는데, 그 또한 증인신문을 통해 ‘그렇지 않다’는 것이 명백히 밝혀질 겁니다. 이들에게 범죄의 동기 따위란 없으며, 비록 살인이 있은 날짜와 인접해서 블라디보스토크에 있었지만 알리바이 또한 누구보다 확고하다는 사실이 말이죠. 그 후엔 자연스레 살인이 가능한 유일한 사람이 누구였는지에 관해 결론이 내려질 수 있을 것입니다.”

고진은 삐딱하게 앉아 연필 뒤 고무로 테이블을 톡톡 두드리고 있을 뿐, 아무런 이의를 말하지 않았다. 변호인의 이런 모습을 보고서 무언가 심대한 복안을 숨긴 것처럼 받아들이는 사람도 있을지 모른다. 하지만 고진을 잘 아는 이유현은 이렇게 생각했다. 이 사람은 지금 아무런 생각을 하고 있지 않다, 그저 불편해하고 있다…….

재판장이 호명한 증인은 모두 다섯 명이었다. 윤태영, 김해나, 남궁현, 임의재, 한연우.

윤태영을 제외한 네 사람은 원래는 모두 피고인 측 증인이어야 했다. 철저하게 김명진에게 우호적일 수밖에 없는 사람들이다. 이유현도 이들을 수차례 불러서 진술을 받았지만, 그건 그만큼 김명진의 범행을 입증할 직접증거나 목격증인이 부족하다는 반증이기도 했다. 물론 수사에 도움 될 만한 증언은 나오지 않았다. 검사는 입증에 자신 있는 것처럼 큰소리쳤지만 경찰에서 송치받은 후에 검사가 추가 수사를 진행했어도 마찬가지로 어지간히 증거가 없었단 얘기다.

다섯 사람은 나란히 증인석 앞에 섰다. 김해나는 몸에 붙는 검정색 바지에 흰 블라우스, 재킷을 입었는데, 그녀가 풍기는 세련된 도회 여성의 이미지는 피고인석에 앉은 언니 김명진과 대비되었다. 남궁현은 군청색, 한연우는 신뢰감을 줄 만한 회색 슈트 차림이었고, 임의재는 목 부분에 털이 달린 가죽점퍼를 걸쳤는데, 검고 울퉁불퉁한 얼굴에 어울렸다.

가족이어서 선서 의무가 면제되었지만 김해나는 증인 선서를 하겠다고 말했다. 증언의 신빙성을 높이기 위해 당연히 고진이 주문했을 것이다. 재판장은 선서를 한 후에는 거짓말하면 위증의 벌을 받는다는 경고를 했고, 이어 남궁현이 대표로 증인 선서문을 읽었다.

검찰의 요청으로 윤태영이 먼저 증인석에 앉았다. 김해나와 나머지 남자들은 일시적으로 퇴정 조치되었다. 법정 밖으로 나가라는 말에 임의재의 눈썹이 매처럼 날카롭게 치켜 올라갔다. 앞 증인의 증언을 참고해 진술이 왜곡될 우려 때문에 취하는 일상적인 절차지만,

아마도 부당한 대우로 느낀 모양이다. 그는 불쾌한 빛을 띠며 법정을 저벅저벅 걸어 나갔다. 한연우는 뒤돌아 나가며 김명진을 걱정스럽게 힐끔 쳐다보았다.

윤태영은 50대의 나이가 무색하게 머리카락이 무성하게 뻗어 있고 낯빛은 불그스름한 남자였다. 양팔을 증언대 위로 턱 하니 올려놓고 전혀 위축되지 않은 얼굴로 검사를 마주 보았다. 조현철은 앉은 채로 윤태영에게 말했다.

"먼저 증언을 위해 멀리 블라디보스토크에서 한국까지 와주신 데에 감사를 드립니다."

"뭐, 당연히 협조해야죠. 국민의 의무로다가."

"증인은 현재 러시아 블라디보스토크에서 사업을 하고 있지요?"

"그렇습니다. 주로 건설 쪽 일을 하고 있습니다."

"증인은 신창순과 어떤 관계죠?"

"사업 파트너입니다."

"어떤 사업을 하고 계시죠?"

"유전을 하나 인수하려고요."

그의 대답은 거침이 없었다.

"증인은 러시아에 오래 거주했고, 블라디보스토크 현지에서 별명이 '꺼삐딴 윤'일 정도로 현지 비즈니스 쪽에서는 상당히 영향력이 있는 인물이라고 들었습니다만."

"뭐, 다들 그렇게 부르고 있습니다."

윤태영은 가슴을 쭉 폈다. 이유현은 '브로커'를 달리 부르느라 검사가 애를 먹고 있다는 생각을 했다.

"그리고 증인이 바로 신창순을 러시아로 끌어들인 장본인이죠."

"글쎄요, 그건 표현이 좀 그러네요."

윤태영의 표정이 확 구겨졌다.

"사업 아이템이 좋으니까 신창순이 제 발로 온 거죠."

"그럼 바꾸어 묻겠습니다. 신창순은 증인하고 또 한 명의 사업 파트너인 염창석 씨를 믿고 같이 사업할 기회를 잡으러 러시아로 건너간 거죠?"

"그렇습니다."

"신창순 씨가 러시아로 건너간 지 두 달 정도 됐는데, 증인과 염창석 씨 말고 친밀하게 지낸 사람이 있습니까? 사업적으로나 개인적으로나."

"거의 없을 겁니다. 신창순 씨가 사업하러 온 거지, 살러 온 건 아니니까요. 교포 사회 쪽으로는 어울리려는 생각조차 안 하던데요."

검사는 만족스런 표정을 지었다.

"증인과 신창순 사이에 혹시 사업상 문제로 갈등은 없었습니까?"

"갈등? 무슨 갈등이요? 사업을 시작하지도 않았는데."

"같이 유전을 인수하기로 했다면서요."

"하."

윤태영은 가볍게 콧방귀를 뀌었다. 그의 태도는 이제 가벼움을 넘어서 불량스럽게 보이고 있었다.

"신창순과 같이 추진했단 말은 좀 어폐가 있어요. 그 사람이 러시아 말을 아는 것도 아니고 현지 시스템을 알지도 못하는데. 비즈니스를 세팅하는 일은 나하고 염창석이하고 도맡아 했습니다. 신창순도 러시아 쪽과 커넥션을 갖고 싶어 하긴 했어요. 그래서 내가 핀잔을 줬죠. 그건 우리가 알아볼 테니 당신은 일단 자금 조달 쪽을 알아보라고요. 그래 봤자 별 진척은 없는 상태였어요."

"아무튼 증인이나 염창석 씨 입장에선 신창순이 없어지면 자금 조달이 불편해지는 상황이었겠네요."

윤태영은 오른팔을 들어 올려 휘휘 내저었다.

"그렇진 않습니다. 신창순 말고도 사업에 참여할 사람은 얼마든지 있었습니다. 기회를 잡지 못해서 안달인 거지."

"그래도 증인 입장에선 신창순이 있는 쪽이 좋은 거 아닙니까. 그걸 묻는 겁니다."

"그거야 그렇죠. 돈을 조달만 해 주면야. 어쨌든 나는 참여할 기회를 준 겁니다. 신창순이 훨씬 적극적이었어요. 그래서 블라디보스토크까지 건너온 거 아니겠습니까."

이유현은 거드름 피우는 그의 말투가 계속 거슬렸다. 자신을 거물로 보이고 싶어 한 것 같지만 점차 인상이 나빠지고 있었다. 이자는 일확천금의 헛바람을 집어넣어 돈을 뜯는 흔해 빠진 협잡꾼일지도 모른다.

"신창순이 사업에 직접 참여하지 못한 것에 불만을 가졌을 순 있을까요?"

"그렇지는 않을 겁니다. 의욕이 넘쳤다니까요. 어떻게든 투자자를 구해 오겠다며, 자신을 확실하게 사업에 끼워 달라고 보채는 중이었어요."

"신창순 씨는 어떤 사람이었습니까?"

"어떤 사람이라뇨?"

"그러니까, 성격이나 기질 같은 거요."

윤태영은 잠깐 생각하다가 말했다.

"괜찮은 친구였어요. 난 원래 예의 없고 건방진 놈들하곤 같이 일 안 하거든요. 눈치도 빠르고, 사람 비위도 잘 맞추고. 이 정도 친구면 같이 일을 도모해도 되겠다 싶었죠."

조현철은 몸을 조금 돌려 손으로 김명진을 가리켰다.

"피고인, 그러니까, 신창순 씨의 아내 되는 저 여성을 아십니까?"

윤태영은 목을 빼 김명진을 보았다.

"모릅니다. 본 적이 없어요."

"한 번도요?"

"신창순하고 가족끼리 만나는 사이는 아녔어요."

조현철은 김명진을 힐끔 한 번 본 다음 물었다.

"신창순이 죽던 무렵, 그러니까 12월 14일에 증인은 어디 계셨죠?"

"저요? 가족들하고 같이 바이칼 호수로 여행을 가 있었어요. 거긴 가는 데만도 며칠 걸리는 곳입니다. 블라디보스토크에는 연말에 돌아왔죠."

윤태영은 거리낌이 없었다.

"그렇게 휴가를 오래 가셨습니까?"

"러시아는 한국하고 달라요. 서민들도 대부분 '다차'라고 하는 별장을 갖고 있는데, 휴가철이 되면 한 달씩 틀어박힙니다. 우리도 먹고살 일에만 매달릴 게 아니라 그런 여유는 배워야죠."

여전히 으스대는 말투였다. 더구나 한국을 통째로 가르치려는 듯한 말은 이유현의 비위에 거슬렸다.

"다른 가족들하고 같이 가셨죠?"

"예. 염창석이 가족하고, 또 친하게 지내던 다른 한 친구 가족들 모두 같이 떠났습니다."

"그 점은 현지 경찰의 조사로도 확인되어 있네요. 세 가족 모두 여행 기간 내내 같이 시간을 보냈고."

검사가 말하며 서류를 넘기는 제스처를 취했다. 윤태영은 멀뚱히 그 모습을 쳐다보았다.

"수고하셨습니다."

"끝입니까?"

윤태영이 물었고, 조현철이 가볍게 고개를 끄덕였다. 고진은 반대 신문을 하지 않겠다는 뜻을 표했다. 윤태영은 보따리를 풀어 놓다 만 사람 같은 표정을 지었다. 비행기를 타고 온 수고에 비해 역할이 너무 보잘것없었다는 생각이 든 모양이다.

윤태영이 나간 뒤 곧이어 바통 터치를 하듯 김해나가 법정으로 들어와서 새침한 표정으로 증인석에 걸어가 앉았다. 이번엔 검사가 일어서서 김해나 앞으로 다가갔다.

"증인은 피고인의 동생이지요?"

"네."

김해나가 턱을 들고 도전적으로 대답했다.

"기록을 보면 피고인이 어렸을 때 부모가 이혼해서 아버지 밑에서 컸고, 대학 시절에 부친마저 지병으로 별세하셨군요. 그때부터 자매끼리 살아왔고요. 그래서 아마 증인은 언니하고의 사이가 남들보다 훨씬 더 돈독하고 언니의 감정도 잘 이해하고 있으리라 생각됩니다. 맞습니까?"

"그랬었죠."

"그랬었다?"

"예전엔 그랬지만 언니가 신창순 씨와 결혼하고 나서는 사이가 많이 소원해졌어요."

말한 직후 김해나의 얼굴에 걱정스런 기색이 떠올랐다. 원래 의도는 아마도 지금 언니와 사이가 소원하다는 걸 강조해 증언에 신빙성을 부여하려 한 것 같지만, 신창순과 김명진의 사이가 좋지 못하다는 뉘앙스가 너무 부각된 게 아닌가 하는 우려가 막 든 것 같았다.

검사는 기본적인 사실부터 물었다. 신창순과 김명진이 대학 동창으로 만나 결혼한 일, 그 뒤로 친구들과 연락이 끊어졌다가 김해나가 남궁현을 우연히 만난 덕에 예전 동창들과 연락이 된 일, 김명진이 남편과 함께 사건 2개월 전 블라디보스토크로 건너간 일, 그리고 최근 예전 친구들이 블라디보스토크로 김명진을 찾아간 일, 그리고 사건을 전후해 한국과 현지에서의 일정까지.

김해나는 비교적 차분하게 답변했다. 남궁현과의 일을 물을 때는 조금 반발했지만 블라디보스토크에 방문한 이유와 연결되어 있기에 답변이 필요하다는 검사의 말에 결국 그럭저럭 대답을 마쳤다.

모두 이유현이 이미 진술을 들어 알고 있는 내용 그대로였다. 검사는 몇 가지는 비중을 두어 물었다.

"남궁현, 임의재, 한연우, 그리고 죽은 신창순까지, 모두 대학 동창으로, 20여 년 전 피고인에게 동시에 프러포즈를 한 사이였죠?"

"네."

"달리기 시합으로 결정했다죠?"

"네."

잔 웃음소리가 방청석에서 들렸다.

"어떻게 아시는 거죠? 언니한테 들었습니까?"

"아뇨. 저도 거기 있었어요. 언니 결혼 상대를 결정하는 일인데 관심을 안 가질 수가 없죠. 오빠들하고도 다 잘 아는 사이였고."

"시합은 어떻게 진행됐습니까? 자세히 좀 말씀해 주시죠."

"운동장 스무 바퀴 도는 시합이었어요. 임의재 씨는 한 열한 바퀴째인가, 그쯤에 성질을 부리고는 집에 가버렸어요. 남은 세 사람은 끝까지 뛰었구요. 남궁현 씨가 먼저 처졌고. 나머지 두 사람이 끝까지 접전을 벌였어요. 결국 신창순 씨가 1등으로 들어왔죠."

"아무리 그래도 달리기 시합에서 이겼다는 이유만으로 남자를 선택했다는 건 납득이 안 가네요."

"그럼 납득하지 마세요."

김해나가 톡 쏘았고, 방청석에서 또 잔웃음이 일었다. 무안을 당한 검사는 덤벼들듯이 말했다.

"어쨌든 간에 김명진 씨는 신창순을 남자로서 좋아했던 거 아닙니까? 그래서 결혼까지 간 거겠죠?"

"그랬겠죠."

"결국 김명진 씨는 좋아하는 남자와 결혼했군요. 처음부터 그럴 생각이었다면 그 달리기는 공정한 시합이 아닌 거네요."

이유현이 김명진을 보니 목덜미가 발갛게 물들어 있는 것이 할 말을 꾹 참고 있는 모습이었다. 김해나는 발끈해서 대답했다.

"언니가 결정하지 못해서 한 달리기 시합이었어요. 이긴 사람과 어쨌든 결혼했고요. 그럼 공정한 거 아닌가요?"

검사는 김해나가 쏘아 보내는 시선을 슬쩍 피했다.

"아무튼 세 남자가 김명진 씨를 좋아하긴 했던 모양이군요. 물론 남편인 신창순 씨도요."

"······그랬다고 생각해요."

김해나는 왠지 자신 없는 태도로 대답했다.

"하지만 은근한 경쟁심도 있었을 거예요. 자존심 경쟁 같은 거 말예요."

"그럼 애정보다는 서로 지기 싫어하는 마음에서 그랬을 거라고 생각하시는 건가요?"

"꼭 그렇다고만은 할 수 없겠죠. ······근데 그런 게 중요한가요?"

김해나가 고개를 들며 되물었다.

"세 남자의 마음이 이 사건과는 동기의 측면에서 연결될 수 있기에 여쭙는 겁니다."

검사가 말했다. 김해나가 시선을 내렸다.

"다들 언니를 좋아한 건 맞는 듯해요. 그래서 운동장까지 뛴 거 아니겠어요? 물론 사람마다 마음이 조금씩은 달랐겠지만······ 임의재 씨는 원래 달리기 시합을 유치하다고 반대했고 기분도 잘 변하는 사람이라 왠지 중간에 그만둘 것 같았어요. 한연우 씨는 좀 감성파랄까, 그런 면이 있어서 오히려 끝까지 달린 것 같고요. 남궁현 씨도 끝까지 달리긴 했지만 원래 뭐든 한번 시작하면 무던한 사람이었으니까요. 언니를 그저 귀여운 동생 정도로 여겼던 것 같아요. 프러포즈도 좀 엉겁결에 한 게 아닌가 싶고요."

이유현이 느낀 바도 그랬다. 동시에 프러포즈했다지만 마음의 깊이나 이유는 달랐을 것이다. 김해나는 남궁현에 대해서만은 조금 다른 해석을 내놓았는데, 아마도 곧 자신의 남편이 될 사람이니 자존심 때문에 그런지도 모른다.

"어떻습니까? 지금도 그 세 사람은 피고인에 대해 마음을 품고 있지는 않을까요? 공교롭게도 모두 혼자인데."

김해나는 검사를 아연히 쳐다보다가 버럭 톤을 올려 말했다.

"터무니없어요. 남궁현 씨는 저와 결혼할 사람이에요. 그런데 언니를 아직 마음에 두고 있다뇨. 모욕적이네요."

"알겠습니다. 그럼 임의재, 한연우 씨는요?"

"두 사람 다 마흔이 훌쩍 넘었어요. 언니하고의 일은 20년 전이에요. 그때 좋아했다고 해도…… 이젠 엄연히 남편이 있는데, 일방적으로 마음을 주겠어요? 게다가 남편을 없애고, 그 자리를 차지하려 한다고요? 말도 안 돼요."

조현철은 빙긋이 웃었다.

"남편을 없애려 했다는 말은 하지도 않았고 묻지도 않았는데요. 굳이 그런 말씀을 하신 걸 보니…… 증인은 가까운 사람으로서 혹시 그럴 수도 있을까 하고 생각해 보셨던 모양이죠?"

"아니, 그런 게 아니……."

김해나가 뭐라 반박하려는데 검사가 말을 가로챘다.

"어쨌든 제가 할 말을 대신해 주셔서 감사합니다. 다시 말해 남궁

130

현, 임의재, 한연우 이들 세 사람이 신창순을 살해할 만한 이유란 건 상상조차 할 수 없다, 이런 이야기가 되겠네요."

그렇다고 해서 김명진에게 이유가 있게 되는 건 아니다. 검사는 논리적으로 추론되지 않는 결론을 야릇한 표현으로 배심원들에게 전달하고 있었다.

김해나는 입을 다물었다. 이런 말도 저런 말도 애매할 뿐이다.

고진은 못마땅한 표정을 지었지만 딱히 이의를 제기하고 나오지는 않았다. 검사는 신문을 마치겠다고 하고는 자리로 들어갔다.

"변호사님, 반대신문하시겠습니까?"

재판장이 물었고, 고진은 일어서서 김해나 앞으로 다가갔다. 김해나의 표정이 눈에 띄게 풀렸다.

고진은 먼저 신창순을 평소 어떻게 생각했는지, 부부간에 갈등이 있었는지를 물었다. 김해나는 왕래가 뜸했지만 나쁜 감정은 없었고, 언니는 형부를 좋아했으며 부부간의 문제는 없었다고 말했다. 작위적으로 느껴졌지만 정석대로의 대답이었다.

"검찰은 언니가 따로 나와서 살았다는 게 불화의 증거라고 판단하고 있는 것 같은데요."

"그것도 형부가 배려한 거겠죠. 생각을 바꾸어 보면 그렇지 않을까요?"

조현철이 벌떡 일어섰다.

"재판장님, 이의 있습니다. 변호인은 증인의 기억이 아니라 의견을 묻고 있습니다."

"조금 전 검사님이 물었던 이상으로 의견을 묻지는 않았습니다."

고진이 빈정대듯 말했다.

"주신문과도 동떨어져 있습니다."

"그 주신문은 사실과 동떨어져 있습니다."

방청석에서 어느 여성의 풋 하는 웃음이 들렸다. 조현철의 눈썹이 갈매기 모양으로 일그러졌다. 조현철은 고진을 무시하고 재판장을 향해 목청을 높였다.

"재판장님!"

그제야 재판장은 하는 수 없다는 듯 고진을 향해 말했다.

"그럼 의견스러운 질문은 좀 자제해 주시죠."

어중간한 말이었다. 방청석에서 푸훗 하는 웃음소리가 다시 터졌다.

"반대신문을 마치겠습니다."

고진은 자리로 돌아가 버렸다. 조현철이 다시 일어섰다.

"증인에게 한 가지만 더 물어보겠습니다."

김해나가 턱을 들었다.

"신창순이 배려해서 피고인을 따로 살게 한 거라면, 왜 신창순은 피고인의 연락처를 몰랐습니까?"

"무슨 소리예요. 형부는 언니의 휴대폰 번호를 알고 있었어요."

"사는 집은 몰랐잖습니까."

"집이요?"

김해나는 잠시 머뭇했다.

"집도…… 알았죠. 왜 몰랐겠어요."

하지만 머뭇거리는 김해나의 태도는 배심원들에게 답변의 진실성에 의심을 품게 만들기에 충분해 보였다.

"신창순이 집을 알았다면 김명진은 왜 휴대폰 문자 메시지를 보내서 따로 만나자고 했을까요? 낯선 나라의 길거리 카페에서 말이죠. 집으로 오라고 했으면 될 일입니다. 그건 신창순이 김명진의 집을 몰랐고, 김명진도 자기가 사는 곳을 가르쳐 주기 싫었던 거 아닙니까?"

"그 카페가 좋았나 보죠. 커피가 맛있든가. 여자들은 그래요."

김해나의 답변에 조현철은 더 추궁하지 않고 배심원들 보란 듯이 비웃음을 입가에 흘렸다. 고진이 일어섰다.

"이의 있습니다. 저는 의견을 물었다지만 검찰은 증인의 상상을 묻고 있습니다."

"사실을 물었는데, 증인이 상상으로 대답한 것이겠죠."

조현철이 말했다. 재판장은 두통이 온다는 듯 관자놀이에 손가락을 대고는 아무 말이 없었다.

김해나는 조현철을 노려보았지만, 그가 신문을 마치겠다며 홱 몸을 돌려 자리로 돌아가자 별수 없이 일어나 방청석으로 돌아갔다.

법정 밖에서 대기하던 남궁현이 다음 차례로 들어왔다. 비교적 미남임에도 불구하고 진술할 때 이죽거리는 버릇이 있어 이유현은 썩 좋은 인상을 받지 못했었는데, 이날 법정에 들어오는 발걸음은 의외로 진중했다. 산맥같이 펼쳐진 넓은 어깨, 두툼한 몸. 풍채가 당당했고, 그가 앉으니 증인석이 꽉 차는 느낌이었다. 검사가 먹이를 잡아 놓은 살쾡이처럼 다가섰다.

"죽은 신창순 씨하고는 20년 넘은 친구죠?"

"네. 같은 과, 같은 학번입니다."

남궁현이 기름진 얼굴을 들고서 대답했다. 말소리는 일부러 꾸며 낸 듯 느렸다.

"김명진 씨와도 20년 이상 인연이 있군요. 같은 과 선후배시고요."

"맞습니다."

"결혼하셨다가 수년 전에 사별했지요?"

"예."

"베트남 여성하고 결혼하셨었네요?"

방청석에서 의아해하는 눈길이 남궁현에게 쏟아졌다.

"그래서요?"

남궁현이 유들유들하게 되물었다. 웬만한 질문으로는 이 남자의 신경을 긁을 수 없을 것 같다.

"김명진 씨의 동생인 김해나 씨와 곧 결혼하실 예정이시죠. 예전에 김명진 씨에게 청혼까지 했다고 쳐도, 지금은 그사이 한 번의 결혼이 있었고, 이제 두 번째 결혼을 앞두고 계신 분으로서 상식적으로 김명진 씨에게 미련이 남아 있다고는 생각하기 힘들겠군요. 그래서 여쭤 보는 겁니다."

"김명진 씨는 곧 처형이 될 사람이죠. 옛날에 친했다고 해도 그건 추억이고 어디까지나 옛날 일이니까요."

"김해나 씨의 증언에 따르면 예전에도 피고인을 열렬히 좋아했던 건 아닌 듯하더군요."

"김해나 씨는 지금의 저를 가장 잘 아는 사람이죠. 해나가 그렇게 얘기했다면 그대로 믿으시면 됩니다."

사실상 대답한 것이 아니지만 조현철 검사는 그럭저럭 만족한 것 같았다.

"다른 두 분은 어떻다고 생각하십니까? 임의재 씨와 한연우 씨 말입니다. 지금도 김명진 씨를 열렬히 좋아하고 있을까요?"

"그거야 제가 알 수 없는 일이죠. 다른 사람의 마음을 어떻게 알겠습니까."

"누구도 증인이 멘탈리스트라고 이야기하지 않았습니다. 그저 증인이 느끼시기에 어떤가 하는 걸 묻는 겁니다."

검사가 다소 딱딱하게 말했다. 남궁현은 어깨를 으쓱하고는 말했다.

"사실을 말하러 나오는 게 증인 아닌가요? 증인이 의견을 말해야 합니까? 이것도 답해야 하나요? 어때요, 변호사님?"

남궁현이 고진을 향해 몸을 틀어 물었다. 약간 당황스런 상황이 되었다. 조현철이 눈을 가늘게 떴고, 방청석에는 긴장이 흘렀다. 고진은 시선을 들었지만 대답을 하지 않았고, 재판장이 끼어들었다.

"증인은 답변하기 싫으면 안 해도 됩니다. 법정에서 임의로 변호인과 대화하는 일은 삼가 주세요."

남궁현은 자세를 되돌리고 말했다.

"뭐, 그다지 대단한 문제라고는 생각지 않습니다만, 대답하죠. 두 사람도 지금은 전혀 그렇지 않은 것 같습니다. 20년은 뭐든 지워 버릴 만큼 긴 시간이거든요."

남궁현의 말대로 하나마나한 답변이었다. 남궁현의 행동은 검사의 신문에 대한 불쾌감을 비틀어 표출한 것이었다. 아니면 김명진을 먹잇감 삼으려는 검찰을 향한 적대감의 발로이거나.

검사는 이어 사건 발생일을 전후한 남궁현의 행적을 물었다. 김해나와 함께 12월 9일 미국으로 건너갔다가 13일 귀국했고, 한국에 며칠 체류하다가 21일 블라디보스토크로 가서 24일 귀국했다. 아시아나 항공 탑승 기록과 출입국 기록에서 확인되는 부분이어서 검사의 신문은 보충하는 정도의 의미에 그쳤다. 김해나와 대부분 일정을 같이 했기에 중복되는 질문이기도 했다.

남궁현은 조금도 막히지 않고 술술 대답했다. 이미 경찰에서 여러 번 진술한 내용이니 그럴 법도 하다. 신문이 진행됨에 따라 말투는 더 번드르르해졌다. 성실한 성격의 누군가는 불쾌하게 여겼겠지만, 그럼에도 이 사람이 길바닥에서 목에 줄을 감아 조르는 격정적인 살인을 할 수 있을 거라고는 도무지 생각할 수 없게 만들었다. 철저하게 계획된 살인이라면 또 모르겠지만.

"신창순의 죽음으로 증인은 지금 상당히 곤란한 지경에 처해 있죠?"

"곤란한 지경이라뇨, 어떤 거 말입니까?"

남궁현이 검사를 빤히 올려다보았다.

"증인은 김해나 씨와 결혼한 후 미국으로 이민을 떠나려던 참 아니었습니까. 그런데 이 사건으로 한국 생활을 정리 못 하고 있는 거고요."

"그거야 검찰에서 못 떠나게 하신 거 아닙니까."

방청석에서 웃음이 일었다. 조현철이 매섭게 말했다.

"살인사건이 일어나면 당연한 절차입니다."

남궁현은 쯧 하고 입맛을 다셨다.

"결혼을 앞두고 발생한 살인사건으로 인해 현실적인 막대한 타격을 입고 계신 거 맞죠?"

조현철이 답변을 재촉했다. 남궁현은 고개를 꾸벅했다.

"뭐…… 그리 편하진 않죠. 지금쯤이면 이사를 마무리하고 현지에
한참 적응할 때인데…… 일정이 다 밀리면서 공중에 떠버린 상태입
니다."

"그렇군요."

검사는 등을 휙 돌리고는 배심원석을 쳐다보며 말했다.

"역시 남궁현 씨는 살인사건을 일으킬 만한 동기를 전혀 상상할
수 없겠군요. 신창순이 살해당한 12월 15일을 전후해 블라디보스토
크에 갔다 오는 것 또한 물리적으로 불가능했고요."

남궁현이 무슨 말을 하고 싶어 한 것 같지만 입은 열지 않았다. 검
사가 그에게 뭘 물은 게 아니라 일방적으로 정리를 해버린 탓이다.

이번에도 고진은 심드렁한 표정을 하고 가만히 앉아 있을 뿐 반대
신문을 할 낌새는 보이지 않았다. 이유현은 그의 의중을 알 수 있을
것 같았다. 섣불리 한두 가지를 물어봤자 의미가 없다. 그의 침묵은
'검찰의 이 증인신문은 무가치하다', '반대신문을 할 만한 거리도 없
다'는 암묵적인 표현이기도 했다. 남궁현은 방청석으로 돌아가 김해
나 옆에 가 앉았다.

다음은 임의재의 차례였다. 법정 뒷문을 통해 들어온 그는 곁눈질
한 번 하지 않고 직선으로 증인석을 향해 걸어갔다. 지퍼를 잠그지
않은 가죽점퍼가 펄럭이는 모습은 집에 두고 온 총을 가지러 온 사
냥꾼을 연상시켰다.

그는 증인석에 앉은 뒤 의자 등받이에 상체를 도전적으로 기댔다.

그 앞에 선 검사는 마치 부장의 결재를 받으러 온 신입사원 같은 모양새가 되었다.

조현철은 남궁현에게 한 것과 같은 질문으로 시작했다. 신창순, 김명진과의 관계부터 임의재의 결혼생활까지. 임의재는 의외로 별반발 없이 순순히 대답했다. 서른 살 무렵 결혼했다가 3년 만에 아이 없이 이혼했다는 개인사까지도 이야기했고, 이혼 사유를 묻는 검사의 질문에도 거침없었다.

"성격이 안 맞았겠죠."

마치 남 일을 이야기하는 듯한 어조였다.

"전처는 절더러 경주마라고 했습니다. 한쪽만 보고 달린다고."

그런 평가 따위, 자기 인생에서 하등 관심거리가 아니라는 태도였다. 상체를 뒤로 뺀 탓에 증인석 마이크에서 뚝 떨어져 있었지만 그의 목소리는 법정 뒤까지 쩌렁쩌렁 전달되었다. 적어도 그가 말하는 동안에는 주목을 확실하게 끌었고, 법정의 주연이었다. 임의재의 말투는 이유현에게도 익숙했다. 참고인 조사를 받을 때도 말소리는 내내 당당했고, 슬쩍 반말 투이기까지 했다. 그나마 법정이어서 특유의 거드름이 조금 완화된 것 같다.

검사는 이어 신창순이 살해된 12월 15일 전후의 임의재의 행적을 확인했다. 13일에서 15일까지 파리에서 한인 교회 사람들을 만났고, 16일 비행기로 한국에 왔고, 사흘간 서울에서 머물다가 20일에 블라디보스토크로 떠났다는 답변은 경찰에서 조사한 그대로였다.

"결국 증인 또한 12월 15일을 전후해 블라디보스토크에 갔다 오는 건 불가능했네요."

임의재는 무슨 소리냐는 듯 미간을 찌푸리고 조현철 검사를 노려보았다. 조현철은 괜히 변명조로 덧붙였다.

"아, 이건 묻는 게 아니라 그냥 확인한 것뿐입니다."

조현철은 질문을 바꾸었다.

"한때는 프러포즈를 할 만큼 김명진 씨를 좋아한 모양이더군요."

"그랬죠."

"프러포즈가 그게 처음이자 마지막은 아니었겠죠?"

"당연히 아니죠."

임의재의 말투가 확연하게 거칠어졌다. 검사가 눈썹을 휙 올렸다.

"증인, 흥분하지 말고 답하세요."

"아니, 법정에서 그런 것도 물어야 합니까? 내가 좋으면 좋다고 얘기하는 거, 그게 프러포즈 아닙니까? 그게 처음이든 마지막이든 뭐가 문젭니까."

검사는 임의재의 성격이 불같다는 걸 눈치 챈 모양이다. 그가 김명진을 교도소에 보내려 노력하는 자신에게 크나큰 적대감을 품고 있다는 것도.

"맞는 말입니다만, 그걸 물으려는 건 아니고요."

조현철은 부드럽게 말한 후 약간 틈을 두고서 다시 물었다.

"그 달리기 시합에서는 성질을 내고 중간에 관두셨다고 들었습니다. 몸은 참 좋아 보이시는데…….'"

조현철은 그러면서 임의재의 불거진 어깨와 팔뚝으로 시선을 보냈다.

"바보 같은 짓이라고 생각했을 뿐입니다. 성질을 내진 않았어요."

임의재는 성질이 배어 나온 말소리로 대답했다. 중년의 여성 배심원 한 명이 임의재를 보면서 고개를 작게 가로저었다. 그를 보면서 남편을 떠올렸는지도 모른다. 저 여성은 독재자형 남편 때문에 결혼에 진저리를 치고 있는 게 틀림없다고 이유현은 생각했다.

"어쨌든 그것과 동시에 김명진 씨를 단념한 거군요."

"단념이고 뭐고, 그냥 그만두기로 했을 뿐입니다."

"이를테면, 남자의 자존심이다, 이렇게 해석해도 되겠습니까?"

임의재는 말이 없었다. 조현철은 대답을 기다리는 눈빛으로 그의 얼굴을 빤히 들여다보다가 결국 포기했다. 신문에 애를 먹는 모양새다.

"20년 만에 김명진 씨와 연락이 닿았을 때는 어떤 기분이었죠?"

"반가웠습니다."

"그게 답니까?"

"그럼요?"

임의재가 턱을 쳐들고 되물었다.

"좋습니다."

조현철이 말했다.

"반가운 정도였다는 말씀이군요. 그럼 블라디보스토크까지는 왜 가셨습니까?"

"남궁현이가 김해나하고 결혼하기로 했답니다. 미국으로 들어가기 전에 마지막으로 명진이를 보러 간다고 했고, 한연우도 간다고 그랬어요. 오랜만에 20년 전 친구들이 다 모이는 자리가 될 것 같아서 나도 가기로 했던 겁니다."

"단지 동창회를 하려고 파리에서 날아와 다시 블라디보스토크로 건너갔다는 말씀입니까?"

"이 나이 되면 그런 게 소중해집니다."

조현철 검사는 의미심장하게 웃었다.

"20년 만에 피고인과 연락이 닿았다는 건, 사실 피고인의 남편인 신창순과도 연락이 닿았다는 의미죠. 그리고 그게 계기가 되어 증인은 신창순과 동업을 하지 않았습니까? 신창순이 러시아에서 벌이던 중고차 수입 사업에도 돈을 투자한 걸로 압니다만."

임의재는 여기서 동요를 보였다. 상체를 일으켜 세우고 증인석에 팔꿈치를 올렸다. 자세는 부자연스러웠고 관자놀이에 불쑥 튀어나온 혈관은 괴기스러웠다.

"약간 투자를 하긴 했죠."

하고 싶지 않은 답변을 하는 것 같았다.

"그런데 신창순이 수입차 관련 탈세 혐의로 수사를 받고 사업을 접었죠. 그 뒤 신창순은 러시아 유전을 인수하자며 증인에게 동업을 또 권유하지 않았습니까? 어떻게든 인수 자금만 모으면 대박이 난다면서."

"……그러긴 했습니다."

임의재의 목소리가 현저하게 낮아졌다.

"증인이 12월 중순 파리에서 한국으로 날아오고, 블라디보스토크까지 간 건 그 유전 인수 사업에 관해 논의하기 위해서였지요? 구체적으로는 투자자를 어떻게 모을 것인가 하는 문제 말입니다."

"그런 용건도 좀…… 뭐, 없진 않았습니다……."

임의재는 뒷말을 흐렸다.

"다시 말해 동창회를 하기 위해, 김명진과의 추억을 되살리기 위해 굳이 블라디보스토크까지 갔다는 건 사실과 다르다고 봐야겠죠?"

"사실과 다르다니요? 그럼 내가 거짓말한단 겁니까?"

임의재의 톤이 또 거칠어졌다. 조현철이 차갑게 말했다.

"상식선에서의 비중을 묻고 있는 겁니다. 증인은 동창과의 추억이 중요합니까, 아니면 사업이 중요합니까? 신창순은 어떤 의미에서는 김명진보다 더 증인에게 중요한 인물이지 않았습니까? 사업 파트너로서 말입니다."

임의재에게 묻는 말이지만 검사는 배심원석을 향해 서서 말했다. 임의재는 세웠던 팔꿈치를 내렸다. 거세게 내리치듯 하는 바람에 팔뚝이 증인석을 때려 쾅 하는 큰 소리가 났다.

"사람 일을 너무 함부로 말씀하시네."

싸늘한 정적이 법정에 흘렀다. 검사가 몸을 돌려 임의재를 차갑게 노려보았지만 임의재는 조금도 움츠러들지 않았다.

"그런 거라면 전화나 편지나 이메일로도 돼요. 굳이 왜 시간 들이고 돈 들여 찾아갑니까. 난 친구들 얼굴을 보러 간 겁니다. 비즈니스는 부차적이었다고요."

화를 참는 목소리였다.

"사업 목적으로 친구를 방문할 수도 있는 거지, 그리 흥분할 일은 아닐 텐데요."

"중요하건 중요하지 않건 사실과 다른 얘길 하니까 그런 거 아닙니까."

그의 걸쭉한 목소리가 홀로 법정에서 튀고 있었다.

"증인, 그저 있는 대로만 말씀하시면 됩니다."

재판장이 타이르듯 말했다. 임의재는 불만이 가득한 표정으로 한 일자로 입을 다물고 팔짱을 끼었다. 마치 돌하르방이 앉아 있는 것 같다. 검사가 새로 밝혀낸 사실이 무언지는 모르겠지만, 임의재의 검사에 대한 적대감만은 확인한 신문이었다고 이유현은 생각했다.

조현철은 고개를 절레절레 흔들고는 "신문을 마치겠습니다." 하고 자리로 들어갔다. 고진의 반대신문은 이번에도 이루어지지 않았다.

임의재가 방청석 자리로 돌아간 후, 한연우가 법정에 들어섰다. 회색 양복 차림의 그는 신중한 걸음걸이로 증인석에 가 앉았다. 피고인석을 지나치며 김명진을 보았지만 김명진이 고개를 숙이고 있어 시선이 마주치지는 않았다. 조금 긴장한 기색이 엿보였다.

조현철 검사는 공격적인 태세로 성큼 다가섰다. 당연한 수순으로, 김명진, 신창순과의 관계, 최근의 만남 등에 관한 질문이 이어졌고, 한연우는 짤막짤막하게 대답했다. 목소리가 앞의 증인들보다 많이 작게 들리자, 법정경위가 다가와서 마이크를 이리저리 움직이다가 멀쩡한 걸 알고는 그의 입에 바짝 붙여 놓았다.

"증인은 대학에서 불문학 강의를 하시는군요. 언제부터 하셨죠?"

"줄곧 해왔습니다. 대학에서 석박사 과정도 밟았고요."

"그리고 아직까지 독신이시고요."

"네."

"혹시 특별한 이유가 있습니까?"

한연우는 여기서 항의를 할까 말까 망설이는 듯 보였는데, 결국 대답하고 넘기기로 한 모양이다.

"아뇨. 결혼이란 걸 꼭 해야 한다는 생각을 안 했을 뿐입니다."

한연우의 귓불이 살짝 빨개졌다. 검사의 질문이 불편한 듯하다.

"20년 전 달리기 시합에서는 증인과 신창순 씨가 마지막까지 경합하다가 결국 신창순 씨가 이긴 모양이더군요."

한연우는 마뜩찮은 표정으로 말이 없었다. 검사가 재촉했다.

"대답해 주십시오. 맞습니까?"

"제게 묻는 말인지 몰랐습니다."

"아무래도 그 시합 결과가 증인의 마음에 안 들었던 것 같습니다."

검사는 고개를 홱 돌려 김명진에게 말했다.

"피고인의 마음엔 들었습니까?"

김명진은 시선을 아래로 두고 가만히 있을 뿐이었다.

"저한테 묻는 겁니까?"

한연우가 말했다. 이어 재판장이 검사에게 뭐라 말하려는데 검사가 한연우 쪽으로 다시 고개를 돌려 묻기 시작했다.

"피고인은 증인이 한때 프러포즈까지 했던 상대입니다. 그런 피고인과 20년 만에 연락이 닿았을 때는 반가우셨겠습니다."

"그랬습니다."

"피고인과 그 뒤로 자주 연락하고 만나셨습니까?"

"아뇨. 전화는 좀 했지만, 만난 건 몇 번 안 됩니다. 임의재가 한국에 들어왔을 때 같이 두어 번 만나 저녁을 먹은 적이 있습니다. 그것도 신창순이 임의재하고 동업 문제가 있어서 부부가 모임에 나온 눈치였습니다."

"설마 그게 다는 아니겠죠? 오랜만에 옛 친구를 만났는데."

"다 같이 모인 건 그렇고, 개별적으로는 더 만나기도 했을 겁니다."

"그렇겠죠. 그렇다면."

검사의 어조는 어딘가 과장되어 있었다.

"김명진 씨 입장에서는 이분들 중 누군가에게 돌아갈 수 있다는 기대를 품었을 수도 있겠네요. 가로막는 남편만 없다면 말이죠."

"재판장님."

고진이 일어섰다.

"워낙에 입증 방향 자체가 허황돼서 끼어들지 않으려 했는데, 이 건 완전한 반칙입니다. 검찰은 억측을 말하면서 배심원들에게 선입 견을 심어주고 있습니다."

"검사님, 신문 도중에 슬쩍 의견을 끼워 넣는 짓, 아니, 발언은 삼 가 주세요."

재판장이 말했다. 그도 못마땅한 모양이었다. 이유현은 아까부터 감지한 일인데. 판사 세 사람은 반복되는 신문에 분명 지루해하고 있었다. 조현철 검사는 몸을 조금 뒤로 물렸다.

"증인이 블라디보스토크에 간 날은 12월 17일입니다. 신창순이 살해된 건 15일경으로 추정되고요. 세 사람 중 날짜상으론 가장 근 접해 있습니다. 물론 그렇다 해도 이틀의 차이가 있으니 물리적으로 범행은 불가능합니다."

조현철은 '물리적으로 범행은 불가능'을 힘주어 말했다.

"하지만 약간의 의혹이라도 있다면 해소해야 한다는 차원에서 몇 가지를 물어보겠습니다."

한연우는 조금 긴장한 눈으로 조현철을 쳐다보았다.

"증인이 블라디보스토크에 가신 이유는 뭡니까?"

"남궁현과 김해나가 결혼을 앞두고 언니를 보러 간다고 했습니다. 임의재도 간다고 했고, 그래서 저도 같이 가기로 했습니다. 겨울방학이 시작되기도 했고요."

"블라디보스토크에는 왜 남들보다 일찍 가셨습니까?"

"그냥 뭐 여러 가지로……."

"그건 답변이 안 되는 것 같네요. 혹시 김명진 씨와 따로 만나려고 그러셨던 겁니까?"

한연우의 귀와 목덜미가 불그스름하게 변했다. 자신에게 향한 불건전한 오해를 풀어야겠다고 생각한 모양이다. 그는 조심스럽게 입을 열었다.

"……실은 신창순하고 둘이 만나 허심탄회하게 이야기를 해보려 했습니다."

"그래요? 무슨 이야기를요?"

"신창순이 사업에 바쁜 나머지 명진이한테 좀 소홀한 게 아닌가 생각했습니다. 그래서요, 둘이 따로 만나서 이야기를 좀 해볼 작정이었어요. 여럿이 있는 데서 하기는 좀 그러니까요."

"김명진 씨를 생각하는 마음이 남다르셨군요."

"그런 건 아니고요."

"증인의 증언이 그렇다고 말해 주는데요."

한연우는 고개를 돌려 작게 한숨을 쉬었다.

"사람 일이 어떻게 한 가지로만 해석되겠습니까. 마침 기말시험도 끝나고 해서 혼자 여유 있게 러시아 구경을 하고 싶었습니다. 그래서 일찍 출발했던 겁니다. 신창순을 만나려 했던 건, 일찍 가는 김에 그래 볼까 생각했던 거고요."

"알겠습니다."

조현철은 이 대답에는 약간 만족한 기색이었다.

"어쨌든 증인의 증언대로라면 신창순 씨와 피고인 김명진 씨는 부부 사이에 문제가 있었다는 거 아닙니까. 그래서 신창순하고 그 문제를 두고 이야기를 나눠보고 싶었다, 그런 거죠?"

한연우는 멈칫했다. 부부 사이의 갈등을 드러내는 일이 김명진에게 불리하다는 정도는 그도 알고 있다.

"그런 뜻은 아닙니다."

한연우가 서둘러 말했지만 이제 와서 진술을 주워 담을 수 없었다. 이어지는 조현철의 질문.

"신창순 씨는 증인의 대학 동기이며 친하게 지냈던 사람입니다. 하지만 지금 말하는 걸 들어 보면 증인은 그다지 좋은 감정을 갖고 있지 않은 것처럼 보입니다. 그 이유는 신창순과 김명진의 사이가 좋지 않았고, 증인도 그걸 잘 알고 있었기 때문 아닙니까?"

한연우의 턱 근육이 움찔하는 걸로 보아 이를 꽉 깨문 모양이다.

"그렇지 않습니다. 예전부터 신창순에 대한 감정이 좋았다고만은 할 수 없지만 그게 명진이 문제 때문만도 아닙니다."

한연우가 재차 변명했지만 이미 배심원들에게는 부부 사이에 외부인이 알 만큼 갈등이 있었을지 모른다는 인상을 어느 정도 준 뒤였다. 검사는 신문을 끝냈다.

이유현은 이번에야말로 반대신문 몇 가지가 있지 않을까 기대했지만 고진은 끝내 일어서지 않았다. 한연우는 힘없이 방청석으로 돌아갔는데, 그의 어깨에는 어떤 낭패감이 내려앉은 것처럼 보였다.

조현철 검사는 선 채로 배심원석을 향해 몸을 빙글 돌렸다.

"옛 친구들이 먼 러시아 땅, 블라디보스토크까지 갔으니 얼마나 김명진을 생각하는 마음이 컸을까 하고 여기실 수도 있겠습니다. 하지만 조금 전 신문에서 드러났듯이 각자 나름의 사정이 있었을 뿐입니다. 남궁현과 김해나 씨 커플은 영구 이민을 떠나기 전 마지막 인사를 하려 했고, 임의재, 한연우 씨는 친구 가족과 같이 해외여행 떠나는 정도의 기분으로 가볍게 방문했습니다. 거기에 임의재 씨는 신창순과의 동업, 한연우 씨는 관광 정도의 동기가 더해졌을 뿐입니다. 더구나 네 사람 모두 신창순이 살해당한 날에는 러시아에 입국조차 하지 않은 상태였으니, 알리바이는 이보다 더 확실할 수 없습니다. 다시 말해, 그들에게는 동기도 기회도 없었다는 것입니다. 이 분명한 사실이 이 사건에 던져 주는 시사점을 놓치지 말아 주십시오."

고진이 벌떡 일어섰다.

"어차피 다섯 명이 아니라 오십 명을 신문한대도 피고인의 범행은 입증되지 않습니다. 지금 검찰이 하려는 건 그겁니다. 피고인 말고는 범행을 할 동기나 기회를 가진 사람이 없으니 피고인이 아니겠느냐, 이거죠. 하지만 그것만으로는 피고인이 범행을 했다는 적극적 사실의 입증은 불가능합니다. 아시다시피 형사재판에서는 '합리적 의심 없는 증명'이 필요합니다. 이런 식이면 피고인 말고는 아무도 그 범행을 할 수 없었다는 게 증명되어야 합리적 의심 없는 증명이 되었다고 할 수 있을 겁니다. 극단적으로 말하면 피고인을 제외한 60억 인구 전부의 동기와 알리바이의 부존재를 증명해야 합니다. 그런 부존재의 증명이란, 논리적으로는 무한에 가깝고 불가능입니다."

조현철이 단호하게 반박했다.

"하지만 시간과 공간이 한정되어 있다면 얘기는 다르죠. 지금 이야기하는 건 12월 14일 혹은 15일 무렵, 블라디보스토크 베르흐네포르토바야 거리 뒷골목에 있을 수 있는 사람에 관한 이야기입니다. 신창순을 불러낼 수 있는 사람. 그를 실제로 불러낸 사람. 그를 죽여야 할 강한 동기를 가진 사람. 그리고 범행에 쓴 장갑이 그의 집에서 발견된 사람에 관한 이야깁니다. 지금까지 그나마 범행에 가장 가까운 다섯 사람을 증인석에 앉혀 보았지만 동기나 기회 모두 생각할 수 없음이 밝혀졌습니다. 그렇다면 남은 사람은 누구겠습니까? 그것을 묻는 것입니다. 모래사장에서 검은 모래 한 알을 찾아내자는 게 아니라, 초콜릿 다섯 알이 든 상자에서 검은 초콜릿 한 알을 찾아내자는 겁니다."

"그건 비유이지 실제가 아닙니다. 피해자가 으슥한 뒷골목을 거닐다가 러시아인 강도를 만났을 가능성은 여전히 남아 있습니다. 블라디보스토크에서 동종 수법의 강도가 보고된 바가 없고, 비싼 패딩점퍼를 들고 가지 않았다고 해서 그 가능성을 일축하는 건 억지 논리입니다. 어떤 러시아인 강도가 '뻔한 수법에 질렸어, 오늘은 낚싯줄로 한번 해 볼까.'라는 생각을 했다고 해서 피고인이 유죄로 몰려야 할까요? 마찬가지로 강도가 몽클레어라는 고급 브랜드를 몰랐다고 해서 피고인이 유죄여야 할까요?"

고진의 말에 배심원 몇몇이 고개를 미세하게 끄덕였다.

"글쎄요. 그런 이례적인 경우가 하필 이 사건에서 발생했을지는 의문입니다. 아무튼 그 부분에 관해서는 배심원 여러분들의 상식적인 판단을 기대합니다."

조현철은 이렇게 말하고 자리에 앉았다. 고진은 더 이상 반박하지 않았다.

"증거는 모두 제출하셨습니까?"

재판장이 물었다.

"아닙니다."

조현철이 자리에서 다시 일어섰다. 그는 고개를 숙이더니 선 채로 검지를 뻗어 노트북 패드를 이리저리 문질렀다.

"마지막으로오……."

조현철이 말을 끌자 판사가 지겨운 표정을 지었다.

"혹시 배심원 여러분이 갖고 계실지도 모를 의문을 해소하기 위해 한 가지만 더 증거를 제출하겠습니다."

터치패드를 클릭하는 소리가 들린 직후, 배심원석 맞은편 벽 스크린에 문서가 비춰졌다.

"조금 전에 변호인 측에서도 그런 의문을 제기한 바 있습니다만, 과연 여성이 남자를 이런 식으로 뒤에서 목 졸라 죽일 수 있을까 하고 생각하시는 분도 있으리라 생각됩니다. 그 마지막 의문점에 관해 국립과학수사연구원에 의뢰해서 전문가의 의견을 들어 보았습니다."

그는 레이저포인터로 문서의 특정 부분을 가리켰다.

"이런 종류의 살인을 여자의 힘으로도 충분히 할 수 있다고 국과

수 전문의가 작성한 소견서가 여기 있습니다. 전문 용어가 나오는 부분은 건너뛰더라도, 노란 형광펜으로 굵게 칠해져 있는 부분을 특히 주목해서 읽어 주십시오. 낚싯줄을 목 뒤에서 감으면 피해자는 전혀 저항할 방법이 없었을 것이라고 되어 있습니다. 여자의 힘으로도 충분히 가능하다는 판단도 있군요. 이런 종류의 살인을 여자가 하는 경우가 많지는 않지만 영리한 범인이라면 가장 자신에게 어울리지 않을 것 같은 방법을 쓴다는 견해도 있고요. 뭐, 필요하다면 작성한 전문가를 소환해서 증인으로 신문할 수도 있습니다만."

모두의 시선이 화면에 고정되었다. 딱히 어떤 말을 하는 사람은 없었다. 전문가의 권위가 모두를 침묵시켰다.

고진은 맞서 싸우는 대신 김 빼기 작전을 택한 모양이다. 화면에 잠깐 시선을 주었다가 이내 시들한 표정으로 말했다.

"마찬가지네요. 피고인의 범행이 전혀 아니라고 단정할 수는 없다, 이건데. 이걸로 피고인이 했다는 게 입증될까요?"

이유현은 고진이 지금껏 비교적 건성으로 변론하고 있다는 느낌을 받았다. 그리고 당연하다고도 생각했다. 검사가 말은 많이 했지만 입증된 사실이 없다. 소리만 요란할 뿐 조그만 언덕도 넘지 못하는 고물 트럭이나 마찬가지였다. 다른 용의자들이 배제되었다고 해서 자연적으로 김명진의 혐의가 입증되지는 않는다. 고진이 애초에 지적한 대로, 신창순이 죽었다는 사실은 분명하지만 김명진이 했다는 직접 증거는 부족했다. 심지어 그날 밤 김명진이 신창순을 만났다는 사실조차 분명히 입증되지 않았다. 만나자는 문자 메시지가 있었다고 해서 다 만나는 건 아니다.

고진이 반대신문을 모두 생략하고 변론에 심혈을 기울이지 않는 모습 또한 의도적이고 전략적인 연출이 아닐까 싶었다. 부실한 검찰 측 증거에 아득바득 다투다가 오히려 상대가 짜놓은 판에 말려들어 반대의 신빙성을 부여할 우려가 있다. 무언가 '다툴 만한 거리'가 있구나 하는 느낌. 무시 전략, 혹은 적극적으로 다투지 않는 편이 오히려 무고하다는 신뢰감을 줄 수도 있는 사건이다. 과연 이 정도에서 유죄평결이 나올 수 있을까.

검사는 넥타이를 조금 풀었다. 이어 책상 위 노트북 화면으로 얼굴을 숙였다. 오른손 손가락이 미세하게 움직였다.

이유현은 문득 배심원석으로 시선을 보냈다. 그쪽에서 굵은 탄식이 들린 탓이다. 중년 남자 배심원이 낸 소리였다. 이어 이번에는 방청석에서 으음, 하는 신음소리가 여기저기서 솟구쳤다. 왜 그러지. 두리번거리던 이유현은 검사에게 시선을 고정했다. 검사는 스크린에서 눈을 떼고 방청석 쪽으로 고개를 돌리고 있었다. 모른 척 시치미 떼는 눈빛.

배심원과 방청객의 시선이 한 점으로 모아지고 있었다. 법정 벽면의 스크린이었다. 이유현도 그제야 그곳으로 눈을 돌렸다.

하얀 스크린에는 국과수의 소견서가 사라지고 대신 다른 문서가 떠 있었다. 조금 전의 소견서와 마찬가지로 노란 형광펜으로 어떤 부분이 굵게 색칠까지 되어 있었다.

남편을 죽이지 않았다는 피검사자의 대답은 거짓으로 판명되었음.

이유현에게 너무나도 익숙한 서류였다. 김명진에 대한 거짓말탐지기 분석 결과였다. 그리고 그건 고진이 동의하지 않아 법정에 나올 수 없는 서류였다.

이유현은 변호인석에 앉은 고진을 힐끔 보았다. 고진은 각진 턱을 손가락으로 문지르며 화면을 골똘히 쳐다보고 있었다. 돌발적인 사태에 그도 당장은 화면에 비친 서류를 읽어 내느라 정신이 빠져 버린 것 같았다. 조현철만은 스크린을 보고 있지 않았다. 시선을 배심원석으로 향한 채 법정 안의 소요를 분명히 음미하고 있었다.

이유현은 조현철 검사의 의도와 지금 이 순간의 행동까지 순간적으로 모두 이해했다. 배심재판을 신청한 것도, 부족한 증거에 자신만만했던 이유도, 그리고 지금 분명히 자신의 손가락으로 터치패드를 조작해 놓고 모르는 척 엉뚱하게 방청석 쪽으로 시선을 돌리며 시간을 번 행동도.

재판장은 오랜만에 입을 열었다.

"검사님, 엉뚱한 화면이 나왔습니다. 화면을 바꿔 주시죠."

"아, 그렇습니까."

검사는 그제야 스크린으로 시선을 돌리더니 노트북 터치패드를 몇 번 두드렸다. 잠시 후 스크린에서 문서 화면은 사라졌다. 하지만 이미 법정 안의 모든 이가 내용을 읽기에 충분한 시간이 지난 후였다.

"이것 참. 문서 항목에 잘못 끼워져 있었나 봅니다."

조현철 검사는 손을 관자놀이에 대면서 전혀 의도적이지 않았다는 듯한 제스처를 취했다. 하지만 작위적이고 과도하게 보였다.

"지금 보신 부분은 증거능력이 없습니다. 배심원 여러분은 증거판단에서 지워 주십시오."

재판장이 말했지만 너무도 공허하게 들렸다. 이미 의미가 없는 말이었다. 눈이 이미 보아 버렸다. 지워질 리가 없다.

이유현은 수사할 때의 기억이 떠올랐다. 김명진은 물론 유력하고 유일한 용의자였고 심각하게 의심스러웠지만, 살인을 했다고 단정 짓지는 못했다. 불구속 상태에서 하염없이 수사가 길어지려나 싶었다. 그랬던 이유현이 그녀가 유죄라고 확신한 계기가 있었다. 거짓말탐지기 분석 결과가 나온 때였다.

배심원은 물론, 판사, 방청객까지, 얼마 전 이유현이 결과를 접했을 때와 비슷한 당혹감을 지금 가지게 되었을 것이다. 그리고 그건 지울 수 없는 짙은 의혹을 마음에 드리운다. 이유현은 그랬었다. 이들도 다르지 않을 것이다. 효과는 극적이었다. 강하게 대놓고 주장한 것이 아니라 스치듯 비쳐졌기에 오히려 깊게 각인되었다. 법정 안은 증거법칙이 지배하지만 사람의 심리란 따로 있다. 그러지 않을 리가 없다.

'남편을 죽였는가'라는 질문에 김명진은 아니라고 대답했다.

그 대답은 거짓으로 판명되었다.

갈등하던 이유현에게 유죄라는 심증을 주었던 그 사실을 배심원들도 바로 눈앞에서 확인한 것이다.

조현철은 책상 옆에 놓아둔 손님용 의자를 이유현에게 권했다.

"이 경감님더러 여기까지 오시라 해서 죄송합니다."

그는 여직원이 놓고 간 찻잔을 이유현에게 밀며 사람 좋은 웃음을 지었다. 조금 전 법정에 섰던 사람과는 다른 인물 같다. 그곳에서만 그를 본 사람이라면 이런 웃음을 지을 사람으로는 생각하지 못할 것이다. 하긴 조현철은 미소조차 전략적이라는 느낌을 준다.

검사실 입구 쪽에서는 계장이 피의자와 입씨름을 벌이며 조서를 받고 있고, 맞은편 여직원은 열심히 타이핑을 하고 있다. 이쪽을 신경 쓰는 사람은 없다. 조용한 방보다 한층 이야기하기는 편하다. 하지만 이유현은 설핏 신경이 곤두서는 걸 느꼈다. 검사가 수사 책임자와 직접 이야기를 나누는 일부터가 무척 이례적이다. 더구나 상대는 악명 높은 조현철 검사다.

"사실 아까 재판을 방청하시는 걸 봤습니다. 그래서 오신 김에 잠깐 얘기나 할까 해서요."

"예."

이유현은 대답만 하고서 조현철이 더 말하기를 기다렸다.

"거짓말탐지기 결과를 일부러 비춘 건 알고 계시죠?"

조현철은 순순히 이야기를 털어놓았다. 이유현은 숨길 만한 상대가 아니다.

"예. 알고 있습니다."

"김명진이 범인인 건 명백하잖습니까? 근데 솔직히 증거는 부족하죠."

조현철은 말을 멈추고 동의를 구하듯 이유현을 지그시 쳐다보았다. 이유현은 보일 듯 말 듯 고개를 끄덕였다. 조현철이 말을 이었다.

"할 수 없었습니다. 배심원 상대로 강한 임팩트가 필요했어요."

"애당초 배심재판을 신청한 것도 이런 방법을 염두에 두신 거였고요."

"그렇죠."

조현철은 찻잔을 들어 단번에 쭉 들이켰다. 빈 찻잔을 내려놓고서 이유현에게 얼굴을 스윽 가까이했다.

"상대방 고진 변호사하고 친한 사이시죠?"

"……예. 잘 압니다만."

이유현의 경계심이 높아졌다.

"원래 재판은 오늘 끝났어야 하는데, 아까 고진 변호사의 대응에 석연찮은 점이 있어서요……."

그 점은 이유현도 마찬가지였다. 배심재판은 하루 만에 재판을 종결하고 평결에서 판결까지 이루어지는 게 보통이다. 조현철 검사가 노린 것도 그 점일 것이다. 증거가 모자란 사건이다. 그래서 재판의 마지막에 거짓말탐지기 검사 결과를 극적으로 들이밈으로써 배심원들의 마음을 흔들고, 여진이 남은 상태로 곧장 이어진 평결에서 유죄를 노리는 전략이었으리라. 그런데 고진은 "속행을 요청합니다." 라고 했다. 여기까진 이해할 수 있다. 김명진이 거짓말한 걸로 드러난 시점에 곧바로 평결을 얻기보다는 그 충격을 완화하고 배심원의 뇌리에 합리성이 돌아올 시간을 벌자는 생각일 것이다. 그의 말에 재판장은 난색을 표했었다.

"증거조사는 모두 마쳤습니다. 속행할 이유가 없는데요."

그러자 고진이 말했다.

"피고인의 유무죄를 좌우할 핵심적인 증인이 있습니다."

"증인이요? 그동안 아무 증거신청이 없다가 이제 와서 갑자기 무슨 증인입니까?"

재판장은 고진이 소송을 고의적으로 지연시키려 한다고 받아들인 듯했다. 이대로 재판을 종결할 기세였다. 고진이 선언하듯 말했다.

"거짓말탐지기 조사 결과에 증거동의 하겠습니다."

법정에 파문이 일었다. 방청석이 술렁였다. 조현철은 손으로 입가를 만지작거리며 고진을 지그시 노려보았다. 판사의 입이 느슨하게 벌어졌는데, 자신도 모르게 그렇게 된 듯했다.

피고인이 자신에게 불리한 거짓말탐지기 조사를 증거로 삼는 데 동의한다는 일은 세계 재판 역사상 유례가 없는 일일 것이다.

"증거동의를 하시겠다고요?"

판사가 황급히 표정을 수습하며 물었다.

"예. 거짓말탐지기 분석 결과에 대한 증거조사를 위해 기일 속행을 요청합니다."

"거짓말탐지기 당사자가 동의한다고 해도 엄격한 요건을 갖추어야 하기 때문에 원칙적으로 증거능력을 부여하기는 어렵습니다."

"바로 그 증거능력이 있을지 어떨지 여부를 다음 기일에 결정해 주십시오. 그리고 어차피 피고인 측의 핵심 증인이 또 남아 있습니다."

거짓말탐지기 결과에 동의하면서 누락된 증인신문을 위한 공판 속행 요청. 이건 확실히 명분이 있었다. 치명적이자 유일한 증거인 거짓말탐지기 조사 결과를 받아들인다는 건 상궤를 벗어나 있기에 더욱 그렇다. 변호사는 한 팔을 내 주고 다른 팔로 상대를 찌르는 검객의 심정인지도 모른다. 소송 지연 전략이 아닐까 하는 의심이 든다 해도, 이 정도로까지 요구한다면 반대입증의 여지를 남겨두고 판결을 내리기는 껄끄럽다. 어쨌든 한 사람의 운명을 좌우할 살인사건 재판인 것이다.

공판 준비를 위해 최소 2주일의 시간을 달라는 고진의 요청은 결국 받아들여졌다.

재판은 아슬아슬하게 종결을 피했다.

"당장 배심원 평결을 받으면 불리할 거라고 판단해서 막 던져 본 거겠죠."

퍼뜩 생각이 돌아온 이유현은 조현철에게 이렇게 말했는데, 대충 고진의 행동을 비호하느라 둘러댄 것만은 아니었다. 재판이 끝나고 조현철 검사실로 곧장 오느라 고진을 만나지 못했다. 그러니 어쩔 작정인지 이야기를 들어보지도 못했다. 그로서도 추측할 뿐이었다.

"어차피 거짓말탐지기 결과가 배심원단에게 노출되었잖아요. 그러니 증거동의를 해서 정식으로 조사한들 차이가 없죠. 오히려 얼핏 보이는 것보다 차라리 전면으로 양지에서 노출되는 게 인상을 약하게 하는 면도 있을 겁니다. 이왕 결과가 드러난 거, 증거조사를 정식으로 하자며 재판을 속행하는 명분으로 이용해 먹은 게 아닐까 싶거든요."

"분명 그런 면은 있습니다……. 거짓말탐지기 조사는 그렇다 치고."

조현철은 엷은 웃음을 흘렸다.

"분명 그 전에 피고인의 무죄를 입증할 핵심적인 증인이 있다고 하지 않았습니까. 그건 뭐겠습니까."

"하긴, 그 말을 먼저 했죠."

"그런 증인에 대해서 혹시 알고 계신 부분이 있나요?"

158

"아뇨. 전혀."

이유현은 고개를 저었다. 모른다는 건 사실이었다.

"그것 또한 재판을 속행하기 위해 순간적으로 둘러댄 거 아닐까 싶습니다만……."

이렇게 생각하고 있는 것도 사실이었다. 이유현은 철저히 수사했다. 거짓말탐지기 결과가 나오기 전까지는 김명진이 무죄일 수도 있겠다 싶어 반대증거도 샅샅이 뒤졌다. 하지만 유죄의 결정적 증거가 없었던 것과 마찬가지로 무죄라는 결정적인 증거도 없었다. 무죄를 입증할 증인을 고진이 따로 확보했다고는 믿기지 않았다. 또, 만약 있다면 이날 재판에 데리고 나왔어야 했다. 아무리 검찰 측 증거가 약하다고 하나, 그런 증인이 있다면 피고인이 살인자가 될지도 모를 판국에 아껴 놓을 이유가 없다.

"그러시군요."

조현철은 혼자서 납득한 듯 고개를 끄덕이다가 말했다.

"고진 변호사는 법정에는 전혀 나오지 않는 인물로 압니다만…… 이번에 이 사건을 수임해서 굳이 법정에까지 나온 이유를 혹 아시는지요?"

"글쎄요……. 잘 모르겠네요."

"어떤 경로로 이 사건을 맡았는지는 아십니까?"

"고 변호사님 아래층에 사는 경규란이라는 피아니스트가 김명진 씨 고교 시절 친구라는 것 같습니다. 뭐, 다른 사람들과 마찬가지로 연락이 쭉 끊겼다가 1년 전쯤부터 가끔 연락했다는군요. 이번에 김명진이 살인으로 구속되고 나서 고진 변호사를 연결해 준 걸로 압니다……."

"잠깐만요."

조현철이 이유현의 말을 막았다.

"네?"

"김명진이 구속되고 나서 사건을 맡았다고요?"

그의 말에 짙은 의혹이 서려 있었다.

"네. 고 변호사님한테서는 그렇게 들었습니다만……."

이유현은 그가 묻는 영문을 몰라 말끝을 얼버무렸다.

"그렇단 말이죠……."

조현철은 양 손바닥을 모아 탁탁 치기 시작했다. 입은 미소를 지었고, 눈은 음험하게 빛났다.

이유현은 문득 자신이 말실수했나 싶어 몸을 도사렸다. 하지만 그게 잘못이라고는 도무지 생각이 되지 않았다.

'조현철이 왜 저러지.'

잠깐 궁금증이 일었지만 이유현은 검사실을 나오자마자 이내 이날의 대화를 잊어버렸다.

"무슨 생각으로 그러신 겁니까?"

한연우가 고진에게 물었다. 공판이 끝난 후, 김해나를 위시하여 남궁현, 임의재, 한연우 세 사람이 고진을 둘러싸다시피 해서 커피숍으로 이끈 참이었다.

"그러다뇨?"

고진이 모른 척 되묻자, 임의재가 불쑥 나섰다.

"재판을 왜 오늘 끝내지 않았냐고요."

시비를 거는 말투였다. 서울교육대학교 방면 대로변의 뒷길, 교대역을 사이에 두고 법원에서 대각선으로 떨어진 커피숍이라 민원인과 상담자로 북적이는 법원 주변과 달리 사람이 적고 조용했다. 임의재의 거친 음성은 몇 없는 손님들의 주목을 끌었다.

"오빠, 목소리 좀 낮춰."

김해나가 핀잔을 주었지만 임의재는 꿈쩍도 않았다.

"아니, 그 이야기보다요……."

남궁현이 슬쩍 나섰다.

"검사가 거짓말탐지기 결과를 슬쩍 흘렸잖아요. 근데 변호사님은 오히려 그 거짓말탐지기 조사를 증거로 제출하는 데 동의하시겠다고 했죠. 다음 공판 기일에 배심원들 앞에서 증거조사를 하기로 했고요."

"맞습니다. 보신 대로죠."

한연우와 남궁현은 더 설명을 바라듯 지긋이 고진을 바라보았다. 그가 말이 없자 남궁현이 다시 입을 열었다.

"이런 말은 좀 그렇지만…… 아까 해나는 변호사님이 제대로 변론을 할 의지가 있는지 잘 모르겠다는 거예요."

김해나가 그런 말을 왜 하냐는 투로 남궁현의 팔을 툭 쳤다. 고진은 김해나를 보았다.

"그럴 리는 없죠."

"저도 그런 건 아니라고 생각해요. 거짓말탐지기 조사에 동의한다는 건 재판을 미루기 위한 명분이었을 테고요."

한연우가 끼어들었다. 고진이 별말이 없자, 다시 말했다.

"뭐 그건 그렇다 치고, 그 새로운 증인이란 거 말입니다. 명진이의 무죄를 입증한다면서요. 그게 좀 너무 대책 없이 막 내던진 카드가 아닌가 해서요."

"'해서'가 아니라 그런 거겠지."

임의재가 또 나섰다.

"대체 어쩔 생각이오?"

이어 다그쳤지만, 고진 대신 종업원들이 쳐다보았을 뿐이다.

"그런 증인이 있기는 한 거예요?"

김해나가 임의재를 팔로 밀어내고 물었다.

"제 계획은요."

고진이 몸을 뒤로 쭉 빼며 팔짱을 꼈다. 네 사람의 눈이 일제히 고진에게 모였다.

"간단합니다. 신창순이 살해된 날짜가 부검상으로 12월 15일 전후로 나왔고, 그중 검찰이 특정한 날짜는 12월 14일 아닙니까. 김명진 씨가 13일, 14일 이틀에 걸쳐 신창순에게 문자 메시지를 보내 14일 저녁에 만났고, 그날 밤 그를 살해했다는 것이고요."

"다 아는 건 생략하고 결론만 말하시죠."

임의재가 말했다. 고진의 '말 빙빙 돌리기'를 처음 접하는 그로서는 답답하기도 할 것이다.

"검찰의 주장은 12월 14일 저녁 김명진 씨가 신창순을 만났다는 걸 전제로 하는 겁니다. 만나야 죽이니까요. 그런데 그 만났다는 사실은 문자 메시지가 13, 14일 있었다가 그 뒤로는 일체 연락이 없었다는 사실로 추정할 뿐입니다. 그것 외에 직접적 증거는 단 하나 있죠. 그날 저녁 신창순과 어떤 여성이 같이 있는 걸 봤다는 현지 교포의 증언 말입니다. 그래서 그 교포를 증인으로 신청하려고요."

김해나는 남궁현과 눈짓을 교환했고, 한연우와도 시선을 마주쳤다. 이어 임의재에게 시선을 옮겼지만 그의 눈은 이글거리며 고진을 향해 있었다. 아무튼 당장 서로 말은 안 해도 고진의 말에 어이 없어 하는 반응은 같았다. 고진은 그 분위기를 아는지 모르는지 말을 이었다.

"김명진 씨는 분명히 그날 신창순을 만나지 않았다고 했습니다. 그러니 그 증인을 불러서 그날 본 여자가 김명진 씨가 아니라는 걸 법정에서 증언시키려고요. 그러면 혐의를 완전히 벗는 거 아니겠습니까."

다섯 사람이 둘러앉은 테이블 위로 정적이 흘렀다. 고진 혼자 팔을 쑥 뻗어 커피 잔을 들었다. 잠시 후 한연우가 머뭇거리며 말했다.

"저…… 변호사님. 그게 약간…… 성급하고 경솔한 방법이 될 수도 있지 않을까 싶어요."

"어떤 점에서요?"

"만일…… 명진이가 신창순을 만났다면, 그리고 그 증인이 다음 공판에서 그렇게 증언해 버린다면요. 명진이가 훨씬 더 곤란해지는 거 아니겠습니까? 신창순을 만났다는 사실이 명백히 확인된 것도 그렇겠지만, 만난 사실을 숨기고 거짓말했다는 게 밝혀지니 더욱 안 좋은 심증을 줄 것이고……."

"뭐, 그럴 수도 있겠네요. 그게 거짓말이라면 말이죠."

"그럼 어차피 공판은 연기되었으니까 지금이라도 증인신청을 철회하면……."

"아뇨. 할 겁니다. 전 김명진 씨가 거짓말을 했다고 생각하지 않습니다."

"변호사님."

한연우가 부르는 나지막한 소리를 또 다른 "변호사님!" 하는 소리가 덮었다. 팔을 저어 한연우를 막으며 나선 사람은 임의재였다.

"무슨 고집입니까. 그건 철회하십시오."

"왜 그러시죠? 무죄를 적극적으로 입증하려는 겁니다."

"그냥 놔둬도 유죄로는 안 되는 사건이라면서요? 그런데 굳이 그 증인을 부를 필요가 있겠습니까? 위험이 큰 것 같은데요."

남궁현이 말했다.

"그럼 김명진 씨가 거짓말했단 겁니까?"

아무도 입을 열지 못했다. 고진이 얼굴을 쭉 훑어보고는 다시 말했다.

"거짓말탐지기 조사가 노출되었어요. 이전과 같이 안이하게 생각하면 곤란합니다. 증거능력이 없다지만 그거야 배심원들의 마음이죠. 불쌍하게 봤더니만 감쪽같이 거짓말했어? 감정이 이렇게 흐르지 않는다고 누가 장담합니까?"

"그래서 기어이 그런 위험한 재판을 하겠다고?"

임의재가 언성을 높였다.

"예. 그리고 공판이 끝날 때까지는 여러분들도 출국을 좀 미뤄 주시죠. 누가 뭐래도 옛날 친구 아닙니까."

고진이 말했다.

"무슨 이런……."

임의재의 거무스름한 얼굴이 붉은 기운을 띠었다.

"혹시 임의재 사장님쯤 되시는 분이 호텔비가 늘어날까 봐 걱정하시는 건 아니겠죠?"

임의재는 고진을 노려보다가 계산서를 들고 벌떡 일어서 뚜벅뚜벅 카운터로 향했다.

"다시 한 번 잘 생각해 주세요."

뒤이어 이 말을 남기고 김해나도 남궁현과 함께 주섬주섬 옷을 챙기며 따라 일어섰다.

한연우는 남았다. 다른 이들이 다 밖에 나간 것을 눈으로 확인한 후 고진에게 시선을 돌렸다. 눈꺼풀을 내리깔고 괜히 빈 찻잔을 만지작거리다가 잠시 후 고개를 들었다.

"변호사님은 혹시……."

고진은 의자 등받이에 몸을 묻고서 팔로 턱을 괸 채 한연우를 보았다. 한연우가 나머지 말을 이었다.

"일부러 명진이를 곤경에 빠뜨리려는 건 아닙니까?"

"왜요?"

"그것으로 어떤 효과를 노리시는 건 아닌가 해서요."

"말씀을 이해할 수가 없네요. 저는 검사가 아니라 변호인입니다."

한연우가 한동안 노려보다가 말했다.

"변호사님은 명진이의 무죄를 믿으시기는 하는 겁니까?"

"아뇨."

고진의 대답에 한연우가 움찔했다.

"물론 유죄라고 믿지도 않습니다."

"무슨 얘깁니까."

"한 교수님이 지난번에도 그러셨죠. 김명진 씨의 무죄를 믿지도 않으면서 변론을 하려는 거냐고. 저도 그 점이 문제라는 겁니다."

"……무슨 말씀입니까."

한연우가 눈을 껌벅였다. 고진은 느긋하게 커피 잔을 기울였다.

"변호사란 존재는 어떻게 보면 이율배반적입니다. 스스로 모순을 안고 있어요. 단순하게 말해서, 민사사건에서 원고나 피고 둘 중 하나는 거짓말쟁이입니다. 그렇다면 변호사도 50%의 확률로 거짓말쟁이 편에 서서 일한다고 볼 수 있죠. 그러면서도 변호사들은 서로 자기 의뢰인이 옳다고 적극 다투죠. 증거를 두고 상식으로 생각하면 뻔히 보이는 결말 앞에서도요……. 과연 정말, 그렇게 믿는 걸까요? 형사사건은 어떻게 보면 더합니다. 기소된 사건의 95% 이상이 유죄 판결을 받습니다. 그 무죄도 법리상 무죄나 증거 부족 무죄를 빼고 나면, 정말 억울한 무죄 사건은 가뭄에 콩보다 드물죠. 그런데도 대부분의 형사 변호사들은 자기 의뢰인이 억울하다며 입에 거품을 뭅니다. 전 국민이 다 아는 살인자를 변호하면서도 변호인 혼자만은 무죄라고 확신한다며 강변합니다. 마치 변호사용 상식이 따로 있는 것 같습니다. 정말 그렇게 믿는 걸까요? 아니면 단지 그가 돈을 지불하는 의뢰인이기 때문에 그러는 걸까요? 그 이성이 확률의 편에 선 이성입니까? 뻔한 범죄자를 변호한다는 여론과 양심의 비난을 피하기 위해 혼자만의 신념이라는 장막 뒤로 숨는 건 아닐까요?"

"……."

한연우는 물끄러미 고진을 쳐다볼 뿐이었다.

"그게 변호사로서 편한 방식일지는 모르죠. 내 의뢰인이니까 무조건 무죄이며, 소송에서 이겨야 한다는 믿음, 혹은 믿지 않지만 의뢰인을 믿는 척함으로써 자신의 양심과 세상의 비난을 무마하는 코스프레. 하지만 글쎄요, 그것도 나름의 합리성은 있겠습니다만 전 아무튼 그런 방식은 별로 마음에 들지 않네요."

솔직한 화법이 한연우의 경계심을 풀어 준 듯했다. 그렇지 않다 하더라도 이 사람은 말이 통할 수 있구나 하는 느낌 정도는 주었으리라. 날이 섰던 한연우의 얼굴이 풀렸다.

"해나한테 듣기로."

한연우가 천천히 입을 열었다.

"법정에 잘 서지 않으신다고 하던데, 그런 이유도 있었던 모양이군요."

"제 심층심리 분석은 사절입니다."

고진이 빙그레 웃었다.

"다만 김명진 씨 사건도 마찬가지란 거죠. 거짓말했다고 믿으면서 그걸 기초로 변론할 순 없단 겁니다. 같잖게 정의니 뭐니 그런 이야기는 아닙니다. 솔직히 전 누가 정의를 가지고 있느냐는 관심 없습니다. 누가 돈을 가지고 있느냐에 더 관심이 있죠. 돈을 지불한다면 어떤 의뢰인이든 그에 걸맞은 비즈니스를 제공할 수는 있습니다. 하지만 제 이성 때문이 아니라 그 돈 때문에 이 사람이 정의다, 무죄다 외치기에는 스스로가 낯간지러워서 말이죠."

"상당히 솔직하고 위악적이기까지 한 말씀이네요. 이런 말은 적어도 변호사가 아닌 사람의 입에서 나올 말일 텐데요. 자신의 업을 이렇게까지 신랄하게 발가벗기는 사람은 처음이에요. 그래서 차라리 더 믿음이 갑니다. 하지만 그렇다면 변호사님은 걱정하시지 않아도 됩니다."

한연우는 정색을 하고 눈을 부릅떴다. 한 마디 한 마디 힘주어 말했다.

"명진이는 무죄니까요."

제5장

3월을 앞두고 대기는 한 줌 따스한 기운을 머금었다. 그렇지만 구치소 접견실의 시멘트 벽은 여전히 싸늘한 냉기를 내뿜고 있었다. 갈색 수의를 입은 김명진은 어느 때보다 지쳐 보였다. 입매는 그새 중력이 몇 배나 세져 잡아당기기라도 한 것처럼 축 처져 있었다. 머리가 헝클어졌고, 피부는 푸석푸석했으며 입술은 부르텄다. 끝날 줄 알았던 재판이 돌발적인 변수 때문에 속행된 탓이리라. 김해나는 언니의 손을 잡고 싶었지만 둘 사이를 가르는 아크릴 판 때문에 자기 손을 맞잡았을 뿐이다.

"몸은 괜찮아?"

"응."

"변호사하곤 달리 가족 면회는 시간제한이 있다니까 빨리 용건만 말할게."

김해나는 언니를 똑바로 보며 말했다. 김해나의 말에 김명진도 눈을 크게 떴다. 정신을 바짝 차리러 애쓰는 것 같다.

"12월 14일에 정말 형부를 못 만났던 거야?"

"아니, 만났어."

김해나의 입이 벌어졌다. 이어 교도관이 듣고 있나, 눈치를 보느라 주변을 휘휘 둘러보았다. 하지만 김명진은 그게 어때서 하는 듯이 천진한 표정이었다. 김해나가 야단스러워졌다.

"뭐? 그럼 빨리 변호사한테 사실대로 말해, 어서."

"왜."

"고진 변호사는 언니가 그날 형부를 안 만난 걸로 믿고서 그날 형부를 목격했다는 사람을 증인으로 부를 거래. 근데 언니는 형부를 만났다며. 그 증인이 법정에서 그날 형부하고 언니하고 만나는 걸 봤다고 증언이라도 해봐. 큰일이야. 차라리 첨부터 만났지만 그냥 헤어졌다고 하는 게 낫지, 법정에서 뒤집어지면 안 좋아. 배심원들한테 거짓말쟁이로 찍혀. 아주 나쁜 인상을 남긴다구."

김명진은 눈을 끔뻑끔뻑했다.

"그 이야기는 변호사님한테 했는데."

"뭐?"

"남편을 그날 만났다고 이야기했어. 근데 일단 법정에서는 그 사실을 이야기할 필요가 없다고 해서 그냥 입 닫고 있었어."

밀랍이 녹듯 김해나의 표정이 뭉개졌다. 잠시 말문이 막혀 멍하니 있던 그녀는 겨우 정신을 차리고서 말을 이었다.

"……고진 변호사는 언니가 형부 만난 걸 알고 있었단 말이야? 그

170

럼 그 증인을 부르면 안 되잖아! 법정에서 언니를 그날 봤다고 증언
할 건데!"

"……다 알아서 하신 거겠지."

"무슨 소리야? 그게 말이 돼? 그런 증인은 검사가 필요하지, 우리
가 왜 법정에 불러? 이거 정말……."

김해나는 가쁜 숨을 고르고는 말을 이었다.

"일부러 곤경에 빠뜨리려는 것도 아니고……. 어쩐지 고진인가
그 사람. 처음부터 좀 이상했어. 얼굴도 시커먼 데다 입도 비뚤어지
고……. 규란 언니가 잘할 거라고 해서 믿었더니만, 이거 큰일 날 사
람이네. 당장 바꿔야겠어!"

"……아니. 그러지 마."

"왜?"

"이제 와서 어떻게 그래. 너무 성급하잖아. 변호사님이 뭔가 생각
이 있으시겠지."

김해나는 손으로 자기 가슴을 팍팍 두드렸다. 그렇지 않아도 매서
운 눈매가 더욱 치켜 올라갔다.

"복장 터져 죽겠네, 정말. 언니 이런 성격 때문에 이 지경까지 된
거 몰라? 형부하고 결혼한 것도, 쉽게 헤어지지 못한 것도 다 언니가
물러 터진 때문이잖아! 사람이 왜 그리 눈치가 없고 약빠르지 못해?
이 변호사는 얼치기야. 보면 몰라? 얼핏 듣기로는 법정에도 처음 나
와 본대. 지금 자기가 하는 게 뭔지도 모르고 있는 거야. 이 증인이
유리한지 불리한지도 판단 못 하고 있잖아. 아니라고 생각하면 지금
이라도 빨리 바꿔야 해!"

"그래도 우리가 먼저 믿고 맡겼잖아."

"아니, 지금 우리가 남 입장 생각할 때야?"

"좀 더 두고 보고서……."

김명진은 같은 말만 되풀이할 뿐이었다.

면회 시간 7분은 김명진을 설득하기에는 짧았다. 김해나는 목덜미가 벌게져서 씩씩거리며 면회실을 걸어 나가야 했다.

이유현이 궁금해하던 차에 마침 고진이 제 발로 찾아왔다. 그는 형사들에게 스스럼없이 인사를 건네며 광역수사대 사무실 안으로 털레털레 걸어 들어왔다. 백백교 사건* 이래로 대부분의 형사들과 안면이 있다. 고진의 목에 걸린 방문증이 덜렁거렸다. 고진은 가방을 바닥에 내려놓고 책상 앞 빈 의자에 털썩 걸터앉았다. 이유현이 고개를 들자 그가 커피를 내밀었다. 이유현은 김이 모락모락 새어 나오는 컵을 받아들며 말했다.

"부탁할 거 있죠?"

"어떻게 알았지?"

"그게 아니라면 빈손으로 왔겠죠?"

이유현은 '겨우 이거냐.'라고 하듯 커피를 들어 달랑댔다. 고진은 코트를 벗으려다 사무실의 추위를 느꼈는지 손을 멈추었다. 이유현이 물었다.

"지난번 법정에서는 무슨 생각이었습니까?"

---

* 『유다의 별』 사건

172

"이상하군. 변호사가 변론하려는 거지, 무슨 생각이겠어?"

"김명진의 무죄를 입증할 핵심 증인을 신청한다면서요. 그런 증인이 있기나 해요?"

"있어. 12월 14일 저녁 신창순과 어떤 여자가 만나는 걸 보았다는 교포가 있었잖아."

이유현은 잠시 망설이다가 입을 열었다.

"이걸 이야기해 드려야 하나 말아야 하나……. 미안한 이야기지만 번지수를 잘못 짚었어요. 그 증인이 러시아 경찰에서 진술한 내용은 저도 조서만 읽었지만, 신창순하고 그날 만난 여자의 인상착의를 이야기하는데 김명진하고 비슷했거든요. 굉장히 위험한 증인이에요. 오히려 김명진이 그날 신창순을 만났다는 사실을 빼도 박도 못하게 만들어 버릴지도 몰라요."

"피고인 입장을 생각해 주는 건 고맙네만, 난 그 증인을 불러야겠어."

"대체 무슨 고집입니까?"

"그래서 말인데."

고진은 얼굴을 바싹 들이댔다.

"증인소환만 확실히 되게끔 도와줘."

"증인소환을요?"

"응. 다음 공판이 2주도 안 남았는데 법원에서 블라디보스토크까지 소환장이 우편으로 가려면 시간이 모자라. 집에 없거나 해서 못받으면 그마저도 날리는 거고. 그래서 우리 서울광역수사대 팀장께서 직접 좀 전화를 하든가 아니면 현지 경찰을 통하든가 해서 확실하게 출석할 수 있도록 힘을 좀 써달라는 거지."

"뭐, 그런 거야 어렵지 않지만……. 그래도 그런 증인 출석 문제는 검찰을 통하는 게 더 확실할 텐데요."

"조현철 검사가 협조 안 할 가능성이 있어. 그 증인이 표면상은 유리해 보여도 조 검사는 일단은 내가 원하는 쪽과 반대로 가려 할 테니까."

"뭐, 알겠습니다."

이유현은 더 캐묻지 않고 서글서글하게 대답했다.

고진은 만족한 표정으로 일어섰다.

"벌써 가시게요?"

"바쁘신 수사팀장님을 더 붙들어 둘 수 있나. 용건 마쳤으면 가야지."

이유현은 굳이 말리지 않고 엉거주춤 일어섰다.

"아, 깜빡했군."

고진은 바닥에 내던지다시피 했던 가방을 주워들었다. 거치적거리는 걸 싫어해 손목시계도 차지 않는 고진의 습벽을 알기에 가방을 든 그의 모습은 생소했다. 변호사로서 처음 법정에 출입하다 보니 모양새 정도는 갖추게 된 것 같다. 가방도 빳빳한 새 물건이다.

"근데 어디 갔다 오는 길입니까? 가방을 다 들고 다니시고."

"아, 이거."

고진은 별것 아니란 듯이 한 손으로 가방을 툭 쳤다.

"법원에 가서 보석신청 서류를 접수하고 왔어."

"보석신청을요? 왜요?"

놀랄 수밖에 없다. 살인사건으로 구속되어 있는 피고인을 보석으로 석방해 달라고? 유례가 없는 일이다. 더구나 김명진은 지난번 법정에서 거짓말탐지기 결과가 누설된 탓에 경위야 어쨌건 완전히 신뢰를 상실한 상태다. 설마 재판 도중에 김명진을 풀어 줄 거라고 믿는 건가?

고진은 오히려 영문을 모르겠다는 듯 되물었다.

"왜라니? 김명진을 꺼내야지."

아래층 경규란이 고진의 아파트 안에까지 들어온 건 이번이 세 번째였다. 첫 번째는 고진의 담뱃재가 아래층에 날려 온다면서 까칠한 표정으로 현관 입구에까지 왔었다. 두 번째는 조심스럽게 벨을 눌렀다. 소문을 들었다고 했다.

"어떤 의뢰도 맡으신다고 해서……."

마치 이웃의 레옹을 만나러 온 마틸다의 계모처럼 겁먹은 목소리였다. 그러면서 김명진을 만나달라고 했다. 경규란은 다른 고등학교 동창한테서 고진의 소문을 전해들은 모양이었다. 그리고 그녀가 접한 소문은 많이 왜곡된 것이었던 듯했다. 그건 김명진에게 건너가며 한 번 더 왜곡된 듯하다. 김명진은 고진과의 만남에서 남편을 죽여 달라는 의뢰를 했으니까. 경규란은 고진에 관해 우연히 전해들은 소문을 과장해서 호들갑스럽게 전했었다. 하필 우리 아파트 위층에 사는 사람인데, 명색만 변호사지 온갖 일이든 다 한대. 별명이 죽음의 변호사라나 뭐라나. 남의 재산을 홀딱 벗겨내기도 하고, 아마 합법적으로 사람도 죽인다지…….

오늘 경규란은 두 번째 방문 때보다는 많이 편안해져 있었다. 고진에게 덧씌워진 오해가 대부분 벗겨진 덕분이었다. 고진이 합법성에 큰 관심이 없는 인물일지는 모르지만 적어도 '데빌스 애드버킷'은 아니라고 생각하게 된 것이다.

오뚝한 코에 서늘한 눈매, 갸름한 턱선. 잘 닦은 피아노 현처럼 윤기가 흐르는 머리칼은 어깨를 덮고도 남아 풍성하게 가슴까지 내려왔다. 물 빠진 수조같이 삭막하고 텅 빈 고진의 아파트에 과분한 미녀가 현관 앞을 넘어 드디어 거실 소파까지 들어온 것이다.

고진은 냉장고 안에 팔을 넣어 부스럭거리더니 맥주 캔을 꺼내 경규란 앞 테이블에 놓았다. 그녀는 고진을 빤히 쳐다보았다. 그러다가 손을 뻗어 맥주 캔을 칙 하고 땄다.

"커피 대신 맥주를 내온 게 맘에 들었어요."

"피아노에는 커피보단 술이 어울리죠."

"맥주까진 좋았는데 그 말은 어이없네요. 피아노에 대해 왜곡된 편견을 갖고 계신 것 같아요."

고진이 캔 맥주를 들고서 유쾌한 듯 웃었다. 하지만 입술은 괴로운 사람처럼 비틀려 있었다. 경규란이 말했다.

"꼭 그거 같아요."

"뭐가요?"

"'웃고 있어도 눈물이 난다', 그런 노래 가사 있잖아요? 변호사님은 웃어도 우는 것 같아요. 예전에 뼈아프게 슬픈 일을 겪기라도 하셨나요?"

고진이 또다시 입꼬리를 치켜들며 웃었다.

"인상이 그렇다는 건 인정합니다만, 그건 그저 제 입이 비뚤어져서예요. 페이소스나 뭐 그런 걸로 해석되는 건 질색입니다."

"여자한텐 그나마 그 전략이 먹힐 텐데…… 뭐, 알아서 하세요."

더 이상 고진에 대한 경계심은 없어 보인다.

"절 좀 위험한 인물로 생각하신 것 같았는데, 오해가 풀린 것 같아 다행이에요."

"위험하다고는 아직도 생각해요. 제가 한 시간 내로 아래층에 못 돌아가면 경찰에 연락이 가도록 해놓았어요."

"후후, 전 그런 종류의 농담이 좋습니다."

고진은 맥주를 들이켰다. 경규란은 거실을 휘휘 둘러보았다.

"지난번엔 찌든 담배 냄새가 확 났었는데…… 오늘은 아니네요?"

"담배를 끊었거든요."

"어머, 왜요? 실연이라도 당하셨어요?"

"실연당하지 않기 위해서라고 해 두죠."

"실연당하지 않기 위해……. 뭐, 좋은 생각이에요. 그건 그렇고."

경규란은 맥주 캔을 테이블 위에 놓고 양손을 무릎 위에 얹었다.

"명진이는 언제 나오는 거예요?"

"김명진 씨요?"

경규란의 방문이 개인적인 친교 목적이라고 기대했던 것일까. 고진은 실망한 표정으로 괜히 뒷머리를 한 번 쓰다듬었다.

"뭐, 잘될 겁니다."

고진은 경규란을 똑바로 보고 말했다.

"명진이가 무죄라고 확신하시는가 봐요?"

"당연하죠."

"당연할 정도입니까."

"고등학교 이후 거의 못 보긴 했지만 사람이 본성은 변하기 어렵잖아요? 걔가 남편을 죽였다니, 있을 수 없는 일이에요. 그런 거 보면 검사나 판사나 다 멍청이들이에요. 그런 애를 갖고서 재판한다니."

"멍청이 리스트에서 다행히 변호사는 빠졌네요."

"아, 실수였어요. 명진이를 못 꺼내다니 변호사도 멍청이인 거죠."

고진이 가볍게 웃었다.

"김명진 씨는 고등학교 때 어땠습니까?"

"명진이요? 유명했죠. 워낙에 예뻤고. 게다가 계집애가 분위기가 있어서 남자애들이 난리도 아니었어요. 전교에 걔 모르는 애들이 없었죠. 선생님들도 출석 부르다가 괜히 한 번씩 더 보고 그랬다니까요."

"미모라면 규란 씨도 못지않은데요. 인기를 양분했을 거 같습니다만."

"저요?"

경규란은 고개를 가볍게 흔들었다.

"전 조금 튜닝을 했고……."

하하하, 고진이 크게 웃었다.

"김명진 씨는 시샘받기 쉬운 캐릭터인데, 규란 씨는 그런 맘이 없나 보네요."

"명진이를 시샘……? 별로 그런 생각은 없었던 것 같아요."

"가는 길이 완전히 달랐으니 그렇겠군요. 규란 씨는 예술 쪽이었고……."

"시기하는 애들도 있긴 했지만 많진 않았을걸요? 명진이가 조금이라도 나서거나 잘난 체 했으면 집단 폭격을 당했을 거예요. 근데 애가 말도 조심했고 소극적이라서요. 하긴 그렇게 예쁜 계집애가 성격마저 튀었음 지금쯤 바다 밑에서 인형 끌어안고 물고기 밥이 되었을 거예요."

고진은 화제를 바꾸었다.

"김명진 씨한테 프러포즈했던 남자들 이야기는 아세요?"

"명진이 결혼식에 가서 친구들한테 얘기 들었어요. 그때 다른 남자들 얼굴도 봤는데, 왜 제일 꾀죄죄하고 못생긴 남자하고 결혼했나 몰라. 남편이 잘생겼다면 질투심 폭발했을걸요? 그런데 그 반대라서, 후훗."

"그렇게 별로였나요?"

"꼭 쥐같이 생겼더라구요."

"쥐……."

김명진이 신창순을 만나 갈등은 좀 있었는지 몰라도 덕분에 친구들로부터 날아오는 질투라는 독이 묻은 화살은 피한 모양이다.

경규란은 김명진의 재판에 관해 잠깐 더 이야기를 나누고는 돌아갔다.

현관문을 닫고 뒤돌아오는데, 마치 그때를 기다렸다는 듯 고진의 바지 주머니에서 휴대전화 벨이 울렸다. 통화 버튼을 눌렀다.

"나 임의재요."

"예……."

탐탁지 않은 목소리가 저절로 흘러나왔다. 하지만 임의재는 눈치

채지 못한 듯 다짜고짜 말했다.

"술 한잔 합시다."

임의재는 자신이 묵는 인터콘티넨탈 호텔 라운지 바에서 기다리
고 있었다. 입구를 지나자 번들거리는 가죽점퍼를 입고 카운터에 앉
은 그의 넓은 등짝이 바로 보였다. 발렌타인 17년산이 이미 절반 이
상 비어 있었고, 과일 안주는 거의 손대지 않은 채였다. 불콰한 임의
재의 얼굴에는 취기가 역력히 올라와 있었다.

고진이 옆 의자에 가 앉았다. 술잔을 기울이던 임의재는 기척을
느끼고 고개를 돌렸다. 뒤집어져 있던 빈 잔을 고진에게 내밀고 다
짜고짜 술을 따랐다. 고진은 단번에 잔을 비웠다. 임의재가 다시 술
을 채우며 말했다.

"솔직히 난 변호사님이 맘에 안 듭니다."

"그런가요? 놀랍진 않군요."

"내 앞에서 이죽거리는 것도 안 좋아해요."

"욕할 거면 뒤에서 욕하라, 이거죠?"

임의재의 미간이 찌푸려졌다.

"바로 이런 식으로 나오는 거요. ……변호사는 원래 의뢰인이 고
용한 거 아닙니까? 근데 고 변호사님은 왜 이렇게 뻣뻣한 거요?"

"약간의 오해가 있네요. 변호 계약은 법적으론 고용이 아니라 위
임이죠. 그리고 고용이든 위임이든 당사자는 김명진 씨지, 임의재
사장님이 아니고요."

"정말!"

임의재는 잔을 대리석 카운터에 세게 내려놓았다. 깨질 것같이 위태로운 소리가 났다.

"맘에 안 든다니까."

혼잣말처럼 했지만 고진이 바로 옆에 있으니 혼잣말일 수 없었다.

"좀 큰 소리로 생각하시는 경향이 있군요."

퓨우, 임의재가 크게 한숨을 내쉬었다.

"술주정이 용건이라면 가보겠습니다."

고진이 일어서려 했다.

"잠깐, 고 변호사님!"

임의재가 고진의 팔을 붙잡았다.

"미안해요. 내가 말하려던 건 그게 아니고……."

올려다보는 임의재의 얼굴에 그늘이 졌다. 그게 묘하게 절박한 표정을 만들어 주었다. 고진은 자리에 도로 앉았다.

"내 말은, 내가 고 변호사님을 좋아하건 좋아하지 않건 그건 이 상황에서 중요하지 않다, 이겁니다. 열 받지만, 고 변호사님은 어쨌든 지금 우리 편에서 명진이를 거기서 꺼내 줄 수 있는 유일한 사람이니까요."

"임 선생님은 김명진 씨가 무죄라고 믿지는 않으십니까?"

"재판? 그딴 거 몰라요. 그래서 함부로 말 못 하겠지만, 명진이가 그런 재판을 받아서는 안 되는 것만은 알고 있습니다. 이건 잘못되었어요. 어떤 방법을 쓰든 명진이를 꺼내 주십시오."

대화의 흐름을 무시하고 자기 말만 하는 버릇이 몸에 밴 것 같다. 하려고 마음먹은 이야기를 다 쏟기 전까지는 남의 질문에 대답할 생각 따윈 없는 모양이다.

"변호사님 말씀대로 의뢰인은 명진이지, 내가 아니죠. 내가 무슨 말을 할 입장이 아닌 건 알아요."

임의재는 정면의 벽을 멀거니 바라보며 잔을 치켜들었다.

"변호사들은 돈이 시답잖으면 열심히 안 한다지요? 여기 유명하신 고 변호사님은 더 할 거고."

"말씀의 요지는?"

"나도 고 변호사님에 관한 이야기 좀 들은 게 있어요. 썩 좋은 사람은 아니어도 일을 맡았으면 틀림없이 해낸다고, 그건 믿을 수 있다고 그럽디다."

"제가 듣고 싶은 평가와는 조금 차이가 있네요."

"솔직히 까놓고 말하죠. 이 일이 구미에 안 맞는 거 아닙니까? 수임료 계산서 펼쳐 놓고 이게 수지맞나, 그런 생각 하고 있는 거 아니냔 말입니다. 지금 하고 있는 걸 보면 바로 그거거든. 재판 설렁설렁하면서 겁주고, 보수를 더 받으려는. 젠장, 그런 걱정은 필요 없어요."

임의재의 말투가 높아졌다.

"와우, 조금 진정하셔야겠는데요."

고진이 양팔을 위로 올렸다.

"명진이가 나오기만 하면 그 정도야 뭘. 신창순이의 돈을 다 상속받을 건데. 그래도 명진이 쪽이 못 미더운 거라면, 내가 개인적으로 그런 부분은 보증할 생각이 있어요. 장난치는 거 아니에요. 남자 대 남자로 이야기하는 겁니다."

"반가운 이야기네요. 형사사건 성공 보수 약정은 법적으로 무효지만 주신다면야 뭐, 거절하진 않겠습니다. 그런데 왜 제가 일을 건성으로 하고 있다고 생각하시는 겁니까?"

임의재가 술잔을 만지작거리다가 고개를 돌려 고진을 보았다.

"그럼 아니요?"

"아닙니다."

그는 조금 안심한 낯빛이 되었다.

"명진이는 나와야 해요. 그런 데서 잡범들하고 살 여자가 아니란 말입니다."

"김명진 씨가 걱정돼서 그러시는 겁니까?"

"그럼?"

"의외인데요. 한연우 씨라면 또 몰라도, 임 사장님이 김명진 씨를 그 정도로 생각하고 있는 줄은 몰랐습니다. 지난번엔 그저 오랜만에 만나니 반가웠다, 그 정도로만 말씀하셔서요."

"날 잇속만 생각하는 속물로 보신 모양이구만."

"아니라면 다행이고요."

"나도 때론 감정이 앞서는 사람이란 말입니다. 추억이 뭔지도 알고."

임의재는 술잔으로 시선을 떨구었다.

"명진이는 특별한 여자예요. 특별. 나한테는 더욱이요. 고 변호사님도 남자니까 그런 거 알 거 아닙니까? 여자라면 물론 수없이 만났지만 명진이는 특별해요. 물론 20년도 더 지난 일이지만, 그만큼 특별했으니까."

임의재는 '특별'을 반복하다가 고진을 보았다. 대꾸가 없자 그 침묵을 자신의 말이 먹힌다는 증거로 받아들인 모양이다. 주절주절 이 야기를 늘어놓기 시작했다.

"난 80년대 막바지에 대학을 들어간 사람입니다. 그때만 해도 온 통 데모였지. 주변 애들은 참세상이니 뭐니 지랄하면서 주둥이만 나 불나불. 나도 어수룩하게 덩달아 돌 던지고 설치다가 경찰에 잡혀서 빨간 줄 그였고. 근데 지나고 보니까 말 많은 놈들은 죄다 얍삽이더 라고. 군에 입대하기 전이었어요. 길 가다가 싸움이 났길래 가보니 젊은 놈이 영감님을 자빠뜨리고서 자근자근 밟고 있더라고. 같이 가 던 친구 놈들, 민중 어쩌구 하면서 막걸리 집에서 핏대 올리던 녀석 들은 다 슬금슬금 도망쳤고, 정신을 차려 보니깐 나 혼자 싸움을 말 리고 있더라고. 내가 좀 과하게 말리긴 했지. 면상이 박살난 그 깡패 놈이 오히려 날 폭행으로 고소해서 경찰에 불려 다녔고……. 결국 말만 앞선 놈들이란 다 그런 겁니다. 내가 그래서 소위 '먹물들'을 별로 안 좋아해요. 뭐, 나도 대학 나왔다지만 공부하곤 좀 거리가 멀 게 살았고. 변호사님한테 좀 안 좋게 말한 것도 그런 탓이려니 생각 해 주십쇼."

임의재는 고진이 듣고 있는지 확인하듯 얼굴을 힐끔 보고는 말을 계속했다.

"그러곤 군에 입대했죠. 어리석은 시절을 끝낸다는 심정이었어요. 나도 변했습니다. 애당초 내 기질엔 책 읽고 말발 세우고 그런 게 맞 지가 않았거든. 사람은 자기 식대로 살아야지. 군대 3년간 엎드려 이 를 갈았고, 세상을 다 엎어 버릴 작정으로 복학했어요. 세상을 바꾸 네 어쩌네 하는 약은 놈들한테 속아서 허송세월했단 생각에 화가 부글부글했죠. 근데 강의실에서 명진이를 봤습니다. 세상에 아직도 이런 여자가 남아 있나 싶었어요. 인간을 미워하던 마음이 눈 녹듯 녹아 버리데요. 예쁜 여자라면 뭐 많잖아요. 근데 명진이는 특별했어요. 뭐가 특별한지 설명하라면 할 수는 없는데……. 젠장, 딱 이럴 때만은 말발 좋은 놈들이 부러워. 그냥 한 번 살포시 웃으면 마음이 무장해제돼요. 그러다가도 넘어갈 듯 깔깔깔 웃고, 울 땐 마치 어린아이처럼 울었죠.

명진이가 법정에 선 모습을 보니까 마음이 무너집디다. 그런 잡것들 사이에 끼어 있어선 안 돼요. 차마 못 보겠는, 그런 심정이 되더라 이거죠. 우리 냉철한 변호사님이야 그런 걸 아실지 모르겠지만……."

거친 어투는 여전하지만 지난 만남에서 본 허세와는 조금 다른 모습이다. 술이 그의 혀를 풀리게 만든 듯하다.

"그런 솔직한 말씀은 늘 도움이 되죠. 사장님한테도 추억이 있고, 김명진 씨를 생각하는 마음도 충분히 알겠네요. 하지만."

"하지만, 뭐요?"

"문제는 현재의 동기겠죠."

임의재가 고진을 보았다. 냉랭한 그의 표정을 확인하고는 이내 불쾌한 듯 눈썹을 일그러뜨렸다.

"……그게 무슨 말입니까?"

"재판을 대하는 임 사장님의 마음 말입니다."

"그러니까 명진이가 석방될 수 있도록 해달라는 이야기를 지금 하는 거 아닙니까?"

"글쎄요, 중년쯤 된 남자가 하는 속마음 이야기는 그대로 받아들이지 않는 게 제 버릇이기도 하고요. 게다가…… 제 생각엔 임 사장님이 좀 오락가락하시는 것 같아서요."

"변호사님은 의심이 직업입니까? 대체 내가 무슨 이유로 그런 것까지 꾸며 말한단 겁니까?"

"김명진 씨의 남편과 거래 관계가 있는 분이 하는 김명진 씨에 대한 말씀을 액면 그대로 믿어야 할까 고민 중이란 겁니다."

고진은 친근하게 웃어 보이며 술잔을 들어 보였다.

"……정말 좋아하려야 좋아할 수가 없는 사람이군."

임의재는 고개를 홱 돌리고 술잔을 입에 털어 넣었다.

두 사람의 등 뒤에서 돌연 말소리가 날아들었다.

"이 친구 또 시작이야."

고진이 고개를 돌려보니 남궁현이었다. 자줏빛 머플러를 목에 두르고 캐시미어 재킷을 걸치고 있었다. 그는 임의재의 등을 한 번 툭 치고는 고진 옆자리에 가 앉았다. 고진은 두 남자 사이에 끼는 모양새가 되었다.

"임 사장님이 불렀나 보군요."

"예. 그냥 한잔하자고."

임의재는 남궁현 쪽으로 가볍게 손을 들어 인사를 대신했다.

"의재 녀석은 말 많은 사람 싫어한다면서 정작 술 마시면 지가 제일 말이 많아요."

남궁현이 말했다. 임의재는 바텐더에게 발렌타인 17년산을 한 병 더 주문했다.

"무슨 이야기 중이었습니까?"

"김명진 씨에 관해서죠. 임 사장님이 예전에 많이 좋아하셨다고 고백하는 중이었습니다."

고진은 남궁현의 술잔을 채웠다.

"의재가 명진이를 좋아하긴 했지요. 좋아한 게 어디 명진이뿐이겠어요? 수업 빼먹는 것도 좋아했고, 족발도 좋아했고, 막걸리도 좋아했고……."

"임 사장님의 순정을 싹 무시하는 발언인데요."

"글쎄요, 하긴 의재 말이 맞을 수도 있어요. 자존심도 일종의 사랑으로 본다면 말이죠."

남궁현이 거듭 깎아내렸지만 임의재는 묵묵부답이었다.

"한연우 씨는요?"

"연우? 연우에게…… 명진인 그저 환상 속의 그대? 녀석은 현실감이 없어요."

남궁현은 껄껄 웃었다.

"그럼 남궁 선생님은요?"

"뭐, 좋아했죠. 한때."

"자신만만하신데요. 아무튼 지나간 일에는 별로 미련을 안 두시는 것 같습니다."

"사실 그렇죠. 이 친구나 연우는 혼자 오래 살다 보니 나이 먹고하니까 옛날 생각났는지 몰라도…… 그게 언젯적 얘기예요?"

남궁현은 술을 절반쯤 비웠다. 번들거리는 이마와 높이 솟은 코, 단단한 입매가 마치 빈틈없이 맞춰진 직소퍼즐처럼 꽉 짜여 있다.

술기운에 헛소리를 흘릴 일은 없을 것 같은 남자다. 하지만 김해나가 없는 이 자리에서 굳이 김명진에 대한 기분을 거짓말할 필요는 없으리라.

"하긴 남궁 선생님이 한 여자에게 열정을 기울이는 모습은 상상이 안 가네요."

"그런가요?"

"제가 받은 인상을 말하라면…… 한연우 씨는 고독한 정열, 여기 계신 임의재 사장님은 불같은 정열, 그런데 남궁 선생님의 경우는 뭐랄까요, 기껏해야 계산된 정열 같은 거?"

남궁현이 웃었다.

"내가 예전에는 꽤 뚱뚱했어요. 대학 들어가기 전에는 심했죠. 의재 이 친구도 내가 정말 특대 사이즈였던 모습을 못 봐서 모를 거예요. 그땐 좋아하는 여자애가 있어도 감히 말을 꺼낼 엄두조차 못 했죠. 뚱뚱한 놈은 원래 좋아하는 여자가 있어도 말하면 안 되는 거야, 혼자 그렇게 위로하면서. 그랬던 탓에 감정을 드러내지 않는 데 익숙해진 부분이 있을 겁니다."

자신의 일인데도 마치 졸업 앨범 속 소식도 모르는 옛 친구를 떠올리는 것 같은 말투다.

"남궁, 넌 말이야. 그때 처음부터 해나하고 사귀었어야 했어."

임의재가 남궁현을 향해 잔을 들고 말했다. 혀가 꼬여 있었다. 남궁현은 임의재를 한번 쳐다보고는 고진 쪽으로 고개를 돌렸다.

"하긴 후회는 돼요. 처음부터 해나를 만났더라면 훨씬 행복한 삶을 살지 않았겠냐고…… 20년이나 먼 길을 돌아서 만난 상대가 그

때 그 소녀였다니. 사람 일이란 게 참 우습죠? 누가 내 인생을 쥐불
놀이 깡통에 넣고 붕붕 돌리며 놀리는 것 같기도 하고. 사실 해나도
언니 못지않게 예뻤죠. 분위기는 많이 달랐지만. 그래도 그땐 해나
를 어리게만 보았지, 연애 상대로는 생각해 보지도 못했어요. 처음
봤을 땐 고등학생이었으니까."

"김해나 씨는 언니 일로 마음이 애틋한 모양이던데요."

"해나가 언니하고 뜸하긴 했지만 그래도 유일한 혈육이잖아요. 저
렇게 두고는 맘 편히 혼자 타국으로 떠날 수가 없는 거죠. 빨리 재판
이 끝나야……."

"김명진 씨가 유죄 판결을 받는 걸로 끝나면 안 될 거고요."

"물론 그건 안 될 일이죠. 당연히 무죄가 밝혀지고 석방되는 걸 이
야기하는 겁니다. 다음 재판 끝나면 명진이가 나갈 수 있을까요?"

"……해봐야죠."

고진은 얼버무리고는 임의재를 바라보며 말했다.

"임 사장님이 술에 취해 정신을 잃으시기 전에 말이죠."

임의재는 취한 눈을 부릅떴지만 대꾸할 기색은 없었다.

"임 사장님이 조금 전에 옛날이야기를 하시더군요. 흥미로웠습
니다."

"의재 이야기 들어 주는 건 고역이었을 텐데요. 저 친구는 술 마시
면 주절주절 말이 많죠. 연우는 예전부터 그런 걸 싫어해서 막 도망
다녔고요."

"그런가요? 전 남의 인생살이를 듣는 일이 늘 재밌습니다만."

고진은 남궁현 쪽으로 몸을 틀었다.

"오늘 만난 김에 술 한잔 하면서 남궁 선생님 이야기도 좀 들어보면 어떨까요."

"제 이야기를?"

남궁현은 술잔을 어루만졌다.

"평범한데……."

"예전에는 무슨 일을 하셨죠?"

고진이 물었다. 남궁현은 왼팔을 카운터에 올리고 관자놀이를 슬슬 문질렀다.

"아무래도 고 변호사님은 우릴 용의자 취급하시는 느낌이 듭니다."

"그럴 리가요. 알리바이가 있는 용의자……. 그건 논리적 모순이죠."

"아무튼 뭐, 좋습니다. 숨길 것도 없고, 다 이야기하지요."

그는 남은 술을 천천히 입으로 흘려 넣은 다음 말했다.

"대학 졸업하고서 학원 강사를 했어요."

"학원 강사를요?"

걸치고 나온 옷만 해도 수백만 원은 훌쩍 넘을 것 같은 남궁현의 차림새를 보면 상상이 가지 않았다.

"네. 그것도 전공인 불어가 아닌 영어를요."

"의외군요. 여러 의미에서."

"사람 일이란 게 웃겨요. 전세금 걱정하면서 학원 중고생 애들하고 씨름하던 인생이었는데, 어느 땐가 우리 학원이 코스닥에 상장이 된다는 거예요. 그 시절 아시죠? 전 세계적으로 닷컴 바람이 불고 야후, 새롬기술 이딴 게 수십, 수백 배 뛰던 시절. 아버지를 설득해서 본가 집을 저당 잡히고 2억 원을 대출받아 우리 사주를 샀어요. 우리 학원, 사실 알고 보면 깡통인데, 온라인 강의 뭐 이런 걸로 해서 크게 바람을 탔어요. 상장 몇 달 만에 40배가 뛰었어요. 학원을 그만뒀죠. 그만둬야 우리 사주 받은 걸 팔 수 있으니까. 고점에 팔았으면 80억이 되었겠지만, 그렇게는 못하고 그 절반 조금 넘는 가격에 팔고 나왔어요. 그래도 꽤 목돈을 거머쥔 셈이죠. 나중에 몇 년 지나서 주가를 보니 달랑 몇백 원 하고 있더라고요. 등골이 서늘했죠.

아무튼 그땐 넘치는 돈을 주체 못 하고 밤낮으로 룸살롱이다 뭐다 신났어요. 그래도 그나마 내가 잘한 게 있다면 다른 일확천금한 놈들처럼 흥청망청 술, 도박으로 탕진하거나 더 큰 욕심을 부리다가 몽땅 날려 먹지는 않았다는 겁니다. 종잣돈으로 분당에 조그만 빌딩 하나 사서 묻어 놓았죠. 나머지는 좀 부끄러운 이야기일지 모르겠습니다만, 그 무렵 물 좋던 동남아로, 중국으로 자주 놀러 갔어요. 낮엔 골프, 밤엔 뭐 그런 거. 너무 욕하진 마세요. 그땐 뭐니 해도 젊고 솔로였으니까. 달리 뭘 했겠습니까? 어쨌든 그러다 베트남에서 기가 막힌 여자를 만났어요. 동남아 여성 특유의 날렵한 몸매에, 중국계라서 얼굴은 하얬죠. 한눈에 반했고, 한국에 데리고 와서 결혼까지 했습니다. 저보다 나이가 열네 살이나 아래였는데, 하하. 몇 년 안가 아내는 병으로 세상을 떴습니다. 살던 땅에서 파내 분재로 만든 꽃처럼, 고향을 떠나니 시름시름 앓게 된 건지도 모르죠. 그 뒤로는 술도 맛이 없고 여자를 만나고 싶은 마음도 시들하더라고요. 그러고 그럭저럭 살아오다 해나를 우연히 만났고, 이렇게 되었어요.”

남궁현은 문득 고개를 가로저었다.

"……이런, 결국 살아온 이야기를 다 털어놓게 되었네요. 이것도 나이 든 탓인지. 하여간 뭐, 미국으로 떠나면 이렇게 한국말로 실컷 내 이야기를 할 기회도 그립겠죠."

곧 이 땅을 떠날 사람의 회한일까. 그답지 않게 말이 길어지고 있다. 어느 정도 포장도 되었겠지만, 한국말로 실컷 자신의 이야기를 할 기회가 그리워질 거라는 말만은 진심이었던 것 같다. 그는 가볍게 한숨을 쉬었다.

"재판이 빨리 끝났으면 해요. 그래야 빨리 한국을 정리하고 뜰 수 있을 테니까."

임의재는 내내 조용했다. 팔로 머리를 괸 폼이 고뇌에 빠져 있는 듯도 하지만 눈이 감겨 있고, 고개가 좌우로 흔들거리고 있다. 취한 듯하다.

"내버려 두세요. 의재가 의외로 술이 약해요. 많이는 마시는데, 한 순간에 훅 가죠."

남궁현이 말했다. 고진은 그의 말대로 임의재를 잠깐 더 내버려두기로 했다. 남궁현에게 고개를 돌려 물었다.

"한국에 질려 버린 일이라도 있습니까?"

하하하, 남궁현이 돌연 크게 웃었다.

"이 땅엔 남은 게 없어요. 형이 한 명 있는데 투자 자금을 빌려 달래서 거절했더니 그럭저럭 연락이 끊겨 버렸고, 부모님은 어쨌든 그 형하고 살겠다고 하시고. 해나만 옆에 있다면 미국이 더 좋을 것 같아요. 빨리 가려고요."

"형이 돈 빌려 달라는 데도 거절하다니 냉정하신데요."

"그래서 저 자식이 지금껏 살아남은 거지."

갑자기 옆에서 임의재의 큼지막한 목소리가 들렸다. 졸다가 남궁현의 웃음소리에 깨어난 모양이다.

"형뿐 아니라 창순이 녀석 일도 있었잖아. 남궁이한테 돈이 좀 있는 걸 알고는 투자 좀 해달라고 했어. 근데 남궁이 녀석은 끝까지 안 했고."

남궁현이 오른손을 내저었다.

"그거야 입장이 다른 거 아니겠어? 넌 어쨌든 혼자고, 책임도 없지. 그래서 큰돈을 집어넣은 거고. 하지만 난 그때 해나하고 새 출발을 하려는 생각을 갖고 있었다고. 20년 전 친구를 돕는답시고 위험한 일에 피 같은 돈을 버릴 수야 없잖아?"

그가 이어서 고진에게 말했다.

"창순이가 슬슬 꾀더라고요. 지 사업 수익성이 좋다면서. 들어 보니 말짱 헛소리더라고요. 단칼에 거절했죠. 그게 잘못입니까?"

"친구 간에 수익만 따져서 거래해?"

임의재가 말했다.

"하긴, 의재 넌 의리의 사나이니까."

남궁현은 빈정대듯이 말을 던지고는 고진에게 시선을 옮겼다.

"알고 보니 역시 창순이는 어음 돌려막기를 하던 상황이었어요. 불쌍한 녀석이긴 해요. 중고차 대금을 많이 떼인 모양이더군요. 창순이도 머리 좋은 놈이지만 세상엔 날고 기는 놈들이 수두룩하단 얘기죠."

술잔을 든 임의재가 시무룩해졌다. 그런 친구에게 넘어간 일에 자존심이 상한 듯하다. 고진이 남궁현에게 말했다.

"한 가지 궁금한 게 있습니다."

"뭐가요."

"김명진 씨의 결혼 배우자를 마라톤 시합으로 결정했다는 얘기 말인데요."

"아, 그거요?"

남궁현이 위스키를 쭉 들이켰다.

"우습죠?"

"솔직히 진지하겐 안 들립니다."

"우린 겨우 스무 살 중반이었어요. 명진이는 초반이었고. 다들 어렸잖아요."

"결혼이라는 중대사를 달리기로 정할 만큼요?"

고진은 손바닥을 마주 대고 그 위에 콧날을 얹었다.

"김명진 씨 본인 의지도 있는데……."

"명진이는 워낙 자기 의사를 표현 안 하는 스타일이었고…… 그러다 보니 마라톤이라는 엉뚱한 이야기까지 나오게 된 거죠."

"아무리 그래도 결혼, 아닙니까?"

"물론 결혼의 진짜 이유는 따로 있었죠."

"어떤?"

"달리기 시합 결과가……."

남궁현이 잔을 만지작거리며 말을 이었다.

"명진이의 바람과 같았으니까요."

제6장

오후 2시. 제2회 공판이 시작되었다.

지난번 공판과 같았다. 배심원, 판사, 검사, 변호사. 이유현도 지난번과 비슷한 자리에 고정 관객처럼 앉았다. 물론 방청객들은 많이 바뀌었다. 한 가지 더 다른 점이 있었다. 김명진은 이날 수의를 입고 출석했다. 화장기도 전혀 없었다. 이유현은 그 모습을 보자 측은함이 마음 한구석에 고이는 걸 어쩔 수 없었다. 배심원도 마찬가지이리라. 더구나 피고인석은 배심원들과 정면으로 마주 보이는 자리다. 지난 공판 때의 김명진을 기억하는 배심원들에게 수의를 입은 그녀의 초췌한 모습은 돌발적인 연민을 불러일으키지 않을까. 고진은 이런 점을 노린 모양이다. 이유현은 긴장감으로 몸을 꼿꼿이 세웠다.

"피고인에 대한 보석신청을 하셨네요."

재판장이 얇은 보석신청 기록을 들어 보이며 말했다. 말투에서

'어이없음'이 묻어나왔다. 살인사건에서 보석이라니. 재판장은 아마 오늘 공판이 끝날 때쯤 구두로 '보석신청을 기각합니다.' 하고 간단히 처리할 요량일 것이다.

"그럼 피고인 측이 신청한 증인신문을 하겠습니다."

증인을 호명하자 방청석에서 한 남자가 일어서서 살찐 비둘기처럼 뒤뚱거리는 걸음으로 법정 앞으로 나왔다. 이유현도 얼마 전 소환하느라 그와 국제전화를 하긴 했지만 얼굴을 보는 건 처음이었다. 블라디보스토크에서 서울로 오는 항공편이 촉박하다며 뻗대는 통에 애를 먹었다. 증인은 박인수라는 이름의 50대 남자. 그는 12월 14일 저녁 블라디보스토크 베르흐네포르토바야 거리에서 신창순과 어떤 여자가 같이 있는 장면을 목격했다며 러시아 경찰에 진술한 문제의 증인이다. 통화를 하며 받은 인상과는 달리 땅딸한 체구에 선한 인상이었다. 증인 선서를 한 후 그가 자리에 앉자, 고진이 일어섰다.

"증인의 직업은 뭐죠?"

"블라디보스토크에서 조그만 모텔을 운영하고 있습니다."

"죽은 신창순 씨하고는 어떻게 아는 사이입니까?"

"윤태영 씨라고, 현지에서 여러 가지 사업을 벌이는 사람이 있습니다. 제가 현지 모텔을 인수할 때 그분을 통해서 했고 그 뒤로도 여러 가지 사업상 필요가 있어서 알고 지내고 있는 분입니다. 신창순 씨는 윤태영 씨하고 같이 있을 때 만나 두어 번 얼굴을 본 적이 있습니다. 변호사라고 소개를 해줘서 전 그 사람을 신 변호사라고 불렀습니다."

"12월 무렵에도 교류가 있었나요?"

"아뇨. 두어 번 본 게 전부입니다."

"혹시 증인이 운영하는 모텔에 온 적은 있었습니까?"

"아뇨."

"신창순 씨에 대한 인상은 어땠습니까?"

"잠깐 봤지만 아주 좋은 느낌을 받았습니다. 붙임성도 있고 싹싹했어요. 주변 사람도 잘 챙기는 스타일인 것 같고. 뭔 일인진 몰라도 변호사 일을 잠시 접고 윤태영 씨하고 비즈니스를 하러 온 걸로 아는데, 의욕에 불타는 것처럼 보였습니다."

박인수는 치켜뜬 눈알을 이리저리 굴렸다. 성의 있게 대답하려 애쓰는 모습이었다.

"신창순 씨 얼굴은 잘 알겠네요."

"물론이죠."

"신창순 씨 아내분 얼굴을 모르시고요?"

"그건 모릅니다."

이유현은 조그맣게 고개를 끄덕였다. 윤태영도 김명진을 본 적이 없다고 했었다. 신창순과의 친밀도가 윤태영보다 한참 떨어지는 박인수가 그녀를 모르는 건 당연할 터였다.

"12월 14일, 증인은 신창순 씨를 보았습니까?"

"예. 저녁 4시 30분쯤…… 아, 그게 왜 저녁이냐 하시겠지만 겨울 블라디보스토크는 낮이 엄청 짧습니다. 그즈음이면 벌써 어둑어둑하죠. 하여튼 그때 거리를 지나던 중에 신 변호사를 봤습니다. 기차역 근처 으슥한 길이었어요. 아는 체 하기도 뭣해서 그냥 지나쳤죠."

"그 거리가 기차역 남쪽으로 뻗은 베르흐네포르토바야라는 길이죠?"

"맞습니다."

"러시아 경찰에서는 어떤 여자와 같이 있었다고 진술하셨던데, 맞습니까?"

"예. 맞습니다."

"그 여자가 이 여성입니까?"

고진은 팔을 들어 김명진을 소개하듯 가리켰다. 박인수는 비스듬히 옆자리에 앉은 김명진을 보기 위해 목을 잠깐 틀었다가 이내 고개를 되돌렸다.

"제가 본 여자가……."

모두가 그의 입을 주시했다.

"맞습니다."

우, 하는 낮은 소음이 방청석에서 들렸다. "무슨 헛소리야."라는 굵은 목소리도 들렸는데 임의재 같았다. 재판장이 "조용히 하세요." 하며 말하자 법정은 다시 잠잠해졌다.

"확실합니까?"

고진이 매서운 눈빛을 보냈다.

"분명합니다. 솔직히 말해서 워낙 미인이라 기억에 남았습니다. '신창순 주제에 저런 여자와?' 하며 놀랐거든요. 아, 변호사라곤 해도 신창순 그 양반이 워낙 외모도 좀스럽고 해서……. 아무튼 헷갈릴 리는 없어요. 지금도 법정에 걸어 들어오면서 얼핏 보고는 금방 알아봤습니다."

박인수는 눈치 없이 몇 번이나 확인해 주었다. 조현철 검사는 희미하게 웃고 있었다.

날이 어두웠다면서 과연 제대로 봤는가, 그때부터 시간이 흘렀는데 기억이 희미하지 않는가 하는 등의 질문을 던질 법도 하건만 고진은 하지 않았다. 하긴 물고 늘어져 봤자 큰 의미가 없긴 했다. 증인이 너무나 분명하게 증언해 버렸다. 이런 경우 어설픈 변호사들은 확실하지 않은 것 아니냐며 자꾸 되물어 신빙성을 흔들어 보려 하지만 증인은 백이면 백 확실하다며 강조하게 되고 결국 증언의 신뢰도만 높일 뿐이다. 양생한 콘크리트처럼 증언이 굳어지는 효과만 가져온다.

완전히 막다른 곳에 몰렸다. 김명진은 12월 14일 만나자고 메시지는 보냈지만 남편을 만나지 못했다고 했다. 그런데 지금 증언으로 김명진은 남편을 만난 것으로 확인되었다. 더 심각한 부분은 그녀가 거짓말을 했다는 게 밝혀진 점이었다. 괜한 증인신문 덕에 완전히 궁지에 몰렸다. 이제 어떡할 것인가. 이유현은 어느새 자신이 수사한 피고인을 응원하고 있었다.

고진은 증인으로부터 시선을 떼고 몸을 틀었다. 멍한 얼굴로 앉아 있는 김명진에게 돌연 물었다.

"피고인에게 묻겠습니다. 12월 14일 남편을 만났습니까?"

"……."

김명진은 말이 없었다. 고진이 재촉했다.

"증인이 금방 증언했습니다. 사실대로만 대답해 주세요."

변호사가 자기 피고인을 추궁하는 진풍경이 벌어졌다.

"……네. 만났어요."

김명진은 조그맣게 대답했다.

"그런데 왜 지난번까지는 거짓말했습니까?"

"······겁이 났어요. 죄송해요."

실은 고진이 만났다는 말을 하지 말라고 코치했으니 이제 와서 이런 추궁을 받으면 억울할 법도 하다. 하지만 김명진은 그저 고개를 숙일 뿐이었다.

고진은 증인신문을 마치겠다고 하고는 자리로 들어갔다. 법정에는 침묵이 흘렀다. 이유현은 그 침묵의 색깔이 김명진에게 우호적이지 않다는 걸 분명하게 감지했다. 결국 거짓말이었어. 배심원들은 그녀가 자신들한테 거짓말을 했다는 사실을 불쾌하게 여기리라. 사람에 따라서는 치명적인 의혹으로 받아들일 수도 있다.

잠시 후 재판장이 조현철에게 반대신문을 할 거냐고 물었다. 그가 반대신문에 나설 이유는 없다. 조현철은 앉은 채로 "없습니다." 하고 간단히 대답했다.

재판장이 법대 위에 놓인 사건 기록을 탁 덮었다. 재판을 마무리하겠다는 제스처였다. 이유현은 눈치 챘다. 아무래도 판사는 거짓말 탐지기 조사 결과에 대한 증거제출은 받지 않으려는 모양이다. 피고인 측에 그나마 보이지 않는 호의를 베풀고 있다. 하긴 그건 변호사가 공판을 이어가려고 다급하게 들이민 명분 정도로 여겼겠지.

재판장이 입을 벙긋하려 했다. 증거조사 절차를 마치겠다는 말을 하려는 것 같다. 그 말을 미리 막듯이 고진이 일어섰다.

"다음으로······."

"다음?"

재판장이 무의식적으로 작게 고진의 말을 따라했다. '다음'이 있다는 게 무척 의외였던 모양이다.

"거짓말탐지기 분석에 대한 증거조사를 요청합니다."

열리려던 재판장의 입이 도로 닫혔다. 이유현은 자기도 모르게 이맛살을 찌푸렸다. 이 형님이 궁지에 몰리니까 악수(惡手)를 남발하는 거 아닌가. 재판장은 입가에 손을 대고 고민하는 표정을 지었다. 역시 그는 거짓말탐지기 분석을 슬쩍 넘어가 주려 했던 모양이다. 비록 변호인이 지난번 기일에 증거동의를 했지만 정말로 그런 의지가 있다고는 생각지 않았으리라. 검사 측이 비열하게 거짓말탐지기 조사 결과를 스크린에 흘리기까지 했으니 피고인에게 한 번은 기회를 주어야 했다. 그래서 핵심적인 증인이 있다는 그럴듯한 명분을 중시해 기일을 속행했던 것 같다. 거짓말탐지기 부분은 어물쩍 생략하려 했을 것이다.

그런데 기어이 변호사가 거짓말탐지기 분석에 대한 증거조사를 하자고 나왔다. 판사는 예상치 못했던 것 같다. 이유현도 마찬가지였다. 조현철도 미심쩍은 표정으로 고진을 바라보았다.

"정말 증거조사를 원하시는 건가요?"

"그렇습니다."

재판장은 곤혹스럽게 이마를 찡그렸다.

"검찰이 제출한 거짓말탐지기 조사는 피고인이 동의한다 해도 증거능력을 부여하기 어렵습니다. 증거로 채택하지 않겠습니다. 그러니 증거조사를 할 필요도 없습니다."

재판장이 말했다. 그는 명백히 피고인 측을 도와주고 있었다. 거짓말탐지기 조사 결과를 속속들이 배심원들이 보게 된다면 김명진에 대해 치명적으로 나쁜 인상을 받게 된다. 변호사의 멍청한 짓을 보다 못해 판사가 차단하고 나선 것이다.

"검찰 측 증거로 제출되지 못한다면……."

고진은 앉지 않았다.

"피고인 측에서 증거로 제출하겠습니다."

법정이 크게 술렁였다. 방청석에서 이런저런 말소리가 들렸다. 형사재판에서의 증거법칙 같은 건 모른다 해도 이건 상식적으로 터무니없었다. 피고인이 거짓말했다는 분석 결과를 피고인이 증거로 내겠다고? 전대미문의 일이다.

하지만 이렇게 된 이상 피할 도리는 없다. 검찰 측에서 증거를 내는 경우와 달리 피고인 측에서 제출한다면 원칙적으로 증거능력 문제는 없다. 형사소송법상 증거능력을 둘러싸고 거미줄처럼 쳐져 있는 증거법칙들은 전부 검찰 측을 겨냥한 제약이다. 자신을 방어해야 하는 피고인은 사실상 아무 증거나 던질 수 있는 것이다. 일단은 법정에 등장하게 되고 어떻게든 증거조사를 해야 한다.

"증거조사의 방법으로, 먼저 거짓말탐지기 조사 당시의 영상을 통째로 틀어 주기를 요구합니다."

고진이 이어 말했다. 재판장은 잠시 고진을 마주 보았다. '이 사람이 진심인가?' 하는 눈이었다. 혹은 바보짓을 되돌릴 마지막 기회를 주려 했는지도 모른다. 잠시 후 판사는 할 수 없다는 듯 입술을 실룩하고는 말했다.

"알겠습니다. 동영상 틀 준비를 하세요."

실무관이 조현철 검사로부터 USB 메모리를 받아 노트북 컴퓨터에 꽂았다. 짧은 그 시간 동안 법정에는 서늘한 침묵이 흘렀다.

잠시 후 배심원석 맞은편 스크린에 동영상이 떴다. 김명진의 모습을 조사실에 설치된 CCTV 카메라가 찍은 화면이었다. 아직 말은 나오지 않았지만 고감도 마이크는 당시의 잡음을 그대로 기계음으로 재현해, 부스럭거리는 소리가 법정 안을 가득 메웠다.

김명진의 손가락이 전극으로 어디론가 연결되어 있었다. 그녀 앞에는 탁자가 있고, 뒤편으로는 흰 벽면만이 비쳤다. 맞은편 분석관과 이유현의 모습은 나오지 않았다. 이유현은 왠지 얼굴이 비치지 않아 다행이라는 생각이 들었다. 조현철 검사는 영상을 외면하고서 지루하다는 듯 의자를 좌우로 조금씩 돌려 댔다.

거짓말탐지기 조사를 위한 기본적인 질문을 하는 앞부분은 고진의 요청으로 건너뛰었다. 이유현이 본격적인 질문을 하는 장면부터 정속으로 재생되었다.

─몇 가지만 물어보겠습니다. 사실대로 대답하세요.

이유현의 말이 자그맣게 들린 후 조금 있다가 다시 음성이 들렸다.

─김명진 씨는 남편 신창순과 이혼하고 싶었지요?

김명진은 고개를 숙인 채 말이 없었다. 이유현의 기억 속 장면이었다. 다만 자기 목소리가 자기 것 같지 않다는 점만이 생경했다. 잠시 후 이유현의 목소리가 다음 질문을 했다.

─그래서 김명진 씨는 12월 13일에서 14일 사이에 남편 신창순에게 문자 메시지를 보내 불러냈지요?

김명진은 겁먹은 눈으로 조그맣게 대답했다.

─그냥 이야기를 좀 하고 싶어서…….

─예, 아니요로 대답하세요.

─……네.

이어 날아드는 이유현의 목소리.

─그리고 12월 14일 저녁 남편 신창순 씨를 만났지요?

김명진은 크게 동요했다. 그녀의 입에서는 비명 같은 외침이 흘러나왔다.

─몰라요……, 몰라!

영상 속 김명진은 격렬하게 고개를 저으며 어깨를 떨었다. 이유현이 힐끔 보니 배심원과 방청객 중 몇몇은 화면 속 김명진과 현실의 김명진을 번갈아 보며 불쌍하다는 듯한 표정을 짓고 있다. 마치 여자를 저렇게 겁먹게 한 질문자를 힐난하는 것 같아 마음이 불편해졌다.

─그리고.

모습이 보이지 않는 질문자는 아랑곳하지 않고 김명진을 구석으로 몰고 있었다. 화면 속 김명진의 큰 눈동자는 목소리가 들리는 쪽으로 못 박혔고, 몸은 풀 먹은 종이처럼 뻣뻣하게 굳어 있었다. 마치 흰 벽에 토마토 소스를 된통 뿌려 놓고서 엄마의 처분을 기다리는 아이 같았다.

─김명진 씨는 남편을 목 졸라 살해했지요?

낮고 감정 없는 목소리였다. 그래서 더 싸늘하게 들렸다. 대신 흥분한 피고인을 가라앉히는 효과는 컸던 것 같다. 김명진은 가로젓던 머리를 멈추었고, 이내 차분해졌다. 이어 기억 속 김명진의 목소리가 들렸다. "아……." 하며 떨려 나오던 그 목소리.

—아……아니에요.

그 대답을 끝으로 김명진은 고개를 푹 숙였다.

동영상은 멈췄다.

그리고 그 대답을 분석한 결과는 이미 모두 알고 있다.

남편을 살해했는가, 라는 질문에 아니라고 한 김명진의 답변이 거 짓말이라는 결론.

동영상이 꺼진 법정 안은 조용해졌다. 기계의 소음도 없어졌다. 모두들 침잠했고, 침통한 분위기마저 한구석에 감돌았다. 김명진은 넋이 나간 사람처럼 말없이 앉아 있었다. 사람들의 신뢰가 와르르 무너지는 소리가 이유현의 마음에 들리는 듯했다.

고진은 확인 사살을 하듯 동영상이 사라진 스크린에 분석 결과지 를 다시 띄웠다. 조현철 검사가 형광펜으로 강조해 놓은 부분도 그 대로였다. 고진의 행동은 피고인을 위해 변론을 하는 변호사의 그것 으로는 도저히 볼 수 없었다. 재판 중간부터 보기 시작한 사람이라 면 고진이 검사라고 생각했을 것이다.

"보셨듯이, 피고인의 답변은 거짓말로 드러났습니다."

고진이 일어서서 법정 가운데로 나오며 말했다.

"그러네요."

재판장마저 민망한 듯 화면에서 고개를 돌렸다. 하지만 고진은 어 떤 당연한 논리적 귀결을 설파하듯 말했다.

"그래서 피고인은 무죄입니다."

"예?"

"뭣?"

재판장이 고개를 들며 외마디 소리로 물었고, 방청객과 배심원 중 누군가도 동시에 소리를 냈다. 어쩌면 조현철 검사가 낸 소리인지도 모르겠다.

"무슨 말씀을 하시는 겁니까?"

재판장이 곧 차분한 말투를 회복해 물었다. 고진은 저벅저벅 배심원석에 가까이 다가갔다.

"거짓말탐지기라는 기계 자체는 틀릴 수가 없을 겁니다. 사람이 거짓말을 할 때는 필연적으로 일정한 부교감신경계의 반응을 일으킵니다. 의지로는 피할 수 없죠. 기계는 그걸 기록할 뿐입니다. 그리고 검사관은 그걸 전문적인 식견으로 분석하는 것이고요."

"그런데요? 그렇게 믿으시면서 어떤 이의를 제기하시려는 건가요?"

재판장이 말했다.

"거짓말탐지기 조사의 논리적 맹점에 관해 이야기하려는 겁니다."

"논리적 맹점?"

"그렇습니다. 이번 거짓말탐지기 조사에는 커다란 논리적인 구멍이 있습니다."

"이를테면요?"

재판장의 물음에는 호기심이 묻어 있었다. 논리적 허점이라는 말에는 이유현도 멍해진 느낌이었다. 거짓말탐지기를 믿지 못하겠다는 주장이라면 비록 스스로 법정에서 확인해 보자고 우긴 변호사로서는 창피한 일이겠지만 그러려니 할 수 있다. 분석관의 자질을 문제 삼는다면 아무도 공감하지는 않겠지만 어깃장 정도로 이해할 수 있다. 하지만 논리의 허점이라니. 질문과 대답, 그 사이에 어떤 논리가 잘못될 수 있단 말인가. 지금껏 거짓말탐지기 수사는 부지기수로 해왔다. 결과가 불리하면 변호사들은 기계를 믿을 수 없다고 주장했다. 하지만 논리적으로 오류가 있다는 따위로 항변하는 건 한 번도 들어보지 못했다.

고진은 배심원단을 정면으로 바라보았다.

"그 점을 설명하기 위해 사건과 조금 동떨어진 일반론을 말씀드려야 할 것 같습니다. 괜찮겠습니까?"

배심원석은 조용했다. 그럴 수밖에 없었다. 고진은 배심원들과 일일이 눈을 맞추며 말했다.

"이런 경우를 한번 생각해 보죠. 현주란 여성이 있습니다. 이 여성은 서른 살의 젊은 독신 여성으로, 자기주장이 강하며 대학 시절 사회학을 전공했고 환경 운동과 동물 권리 보호에 열렬히 참여한 경력이 있습니다. 자, 그럼 알려 드린 이 자료를 바탕으로 이 여성에 대한 다음 진술 중 좀 더 진실에 가까울 쪽을 머릿속으로 선택해 주십시오."

고진은 잠깐 끊었다가 말했다.

"1번, 현주는 회사원이다. 2번, 현주는 회사원이면서 환경 운동에 적극적이다. 어느 쪽입니까?"

배심원들은 뜬금없이 이게 다 무슨 소린가 하는 눈빛이었다. 그러면서도 모두들 머릿속으로 어느 한쪽을 고른 것 같았다. 이유현도 어느새 선택을 하고 있었다. 조현철 검사는 불안한 기색이었는데, 고진의 발언이 뭔지 의미는 몰라도 불길하다고 느낀 모양이다.

법정 안에 때 아닌 정적이 흘렀다. 고진이 말했다.

"답은 1번입니다."

배심원들은 여전히 조용했지만 상당수는 눈가에 당혹스런 빛이 지나갔다. 고진이 제시한 답과는 다르게 고른 모양이다. 이유현도 달랐다.

"2번을 고르신 분도 계실 겁니다. 아마, '현주는 회사원이다'라는 말을 현주가 회사원이자 환경 운동에 적극적이지 않다는 말이라고 추측해 버린 탓일 겁니다. 혹은 현주가 회사원이면서 동시에 환경 운동에 적극적이라는 문장이 현주를 더 잘 대표한다고 생각했기 때문입니다. 하지만 아무리 현주가 과거 환경 운동에 종사했다 하더라도, 논리적으로는 1번이 진실일 확률이 2번의 경우보다 필연적으로 더 큽니다. 왜냐하면 어떤 사람이 두 가지를 충족시킬 확률은 하나만 충족시킬 확률보다 클 수 없기 때문입니다. 현주가 회사원이자 환경 운동가일 확률은 현주가 회사원일 확률보다 분명히 낮지요. 이건 결합오류라고 하는 것인데, 우리가 갖는 일상적인 오류라고도 할 수 있습니다."

배심원 몇몇의 얼굴에서 분한 기색이 떠올랐다.

"제가 여기서 이 결합오류에 관한 이야기를 하려는 건 아닙니다. 하지만 이 오류에서 연상되는 우리 사고의 다른 허점을 지적하고 싶습니다."

고진은 몸의 방향을 조금 틀었다.

"그건 우리의 언어가 알게 모르게 '집합'을 품을 수도 있다는 겁니다. 그리고 그런 경우, 필연적으로 앞서의 문제와 마찬가지로 어떤 논리적 모순이 발생할 수 있다는 사실 말입니다. 이 점을 염두에 두어 주시기 바랍니다.”

배심원들은 서로 멀뚱멀뚱 쳐다보았다. 도대체 어떤 변호사가 법정에서 배심원을 상대로 논리의 장난질을 시도한단 말인가.

“거짓말탐지기 조사로 돌아와 보겠습니다. 아까 영상에서 보시다시피 그날 남편을 만났느냐는 질문에 피고인은 대답을 하지 않았습니다. 당황하고 겁먹어서 모른다고만 했습니다. 물론, 실제로도 피고인은 극도로 당황했습니다. 왜냐면, 하필 자기가 남편을 불러낸 무렵에 남편이 살해당했기 때문이죠. 그 시각 남편을 만났다고 하면, 일차적으로 자신이 의심을 받을 수밖에 없습니다. 그렇다고 아니라고 하려니 거짓말이 들통날 것 같고. 갈등했겠지요. 그래서 겁나고 당황해서 모른다고 히스테리컬하게 소리쳤습니다. 피고인처럼 여린 여성으로선 인지상정일 겁니다.”

“그런가 보죠.”

재판장이 무뚝뚝하게 말을 받았다. 고진의 장광설에 기분이 상한 어투였다.

“문제는 마지막 질문입니다. 그건 오류를 낳을 수 있는 질문이었습니다.”

“무슨 오류요? 명백해 보이는데.”

“질문자는 ‘남편을 살해했지요?’라고 물었어야 합니다. 아마 원래 질문은 그랬을 것입니다. 그런데, 묻는 과정에서 오류가 생긴 것 같습니다.”

귀 기울여 듣고 있던 이유현은 영문도 모른 채 얼굴이 화끈거렸다. 그 질문자는 바로 자신이 아닌가. 이 형님이…… 하지만 대체 무슨 소릴 하려는 건가.

"그렇게 물었잖습니까?"

재판장이 매몰차게 말했고, 덕분에 이유현은 개인적 감상에서 깨어났다.

"아니죠. 영상의 장면을 기억해 주세요. '그리고 남편을 살해했지요?'라고 물었습니다. '그리고'를 더했지 않습니까?"

"'그리고'……요?"

재판장이 의아한 듯이 되뇌었다.

"그에 앞서 질문자는 '12월 14일 남편을 만났지요?'라고 물었고, 피고인은 일단 모른다고 답을 거부했습니다. 그런데 이어 질문자는 '그리고'라고 한 다음 '남편을 살해했지요?'라고 물었습니다. 즉 질문자는 '그리고, 남편을 살해했지요?'라고 물은 것입니다. '그리고'는 아시다시피 앞의 문장을 받는 접속사입니다. 언어적으로, 또 논리적으로 '앞선 행동을 하고'를 뜻하는 말이죠. 앞서의 질문과 결합해 풀어 보면 '그날 남편을 만났고'라는 질문이 됩니다. 결국 이 질문은 '그날 남편을 만났고, 남편을 살해했지요?'라는 두 가지 사항을 묻는 질문이 되는 겁니다. 그리고 피고인은 그 두 가지 질문 중 하나에 대해 답을 한 거고요."

"아……."

배심원석에서 어떤 여성이 자기도 모르게 입을 열고 소리를 냈다. 판사 세 사람은 저마다 이마에 깊은 골을 새겼다.

"피고인은 앞서 '남편을 불러내 만났는가'라는 질문에 큰 스트레스를 받았습니다. 대답을 금방 못 했죠. 그 질문에는 아직 답을 하지 않은 겁니다. 그 상태에서 이어진 '그리고'라는 말은 아직 대답하지 않은 앞서의 그 질문을 뜻하게 됩니다. 다시 말하지만 마지막 질문은 첫째, '그날 저녁 남편을 만났는가'와, 둘째, '그를 살해했는가'라는 두 질문으로 분해될 수 있습니다. 피고인은 그중 앞의 질문에 답했던 것입니다. '아니다'라고요.

물론 자신의 표면 의식에서는 앞 질문에 답한다는 의식이 뚜렷하지 않았을 겁니다. 피고인 본인도 사실대로 답했는데 왜 거짓말로 판명되었는지 모르겠다며 억울해하고 있거든요.

자, 그럼, 실제 사실이 어땠는지 우선 볼까요? 그날 피고인이 12월 14일 저녁 남편을 불러내 만났다는 사실은 조금 전 박인수 씨의 증언으로 명백히 밝혀졌습니다. 피고인 본인도 결국 인정을 했고요. 그러니 남편을 만났는가라는 질문에 '아니에요'란 답은 거짓말입니다. 그래서 피고인의 답변은 거짓말로 판명되었습니다. 하지만 그건 어디까지나 남편을 만났느냐는 질문에 대한 것이지, 남편을 살해했느냐 하는 질문에 대한 건 아니었습니다. 피고인은 무작정 자신을 범인으로 몰아붙이는 경찰이 무서웠고, 당황한 나머지 그날 남편을 만나지 않았다고 거짓말했던 겁니다. 하지만 피고인이 한 거짓말은 그것뿐이었죠. 살인에 대한 건 아니었습니다."

방청석에서, 배심원석 여기저기서 잇달아 낮은 신음 소리가 터져 나왔다. 김해나, 한연우의 탄식도 섞여 들려왔다. 소리를 내지 않더라도 법정 안 대부분의 사람들은 조그맣게 고개를 끄덕였다. 오류를 범한 당사자로 지목된 이유현은 목덜미까지 붉어져 버렸다. 그 상태로 생각했다. 러시아에서 증인을 공수까지 해서 오늘 법정에 세운 이유가 이거였군. 그 증인의 말은 거짓말탐지기의 분석 결과를 깨뜨리는 전제 사실이기도 했지만, 극적인 대비를 통해 깨뜨리는 효과 또한 배가시켰다.

분명 논리의 허점이었다. 하지만 이유현은 변명하고 싶었다. 거짓말탐지기 수사에서든 논리학에서든 저런 종류의 오류에 관한 이야기는 한 번도 들어 본 적이 없었다. 누가 가르쳐 준 적도 없었다. 자신만의 실수는 아니다. 아무도 생각해 보지 못한 논리상의 함정이었다. 하지만 이내 이 마음의 변명이 구차하다는 자괴감에 빠져들었다. 그 유례없는 오류를 결국 자신이 범하고 만 것이다. 그것도 살인이냐 아니냐 하는 중대한 기로에서.

조현철 검사가 급하게 일어났다. 붉어졌던 얼굴이 이젠 가무잡잡해져 있었다.

"하지만 그건 피고인에게 유리한 변호인의 일방적인 해석일 뿐입니다. 피고인은 '남편을 살해했는가'라는 질문에 답한 거라고 보는 게 상식에 맞습니다……."

하지만 얼버무림 속에는 그 자신의 확신도 들어있지 않았다. 고진은 단호하게 고개를 가로저었다.

"검찰의 편의적이고 일방적인 해석에 불과합니다. 이쪽으로든 저쪽으로든 해석될 수 있는 증거라면 자격 상실이죠. 더구나 검찰은 애당초 낙제 증거를 억지로 법정에 밀어 넣었던 것 아닙니까? 수사관은 두 가지 질문을 했습니다. 피고인의 대답이 그중 뒤의 질문에 대한 답변일 확률은 기껏해야 절반입니다. 논리적 오류를 범한 이 분석은 재판에서는 아무것도 말해 주지 않는다고 해야 합니다. 더구나 피고인의 운명을 좌우하는 살인죄의 재판에서는 더 그렇습니다. 피고인이 남편을 살해하지 않았다는 대답이 거짓말이라고 믿을 근거는 사라졌습니다."

고진은 잠깐 말을 끊고 배심원석을 눈으로 훑었다.

"그렇다면 거짓말탐지기 결과로 밝혀진 사실은 그날 피고인이 남편을 만났다는 것 하나뿐이 됩니다. 아내가 남편을 만난 게 살인의 증거라면 살인사건 재판에서 무죄로 버틸 수 있는 부부는 없을 겁니다."

재판의 흐름은 분명 균형을 잃고 한쪽으로 휘청 쏠렸다. 이유현은 그렇게 느꼈다. 다른 이도 마찬가지일 것이다. 가장 의심을 드리운 부분이 거짓말탐지기 조사였다. 그런데 그게 없다면…….

조현철 검사가 서둘러 일어섰다.

"검찰은 재판 속행을 요청합니다."

"어떤 사유로요?"

재판장이 물었다.

"추, 추가할 증거가 있습니다."

검사는 말을 더듬기까지 했다. 그가 당황하는 모습을 이유현은 처음 보았다.

"원래 지난번에 종결되었어야 할 재판입니다. 변호인이 억지를 써서 속행되었습니다. 검찰은 오늘 아무런 준비를 못 하고 있다가 절차상 불의타를 맞은 거나 다름없습니다. 검찰 측도 기회를 가지는 게 형평에 맞습니다. 아직 제출하지 못한 핵심적 증거가 있습니다. 추가로 제출하고 입증할 기회를 주시기를 요청합니다."

조현철은 멋쩍게 말을 꺼냈지만 급기야 거의 조르다시피 했다. 재판을 또 속행하자고? 배심원들은 말은 못 해도 벌레 씹은 얼굴이었다.

형평성, 기회의 평등, 절차상의 정의……. 이런 말에 가장 약한 것이 형사재판이다. 재판장은 조현철 검사를 지그시 바라보았다. 갈등의 흔적이 역력한 얼굴이다. 이때 고진이 일어섰다.

"공판 속행에 관한 변호인 의견을 밝히겠습니다."

재판장의 난처한 표정이 깊어졌다. 피고인 측이 속행에 반대한다고 나서면 애를 먹을 판이었다.

"공판 속행에 동의하겠습니다."

고진의 말은 예상과 달랐다.

도대체 왜?

이유현은 고개를 갸웃했다.

"그렇습니까. 그럼……."

재판장이 얼씨구나 하고 속행을 선언하려는데 고진이 자르듯 말했다.

"하지만 그렇다면 즉시 피고인을 보석으로 석방해 주실 것을 요청합니다."

법정을 다시 적막이 휘감았다.

"보석 말인가요……."

재판장이 곤혹스럽게 말을 되뇌었다. 고진이 말했다.

"이 사건은 직접증거가 부족합니다. 그런데도 거짓말탐지기 조사가 결정적으로 작용해 피고인은 구속까지 되었습니다. 그리고 지금껏 재판을 받고 있습니다. 하지만 그 조사의 오류가 드러났으니 피고인을 구속했던 가장 큰 이유도 사라졌습니다. 피고인에 대한 재판이 검찰의 요청으로 속행된다면 피고인은 불구속 상태에서 재판을 받아야 마땅합니다. 검찰의 편의 때문에 피고인이 구금 생활이 연장되어선 안 됩니다. 피고인을 즉시 석방해 주십시오."

검찰의 속행 신청 사유가 무엇이든 고진의 보석 신청에는 그것을 뛰어넘는 압도적인 이유가 있었다. 이유현은 고진의 노림수를 그제야 이해할 수 있었다. 살인사건에서의 황당한 보석신청은 이 경우를 대비한 거였군. 거짓말탐지기 결과를 뒤집어 이날 곧장 배심원의 무죄평결을 받아내면 가장 좋겠지만, 재판이 입맛대로만 될 순 없다. 틀림없이 조현철 검사가 공판 속행을 강력하게 요청해 올 거라고 생각했으리라. 이땐 그것과 맞바꾸어 피고인의 석방을 재판의 공평한 처리로서 당당히 요구한다. 검찰 측 사정으로 재판이 연장되는 것이다. 만약 피고인이 무죄라면 그 탓에 더 구금되는 셈이다. 그건 동의할 수 없다는 뉘앙스. 도무지 거절할 명분이 없다.

상당히 유리한 거래다. 재판 결과는 아직 장담할 수 없다. 다음 기일에 조현철이 어떤 증거를 들고 나올지 모르는 상황이다. 하지만 보석으로 당장 석방된다면 이날 무죄 판결을 받지는 못하더라도 재판은 끝난 거나 다름없다. 신체가 당장 구금 상태에서 벗어난다는 의미도 크지만, 살인사건에서의 석방은 그 자체로 '얼마나 증거가 부실하면 그럴까' 하는 인상을 심어 준다. 재판에 직접 참여하는 배심원들 스스로도 그런 암시를 받을 게 틀림없다. 그리고 사람의 심리란 게 묘해서, 이미 구금된 사람에게 몇 년의 징역형을 내리기는 쉬워도 멀쩡한 사람을 눈앞에서 구금하는 결정을 내리기란 어렵다. 더구나 구금되었다가 보석결정으로 일단 나온 피고인을 나중에 다시 구금하도록 결정하기란 더욱 어렵다. 물에 빠져 허우적대는 사람 머리를 당겼다가 다시 눌러 버리는 격이다. 판사들이 법정구속에 신중한 이유도 비슷하다. 잠정적 무죄라고 해도 좋다.

재판장은 좌우 배석판사와 잠깐씩 상의를 했다. 말소리는 들리지 않았지만 입모양이나 표정으로 보아 어떤 결론을 낼지 대충 짐작이 갔다. 재판장은 얼굴을 정면으로 되돌리고 말했다.

"우리 재판부는 공평하게 양측의 요청을 다 받아들이기로 결정했습니다. 이례적이지만 이 재판은 한 번 더 속행하겠습니다. 그리고 이것도 이례적이지만 피고인에 대한 보석신청을 허가하겠습니다. 보석 보증금은 보증보험증서로 대체해도 좋습니다."

고진이 김해나의 집에 도착했을 때 김명진을 포함해 모두들 저녁식사를 마치고 거실 여기저기에 흩어져 앉아 담소를 나누고 있었다. 김해나는 전세로 살던 주택을 정리하고 미국으로 가려 했지만 마침 언니 사건이 터지는 바람에 미루어 둔 상태였다. 24평형 다세대주택 안은 가구와 살림을 상당수 처분해 버린 탓에 휑뎅그렁했다. 냉장고와 밥솥이 남아 있어 다행이었다. 고진은 모처럼 환영받는 손님이 되어 있었다. 김해나는 애교스러운 눈빛을 하고서는 먹을 것을 연신 내밀었고, 김명진은 처음으로 활짝 웃는 얼굴을 보여 주었다. 남궁현과 한연우는 고진의 손을 꼭 거머쥠으로써 고마움을 표시했고, 그리 우호적이라 할 수 없었던 임의재도 단단한 손으로 악수를 청했다.

"많이 회복하신 것 같아 다행입니다."

고진이 김명진에게 말했다.

"네. 덕분에요."

대답하는 김명진의 뺨은 하루 만에 뽀얗게 살이 올라 탱글탱글 빛이 났다.

"이제는 안심해도 되는 거죠?"

김해나가 물었다.

"일단은요."

"일단은?"

"보석 석방은 잠정적인 거니까요."

"그래도 이젠 그냥 무죄로 끝난다고 보면 되겠죠? 어때요, 변호사님?"

이런 상황에 처한 사람들이 늘 그렇듯, 구해 봤자 얻을 수 없는 답을 얻으려 한다. 김명진은 동생을 말리는 눈짓을 했다. 고진이 말했다.

"지금으로선 희망적으로 보셔도 좋습니다."

"그렇죠?"

김해나가 반색하는데 고진이 냉정하게 말했다.

"하지만 아직 완전히 안심하긴 이릅니다. 재판은 생물 같은 것이거든요. 죽은 것 같다가도 언제 살아날지 몰라요."

"꼭 최악의 상황을 이야기하는 의사 선생님 같아요."

김해나가 짐짓 나무라듯 말하며 웃었다. 하지만 고진은 화기애애

한 분위기를 깨지 않는 범위 안에서 적당히 표현을 고른 것이었다. 섣부른 낙관을 전했다가 만에 하나 일이 틀어지면 원망은 더 크게 돌아온다.

"그러니까 재판 속행에 동의하지 않고 끝내는 게 낫지 않았습니까?"

한연우의 말이 찬물을 확 끼얹었다. 사람들은 일제히 시선을 돌려 고진을 보았다. 모두가 공통적으로 가진 의문인 모양이다. 고진은 고개를 가로저었다.

"무리하게 유죄 리스크를 안고 평결을 받는 것보다 그쪽이 낫습니다. 판사의 갈등하는 표정을 보아하니 어차피 속행을 받아 주는 쪽으로 결론을 내릴 것 같더군요. 재판 진행은 판사의 권한이에요. 그걸 두고 좋다 나쁘다 다투는 대신 거래를 한 겁니다."

"그게 더 잘된 거야."

임의재가 단정적으로 말했다.

"평결에서 반드시 무죄를 받는다는 보장은 없었어."

"그래도······."

한연우가 말을 하려는데 임의재가 걸걸한 음성으로 덮어 버렸다.

"고 변호사님이 다 알아서 잘하신 거라니까."

적대적이었던 임의재의 태도가 180도 바뀌어 있다. 그가 고진을 의심하고 저울에 달았던 시간이 지난 모양이다. 앞으로 이 남자에게서는 확고하고 영속적인 지지를 얻을 수 있을 듯하다.

"자, 자. 어쨌든 오늘은 지푸라기 같은 걱정 붙들어 매시고 축하를 하자고. 명진이가 이렇게 나왔잖아."

남궁현이 말했다. 낙관적인 성격이 김해나와 닮았다. 한연우는 더 이상 입을 열지 않았지만 표정이 그리 밝지 못했다.

"오빠 인상 좀 풀어. 누가 보면 오빠가 피고인인 줄 알겠네."

김해나가 한연우의 팔뚝을 툭 쳤다. 한연우는 그제야 얼굴을 조금 누그러뜨렸는데, 억지로 그런 것 같았다.

"연우가 걱정하는 것도 이해는 가. 그래도 지금은 명진이를 위로해 주는 게 먼저잖아?"

남궁현이 말했다.

"아직 재판이 끝난 것도 아닌데 너무들 좋게만 생각하는 거 같아. 지금 웃고 있을 일은 아니거든."

한연우가 기어이 한마디를 더했다. 임의재가 끼어들었다.

"그런 얘긴 그만하자. 어쨌든 지금은 명진이가 나왔잖아."

"억울하게 구치소 갔다 온 것부터가 참을 수 없는 일 아니냐?"

"그런 건 나중에 생각하고."

"남은 재판도 불확실해."

"그만하지."

임의재의 고압적인 말투가 신경을 건드렸을까. 한연우가 맞받아쳤다.

"하긴 의재 너한테는 그렇겠지."

"뭐가."

"명진이가 마음고생 하는 건 중요하지 않잖아."

"그게 뭔 소리야."

임의재가 기분이 상한 듯 말했다. 한연우는 물러서지 않았다.

"명진이가 당장 밖에 나왔다는 사실만 중요한 걸 테고."

"그래서."

"명진이 생각하는 척은 하지 말라는 거지."

"뭐?"

임의재의 이마에 주름이 파였다.

"지금 그거 무슨 뜻으로 한 말이야?"

임의재가 달려들 듯한 태도를 보이자 남궁현이 두 사람 사이에서 양팔을 휘저었다.

"자, 자. 이럴 필요 없어. 어쨌든 명진이를 위해 모인 거 아니야? 연우도 똑같은 마음이고."

고진은 그의 태도에 위화감을 느꼈다. 마치 무언가를 다급하게 덮으려는 듯한 기색 같다.

임의재가 분을 삭이려는 듯 숨을 거칠게 몇 번 내쉬었다.

"그래, 그래. 그런 걱정들은 일단 나중에."

김해나도 거들었다. 하지만 이미 분위기는 어색해질 대로 어색해져 버렸다.

"미안해요. 괜히 나 땜에."

김명진이 말했다. 한연우가 멀뚱히 쳐다보자 김명진이 활짝 웃었다. 일부러 그렇게 한 것 같지만 한연우는 우울한 얼굴을 돌렸다.

끝내 한연우는 볼일이 있다며 자리를 떴다. 아무도 그를 붙잡지 않았다. 김명진은 쉬어야겠다며 방으로 들어가 버렸다. 훈훈했던 분위기를 한연우가 망쳐 놓고서는 홀홀 떠나 버린 셈이다.

"그래도 이렇게 모이니깐 좋잖아? 모처럼 옛날로 돌아간 것 같은데!"

김해나는 애써 활기를 띠며 예전 추억담을 끄집어냈다. 남궁현이 호응했고, 임의재도 마지못해 끼어들었다. 지금은 불확실한 앞날을 입에 담기보다 확실한 옛날을 떠올리는 쪽이 위안이 된다는 걸 말하지 않아도 모두들 알고 있었다.

어수선했지만, 한연우가 드리운 걱정을 지우고 오랜만에 맞이한 작은 기쁨을 되돌리려 모두가 애쓰고 있었다.

"잠시 실례."

고진이 자리에서 일어났다.

"화장실은 저쪽이에요."

김해나가 손을 들어 가리켰지만 고진은 손바닥을 내저었다.

"아뇨. 거실 구경이나 좀 하려고요."

화제에 낄 수 없으니 달리 할 일이 없다. 고진은 부엌으로 가서 텀블러에 커피를 담아서 들고 거실을 어슬렁거렸다. 귀는 싫어도 그들의 대화를 듣고 있지만 관심 갈 만한 얘기는 없다. 한연우가 휘젓고 간 뒤로 어딘가 조심하는 눈치도 있다.

조그만 집이지만 큰 가구가 치워진 탓에 널찍했다. 남은 세간살이는 한구석에 짐으로 묶여 있었다. 미국으로 떠나기 직전에 현지 주소로 부칠 작정인 모양이다. 이런 집에서 당분간 동생과 함께 지내려면 김명진도 그리 편치만은 않을 것 같다. 구치소와 비교하면 천국이겠지만.

부엌 한 귀퉁이에 포장된 짐이 쌓여 있었다. 그 언저리에 멈춰 선 고진은 싱크대와 벽 사이의 틈에 시선을 주었다. LP판 한 장이 마치

버려진 듯 비스듬히 기대어 있었다. 고진은 텀블러를 옆에 놓고 LP판을 집어 들었다. 찢어진 눈이 커졌고, 감탄이 흘러나왔다.

"와, 이런 희귀 음반이!"

커다랗고 검은 구멍 사이로 토성의 띠가 보이는 앨범 디자인. 1989년 발매된 헤비메탈 밴드 '블랙홀'의 1집 음반이었다.

감탄하는 소리가 조금 컸음에도 아무도 돌아보지 않았다. 머쓱해진 고진은 특정인을 지정해서 다시 말을 던졌다.

"김해나 씨는 역시 이미지대로 강렬한 사운드를 좋아하는군요."

김해나가 대화를 멈추고서 고진을 멀거니 보았다. 그가 들고 있는 LP판으로 시선을 옮기다가 아하, 하며 말했다.

"그거 언니 거예요."

"옛?"

고진이 놀라 말했다.

"의외인데요. 김명진 씨가 헤비메탈을?"

"좋아할 리가 없죠. 예전에 선물 받은 거래요. 러시아에 가기 전에 저한테 맡겨 놓았어요."

"그랬군요."

고진은 탐난다는 듯이 LP판을 이리저리 뒤집어 보았다.

"이거 혹시 버리려고 놔둔 건가요?"

"아뇨. 나중에 따로 짐 쌀 거예요."

미련을 버리지 못한 고진은 마치 이름표처럼 가슴팍에 LP판을 펼쳐들고 말했다.

"요즘 구하기 힘들죠. 황학동에 가도 찾기 어려울걸요."

"옛날 건 다 그렇죠, 뭐."

누군가가 '변호사님 가지세요.' 하고 해주길 바랐는지도 모른다. 하지만 아무도 그렇게 말해 주지 않았고, 고진은 아쉬운 손길로 결국 판을 내려놓았다.

거실로 돌아와 의자에 털썩 걸터앉은 고진은 보복이라도 하듯 불쑥 세 사람의 추억담을 끊었다.

"그래도 한 선생님의 진심은 알아주어야 하지 않을까요?"

세 사람은 대화를 중단하고 고진을 쳐다보았다. '눈치 없는 인간 같으니.' 하는 표정들. 풍파를 일으키고 떠난 한연우를 다시 화제로 삼는 게 달가울 리 없다.

"진심? 무슨 진심요?"

임의재가 눈썹을 치떴다.

"신창순을 설득해 보러 며칠 먼저 블라디보스토크에 건너가기도 했잖습니까."

"설득하러 갔다고?"

1회 공판 때 한연우가 법정에서 말했건만 임의재는 제대로 듣지 않은 모양이다.

"예. 신창순이 김명진 씨한테 좀 여러 가지로 잘못하고 있지 않나, 그런 생각에서 일대일로 만나 이야기를 해보러 가셨던 걸로 아는데요."

"글쎄요."

남궁현이 애매하게 고개를 저었다. 고진이 물었다.

"글쎄요, 라고요?"

"신창순은 허풍을 많이 쳤죠. 연우는 그걸 믿었던 거고."

"무슨 말입니까?"

"창순이는 20년 만에 만난 친구들한테 처음부터 돈 냄새를 풀풀 풍겼어요. 큰 사업을 하고 있는 듯이 말이죠. 중고차 수입상을 접은 뒤에는 또 유전을 인수한다고 큰소리를 뻥뻥 쳤으니까."

고진은 임의재를 쳐다보았다.

"임 선생님도 그걸 믿으셨던 거 아닙니까?"

"물론 그렇긴 합니다."

임의재는 입맛을 다셨다. 남궁현이 말했다.

"연우도 다르지 않았을 겁니다. 사실 마흔 넘어서까지 시간강사 하면서 수입은 거의 바닥인 데다가 여자를 만나기도 힘들었죠. 지금 전임강사가 되었다지만 그 자리도 위태위태한 모양이더라고요. 돈도 좀 필요했을 거고. 창순이 만나서 투자 기회에 한자리 끼려고 했겠죠. 창순이를 설득해보려 했다뇨, 좀 황당하지 않습니까?"

고진은 임의재와 남궁현을 번갈아 쳐다보았다. 이들에겐 한연우의 진정성을 감지할 감성이 닳아져 있는 모양이다. 아니면 정말 한연우가 포장을 잘했거나. 아무튼 한연우가 들었다면 울컥했을 법하다.

"돈이 왜 필요했을까요? 혼자 사시는 분이?"

고진이 그렇게 묻자, 분위기가 묘해졌다. 괜한 화제로 흘렀다는 듯한 눈빛들이었다. 서로 눈치를 보다가 남궁현이 말했다.

"노모가 계셔서요. 가족 중에 부양할 만한 사람이 연우 하나밖에 없나 봐요."

"변호사님도 참. 돈이 필요하지 않은 사람이 어디 있겠어요."

김해나도 한마디 했다. 고진은 더 묻지 않았다. 대신 기지개를 한 번 쭉 켜고는 말했다.

　"아무튼, 이 재판이란 게 한번 엮이면 골치 아픕니다. 쉽게 벗어날 수가 없어요. 만약 이번에 무죄를 받는다고 해도 검찰이 항소를 할 거거든요. 항소심에서도 무죄가 되면 대법원에 상고도 할 겁니다."

　"그럼 또 구속이 될 수도 있는 거예요?"

　김해나가 눈을 깜박였다.

　"검사가 항소한다고 해서 구속이 되지는 않습니다. 그래도 마음은 졸일 수밖에 없겠지요. 1년이 걸릴지, 2년이 걸릴지도 모르고, 결국 엔 살인자로 낙인찍혀 감방에 갈지 모르니까요."

　"정말, 명진이는 재수가 없어도 이렇게 없을 수가 없어. 어떻게 살인자로 몰리냔 말이야, 참."

　남궁현이 팔짱을 낀 채 탄식했다. 분위기는 또 가라앉았다.

　"……경찰이 등신 짓거릴 하는 거지."

　임의재가 말했다. 휴우. 김해나는 길게 한숨을 내쉬었다.

　"김명진 씨가 누명을 벗으려면 한 가지 방법밖엔 없습니다."

　고진은 가늘고 긴 검지를 눈앞에 세웠다.

　"뭐예요?"

　김해나가 물었다.

　"진범을 밝혀내는 거죠."

　"진범이라……."

　남궁현은 말을 되뇌다가 소파에 몸을 묻었다.

　"그거야 당연하지."

임의재가 말했다.

"경찰은 만약 김명진 씨가 아니라면, 한연우 씨를 포함해 여기 네 분 중에 범인이 있지 않을까 하고 생각하는 모양입니다."

"뭐라고요?"

김해나가 소리를 높였다. 임의재와 남궁현은 서로 마주 보았다. 어처구니없다는 듯한 눈빛이 오갔다.

"황당하군."

임의재가 말했다.

"아니, 대체 왜 그렇게 생각한대요? 우리한테 미운 털이라도 박혔나?"

김해나가 콧등에 주름을 만들었다.

"개인적인 감정이 있을 리는 없죠. 그건 '거리'의 문제인 겁니다. 직접 수사한 경찰이나 검찰에겐 오직 한쪽 면만 보이는 겁니다. 물론 우리도 그 반대 면만을 보고 있는지도 모르지요."

"아무리 그래도, 우린 모두 형부가 죽은 후에 블라디보스토크에 갔잖아. 그것만 봐도 말이 안 되는데……."

김해나가 남궁현을 보았다. 남궁현이 가볍게 고개를 끄덕였다.

"뭣보다, 도대체 우리가 창순이를 죽일 이유가 있습니까?"

임의재가 말했다.

"당연히 없죠. 동기나 알리바이 모두. 다만 신창순 씨의 죽음과 시간적, 공간적으로 그나마 가까이 있고, 또 신창순 씨를 불러낼 만큼 친밀한 사이라는 공통점은 있겠죠. 반대로 말하면 이렇게 거리가 먼 네 분을 2순위 용의자로 생각해야 할 만큼, 지금으로선 김명진 씨에게 혐의가 집중돼 있다는 얘기일 거고요."

"그러니까 명진이도 그렇고 우리도 전부 운이 없는 거야."

남궁현이 소파 등받이에 털썩 몸을 기대며 말했다.

"글쎄요. 어처구니없는 의심이라고 저도 생각하지만, 굳이 이유를 찾자면, 하필 그 무렵 네 분이 블라디보스토크에 있었다는 게 이유 겠죠."

"말도 안 돼요."

김해나가 분한 듯이 말했다.

"네 분이 아니라면 역시 남은 범인은 김명진 씨란 건데……."

"젠장, 그건 더 말이 안 되고."

임의재가 말했다.

"김명진 씨가 누명을 쓰고 법정에 선 걸 보면 여러분 중 누군가가 그렇게 되지 않는다는 보장도 없겠죠."

아무래도 고진은 작정하고 이들의 염장을 지를 모양이다.

휴우. 김해나가 또 다시 길게 한숨을 쉬었다.

"정말 연우 오빠 말대로 형부는 죽어서까지 문제야."

"살아서도 문제였단 말씀인가요?"

거실이 조용해졌다. 고진은 문득 이상한 기운을 느꼈다. 신창순이 사업을 여럿 말아먹으며 주변을 힘들게 했다는 건 누구나 다 아는 사실이다. 그걸 '문제'라고 표현했다고 해서 이렇게 조심스러울 필요가 있을까.

풋, 하며 웃음을 뱉는 소리가 정적을 깼다. 김해나였다.

"그냥 트러블메이커? 원래 그런 스타일의 사람 있잖아요."

그러자 남궁현이 자신의 약혼자를 바라보며 어색한 웃음을 지었다. 그 말을 끝으로 대화가 제풀에 잦아들었다.

고진은 문득 어떤 사실을 깨달았다. 이들 세 사람은 옛날이야기를 나눌 때도 신창순은 거의 언급하지 않았다. 마치 그들 사이의 암묵적인 약속이라도 되는 듯이. 비교적 평판이 좋았던 신창순이지만 20년 전 친구들과 처제한테는 그다지 신뢰를 얻지 못한 것 같다. 어쩌면 그 이유를 이들도 설명할 수 없을지 모른다. 모두가 철저히 김명진의 편인 것이다. 옳고 그름의 문제가 아니다. 김명진이 그와 이혼하려 했고, 그를 죽여서라도 헤어지고 싶어 했다는 이유만으로 신창순은 '그들만의 리그' 바깥으로 버려진 건 아닐까.

고진은 눈앞의 세 사람을 찬찬히 바라보며 남은 커피를 들이켰다.

조현철은 의자에 몸을 묻고서 양손에 기록을 들고 성의 없이 휘적휘적 넘기고 있었다. 어떤 목적 없이 타성적으로 하는 행동 같았다. 검사실에는 여느 때와 다름없이 수사관이 피의자를 다그치는 소리와 여직원이 타이핑하는 소리가 넘쳐흘렀다. 조현철에게는 익숙한 정적이나 다름없다.

그가 읽는 기록은 사본이었는데 원본의 글씨가 조잡하게 타이핑된 것으로 보아 꽤나 오래전에 작성된 서류인 모양이었다. 따분한 얼굴로 종잇장을 넘겨 가던 그는 어느 순간 의미심장한 웃음을 지었다. 곧 자세를 바로 하고서 기록을 책상 위에 탁 놓았다. 그러고는 두 손을 깍지 낀 채 턱을 괴고 한참 생각에 잠겼다. 잠시 후에 일어선 그는 기록을 들고 방문 근처에 있던 여직원에게 다가갔다.

"이슬 씨."

황이슬은 타이핑을 멈추고 시선을 들어 책상 앞에 다가온 조현철을 바라보았다. 그녀의 눈망울은 이슬이 담기기에도 너무나 작아 보인다. 조현철은 그 앞에 기록을 툭 던졌다.

"이거 한번 읽어 봐."

황이슬은 기록을 들고서 작은 눈알을 휘휘 돌리며 읽어 나갔다. 금세 읽은 다음 눈살을 찌푸리며 기록을 조현철에게 건넸다.

"어때?"

조현철이 물었다.

"뭐가요?"

"만약에 말이야, 이슬 씨 신랑이 이러면 어떨 거 같아?"

"엑! 이런 인간하곤 결혼 안 하죠. 왜 해요?"

미혼인 황이슬은 재수 없다는 듯 말했다. 조현철은 빙글빙글 웃으며 또 물었다.

"그럼, 결혼했는데 알고 보니 이런 인간이더라, 그러면 어때? 이혼할 거야?"

"뭘 어떻게 해요? 이혼이고 뭐고 콱 잡아 죽여야죠!"

황이슬은 부르르 몸을 떨기까지 했다.

"좋았어."

조현철은 만족한 대답을 들은 듯 기록을 들고 몸을 빙글 돌렸다. 이번에는 강도살인 피의자를 상대로 열심히 조서를 받고 있던 계장에게로 슬금슬금 다가갔다.

"임 계장님."

"예?"

임원영 수사관은 자판에서 손을 내리고서 조현철을 보았다. 그와 마주 앉아 있던 피의자는 고개를 푹 숙이고 있었다. 조현철은 서류를 한 장 들고서 임원영에게 내밀었다. 그리고 손가락으로 어떤 항목을 가리켰다.

"이 사건 수사 기록을 좀 입수해 주세요."

"예. 알겠습니다."

임원영은 볼펜을 들고 메모지에 표기를 했다. 그 모습을 내려다보며 조현철이 또 말했다.

"그리고, 김명진 말입니다."

"예."

조현철은 눈을 들었다.

"구치소 동료가 누가 있죠?"

임원영이 의아한 눈빛으로 조현철을 쳐다보았다.

음험한 웃음이 그의 입가에 번지고 있었다.

한연우는 연구실 문을 열고 들어온 고진에게 테이블 옆 의자를 권했다. 고진은 외투를 벗어 테이블 위에 두 겹으로 겹쳐 놓고 의자에 허리를 걸쳤다.

연구실 벽면은 서가가 차지했고, 온갖 책이 들어차 있었다. 대조적으로 한연우의 책상은 텅 비어 보일 만큼 정리되어 있다. 탁자 위 가습기가 하얀 김을 뿜어냈고, 커다란 천장 스피커에서는 늘어지는 클래식 음악이 흘러나왔다. 스피커의 선은 선반 위 앰프에 연결되어 있고 그 위에는 턴테이블이 물려 있다. 연구실이라기보다는 책을 소품으로 인테리어를 한 음악 카페 같은 분위기다. 창밖으로 보이는 새카만 캠퍼스에 외등이 밤바다의 배처럼 점점이 떠 있었다.

고진은 이날 한연우에게 전화를 걸어 만나기를 청했다. 한연우는 저녁 약속이 있다고 한발 뺐지만 고진이 집요하게 달라붙는 바람에 늦은 시간으로 약속을 잡았다. 고진이 도착한 건 저녁 8시가 훌쩍 넘은 시각이었다.

한연우가 "차라도 한잔……." 하며 의자에서 일어서려 했지만 고진은 손을 저어 말렸다. 대신 다른 손에 든 비닐봉지를 들어 올렸는데, 그 안에서 12년산 맥캘란과 땅콩이 나왔다.

"이게 웬 술입니까."

"한 선생님하고 이야기나 좀 하려고요."

한연우도 그리 싫지 않은 눈치다. 고진이 그와 말이 잘 통한다고 느낀 만큼 그 역시 편하게 느끼고 있는 탓이리라. 한연우가 냉장고로 가서 얼음을 꺼내왔다.

"제가 온더록스를 해드리죠."

한연우는 유리잔에 위스키를 따라 놓고서 얼음을 수저로 부수기 시작했다. 서툰 솜씨였다. 고진은 그 모습을 물끄러미 바라보다가 말했다.

"만드시는 동안 연구실 구경 좀 해도 되죠?"

한연우가 채 고개를 다 끄덕이기도 전에 고진은 이미 자리에서 일어서고 있었다.

느긋한 걸음으로 서가 여기저기를 둘러보기 시작했다. 빈틈없이 꽂힌 책들은 주로 한국어와 프랑스어 서적이었다. 일부는 책장 옆까지 쌓여 있었다. 책 제목을 훑어보던 고진은 금세 흥미를 잃었다. 불문학 교수로서 갖출 법한 서적 외에 한연우라는 개인의 기질이나 취향에 관해 말해 주는 책들은 거의 보이지 않았다.

다만 선반 위에 놓인 코팅된 조그만 아크릴 판은 시선을 끌었다. 글귀가 쓰여 있었다. 고진은 가늘게 뜬 눈을 가까이 가져갔다.

벚꽃처럼 그렇게 덧없이 사라진다고 그대는 말하지만
나는 그 시간들을 생생히 기억하오.
한창 꽃필 인생이 한마디 말로 시들어 버리고
한줄기 바람도 일지 않던 그때를.

"역시 문학을 하시는 분답네요. 프랑스 시인가요?"

한연우는 얼음을 부수던 손을 잠시 멈추었다. 고진의 시선이 향하는 곳을 보더니 대답했다.

"아, 그거요. 기노 쓰라유키라는 헤이안 시대 일본의 문인입니다."

"흠…… 어쩐지. 일본다운 정서 같군요."

고진이 고개를 끄덕끄덕했다.

"삶의 무상을 노래한 것 같기도 하고, 그 반대인 것 같기도 하고."

"그런 의미는 아니에요. 거절당한 사랑을 이야기한 거죠."

"아하."

고진은 멋쩍게 웃고는 발걸음을 천천히 옮겼다. 서가 맨 오른쪽 끝에는 잡동사니들을 모아 두고 있었는데, 한구석에 음악 테이프들이 곱게 먼지를 뒤집어쓰고 쌓여 있었다.

"카세트테이프라…… 것 참. 추억의 물건인데."

손가락을 뻗어 테이프를 죽 훑던 고진의 눈이 한곳에 멎었다.

"'블랙홀'도 있네요."

고진이 돌아보며 말했다.

"네?"

한연우가 고개를 들었다가 이내 고개를 끄덕였다.

"아, 네. 블랙홀. 고 변호님도 아시다니, 반갑네요."

"클래식만 고고하게 들으실 줄 알았는데, 의외인데요."

"젊었을 때 좋아했어요. 아쉽습니다. 「내 곁에 내 아픔이」, 「깊은 밤의 서정곡」 같은 명곡이 완전히 묻혀 버렸어요. 우리나라에도 이런 좋은 밴드가 있었는데……. 고 변호사님도 팬?"

"글쎄요. 딱히 팬까지는…… 전 '와일드로즈'라는 여성 록밴드를 좋아했어요. 록 음악을 하는 미녀만큼 매력적인 게 어디 있겠습니까?"

한연우가 웃었다.

"명진이한테 블랙홀 1집 음반을 선물로 주기도 했었죠."

"호오, 놀랍네요."

"뭐가요."

"김명진 씨가 헤비메탈을 좋아할 거라고 생각하셨다는 게."

"좀 언밸런스한가요?"

"한 교수님다운데요."

"어떤 점이요?"

"본인이 좋으니까 남도 좋아할 거다, 이거 아닙니까."

고진이 장난스럽게 말했다. 한연우는 하하, 웃었다.

"변호사님은 은근히 남을 꼬집는 데 일가견이 있으시네요."

"김명진 씨 반응은 어땠나요?"

"명진이는 들어 보더니 기겁을 했죠."

"역시 그랬군요."

고진은 먼지 낀 음악테이프를 만진 손을 툴툴 털었다. 그가 선물한 LP가 아직도 남아 있다는 걸 알면 기뻐할지 어떨지 약간은 궁금했지만 고진은 김해나의 집에서 본 LP 이야기를 굳이 꺼내지는 않았다.

고진이 자리로 돌아와 앉자, 한연우가 완성된 온더록스 잔을 건넸다.

"근데 무슨 용건으로 오셨습니까?"

"꼭 무슨 계약 항목을 검토하듯 말씀하시는군요. 딱히 주제는 없습니다. 그저 한 선생님하고 술 한잔 하고 싶어서요."

"그랬나요. 음, 미안합니다."

"실은."

고진은 위스키를 한 모금 마시고 잔을 테이블 위에 놓았다. 짤랑, 하며 얼음이 부딪치는 소리가 났다.

"한 선생님과 이야기하고 나면 항상 나중에 몇 가지 의문이 생기더군요."

"뭐가 말입니까?"

"20년 전 달리기 시합에서 한 선생님이 이겼다고 그러셨죠?"

"……그랬죠."

"신창순 씨가 1등을 한 걸로 압니다만. 그래서 김명진 씨와 결혼까지 하지 않았습니까?"

"그렇긴 한데……."

한연우는 우물쭈물하다가 잔을 기울여 위스키를 단번에 비웠다.

"창순이가 반칙을 했어요."

"반칙을 했다고요? 어떤……."

"마지막 바퀴 돌 때까지 앞서거니 뒤서거니 하고 달렸죠. 근데 어느 순간 팔을 휘젓는 척하면서 팔꿈치로 제 갈비뼈를 세게 치더군요. 안 그래도 기진맥진한 상태였는데, 한 대 맞으니까 숨도 못 쉬겠더라고요. 고꾸라질 뻔한 걸 겨우 참고 끝까지 달렸습니다만. 결국 우승은 뺏겼죠."

푹 들어간 그의 눈이 그림자에 잠겨 있었다. 고진이 잔을 채워 주며 물었다.

"음……. 그런 일이 있었군요. 경기 후에 항의를 하진 않으셨나요?"

"경기 끝나고 창순이가 먼저 다가와서 옆구리 괜찮냐며 걱정하는 척하더군요. 실수였다, 미안하다면서. 그게 끝이었어요. 낙타 같은 순한 눈을 하고서. 일부러 그런 게 아니라는데 어쩌겠어요. 더 물고 늘어지면 저만 우스운 꼴이 될 분위기라 그만두었죠."

한연우는 시선을 아래로 떨어뜨리고 긴 손가락으로 술병을 어루만졌다. 담담한 척하려 애쓴다고 고진은 느꼈다.

"정말 실수였을 수도 있지 않을까요?"

"갈비뼈를 맞고 넘어질 뻔했을 정도였습니다. 그게 실수일까요?"

"아니라면…… 신창순 씨가 김명진 씨를 정말 사랑했던 모양인데요. 그런 수를 쓰면서까지 이기려 했던 걸 보면요."

"글쎄요, 그건 얼마나 사랑했느냐 하는 문제라기보다는 인성 문제 아닐까요?"

한연우는 고개를 들고 딱딱하게 말했다. 그러고는 금세 후회하는 빛을 띠었다.

"신창순 씨의 인간성에 문제가 있다고 생각하십니까?"

"다른 건 모르지만 달리기 시합에서 한 짓을 보면 그렇지 않습니까?"

문득 신창순을 두고 했던 김해나의 말이 떠올랐다. 형부는 순둥이 같지만 알고 보면 집념의 사나이라고. 한연우는 확연히 다르다. 인생이 몽땅 걸린 문제에서도 생각하고 또 생각하며, 판단하고 평가할 뿐 뛰어들지는 않는다. 고진은 그에게서 무언가 더 말을 끌어내고 싶어졌다.

"달리기 시합에서 비열한 수를 썼다고 해서 꼭 아내한테 나쁜 남편이 된다고는 할 수 없겠죠."

한연우는 대답이 없었다.

"반칙이 밝혀진다고 해도 사람들이 꼭 신창순을 비난하는 편에 선다는 보장도 없을 겁니다."

고진은 또 말을 이었다.

"열 번 찍어 나무를 넘어뜨린 집념의 사나이에게 사람들은 박수를 보내죠. 사랑을 수단을 불문하고 쟁취해야 하는 전쟁에 비유하는 온갖 금언들도 우리나라에서는 통용되고 있고요."

그제야 한연우가 대꾸했다.

"불쾌한 말입니다. 상대를 갖기 위해 상대를 파멸시키는 저질들을 부추기는 말들이에요."

"하긴, 신창순 씨가 그런 더티 플레이를 하지 않았다면 한 선생님이 지금 김명진 씨의 남편이 되어 있었을 텐데. 아쉽겠군요."

"아뇨. 꼭 그렇다고 장담할 순 없습니다."

한연우는 무겁게 고개를 저었다.

"네?"

"신창순 아닌 다른 사람이, 명진이의 남편이 되었을 가능성은 없었단 얘기입니다."

"그건 왜 그럴까요?"

"그리 기분 좋은 일은 아니지만……."

한연우는 술잔을 만지작거렸다.

"그런 신창순을 명진이가 좋아한 것도 사실입니다. 아마 달리기 결과하고 관계없이 창순이에게 갔을 거예요. 우리가 나중에라도 그런 명진이 마음을 알고는 다들 깨끗하게 포기했던 거죠."

고진은 한동안 그 말의 뉘앙스를 가늠해 보았다.

"……신창순이라는 인물을 싫어하시는 것 같네요."

"솔직히 그 친구에 대해 좋은 감정을 갖고 있진 않아요."

"대담하신데요. 지금 한 선생님도 신창순 살해의 잠재적 용의자입니다."

고진이 농담을 건넸지만, 한연우는 정색한 표정을 풀지 않고 잔에 남은 위스키를 한 번에 쭉 들이켰다. 마시는 속도가 조금 빠르지 않나, 고진이 생각하는 차에 그의 입술 사이로 읊조리는 듯한 말이 흘러나왔다.

"영혼을 뒤흔드는 연애……."

고진이 어리둥절한 눈빛으로 쳐다보았다.

"열정적으로 사랑하고, 가슴을 부여잡으며 헤어지고……. 글쎄요. 모든 사람이 그런 연애를 할 수 있는 건 아닙니다. 낭만적 연애란 본 능이 아니라 문화의 산물이니까요. 여자를 보면 벗은 몸부터 떠올리 는 남자나 남자친구로부터 명품 가방을 얻어낼 궁리만 하는 여자가 진정한 사랑을 알까요? 그리움을 읊은 시, 이별의 노래는 이들의 귓 가를 스쳐 지날 뿐, 마음까지는 끝내 도달하지 않습니다. 그런데 기 가 막히게도, 이런 사람들 중에 하필 이성을 사로잡는 치명적인 매 력을 타고난 이들이 있어요. 연애를 모르는 이들이 가진 본능적인 연애의 재능, 이것이 만약 어수룩하고 순정을 품은 상대를 만난다면 곧장 무서운 흉기가 되는 겁니다……."

고진은 한연우를 물끄러미 쳐다보다가 말했다.

"신창순이 하필 그런 비뚤어진 재능의 혜택을 받았다?"

한연우는 묵묵부답이었다. 고진이 다시 말했다.

"대개는 그런 선택을 한 여자, 그러니까 김명진 씨도 싫어지게 마 련일 텐데요."

"저에 대해서 오해가 조금 있으시군요. 좋아하니까 반드시 가져야 한다, 그런 생각은 없습니다. 몰입은 하지만 집착은 싫거든요. 대상 과의 거리를 유지하고 살아온 게 제 인생이죠. 그게 누구든."

"문학도이시면서도 참 이성적이신데요."

"문학을 전공한다고 해서 열정만 있는 건 아니니까요."

"내면의 격정을 숨기려는 반작용일 수도 있고요."

"그러시니까 마치 유도심문을 하러 온 형사 같습니다."

한연우는 밀랍으로 굳힌 듯 어색한 쓴웃음을 지었다.

화제를 돌려야 할 것 같았다. 고진은 문득 생각난 듯 말했다.

"아, 참. 어제 모두가 있는 자리에서 한 선생님이 그러셨죠."

"뭘요?"

"임의재 씨한테는 김명진 씨가 나오는 게 중요했다고요. 그건 무슨 이야깁니까?"

"그거요……."

한연우는 머뭇거렸다.

"김명진을 걱정하는 척하지 말라고도 하셨는데요."

한연우는 손가락으로 책상을 톡톡 두드리며 말했다.

"그냥 화가 나서 나온 말이에요. 괜히 개인적인 느낌에서 말을 꺼냈다가 오해를 사고 싶진 않네요."

고진은 물끄러미 한연우를 바라보다가 말했다.

"알겠습니다. 더 말씀을 하실 것 같진 않네요."

한연우가 속마음을 열어 보일 때는 그가 그러기로 마음먹은 때뿐일 것 같다.

고진은 유리잔을 밀어 놓고 테이블 위 외투를 가져와 무릎 위로 옮겨 놓으며 말했다.

"전 이만 가보겠습니다."

"술이 많이 남았는데……."

"연구를 오래 방해하면 안 되겠죠."

"네, 그럼······."

한연우도 잔을 놓았다.

"그럼 다음 공판 때 뵙죠."

고진이 엉덩이를 거의 떼며 말했다. 헤어짐의 인사로 한 말에 한연우는 의외의 대답을 했다.

"글쎄요. 아마 오늘이 마지막으로 뵙는 게 될지도 모릅니다."

"네?"

"전 명진이 재판에 더 이상 나가지 않을 겁니다."

고진은 외투를 거머쥔 채 엉덩이를 다시 자리에 붙였다. 자세가 약간 엉거주춤해졌다.

"왜요?"

"명진이가 밝게 웃더군요."

"네?"

고진이 멍해져서 되물었다.

"어제 저녁, 거실에서요."

"그야······ 김명진 씨가 웃었던 같기도 하네요. 당연하겠죠. 석방되었으니 당장은 마음이 홀가분하지 않겠습니까?"

"이런 말하면 이상하게 생각하실지 모르겠지만······."

조금 틈을 두었다가 한연우가 말했다.

"명진이가 웃는 게 아주 낯설어 보였어요."

"낯설어 보였다?"

"전 슬픈 명진이를 좋아했거든요."

"슬픈 김명진이라고요······?"

"……찢기고 깨지기 직전의 그런 것 말이죠. 색칠되기 전의 새하얀 캔버스. 지켜주어야 할 완전무결한 백색. 그게 제가 명진이에게 가졌던 느낌입니다."

"그게…… 그래서요?"

고진의 말이 꼬였다.

"지금의 명진이는 제 생각과는 많이 달라졌어요. 예전의 명진이는 아니에요. 더 이상."

"혹시, 그럼…… 단지 어제 밝게 웃었다는 이유로 그게 달라졌단……?"

한연우는 잠깐 침묵하다가 엉뚱한 화제를 꺼냈다.

"고대 로마의 작가 페트로니우스가 쓴 『사티리콘』이라는 소설이 있습니다. 거기에 유리 직공 이야기가 나오죠."

고진은 의아한 눈으로 쳐다보았다.

"한 유리 직공이 오랜 연구 끝에 깨어지지 않는 유리잔을 만들어 냈습니다. 그걸 황제에게 상납하죠. 황제는 그 잔을 곧장 바닥에 던져 보았는데 잔은 역시 깨지지 않았습니다. 황제는 어땠을 것 같습니까?"

한연우는 대답을 기다리지 않고 말했다.

"황제는 기뻐하기는커녕 그 유리 직공의 목을 쳤습니다. 유리는 깨지기 때문에 유리이며 그 불안함이 사람을 끌어당기는 거라고. 만약에 유리가 깨지지 않는 거였다면 그 아름다움이 돋보일 리 없다, 깨진다는 긴장감이 있기 때문에 유리는 아름답게 빛나는 거라고, 깨지지 않는 유리잔은 그 무미건조함으로 미(美)를 모독하는 물건이라고. 그래서 황제는 분노했던 거죠."

"김명진 씨가 유리 같다는 겁니까?"

한연우는 쓸쓸한 미소를 지었다.

"예전에 명진이는 자주, 크게 웃었죠. 하지만 그건 슬픔이 깃든, 연약하고 깨지기 쉬운 웃음이었죠. 항상 몇 배 더 크게 울었습니다. 전 그 명진이를 좋아했습니다. 어제 밝게 웃는 모습은 명진이가 아니었어요. 억울한 혐의를 벗었으니 이젠 인생이 장밋빛으로 변할 거라고 믿기라도 하는 걸까요. 살인자로 법정에까지 섰다가 겨우 구제되었는데 그 치 떨리는 상황을 벌써 잊는단 말입니까."

"한 선생님은 잘 깨지지 않는 코렐 같은 그릇은 아무리 쓸모가 높아도 값어치가 없단 거군요. 대부분의 주부들은 견해가 다를 것 같은데요."

한연우는 고진의 이죽거림을 받아주지 않았다.

"아무리 좋게 보아도 이젠 자신에게 닥친 불운을 뼈저리게 자각하지도 못하는 바보가 되어 버린 게 아닌가 하는 생각마저 듭니다."

"자아가 무너지는 걸 막기 위한 마음의 방어기제 아닐까요?"

"그럴지도 모르죠. 하지만 어쨌든 불행의 기운이 완전히 사라져 버렸달까요. 어이없고 근거도 없는 긍정만이 남았습니다. 비극이 사라진 비극에 어떤 매력이 있겠습니까."

한연우는 고개를 돌렸다.

"솔직히 이젠 어떻게 되든 관심이 없어져 버렸습니다. 그냥 제 마음이 그러네요. 법정에 나가지 않더라도 절 찾거나 이상하게 생각하지는 말아 주세요."

고진은 할 말을 찾을 수 없었다. 한연우는 분명 진심이었다. 그가 말하는 변심의 이유도 통념에서 벗어나 있지만, 그게 아니더라도 한연우라는 이 인물은 종잡을 수 없는 면이 있다. 별것 아닌 화제에 조심하다가 어느 순간 내면의 이야기를 함부로 털어놓는다. 이 기묘한 균형 감각은 그가 문학을 전공한다는 사실과 관련이 있는 것 같지만 어쨌든 보통 사람과는 다른 감성 안에서 사는 건 분명했다.

고진은 작별 인사를 건네고 천천히 연구실 문으로 걸어갔다. 고진은 문손잡이를 잡은 채 고개를 돌려 말했다.

"한 선생님은…… 살아 있는 김명진이 아니라 김명진이라는 관념을 좋아하신 것 같군요."

"그렇게 해석하셔도 좋습니다. 어느 쪽이든 내 마음이니까요."

한연우는 희미한 웃음으로 고진을 배웅했다.

연구실 문이 닫히는 순간 알코올 향이 훅 번졌다.

* * *

새벽 2시가 지났다. 22세의 김명진은 언덕길을 힘겹게 걸어 올라가고 있었다. 걸음걸이는 얼핏 보면 정상이었다. 하지만 그녀 가까이에 누군가가 있었다면 술 냄새를 맡았을지도 모른다. 캄캄한 골목에는 다행히 아무도 없었다.

이날따라 더욱 길고 길었던 언덕을 다 올라간 김명진은 마침내 어느 집 담벼락에 기대어 가쁜 숨을 골랐다. 머리는 길게 늘어져 어깨를 덮었고, 두터운 외투도 미처 다 막지 못한 추위에 가볍게 떨고 있다. 한 가닥 외등 불빛이 파리한 뺨을 비추었다. 귀기가 서린 듯 새하얬다.

집 대문은 잠겨 있었다. 집주인을 깨울 엄두는 나지 않았다. 담벼락에 뚫린 허름한 창문은 불이 꺼져 있었다. 김명진은 그 창문을 두들겼다. 세 번, 네 번. 창문이 드르륵 옆으로 열렸다. 남자의 얼굴이 달빛에 드러났다.

"오빠."

"명진이구나."

부드럽고, 낮게 잠긴 목소리였다. 남자는 자다가 일어났을 테지만 창문 아래 김명진을 보고는 완전히 잠이 달아난 기색이었다.

"오빠."

그녀가 다시 그를 불렀다. 남자는 대답이 없었다.

김명진은 울먹였다. 입가가 파르르 떨렸는데 추위 탓은 아니었다.

남자는 여전히 말이 없다.

"나, 창순 오빠하고 결혼하기 싫어."

남자는 또 말이 없었다.

"오빠."

김명진이 울음 섞인 목소리로 한 번 더 불렀다. 남자는 입을 열었다.

"……결혼식이 바로 일주일 뒤야."

"아직…… 일주일 남았어."

남자는 목석처럼 움직이지 않았다. 그는 이윽고 입을 뗐다.

"창순이를 좋아하잖아."

"아니야!"

244

"그럼 왜…….."

남자는 뒷말을 삼켰다.

"왜라니……?"

김명진은 되물었고, 남자는 또 다시 침묵했다.

"날 어떻게 해줘. 아니, 오빠가 어디로든 데려가 주면 안 돼? 응?"

김명진이 쥐어짜듯 말했다. 애타는 목소리였다. 자신의 힘으로는 거역할 수 없는 운명, 늘 수동적이었던 그녀는 마지막 힘을 짜내어 남자에게 이 모든 것을 되돌려 주기를 간절하게 원하고 있었다.

하지만 돌아오는 대답은 없었다.

남자는 이윽고 입을 열었다.

"……시합을 했잖아."

"그래도!"

"……약속했어. 우리 모두 다."

"그런 장난 같은 거…….."

"장난 아니었어. 우리의 약속이었어."

"무슨 약속."

말없이 한참의 시간이 흘렀다. 두 사람 중 어느 누구도 선뜻 무슨 말을 어떻게 해야 할지 알지 못했다. 그리고 얼마의 시간이 흘렀는 지도.

"그러면."

겨우 할 말을 찾아낸 남자가 쓰디쓰게 말했다.

"처음부터 그런 바보 같은 시합을 왜 한 거야?"

원망 비슷한 것이 꾹꾹 눌러 담겨 있었다. 물론 자신도 동의한 경기였지만, 이 남자는 이기지 못했다. 김명진은 말이 없었다. 눈두덩 밑이 불그스름하게 부어올랐다. 마음을 몰라주는 야속함. 잠시 후 그녀는 두 손으로 얼굴을 감쌌다.

"술 마셨지."

남자가 말했다. 묻는 말이었지만 말끝은 내려가 있다. 김명진은 얼굴을 감싼 채 고개를 세차게 저었다.

"추워. 돌아가."

남자는 다정하게 말했지만 이내 창문을 닫았다.

김명진은 담벼락에 몸을 기대 어깨를 떨며 오열하기 시작했다. 남자는 그녀의 울음을 분명 들었을 테지만, 끝내 창문은 다시 열리지 않았다.

밤은 깊어 갔고, 겨울날 조각 난 달은 무심하게 빛을 흘렸다. 창밖에서 하염없이 울고 있는 김명진과 창 안의 남자 두 사람 중 누가 더 아픈지는 아무런 관심이 없는 듯이.

제7장

제3회 공판기일은 2회 기일로부터 3주 뒤에 열렸다. 벌써 세 번째 열린 공판에 배심원들도 지친 표정이 역력했다.

이유현은 이날도 방청석 앞자리를 차지했다. 김명진의 지인들이 대부분 와 있었다. 한연우의 모습은 보이지 않았다. 그들을 제외하고도 익숙한 얼굴들이 몇몇 보였다. 첫 기일에 호기심이 이끄는 대로 방청하러 왔다가 야금야금 늪에 빠져들 듯이, 혹은 결말을 보고 싶은 오기로 끝까지 출석하게 되었을 것이다. 어떻게 보면 이유현과 비슷한 처지였다. 이유현은 오기 쪽이었다. 더구나 자신이 수사한 사건이 아닌가. 오늘도 첩첩이 쌓인 미제 사건에서 슬쩍 몸을 빼 광역수사대 사무실을 나왔다. 형사들 몇몇은 그가 재판을 방청하러 가는 걸 알고 있을 테지만 딱히 말리려 드는 이는 없었다.

사건이 이례적으로 속행되다 보니 방청석 앞줄에는 기자들도 늘어나 있었다. 이 사건은 기소 당시부터 꽤 화제가 되었다. 재판이 이어지면서 '미모의 피고인'이란 표현도 빠지지 않고 끼어들었고, 그러면서도 김명진의 신상이나 사진이 공개되지 않아 더욱 호사가들의 궁금증을 자아내고 있었다.

고진의 말을 들어 보면 오늘 공판에 특별한 대책을 세우고 있지는 않은 듯했다.

"러시아와 한국 양국의 경찰이 증거를 찾아내지 못했어. 검사가 3주일 동안 할 수 있는 건 없을 거야."

이유현은 어느새 김명진이 무죄였으면 하고 바라는 자신을 발견했다. 김명진을 기소의견으로 검찰에 송치한 장본인으로서는 모순된 감정이라 할 수 있겠지만, 그건 지난 기일 거짓말탐지기 조사 결과가 무력화된 탓이 컸다. 자신의 의견에 집착하지 않는 솔직함이 이유현의 장점이었고, 그건 고진이 가장 좋아하는 부분이기도 했다.

이유현이 오늘 유독 신경 쓰이는 건 판사의 입정을 기다리고 있는 조현철 검사의 표정이었다. 미묘하게 일그러진 입술, 가만히 있어도 이죽거리는 듯한 눈빛. 잔뜩 뒤틀린 비평가에게 검사복을 입히고 거기다 출세욕이나 집착을 첨가하면 저런 표정이지 않을까. 아무튼 어떤 종류의 자신감에 고무된 듯한 아우라가 느껴졌다.

피고인석에 앉은 김명진은 여전히 차분했지만 표정이 밝았고, 오늘따라 더욱 단아한 모습이었다. 보석으로 신병이 풀려났다는 사실이 그녀에게 안정을 가져다준 것 같았다. 물론 재판이 끝나지 않았으니 누구도 완벽한 자유를 보장할 수는 없겠지만, 이유현은 고진이 그 특유의 너스레와 괴논리로 어떻게든 김명진에게 안도감을 주었으리라 생각했다.

판사 세 사람이 들어왔고, 사람들은 일제히 일어났다가 어수선하게 앉았다.

재판장이 사건을 호명한 후 말했다.

"검찰 측 요청으로 속행되는 마지막 기일입니다. 아시다시피 국민참여재판치고 이렇게 여러 번 속행된 재판은 없었습니다. 오늘은 반드시 변론을 종결하겠습니다. 이의 없으시죠?"

조현철과 고진 모두 거의 동시에 "예."라고 대답했다. 판사가 이어 조현철 검사를 보며 말했다.

"검찰에서 새 증인을 신청하셨네요."

재판장의 말이 다 끝나기도 전에 검사가 자리에서 일어섰다.

"오늘 검찰 측이 신청하는 증인은 모두 다섯 사람입니다."

이어 조현철이 이름을 말했다. 이유현은 의아했다. 모두 처음 들어 보는 이름이었다. 한 이름은 들어 본 것 같기도 했지만 사건과 결부시켜 보면 금세 떠오르지 않았다. 사건 관계자라면 철저히 훑고 한 번씩은 진술을 들어 보았는데 어디에서도 나오지 않은 이름들이었다. 혹시 조현철이 다른 사건과 착각하고 있는 게 아닐까 하는 생각이 들 정도였다. 도대체 무슨 속셈인가.

고개를 돌려 고진 쪽을 보니, 그 역시 증인들에 대한 정보는 없는 눈치다. 하지만 긴장한 기색은 없었다. 유리한 결론이 날 거라고 철석같이 믿는 건가. 이유현은 고진의 과신에 불안해졌다. 그러면서 어느새 김명진을 응원하고 있는 스스로를 다시 한 번 자각하고는 쓴 웃음을 지었다.

첫 번째 증인이 방청석에서 나와 증인석에 섰고, 긴장된 모습으로 증인 선서를 한 후에 자리에 앉았다. 정석우라는 이름의 그는 바짝 마른 체구의 중년 남자였다. 이름과 마찬가지로 얼굴 또한 이유현에게 낯설었다. 조현철이 그 앞에 섰다.

"증인은 어떤 일을 하고 있습니까?"

"저, 저요?"

검사가 물을 사람은 증인 자신밖에 없건만 하나마나한 되물음을 했다. 그만큼 긴장한 탓이리라. 법정 같은 곳은 평생 한 번도 와 보지 않았을 것 같은 인상이었다.

"예. 증인 말입니다."

"다원파이버라는 회사의 기술개발실에 있습니다."

"낚싯줄을 만드는 회사죠?"

"그렇습니다."

"검찰에서 이번에 어떤 낚싯줄을 보내 감정을 의뢰했습니다. 증인은 그 감정을 담당하셨고요."

"맞습니다."

조현철은 검사석으로 돌아가더니 노트북을 클릭했다.

"여기서 잠시 배심원 여러분은 스크린을 보아 주시기 바랍니다."

곧 배심원석 맞은편 벽에 어떤 문서가 비춰졌다. 조현철은 낚싯줄을 쥐고 배심원석 앞에 높이 쳐들었다.

"이 낚싯줄은 피해자 신창순의 목을 졸랐던 바로 그 흉기입니다. 국과수에 보내 분석을 의뢰해 보았습니다. 보시다시피 낚싯줄로서는 드물게 탄소나노튜브로 코팅되어 있다는 회보가 왔습니다. 특허

청 등록원부를 열람한 결과, 이런 독특한 기술로 낚싯줄 제조에 관해 특허를 받은 회사를 찾을 수 있었습니다. 다원파이버라는 중소기업이었습니다. 거기서 탄소나노튜브로 코팅된 낚싯줄을 생산하고 있었고, 그 회사는 조금 전 들으셨듯이 증인이 다니는 회사입니다."

조현철 검사는 낚싯줄을 들고서 다시 증인에게 향했다.

"이 낚싯줄이 증인이 다니는 회사에서 생산한 게 맞습니까?"

"예. 맞습니다."

"어떻습니까? 낚싯줄은 보기에는 다 똑같아 보이는데 어떻게 확신할 수 있죠? 탄소 뭔가로 코팅된 것도 다른 회사에서 특허를 무시하고 몰래 만들 수도 있는 것 아닙니까?"

정석우는 고개를 흔들었다.

"낚싯줄을 받아서 성분 분석을 해봤습니다. 기존 낚싯줄인 나일론 줄에 카본 줄을 혼합한 합사 줄을 탄소나노튜브 용액에 담가 코팅해서 유연성과 마찰력을 높인 제품으로, 우리 회사가 생산하는 신형 낚싯줄과 완전히 동일했습니다. 아까 검사님이 말씀했듯이 탄소나노 코팅은 특허를 받기도 했지만 그걸 흉내 낸다 해도 합사 줄에 코팅한 제품은 우리 회사 제품밖에 없을 겁니다."

이야기가 자신이 하는 일에 이르자 긴장은 온데간데없어졌고, 말이 청산유수로 흘러나왔다.

"증인 회사의 제품이 분명하다는 말씀이군요."

조현철은 배심원석을 향해 보란 듯이 말했다.

"더구나 국내에서 특허를 받은 제품인데, 베낀다 하더라도 우리나라 회사가 하지, 외국에서 베낄 일은 없겠군요."

"그렇겠죠. 외국에서 우리나라 특허 등록 원부를 들여다볼 일은 없을 테니까요."

정석우는 순진한 얼굴로 검사의 말을 받았다.

"이 낚싯줄은 혹시 외국으로 수출되고 있습니까?"

"아뇨……. 회사가 작아서 아직 해외 시장까지는 생각 못 하고요. 일단 국내 시장에 주력하고 있습니다."

"그렇군요. 역시."

조현철은 만족한 빛을 띠었다.

"수고하셨습니다."

"예? 가도 됩니까?"

정석우는 얼빠진 듯한 말투로 물었다. 그의 서툰 태도는 배심원들에게는 오히려 증언의 신빙성을 높이는 효과를 가져올 듯하다. 검사는 고개를 끄덕였다.

고진은 슬쩍 엉덩이만 절반쯤 자리에서 떼고는 반대신문이 없다고 말했다.

검사는 배심원들을 향해 말했다.

"지금 증인의 증언으로 분명해졌습니다. 피해자 신창순 씨는 러시아 뒷골목에서 강도를 만난 게 아니란 사실이 말입니다. 범행에 쓰인 낚싯줄은 해외로 수출되는 물건이 아닙니다. 그러니 러시아의 노상강도가 현지에서 구할 수도 없는 한국산 낚싯줄을 구해서 범행에 이용했을 리는 없는 거지요."

"그렇다고 해도 공소사실에 관해 더 입증된 건 없습니다."

고진은 엉뚱하게도 법정 벽면을 쳐다보며 말했다. 그 가벼운 태도에서 검사가 심혈을 기울인 증인신문의 값어치를 깎으려는 의도가 엿보였다.

"지난번 피고인 측에서는 피해자가 현지 강도를 만났을 가능성에 대해 거듭 언급했습니다. 하지만 지금 그럴 가능성은 없다는 게 분명해졌죠."

조현철은 잠시 쉬었다가 불끈 힘주어 말했다.

"이건 대단히 중요한 점입니다. 용의자는 한국인이라는 점이 움직일 수 없는 사실로 밝혀졌기 때문입니다. 그리고 지난번 증인신문으로 밝혀졌듯이, 신창순이 그 무렵 블라디보스토크에서 만날 수 있었던 한국인은 극히 제한적이었습니다. 아니, 이 시점에서 우린 더 솔직히 말해야겠죠. 그 대상은 피고인 한 사람뿐이라고요. 신창순과 사업 관계로 만났던 현지 브로커들은 동기도 없을 뿐더러 그 무렵에는 바이칼 호로 가족 여행을 떠나 있었습니다. 신창순의 옛 친구들은 신창순이 죽은 후에야 러시아로 들어왔고요. 신창순을 뒷골목으로 불러내 한국산 낚싯줄을 목에 감을 수 있었던 사람은 피고인 한 명뿐이었습니다."

"재판 속행을 요청한 게 이런 이유였습니까? 실망스럽습니다. 이런 방법으로는 살인의 적극적 입증이 되었다고 할 수 없습니다. 소거법은 추리소설에서는 몰라도 현실의 재판에서 피고인의 죄를 인정하는 방법으로 채택되어서는 안 됩니다."

고진은 어디까지나 느긋했다. 오히려 이유현 쪽이 초조해졌다. 판단의 논리학으로는 고진의 말이 맞을지 모른다. 하지만 배심원들의 판단에는 정서 논리 쪽이 더 크게 작용할 수 있다. 인간의 감성적인 면에 둔감한 고진이 그걸 너무 가벼이 보고 있는 건 아닐까. 지금 블라디보스토크에 사는 러시아인 60만 명이 일거에 용의자 리스트에서 소거돼 버렸다. 신창순이 러시아 인에게 살해당한 것일 수 있다는 그럴듯한 항변이 힘을 잃었다는 의미다. 그렇게 낙관할 만한 상황은 분명 아니었다.

"그리고 피고인이라고 해서 한국 낚싯줄을 어디서 구하겠습니까. 그곳은 러시아입니다."

고진의 말에 조현철은 걸려들었다는 듯이 득의만만한 표정을 지었다.

"자주는 아니더라도 신창순 씨는 낚시를 가끔 즐겼다고 합니다만, 변호사님은 모르셨습니까?"

고진이 뭐라고 대답하기도 전에 조현철은 기습적으로 김명진에게 물었다.

"어떻습니까, 피고인. 남편은 골프하고 낚시가 취미 아녔습니까?"

김명진은 움찔했고, "가끔은 낚시를 다녔어요……." 하고는 조그맣게 고개를 한 번 끄덕였다. 조현철은 씩 웃더니 배심원석으로 몸을 틀었다.

"자, 어떨까요? 남편이 사용하던 낚싯줄을 아내보다 더 쉽게 접근할 수 있는 사람이 있겠습니까?"

"신창순 씨가 한국에서 다원파이버의 낚싯줄을 구입한 기록이 있는지, 증거를 내 주십시오."

고진이 말했다. 조현철은 대응을 피해 버렸다.

"그런 게 꼭 필요할지는 배심원 여러분들이 판단해 주십시오."

배심원석을 향해 말했을 뿐, 고진 쪽으로는 시선을 주지 않았다. 이건 치사한 수법이다. 이유현은 속으로 욕을 했다. 법리적으로는 공소사실의 입증 책임이 검찰에 있으니 고진의 입증 요구는 정당했다. 하지만 검사는 배심원의 판단 사항인 것처럼 만들어 버렸다. 그들 중 일부는 이 정도로 의혹이 입증되었다고 판단해 버릴지 모른다.

"여기서."

조현철은 말을 또 끊었다. 말머리를 던져 놓고는 입을 닫아 주목을 유도하는 수법을 남발하고 있다.

"피고인의 동기를 입증하기 위해 다음 증인을 불러 보겠습니다."

동기를 입증한다고? 이유현은 고개를 갸웃했다. 김명진이 이혼에 응하지 않는 남편을 살해했다는 것이 수사기관의 기본 관점이었다. 그리고 그 바닥에는 예전에 자신을 좋아했던 남자들과 맺어지고 싶은 바람이 있지 않았나 하고 추측하는 정도였다. 그런데 검사가 새삼스레 김명진의 동기를 입증하겠다고 하니 의아할 따름이었다. 더구나 검사가 호명한 증인은 역시 듣도 보도 못 한 사람이었다.

"위창남 씨."

방청석에서 양복을 입은 50대 중반의 남자가 일어섰다. 지방 의회 선거 포스터에서 볼 수 있을 법한 얼굴은 넘쳐나는 기름기로 번들거렸다. 활개 치는 걸음걸이에서 빼기는 기운이 느껴졌는데, 그 이유는 그가 자리에 앉은 후 첫 질문에 대한 답에서 찾을 수 있을 것 같았다.

"증인의 직업은 뭐죠?"

"변호사입니다."

굵고 매끄러운 목소리였다. 그의 양복 왼쪽 깃에서 변호사 배지가 빛났다. 일부러 가슴을 내민 것 같기도 했다.

"증인은 현재 한국변호사협회라는 단체의 회장이고, 입지전적인 인물로 언론에도 여러 번 오르는 등 사회 명사로서 신뢰를 받아오고 있지요?"

조현철은 증인의 신뢰도도 높일 겸 적당한 추임새로 위창남의 우쭐거림에 바람을 넣어주고 있었다.

"그렇습니다."

위창남은 한 마디를 덧붙였다.

"검사님이 간곡하게 부탁하셔서 이 법정까지 오게 됐네요. 공익을 위한 거니까 증언해야죠."

자신은 이런 데서 증인석에 설 사람이 아닌데 특별히 호의를 베풀고 있다는 듯한 뉘앙스가 느껴졌다. 얼마 전 만난 여성이 했던 '원래 소개팅 같은 건 할 생각 없었는데 누가 특별히 부탁해서'란 대사가 이유현의 뇌리에 떠올랐다.

"신창순 씨를 알고 계십니까?"

"압니다. 예전에 부산에서 개인 사무실을 냈었죠."

"그러다가 불의의 사건으로 폐업한 걸로 압니다. 혹시 어떤 사건인지 아십니까?"

"물론 잘 알지요. 전 예전에도 협회 일을 했고, 안 그래도 그때 신창순 변호사가 그 일로 절 여러 번 찾아왔습니다."

"어떻게 된 일이었습니까?"

"신창순 변호사가 처음부터 좀 무리하게 처리한 일이었어요."

"무리한 일이었다고요?"

"형사사건이었습니다. 피고인은 흉기 폭력 사건으로 구속이 되어 있었고, 그 동생이 형을 석방시켜 줄 변호사를 찾아다니고 있었던 모양이에요. 동종 전과가 많은 데다 피해자의 팔꿈치 신경이 절단된 중상해인 탓에 실형이 뻔한 사안이었어요. 당연히 아무도 사건을 맡으려 하지 않았죠. 그런데 신창순 변호사가 호언장담하면서 그 일을 덜컥 맡은 모양이더라고요. 신 변호사는 판사한테 기름칠해서 꺼내준다면서, 피고인의 동생에게서 1억 2000만 원을 받았답니다."

"1억 2000만 원요?"

검사가 일부러 들으라는 듯이 크게 말했다.

"예. 물론 판사한테 기름칠이니 뭐니 하는 건 다 헛소리였고, 자기가 챙겼던 거죠. 결국 피고인은 징역 5년 실형을 받았습니다. 의뢰인이 화가 머리끝까지 나서 신 변호사를 찾아가 돈을 돌려달라고 했는데, 신 변호사는 판사한테 이미 다 주었다면서 오리발을 내밀었어요."

배심원들, 방청객들의 얼굴이 찌푸려졌다. 누구보다 표정이 안 좋아진 건 재판장과 두 명의 배석판사였다. 판사에게 뇌물을 준다는 명목으로 돈을 받아 챙기는 법조계 주변의 브로커들을 가장 미워하는 건, 역시 그들 때문에 가만히 앉아서 오물을 뒤집어쓰는 판사들일 것이다. 가족이 구속된 절박한 사람들은 그런 협잡에 넘어가기 십상이다. 신창순이 그런 짓을 저질렀다는 사실을 동료였던 변호사가 이 자리에서 증언하고 있었다.

"신 변호사가 끝까지 오리발을 내미니까 의뢰인이 어느 순간 돌아 버렸던 거죠. 원래 부산 옆 기장 쪽에서 돼지를 키우던 사람이었는데, 트럭에 커다란 돼지죽 두 통을 싣고 와서는 건물 입구부터 사무실까지 들고 올라간 겁니다. 사무실 문 앞에 서서 변호사 나오라고 소리쳤고, 사람들이 뛰어나오니까 각목을 마구잡이로 후려갈겼죠. 그러고는 그 냄새나는 돼지죽 통을 들고 다니며 사무실 곳곳에 뿌려버렸어요. 사무실은 난장판이 됐고, 사람들은 머리를 감싸 쥐고 도망 다녔고, 사무장은 각목을 피해 창문으로 뛰어내리다 다리가 부러졌습니다. 의뢰인 자신도 난동 중에 크게 다쳐서 입원했고요. 그런데 신 변호사 본인은 정작 그때 바깥에 있어서 무사했답니다."

"그 사건을 계기로 충격을 받아 변호사를 그만둔 거였군요. 사무장까지 다쳤으니."

"정확하게는 그런 때문은 아닙니다."

위창남이 시큰둥하게 말했다.

"언론에는 어쨌든 신창순 변호사 사무실이 엉망이 되었으니 그가 피해자인 걸로 보도가 되었고, 난동을 피운 의뢰인은 거의 정신이상자인 것처럼 보도되었죠. 사실 저희가 꽤 힘을 써준 겁니다. 신 변호사 본인이 원한다면 변호사 업무를 계속하는 데는 아무런 문제가 없었어요. 사무실만 옮기면 되는 상황이었죠. 그런데 그 무렵 신 변호사가 협회 사무실까지 찾아와서는 땡깡을 부리는 겁니다. 신문 보도가 맘에 안 든다면서, 협회가 좀 나서줘야 하는 거 아니냐면서요. 자기한테 유리한 보도조차 그렇게 따지고 드는 걸 보니 기가 막혔어요. 우리 모두 화가 났죠. 이런 인간을 우리가 왜 편 들어주냐, 그래서 신창순 사건을 재조사하는 형식으로 진상을 밝히고 징계를 청구하려고 했어요. 그 사람이 그걸 알고는 먼저 재빨리 폐업해 버린 겁니다. 그러니 징계니 뭐니 하는 기록은 결국 남지 않았어요. 하지만 실상은 그렇게 된 거였습니다."

말투에서 신창순을 못마땅하게 생각하는 마음이 역력히 드러났다. 세월이 한참 지났음에도 여전히 앙금이 남아 있는 모양이었다.

"그렇군요. 잘 알겠습니다."

조현철은 자리로 돌아갔다. 증언의 마지막 부분은 그에게 큰 관심사는 아니었을 것이다. 하지만 이유현은 불쾌했다. 의뢰인의 억울한 사정은 도외시한 채 자신이 사건의 이면을 주물러 왔다는 사실을 자랑스럽게 이야기하는 위창남의 증언은 이유현의 정의감을 깊숙이 건드렸다. 표 나게 나쁜 짓을 하지는 않지만 실은 나쁜 짓을 할 필요가 없을 만큼 잘 먹고 잘 살고 있을 뿐인, 자신을 특별하다고 여기는 자가 풍기는 은밀한 역겨움. 차라리 울컥한 감정에 솔직해 죄를 짓는 쪽이 이 사람보단 더 인간적이다. 이유현은 고진을 보았다. 이런 자에 대한 반감이라면 자신 못지않을 텐데. 그 역시 배기가스 냄새라도 정통으로 맡은 듯한 낯빛이었다. 고진이 일어섰다.

"반대신문으로 증인한테 한 가지만 물어보겠습니다."

위창남은 말없이 턱만 쳐들었다. 고진이 자신보다 젊어 보여서 은근히 '선배 변호사'로서의 권위를 세우려는 듯했다. 고진이 변호사이면서도 변호사 사회에 아무런 미련이 없는 인물이라는 걸 그가 알 턱이 없다.

"증인은 알고 있었단 얘기군요."

"뭘요?"

불쾌한 기운을 감지한 위창남의 목소리가 거칠어졌다.

"신창순이 의뢰인의 돈을 꿀꺽했다는 사실 말이죠."

위창남은 입을 한 일 자로 굳게 다문 채 대답이 없었다.

"그리고 신창순이 협회 사무실을 찾아와 진상을 떨기 전까지는 단순히 미친 사람의 난동사건으로 진상을 덮어두고 있었단 거고요."

위창남은 잠시 더 꿀 먹은 벙어리 상태였는데 이윽고 법률가로서 맞받아칠 방법을 찾아낸 모양이었다.

"반대신문한다면서요? 그게 질문입니까?"

엄밀히 말하면 고진이 질문한 게 아니니 그의 말이 맞을 수도 있겠지만 사람들의 마음에는 그의 알량한 항의가 전혀 와 닿지 않았다.

"그럼, 질문을 하죠."

"하세요, 뭡니까?"

"요즘은 한 달에 얼마 버시나요?"

위창남의 낯빛이 확 붉어졌다. 고진의 빈정거림이 처세술에 매끄러울 듯한 이 남자를 마침내 흥분시켜 버렸다.

"이런, 젠장."

위창남은 거칠게 욕설을 내뱉으며 증인석에서 벌떡 일어섰다. 그 순간 쏟아지는 방청객의 따가운 눈총을 느낀 모양이다. 그는 재판장을 향해 "가도 됩니까?" 하고 말하고는 대답도 기다리지 않고 잰걸음으로 법정을 빠져나가 버렸다. 조현철 검사마저 쯧, 하고 입맛을 다셨다. 재판장은 고개를 작게 흔들고는 가라앉은 음성으로 다음 증인을 호명했다.

"김복순 씨."

이 또한 이유현이 듣도 보도 못 한 이름이었다. 도무지 김명진 사건에서 이런 이름들이 등장한 적이 있었던가. 이유현이 뇌의 구석구석 기억의 편린을 뒤적이는 사이, 재판장이 반응 없는 법정의 허공에 대고 톤을 높여 한 번 더 이름을 불렀다.

"김복순 씨!"

여전히 아무도 법정 안으로 들어오지 않았다. 방청석에서 일어나는 사람도 없었다. 사람들이 고개를 돌려 법정 뒷문 쪽을 기웃거리는데, 돌연 법정 옆문이 열렸다. 피고인 대기실로 이어지는 문이다. 들어온 사람 또한 갈색 수의를 입고 있었다. 동글동글한 얼굴에 살집이 있는 중년 여자였다. 발걸음이 썩썩했다.

김복순은 선서를 마친 후 증인석에 앉았다.

조현철은 일어서서 증인석 앞으로 다가갔다.

"증인 김복순 씨."

검사가 은근한 말투로 부르자 김복순이 고개를 번쩍 들었다.

"네."

"증인은 피고인과 구치소에서 같은 방을 썼지요?"

"네. 그랬어요."

자신만만한 태도였다. 김명진이 고개를 들어 김복순을 보았다. 순간 낯빛에 짙은 의혹이 드리워졌다. 김복순이 왜 여기에 나왔는지 그녀도 이해하기 힘든 기색이었다. 고진은 상체를 비스듬히 기울이고 증인을 요모조모 뜯어보고 있었는데, 시선에도 억양이 있다면, 지금의 그에게는 전혀 없다고 해야 할 것 같다. 역시 아무런 정보가 없는 모양이다.

"실례지만 증인은 어떤 죄목으로 재판을 받고 있습니까?"

"나요? 난 사기래나 뭐래나, 억울해요. 다 해먹은 건 다른 년이고 난 그냥 옆에서 뭣 모르고 돈만 전달해 준 것뿐인데……."

옆으로 새는 김복순의 말을 검사가 끊었다.

"김명진 씨하고는 얼마동안 같이 지냈습니까?"

"명진이가 들어와서부터 나갈 때까지 줄곧 같이 있었어요. 내가 먼저 들어갔고, 보름 뒤에 김명진이가 들어오더라고요. 그러고는 이 재판 도중에 보석으로 나갔죠. 나만 혼자 억울하게 감방살이하고 있는 거예요."

그 상황이 불만스러운 어투였다. '살인'이 나가는데, '사기'는 왜 못 나가냐는 억하심정이 전해졌다. 대답에 군더더기가 많았다. 이유현은 불안해지기 시작했다.

"꽤 친해지셨겠네요?"

"그렇죠. 들어와서 매일 울더라고요. 감방 안에 터줏대감 년, 아니, 여자가 있었어요. 나보다 6살 위 여잔데, 폭력으로 들어왔어요. 여자가 얼마나 사람을 쳤으면 구속까지 되었을까, 오죽하잖아요? 술 마시다가 소주병을 깨서 남자 얼굴을 찔렀다나 봐요. 그게 신경을 그만 끊어먹는 바람에……."

"자, 증인. 다른 이야기로 빠지지 마시고 김명진 씨 이야기를 해주시죠."

"그래서 그 이야기를 하는 거예요."

김복순은 발끈했다.

"그 언니는 명진이가 자꾸 우니까 보기 싫다면서 엄청 구박했어요. 그걸 내가 많이 감싸 줬죠. 꼭 내 동생 같아서요. 이것저것 물건도 챙겨 주고, 징징 울면 밖에선 어쨌는지 몰라도 여기선 안 통한다, 사연 없는 사람 없다, 그런 이야기도 했어요. 언니 비위 맞추는 법도 가르치고. 명진이가 그래선지 나하고 제일 터놓고 지냈죠. 언니처럼 생각하고 의지한 것 같아요. 뭐, 다 미결수니까 재판 끝나면 곧 헤어지겠지만 있는 동안이라도 비슷한 신세끼리 잘 지내야 할 거 아니겠어요? 나중에 교도소로 가더라도 그래요. 역시 사람이란 눈치가 있어야 하는 거고…….”

역시. 이 여자는 엄청난 수다쟁이다. 아마 이 법정에 앉은 모두는 한동안 여자의 다변에 시달려야 할 듯하다.

“김명진 씨하고 목욕도 같이 했죠?”

검사가 다시 김복순의 말을 끊었다.

“당연하죠. 방을 몇 개 묶어서 한꺼번에 샤워실에 들어가도록 되어 있으니깐요.”

“알몸도 보셨을 테고요.”

“봤죠. 옷 입고 목욕하는 사람이 있겠어요?”

여자가 엉뚱하게 되묻는 바람에 방청객 몇몇은 웃었지만 대부분은 당혹감에 휩싸였다. 뜬금없이 그녀의 알몸을 언급하는 일이 부적절해 보였기 때문이다. 사건과 어떤 관련이 있어 보이지 않는 질문이기도 했다.

김명진은 발갛게 볼이 상기된 채로 고개를 숙였는데 시선을 어디로 둘지 곤란해하고 있는 기색이 역력했다. 고진은 양손으로 깍지를 끼고 팔을 테이블 위에 올려놓은 채 의심을 담은 눈초리로 조현철 검사의 옆얼굴을 노려보았다. 피고인석 옆 방청석에는 김해나와 임의재, 남궁현이 입을 꾹 닫은 채 조현철을 주시했다. 세 사람은 어디로 튈지 모르는 이 증인신문에 바짝 긴장하고 있는 듯 보였다. 김해나는 벌써 나쁜 예감을 한 듯 눈썹을 찌푸렸고 김명진과 마찬가지로 뺨이 조금 달아올라 있었다.

"명진이는 늘 우물쭈물 숨어서 구석에서 샤워를 하더라고요. 있잖아요? 남들 눈 피하듯이. 그래서 다른 사람들은 잘 못 봤을 거예요. 무슨 애가 이런 데까지 와서 부끄럼을 타나, 하고 안 좋게 보는 사람도 있었고요. 난 명진이하고 남달리 친하게 지냈으니까 서로 등에 비누칠도 해주고 그랬어요. 잘 알죠."

김복순은 계속 군말을 덧붙이고 있다.

"피고인의 몸에 남다른 점이 없던가요?"

"있었어요."

조현철은 여기서 김복순의 곁을 떠나 검사석으로 돌아갔다. 그는 탁자 위로 몸을 숙여 노트북 터치패드를 클릭했다. 잠시 후 배심원석 맞은편 벽 스크린에 사진이 떴다.

어머.

흑.

여기저기서 작은 비명이 우후죽순처럼 솟았다.

스크린에는 얼굴이 나오지 않은 여성의 몸을 찍은 사진이 떠 있었다. 그런데 정작 살색이 많이 없었다. 푸르둥둥한 멍 자국과 시커멓게 죽은 피부가 등과 허벅지를 가득 덮고 있었다. 종아리에는 비교적 새로 생긴 상처인 듯 빨간 밧줄 같은 자국이 생생하게 부풀어 있었다. 허벅지는 전체가 거의 시커멓게 변색되어 있었고, 팔뚝과 허리 쪽에도 푸른 멍과 빨간 피멍이 웃자란 수풀처럼 난잡하게 번져 있었다. 잘못 보면 구타당해 죽은 시체의 사진이 아닐까 싶을 만큼 끔찍한 장면들이었다. 일부는 심한 구타의 흔적이 분명했고, 나머지는 구타 이상의 가혹한 행위를 당한 흔적임을 충분히 짐작케 하는 사진이었다.

잔혹한 사진에 고개를 돌려 버리는 사람도 있었고, 스크린이 뚫어져라 쳐다보는 이도 있었다. 김명진과 고진의 시선도 엇갈렸다. 김명진은 외면했고, 고진은 사진에 못 박힌 듯 시선을 떼지 못했다. 조현철이 냉정하게 말했다.

"피고인의 몸이 이렇지 않았습니까?"

"사진이 훨씬 많이 심하긴 한데……"

김복순은 가늠해 보는 듯이 말했다. 조현철은 그녀의 망설임에 종지부를 찍었다.

"참고로 이 사진은 폭행당한 직후에 촬영된 사진입니다. 그래서 온몸이 붉게 부어올라 있습니다. 그걸 감안해서 봐 주세요."

"아, 네. 맞아요."

김복순은 돌연 또렷한 어조로 말했다.

"제가 봤을 땐 저 정돈 아니었고, 군데군데 눌어붙은 흉터가 있었어요. 많이 아물어서 그랬겠죠. 명진이 얼굴이 얼마나 예뻐요? 처음 왔을 땐 영화배우가 대마초 피우다 들어왔나 싶었다니깐요. 살결도 정말 고왔어요. 흠집 하나 없는 사기그릇 같더라고요. 근데 정작 몸이 저렇게 엉망이라 아주 기겁을 했어요. 내가 그랬어요. 세상에, 너 지금껏 살아 있는 게 용하다고."

"왜 피고인 몸에 저렇게 상처가 났는지는 아십니까?"

"남편한테 맞았대요."

김복순은 태연하게 말했다. 방청석 여기저기서 한숨이 들렸다. 주로 여성의 것이었지만 허어, 하는 중년 남자의 탄식도 섞여 있었다. 김명진은 고개를 숙인 채였다. 방청석의 김해나도 이 순간에는 차마 견디기 힘들었는지 고개를 떨어뜨렸다. 김복순은 말을 계속했다.

"평소에는 그럭저럭 괜찮다가 한 번씩 돌 때가 있대요. 그땐 아주 짐승이 되나 봐요. 그러면서도 아주 약은 게, 얼굴이나 목, 손처럼 다른 사람들한테 보이는 곳은 철저히 피해서 때렸대요. 그러니 얼굴만은 저리 고울 수밖에요. 남들은 물정도 모르고 신랑이 마누라를 그저 모시고 사는 줄 알았을 거예요. 주로 물건을 쥐고 때렸답니다. 맨주먹으로 했다간 제 손을 다칠까 봐 그런다나요? 야구 방망이나 골프채로 때리기도 했대요. 저 허벅지하고 종아리를 보세요. 사람 손으로 저런 자국이 나나. 몽둥이로 뒈지게 맞은 거죠."

휴우.

방청석의 여성이 한 번 더 길게 한숨을 내쉬었다.

"어떤 이유로 피고인을 때렸다고 하던가요?"

"들어 보면 미친 인간인 게, 아무것도 아닌 일로 그런답니다. 그냥 지 기분이래요. 큰일인데 그냥 넘어갈 때도 있고, 사소한 일에 미쳐 갖고 날뛰기도 했대요. 저녁밥이 좀 늦는다거나, 전화를 좀 늦게 받았다거나, 심지어는 친정 동생이 기분 나쁘게 말했다, 뭐 그런 거요. 그러니 더 종잡을 수가 없죠."

"그 이야기를 듣고 증인은 어떤 생각이 들었습니까?"

266

"어떤 생각이 들겠어요? 그런 미친놈하고 왜 살았냐고 오히려 나무랬죠. 그랬더니 명진이가 그냥 웃더라고요. 하하하, 이렇게 웃는 게 아니라 그냥 쓸쓸하게요. 그러면서 그래요. 언니는 그런 상황에 처해보지 않아서 모른다고. 헤어지겠다는 말만 꺼내도 자기는 그 자리에서 죽었을 거래요. 그리고 자기뿐만 아니라 자기 동생까지도 죽인다나 어쨌다나. 죽을 생각도 했던가 봐요. 명진이 손목에 면도칼로 그은 흉터도 실제로 있어요. 그래도 사람 하나 죽기가 어디 쉽나요? 죽는 것도 포기하고 그냥 견디며 살았대요. 하루하루. 남편 기분 거스르지 않으려 죽을힘을 다해 조심하면서. 그래도 그렇지, 그런 인간을 그냥 둬요? 내가 옆에서 봤는데 명진이가 마음이 너무 여려요. 남편이란 작자는 딱 알아보고 명진이를 노예 삼아 데리고 산 거고요. 맞아요! 마누라가 아니라 노예. 그런 거죠."

김복순의 카랑카랑한 목소리가 멎자 법정 안이 돌연 조용해졌지만 사람들의 마음에는 비슷한 감정이 떠올랐을 것임이 틀림없다. 이유현도 마찬가지로 머리끝이 불끈 솟는 기분에 사로잡혔다. 김명진은 고개를 숙이고 있어 표정 전부는 보이지 않았지만 나쁜 기억을 떠올린 사람 특유의 암울함이 드리워져 있었다. 새하얀 블라우스 위에 걸친 짙은 청색 테일러드 재킷, 무릎을 살짝 덮는 벨벳 치마의 조화가 오늘따라 멋스러웠다. 그래서 더 처량했다. 아름다운 얼굴 아래, 우아한 옷 안쪽에 보기에도 끔찍한 상처를 수없이 숨기고 있었던 건가.

김복순의 말에 법정 안의 사람들은 치를 떨었다. 이유현은 확연히 느꼈다. 이미 증인의 말이 사실인지, 피고인이 남편에게 가혹한 취급을 당한 것이 진실인지의 확인은 필요치 않았다. 하지만 조현철 검사만은 어디까지나 이곳이 증거가 지배하는 재판정임을 잊지 않은 듯 보였다. 그가 말했다.

"그럼 여기서 배심원 여러분께 지금 스크린에 보여 드린 피고인의 사진이 어디서 나온 것인지 말씀드려야겠군요."

그는 검사석으로 가더니 기록 뭉치를 하나 집어 들었다.

"약 1년 전 피해자 신창순은 폭력으로 조사를 받은 일이 있었습니다. 벌금형으로 가볍게 끝났고, 피해자 쪽 전과이기에 그동안 사건의 내용 자체는 주목받지 못했습니다. 하지만 얼마 전 어떤 계기로 본 검사는 그 사건의 내용 자체를 조사해 보기로 했습니다. 그리고 지금 보여 드리는 서류는 그 당시 조사한 사건의 수사 기록 사본입니다."

검사는 실물화상기에 기록을 가져가 하나하나씩 넘겨 갔다. 스크린에 비치는 서류에 배심원들의 시선이 모였다.

"지금 보시듯, 신창순이 아내인 김명진을 폭행한 사건입니다. 그 전에도 지속적인 폭행이 있었지만 이때 처음으로 경찰에 신고했죠. 아마 견디다 못해 그런 모양입니다. 김명진 씨가 이렇게 진단서도 끊었고 자기 몸을 촬영해서 경찰에 제출하기까지 했습니다. 신창순의 손아귀에서 벗어나려 큰 결심을 했던 겁니다. 자, 보이시죠? 조금 전 보여 드렸던 바로 그 참혹한 사진입니다. 당연히 신창순은 폭력 행위로 입건되어 조사를 받았습니다. 그런데 바로 이틀 뒤, 돌연 김명진 씨가 고소를 취소했습니다. 선처를 바란다는 탄원서까지 첨부했군요. 결국 신창순은 상해죄로 200만 원의 벌금형을 받는 것으로 끝이 나 버렸습니다. 아마 신창순이 강요해서 고소를 취하한 게 아닐까 추측됩니다. 당장 폭행을 피하려고 경찰에 신고까지 해봤지만 결국 남편의 협박 앞에 굴복해 버린 거죠. 두 사람의 역학관계란 그랬을 겁니다."

조현철은 돌연 김명진에게 고개를 돌렸다.

"어떻습니까, 피고인. 내 말이 맞습니까?"

고개를 숙인 김명진은 대답이 없었다.

"반박하지는 않으시는군요. 이런 마구잡이 폭행은 비교적 최근에도 있었던 모양입니다. 구치소에서 같이 지냈던 증인이 피고인의 몸을 보았다고 지금 증언했으니까요. 그래도 다시 확인해 보겠습니다. 어떻습니까, 증인."

검사는 이번에는 증인 김복순에게 물었다.

"증인이 보았을 때 피고인의 몸에 난 상처가 오래된 흉터 같은 것이던가요, 아니면 비교적 최근에 생긴 것 같던가요?"

"흉터는 아니고…… 맞은 데가 오래돼서 살이 시커멓게 변색된 거였어요. 얼마 되지 않은 상처도 있긴 했어요. 특히 팔목 쪽에는 뻘건 줄이 생생하게 남아 있어서 기억에 남아요."

김복순은 자신 있게 말했다. 이유현은 문득 의문에 사로잡혔다. 팔목의 생생한 상처? 신창순과 별거한 지 두 달이 지난 무렵에 신창순이 살해되어 김명진이 수감되었다. 따라서 김복순이 목격하기 전 최소한 두 달 이상은 김명진이 남편으로부터 폭행당할 일이 없었을 텐데, 어떻게 팔목에 생생한 상처가 남을 수 있는 거지? 김복순이 과장해서 말하고 있는 건가? 자신이 검사석에 있다면 물어보고 싶었다. 이유현의 의문을 끊으며 조현철이 또 물었다.

"마지막으로 묻겠습니다. 김명진 씨는 이 상처에 관해 스스로 떠벌리고 다녔나요?"

"아뇨. 오히려 철저히 숨기려고 했어요. 샤워할 때도 되게 조심하고. 나는 워낙 잘해 줬고 친하게 지내다 보니까 몸도 가까이에서 보고 남편 이야기도 해준 거예요."

"왜 숨기려고 했을까요?"

증인의 의견을 묻는 일은 금지된다. 고진이 막 이의를 제기하려는데 김복순이 재빨리 입을 열어 버렸다.

"뻔하잖아요. 이런 게 알려지면 재판에서 불리하니까. 근데 명진이는 지금 남편을 죽였다고 재판받고 있다면서요? 하긴 저런 놈이면 저라도 죽이고 싶겠어요."

고진은 포기한 듯한 표정으로 떼다 만 입을 다물었다.

"그럼 증인은 왜 법정에서 김명진 씨가 숨기려는 사실을 진술하는 겁니까?"

"사실대로 말해야죠. 법정이니까. 명진이도 속 터지고 억울할 거 아녜요? 있는 대로 이야기도 못 하고. 그리고, 그런 놈 솔직히 죽어도 싸잖아요? 죽었다고 해서 좋게 포장해 주고 하는 건 내 직성에 안 맞아요."

그녀의 그럴듯한 명분에도 불구하고 이유현은 알 것 같았다. 조현철 검사는 김명진의 구치소 동료 중에 친한 사람, 김복순을 찾아 내 검사실로 불렀을 것이다. 김명진의 상처와 신창순의 폭행에 관해서 법정에서 사실대로 증언하게 하고, 그 대가로 모종의 선처를 약속했을지 모른다. 그것이 김복순이 진술한 진정한 이유이고, 그녀가 처음부터 보였던 엉뚱한 자신감의 근거였으리라. 그 결과, 조현철은 강력한 범행의 동기를 법정에 들이밀수 있게 되었다. 그런데, 조현철 검사는 도대체 어떻게 신창순의 가혹 행위를 알게 되었을까?

조현철은 신문을 마치겠다고 선언한 후 자리에 가 앉았다.

재판장도 드러난 잔혹 행위로 인한 충격을 숨기기 어려운 듯 나지막하게 작아진 음성으로 말했다.

"……피고인 측에서 반대신문하시겠습니까?"

고진은 없다고 대답했다. 맥 빠진 목소리였다.

증언을 마친 김복순은 여성 교도관에게 이끌려 그녀가 나왔던 피고인 대기실 쪽으로 사라졌다.

조현철이 다시 일어섰다. 손에는 또 다른 서면이 들려 있었다. 그는 배심원들을 향해 말했다.

"피고인이 심하게 폭행을 당한 사실은 분명합니다. 사진도 보셨고, 진단서도 있었습니다. 하지만 아직도 증인의 증언만으로는 설마 남편인 신창순이 피고인의 몸에 상처를 냈을까 의심하시는 분이 계실지 모르겠습니다. 그래서 한 가지 증거를 더 제시하려 합니다."

검사는 실물화상기에 손에 든 서류를 들이밀었다. 스크린에 비친 영상은 꽤 낡아 보이는 문서의 사본이었다.

"신창순은 17세 때, 그러니까 고등학생 때 소년보호처분을 받은 전력이 있었습니다. 역시 피해자 측 전력인 데다 워낙 오래전 일이고 가벼운 처분으로 끝난 일이라 그동안 아무도 주목하지 않았습니다. 하지만 그 비행 내용을 보면 우리 사건에 중대한 시사점을 던져 주고 있습니다. 경찰이 조사한 내용을 읽어 주십시오."

구형 타자기로 타이핑된 글씨는 읽기 어려웠지만 배심원들은 얼굴을 내밀고 안경을 추켜올리며 열심히 읽어 나갔다. 방청객들도 목을 내밀었다. 이유현도 막 읽기 시작하려는데, 조현철 검사가 못 참겠다는 듯 레이저포인터를 집어 들었다.

"보존 상태가 낡아서 읽기 어려우실 듯하네요. 제가 요지를 이 포인터로 가리키며 읽어 드리겠습니다. 신창순은 부산에서 고등학교를 다녔는데, 그때 한 살 아래인 동네 여고생을 사귀었습니다. 이 여학생은 사귄 지 얼마 안 되어 신창순이 싫어졌나 봅니다. 아니면 어떤 악한 면을 보고서 정이 떨어졌든지요. 정식으로 헤어지자는 말도 못 꺼냈다고 나중에 말한 걸로 봐서는 후자 쪽이지 않았을까 짐작됩니다만. 어쨌든 이 여학생은 집이 부산 옆 양산으로 이사를 가는 걸 계기로 일체의 연락을 끊어 버렸습니다. 신창순은 이 여학생을 몇 달이나 찾아다녔습니다. 집념에 빠져 거의 광분하는 지경까지 간 것 같습니다. 결국 집을 찾아냈고, 아무도 없을 때 집 안까지 들어가 여고생을 납치하다시피 데리고 나옵니다. 화를 버럭 내면서 뺨을 있는 힘껏 갈기고 질질 끌고 나왔다고 되어 있네요. 이때가 1월 중순, 엄동설한이었습니다. 야산으로 여고생을 데리고 간 신창순은 그녀를 완전히 벌거벗깁니다. 알몸으로 만들어 놓고서 추위와 공포에 사시나무처럼 떠는 여고생에게 엎드려뻗쳐를 시킨 다음 나뭇가지를 꺾어와 엉덩이와 허벅지를 있는 힘을 다해 40여 대 후려갈겼다고 되어 있습니다. 때리다가 여고생이 자빠지면 다시 똑바로 엎드려뻗쳐를 하게 한 다음 또 때렸고, 나뭇가지가 몇 개나 부러져 새 걸 꺾어

오기도 했다는군요. 여고생은 울면서 잘못했다고 빌었지만 소용없었고, 생리 중이니 팬티만이라도 입게 해달라고 애원했지만 들어주지 않았습니다. 신창순은 자기 팔에서 힘이 빠져서 더 몽둥이를 휘두르지 못할 지경이 되어서야 매질을 그만두었다고 합니다. 여기 여고생의 이 진술 부분을 보아 주십시오. 그때 신창순의 눈이 희번덕 돌아가서 미친 사람 같았고 그날 산에서 죽는 줄 알았다며 감히 도망치거나 항거할 엄두도 못 냈다고 하고 있습니다. 소문날까 봐 두려워했던 피해자 측이 조용히 덮길 원한 데다, 신창순이 미성년자이고 공부를 잘한다는 이유로 가벼운 보호처분이 내려진 것으로 사건은 종결되었습니다. 하지만, 비행 내용은 결코 가볍지 않습니다."

법정 안은 서리를 맞은 듯 싸늘해졌다. 웬만한 성인들도 상상하기 힘든 범죄 행위를 두고 서슴없이 소년의 '비행' 정도로 표현하는 조현철 검사가 오히려 이상해 보일 정도였다.

이유현은 그제야 눈치 챘다. 조현철은 맨 처음 신창순의 소년보호기록을 뒤져 보았을 것이다. 해괴망측한 범행을 확인하고서, 그게 성인이 된 후에도, 그리고 아내인 김명진과의 관계에서도 반복되었을지 모른다고 생각했을 것이다. 그래서 구치소 동료 김복순을 불러 혹시나 남아 있을지 모를 가혹 행위의 흔적이라든가 김명진으로부터 전해들은 남편과의 이야기를 모종의 거래를 통해 넘겨받았다. 그리고 신창순의 폭력 전과를 뒤져 조금 전 제시했던 김명진에 대한 직접적인 폭행사건 기록 또한 확보했을 것이다.

이유현은 미적분을 다 풀어 놓고 덧셈을 안 해 수학 문제를 놓친 학생처럼 아쉬움에 사로잡혔다. 좀 더 일찍 김명진 측의 잠재적인 범행 동기를 알아챌 수도 있었다. 신창순의 전과 기록에 주목을 했더라면. 수사 과정에서는 용의자의 전과 기록만이 주목의 대상이 된다. 그것도 언제 어떤 죄목으로 처분을 받았는지에만 관심을 둔다. 주로 누범 기간에 해당하지 않는지, 집행유예 기간은 아닌지 하는 법률 적용 문제 때문이다. 범행 내용까지 살펴보는 일은 동종 범행을 반복했을 때 상습성 자료로 삼기 위한 경우 외에는 거의 없다. 더구나 피해자의 전과 기록을 살펴보는 일이란 전혀 없다. 범죄의 피해를 입은 사람의 범죄 전력을 조사한다는 발상 자체가 모순인 것이다. 하지만 이 사건의 특수성을 간과했다. 부부간에 발생한 일이었고, 동기가 불분명한 사건이었으니 신창순 측의 전과를 한 번쯤은 확인해 보는 일도 의미가 없지는 않았을 것이다. 바로 지금 그 의미가 드러나지 않았는가.

이유현도 혹시나 싶어 신창순이 수사 받은 전력까지는 확인해 보았었다. 어린 시절 소년보호처분 한 번, 그리고 상해로 벌금 1회. 이유현이 확인한 건 목록과 처분 결과뿐이었다. 그게 이런 내용이리라고는 상상치도 못했다. 보통 사람들에게는 전과자라는 존재가 놀랍고 두렵겠지만 경찰 일을 하다 보면 모래알보다 흔한 게 전과 기록이다. 사실 주변의 멀쩡한 사람들도 수사 자료를 보면 음주운전이라든가 하다못해 향토예비군설치법 위반이라도 한두 건씩은 있기 마련이다. 그러다 보니 피의자의 전과 조회를 했을 때 아무것도 나오지 않으면 오히려 급격하게 이미지가 좋아지게 된다. 실제 재판에서 초범 운운하면서 선처를 받는 것도 그런 탓이 크다.

어쨌든 스스로에게 하는 그런저런 마음의 변명을 접어두어야 했다. 이번 사건에서 신창순의 범죄 전력 내용까지 확인해 보지 않은 건 결과적으로 이유현의 분명한 패착이었다. 조현철이 말했다.

"신창순의 이 성정이 바뀌었을까요? 김명진에게 가한 가혹 행위와 너무나도 닮아 있습니다. 그리고 피해 여성이 극도의 공포감에 완전히 질려 버린 점도 같습니다."

김명진의 큰 눈동자가 흔들렸다. 눈가가 움찔움찔 경련하고 있었다. 상황이 그녀의 뇌 깊숙이 숨겨져 있던 서러움의 단추를 꾹 눌러 버린 듯했다. 하지만 눈물은 없었고, 울음소리도 들리지 않았다. 솟구치는 눈물을 참는 건 어떤 종류의 자존감 때문일까. 그래서 더 애잔했다. 조현철의 메마른 음성이 또 이어졌다.

"다음 증인을 불러 주세요."

법정 뒷문이 열리고, 젊은 여성이 걸어 들어왔다. 이번에는 정말, 법정 안의 아무도 그녀를 알지 못하는 것 같았다. 김명진은 감정에 잠겨 그녀에게 눈길을 주지 않고 있었다.

여자는 선서를 마친 후 증인석에 앉자마자 다리를 척 꼬았다. 머리카락 뿌리 부분은 검은 흑발이었고 그 위로는 밝은 갈색으로 염색되어 있었다. 화장은 거의 하지 않았고 립스틱을 바른 입술만이 새빨갰다. 옷은 비록 정장 차림이었지만, 어쩐지 벌거벗은 남자를 모텔에 놓아둔 채 침대에서 막 빠져 나와 법정에 잠깐 출석한 것 같은 느낌을 주었다. 검사가 앞에 섰다.

"유미라 씨죠?"

"네."

여자는 대답하면서 올려다보았는데 이미 검사와 익숙한 사이인 눈빛이었다.

"미리 말씀드리지만 이 법정에서 증인이 하시는 말씀은 아무도 문제 삼지 않을 겁니다. 법정 밖으로 새어 나가는 일도 없을 거고요. 그러니 솔직하게 말씀해 주시길 부탁합니다."

"그럴 거예요."

유미라는 발목을 까딱거렸다. 어투는 거침없었고, 모래가 낀듯 쉰 음성이었다. 아마도 가까이에 있으면 니코틴 냄새를 맡게 될 것 같다.

"신창순 씨를 알죠."

"알아요."

"어떻게 아는 사이시죠?"

"예전에 그 오빠가 우리 가게 단골이었어요."

"우리 가게란 룸살롱을 말하는 거지요?"

"예, 맞아요."

유미라는 거리낌 없이 대답했다. 이유현도 처음 듣는 이야기였다. 하긴 신창순이 이것저것 손을 대오며 살았으니 룸살롱 단골 고객이 아니기도 힘들었을 법하다.

"제시라는 예명으로 접대 일을 하셨다고요."

"네. 랩 좀 잘한다고 마담 언니가 그렇게 지어 줬어요."

방청석에서 쯧, 하는 소리가 들렸다.

"1년 전에 어떤 일에 연루되어 경찰에 가서 진술하신 적이 있지요?"

"예. 신창순 오빠가 어떤 여자를 때렸다고 해서요."

"그때 진술하신 건 알고 있지만 이 법정에서 다시 한번 말씀해 주실 수 있겠습니까?"

"어느 날인가 그 오빠가 나한테 연락이 왔었어요. 한 번 하자고."

정제되지 않은 여자의 표현에 방청석이 술렁였다. 조현철은 은근한 웃음을 띠며 물었다.

"신창순 씨하고 평소에도 그런 관계였습니까? 이를테면 내연의?"

"내연 관계는요 무슨, 그런 남자하고. 나도 눈이 있다구요. 단지 거래였어요. 그 오빠도 평소 좀 특이한 취향이 있었어요. 평범한 건 다 졸업했다나? 한족이나 아니면 러시아 여자 쪽이 좋대요. 그래서 나중에 그쪽으로 사업도 다닌 걸로 알고 있어요."

"신창순 씨가 사업 목적이 아니라 주로 그런 부차적인 목적 때문에 중국이나 러시아를 찾았단 겁니까?"

"확실히는 몰라요. 가까운 사이도 아니고. 그냥 나중에 들은 이야기죠. 뭐, 나야 내 입장에서 본 걸 이야기하는 거니까요."

"알겠습니다. 그럼 이야기를 계속해 주시죠."

"하여간 그날도 색다른 걸 원하더라고요. 쓰리섬을 하자고 했어요. 100만 원 준다면서."

방청석에서 "어머, 세상에." 하는 중년 여성의 탄식이 조그맣게 들렸다. 유미라도 분명 들었을 테지만 아랑곳 않고 말했다.

"나야 그때 일도 없던 때고 해서 오케이했죠."

"그래서요?"

"어느 모텔로 가면 되냐고 하니까 자기 집으로 오래요."

"자기 집이요?"

"네. 자기 집."

"그건 좀 놀랍군요. 그런 변태적인 행위를 하면서…… 아, 죄송합니다. 증인한테 하는 말이 아니라 통념상 그렇다는 이야기로…….”

"괜찮아요. 변태 맞잖아요.”

유미라는 시원하게 말했다. 자학적으로까지 들렸다.

"예. 그럼 편하게 말하겠습니다. 그런 변태적인 행위를 하면서 은밀한 모텔도 아니고 자신의 집으로 오라고 했단 겁니까?”

"실제로 그랬다니까요. 저도 좀 이상했지만 지가 그리로 오라는데 어쩌겠어요? 원래 집에서 스릴 있게 즐기려는 남자들도 가끔 있거든요.”

사람들이 눈을 찡그리고 혀를 차는 소리가 이유현의 귀에 들리는 듯했다. 특히 여성들. 하지만 유미라는 턱을 들고 당당한 태도를 취했다. 세상의 시선에 극히 둔감하든가, 아니면 '니들 고상한 척 입 가리고 수군거려 봤자 다 같은 부류야, 난 차라리 솔직하기라도 하지.' 하는 태도?

"그렇군요. 하지만 소위 쓰리섬이면 여자가 한 명 더 있어야 하지 않습니까?”

"그렇죠. '쓰리'니까.”

유미라는 피식 웃음까지 지었다.

"신창순 오빠 집에 가니까 안 그래도 한 명 더 불러 놓고 있었어요.”

조금 전에 탄식했던 방청석의 중년 여성은 기가 막혔는지 더 이상 반응조차 없었다. 조현철 검사가 반대편으로 눈길을 돌리며 물었다.

"그랬군요. 그럼 혹시 그 여성이 이 법정 안에 있습니까?”

검사의 말에 이유현은 눈을 휘둥그레 떴다. 이 법정 안에? 설마.

이유현의 놀람이 가시기도 전에 유미라가 서슴없이 팔을 들었다.

"네. 있어요. 저기."

유미라의 뻗은 팔은 피고인석을 가리키고 있었다. 김명진은 창백한 얼굴을 깊숙이 숙이고 있었다.

세상에.

이럴 수가.

방청석은 분노와 탄식이 오가며 크게 술렁였다.

이유현은 이를 꽉 물었다.

"조용히 해주시고."

재판장이 오랜만에 끼어들었다.

"증인은 증언을 계속해 주세요."

"저 여자하고 셋이 하자고 했어요."

"분명합니까?"

조현철이 재차 물었다.

"모를 리가 없잖아요? 한참 동안 같이 있었는데."

"그럼 정말 그 쓰리…… 세 사람이서 그걸 했습니까?"

"아뇨."

이유현은 왠지 안심한 기분이 들었다. 그건 그 대답이 들린 순간 법정 안 사람들이 공유한 감정일 것이다.

"왜 안 했죠?"

"저 여자가 끝까지 거부했어요. 눈치를 보니 아마 돈을 줘서 데리고 온 여자는 아닌 거 같은데, 어떤 관계인지는 몰라도 내가 알 바는 아니고. 저 여자는 신창순 오빠를 엄청 겁내면서도 그것만은 못 하겠다고 끝까지 거부했어요."

"그래서 그다음은요?"

"신창순 오빠가 욕을 막 하다가 빡 돌아서는 어디 골방에서 골프 가방을 꺼내 오더라고요. 아이언이고 드라이버고 닥치는 대로 꺼내서는 저 여자를 마구 때렸어요. 그 오빠가 평소에는 싹싹해도 한번 야마 돌면 못 말리는 성격이에요. 아는 사람은 알거든요. 내가 좀 말려보려 했는데 턱도 없었어요. 때리다가 골프채가 부러지니까 딴 걸 집어 들고 때렸고. 난 겁나서 바로 옷 입고 나와 버렸어요."

"그때 경찰에 신고가 들어가서 나중에 증인이 본 대로 진술했지요?"

"네."

"그 당시 진술을 보면 쓰리섬이나 골프채 이야기 같은 건 안 하셨던데요? 그저 좀 주먹을 휘둘렀다는 정도로만 되어 있군요."

조현철은 당시 유미라가 경찰에서 진술한 조서의 사본을 들고 휘적휘적 넘기며 말했다.

"그땐 오빠 눈치도 보이고 해서 그랬어요. 이젠 세월도 지났고, 솔직히 이젠 눈치 볼 사람도 없고. 법정에서는 사실대로 이야기할 수밖에요."

유미라는 천연덕스럽게 이야기했지만 적어도 증언의 동기에 관한 어떤 거짓이 개입되어 있는 게 역력했다. 조현철은 벽 스크린에 당시 유미라가 진술했던 조서를 비추었다. 주먹을 휘둘렀다는 진술 정도가 있었다. 하지만 자신의 부끄러움을 감수하고 법정에서 과감하게 공개한 이 여자의 진술 내용이 그보다 더 거짓일 리는 없었다.

하긴 그다지 부끄러워하는 것 같지도 않긴 했다. 어쨌든 그녀가 예전에 진술했다는 기록의 존재 자체는 그때보다 더 구체성을 띤 현재의 진술이 믿을 만하다는 생각을 강화시킬 터였다. 배심원들의 얼굴이 불쾌감과 분노로 벌게졌다.

"남편의 폭행을 몇 년이나 참아 오던 김명진 씨가 그날 밤만은 참지 못하고 경찰에 신고한 것에는 이런 이유가 있었군요. 그리고 결국엔 단순 폭행으로 처리돼서 흐지부지 벌금형으로 끝났고요."

법정은 바람에 흔들리는 대숲처럼 술렁였다. 이유현도 놀랐지만 조금 다른 이유였다. 충격적인 증언 내용보다, 신창순이라는 인간의 이면이 밝혀지는 모든 과정을 지켜본 김명진이 눈물 한 방울 흘리지 않고 있다는 사실 때문이었다. 둑에 구멍이 난 것처럼 울음이 터져 나와야 할 일 아닌가. 그녀를 알던 남자들은 그녀가 울 때면 목을 놓아 엉엉 울었다고 했다. 아무리 세월에 깎여 무덤덤하게 변했다 하더라도 발가벗겨진 자신의 운명에 이렇게까지 무심할 수 있는 걸까.

성공한 남자들에 혹해 착한 남편과 이혼하려고 살인을 저질렀다며 검사가 목청을 높였을 땐 가슴이 막혀 왔을 것이다. 그렇지 않다고, 내가 얼마나 힘들게 견뎌 왔는지 알지 못하면서 함부로 넘겨짚지 말라고, 사무치게 말하고 싶지 않았을까. 비록 원치 않은 시기와 장소에서, 검찰 측 증인의 입을 통해서라는 원치 않은 방법으로지만 어떻든 이제 자신의 과거가 통렬히 공개되었다. 가슴 깊이 숨긴 남편의 악행이 백일하에 드러났다. 서러움에 가슴을 치며 눈물을 쏟아 낼 법도 하다. 하지만 그녀는 어디까지나 마치 타인의 소문을 듣는 사람처럼 담담했다. 이 의연함이 반드시 그녀에게 유리하게 작용하지만은 않을 텐데. 어떤 무의식이 자제하고 있는 건지도 몰랐다. 어쩌면 갖고 싶어서 가지게 된 것이 아닌 자기방어의 산물인지도 모른다. 약하디 약한 속살을 보호하려 생겨난 조개껍질처럼.

울고불고하는 거짓말쟁이들이 법정에서 자주 승리하는 걸 이유현은 잘 알기에 그런 그녀가 안쓰럽기까지 했다. 김명진은 어쩌면 있는 힘을 다해 감정의 줄을 팽팽하게 잡아당겨 눈물을 참고 있는지도 모른다.

"어머, 이 여자가 신창순 오빠 와이프였어요?"

유미라가 깜짝 놀란 듯 말했다. 그녀는 금세 안색이 변하며 꼬았던 다리를 풀었다. 거침없던 그녀도 변태 행위를 강요받았던 사람이 다름 아닌 남자의 아내였다는 사실에 불쾌감과 미안함을 느낀 모양이다.

고진은 어느새 무표정을 회복하고 있었지만 급격히 피곤해져 버린 듯 보였다. 반대신문 차례가 되자 일어서서 한 가지만 묻겠다고 했다.

"증인은 지금 어떤 사건으로 입건되어 있지요?"

처음으로 유미라가 머뭇거렸다.

"법정에서는 사실만을 말해야 합니다. 대답해 주세요."

고진이 다그치자 유미라는 그제야 "네." 하고 대답했다.

"어떤 혐의입니까?"

"미성년을 고용해서 술장사를 했다는 건데, 전 억울해요. 누가 봐도 성인이었……."

"알겠습니다."

고진은 말허리를 끊어 버렸다. 이어 반대신문을 마치겠다고 하고
는 자리에 앉았다.

유미라는 일어서서 미련 없이 법정을 떠났다. 그녀가 지나는 길목
의 방청객들이 몸을 반대편으로 피하는 모습이 보였다.

고진도 이유현과 같은 짐작을 한 모양이다. 유미라가 아무리 예전
에 경찰에서 같은 내용으로 진술했다 하더라도 수많은 사람들이 자
리한 법정에서 창피한 과거의 일까지 낱낱이 증언을 한 건 아마도
현재 진행 중인 수사에 대한 어떤 선처를 약속받았기 때문일지 모
른다.

어쨌든 그렇다 해도 유미라의 증언이 뒤집힐 이유는 없었다. 배심
원이 강렬하게 감정이입을 할수록 김명진에게 있었을 법한 동기 또
한 강렬하게 각인되는 것이다. 조현철이 일어나 재차 강조했다.

"저 또한 증인의 증언에 놀랐고, 충격을 받았습니다. 아마도 법정
안 여러분들이 지금 느끼고 계신 감정도 비슷할 겁니다. 그리고."

조현철은 고개를 숙인 김명진 쪽으로 몸을 획 돌렸다.

"그 몇백, 몇천 배를 당사자인 피고인은 느꼈을 것입니다. 그래서
이 사건이 일어난 것입니다."

조현철은 범행 대신 굳이 '사건'이라고 말했는데, 피고인의 처지
에 동조하는 배심원들의 심기를 건드리지 않으려 그 단어를 선택한
것 같았다. 김명진을 얼마든지 동정하라, 하지만 그녀는 유죄다, 충
분한 살해 동기가 있다, 이런 암시일 것이다.

이유현은 검사가 현재 가진 것으로 가능한 최소한의 유효타를 노
린다고 생각했다. 중형이 아니라 오로지 유죄 판결이라는 목표. 김

명진이 1년형을 받든 무기징역형을 받든 검사에게 큰 차이는 없다. 오로지 그녀가 유죄 언도를 받으면 된다. 그러면 기소는 성공이다. 통상의 경우 무죄를 받으면 수사한 검사와 공판 검사 모두 일단 평점이 깎이지만, 유죄 판결만 받아내면 문제는 없다. 형량이 얼마든 사실 그들의 큰 관심사는 아니다. 그건 판사나 배심원이 재량으로 정하는 영역이니 검찰은 어쩔 수 없다는 논리다. 하지만 결론 자체를 뒤집는 무죄 판결이 나온다면 이야기가 달라진다. 그건 수사를 잘못했거나 공판 수행을 잘못했거나 둘 중의 하나라는 것이니까. 그래서 검찰은 무죄 사건에는 치를 떨며 100% 항소한다. 억울한 사람을 법정에 세운 게 아니라는 무언의 항변이다. 특히 이번 사건처럼 사람들의 이목이 집중된 사건에서 유죄를 향한 검찰의 의지는 상상을 초월한다.

피고인의 입장도 어떻게 보면 반대의 측면에서 닮아 있다. 만약 피고인이 억울하다면 형을 얼마큼 받느냐는 의미가 없을 수 있다. 오로지 무죄만이 가치를 가진다. 설사 선처를 받아 짧은 형을 받는다 하더라도 살인자의 낙인을 찍는 유죄판결은 그 자체로 피고인에게 통분할 일이다.

방청석에 앉아 그 장면을 지켜보던 김해나는 이빨을 꽉 깨물었다. 남궁현과 임의재의 표정은 어두웠다. 생각보다 큰 동요는 보이지 않는데. 이유현은 그렇게 생각하다가 퍼뜩 깨달았다. 이들은 다 알고 있었다. 생각해 보면 당연했다. 언니의 일인데, 몰랐을 리가 없었다. 그리고 남궁현은 김해나의 약혼자다. 그녀로부터 전해 듣지 못했을 리도 없다. 임의재도 마찬가지고, 지금 법정엔 없지만 한연우도 다르지 않으리라.

고진은 손가락을 마주 비비며 연신 입술을 달싹거렸다. 이유현은 알고 있다. 그건 고진이 내심의 혼란을 숨길 때의 버릇이란 걸. 의뢰인이 이 건에 대해 고진에게는 알려 주지 않았던 게 분명하다.

고진이 일어서서 배심원석을 향했다.

"지금 검사님의 주장은 그럴듯합니다만 객관적인 사실에 임의의 해석을 붙이고 있다는 말씀을 드리지 않을 수가 없네요. 엄밀히 말하면 검찰은 피해자가 피고인을 학대한 사실을 입증했을 뿐입니다. 그것이 곧 범죄의 동기를 입증한 거라고 할 수는 없겠지요."

조현철은 음험하게 웃었다.

"그럼, 변호사님은 왜 그동안 피해자의 과도한 폭행 사실을 숨겨 왔습니까? 부부 사이에 특별한 문제가 없었다고만 줄곧 이야기해 왔습니다. 그 이유를 이제는 우리 모두 알고 있습니다. 그것이 바로 범행의 동기였기 때문입니다. 틀립니까?"

"틀려요!"

방청석에서 누군가가 소리쳤다. 김해나였다. 그녀는 상기된 얼굴로 벌떡 일어나 있었다.

"변호사님이 일부러 사정을 숨긴 건 아니에요. 오늘까지도 모르셨어요. 우리가 이야기를 안 했거든요."

"근데 누구시죠?"

재판장이 눈을 찌푸리며 김해나를 보았다.

"피고인의 동생이에요. 지난번에 증언했던."

"아, 그렇군요."

재판장은 그제야 그녀를 알아보았다.

"그래도 그렇게 일방적으로 일어나서 발언하시면 안 됩니다."

"하지만 지금 검사님이 너무 일방적으로 이야기하시고 있거든요."

김해나가 물러서지 않자 오히려 판사가 조금 물러섰다.

"그럼 피해자 측으로서 뭐 꼭 하실 말씀이라도 있는 건가요?"

"네. 너무 억울해서요."

"그래요……."

재판장은 잠시 생각하더니 말했다.

"그렇다면 정식으로 지금 증인 채택 절차를 밟아서 발언할 기회를 드리겠습니다."

김해나는 그러겠다며 법정 앞으로 성큼 나섰다. 고진이 말릴 새도 없었다. 그 옆에 앉았던 남궁현은 난처한 듯 자신의 뒷머리를 쓸었고, 임의재는 팔짱을 낀 채 미간을 딱딱하게 굳히고 있었다.

이유현은 그다지 좋지 못한 전개라는 생각을 했다. 고진도 낭패스런 표정이었다. 반면 조현철 검사는 느긋한 모습이었다. 그도 그럴 듯이, 판사가 피고인 측 가족의 돌발적인 행동을 나무라지 않고 오히려 정식 발언 기회를 주었다는 건 피고인에게 유리한 상황이 아니다. 오히려 그 반대를 암시하는 상황이다. 어차피 이길 상대방이라면 구구절절 발언 기회를 줄 필요가 없다. 승소가 모든 걸 무마한다. 하지만 반대라면, 적어도 기회는 줘야 한다. 피고인의 유죄를 예감했기에, 할 말을 다 하게 해서 절차적인 만족감이라도 주고 재판 결과에 불만을 덜 가지게 하려는 것이다. 이런 과정이 종종 오해돼서 그쪽 당사자에 유리하게 재판이 진행되고 있다고 받아들여지기도 하지만 물밑의 흐름은 반대인 것이다.

여기서 김해나가 증언한다고 해서 도움이 될 리가 없다. 피고인의 가족이 늘 그렇듯이 흥분해서 언성을 높이거나 감정적인 발언을 해서 도리어 반감을 살 여지가 크다. 조현철 검사도, 이유현도, 고진도 이미 알고 있다. 밀물이 썰물로, 썰물이 밀물로 바뀌었음을. 판사는 김명진에게 불리한 심증을 이미 굳혔고, 같은 판단자의 입장에서 배심원들 또한 마음의 가는 길이 다르지 않을 것이다.

김해나는 증인석으로 성큼성큼 걸어가 앉았다. 선서를 하려고 손을 드는 걸 판사가 말렸다. 증인선서는 지난번에 했기에 필요 없다는 말과 함께.

"하고 싶은 말씀을 자유롭게 해보세요."

재판장이 말했다. 자유롭게 말해 보라니. 새로운 사실을 캐내려는 의지가 전혀 들어있지 않은 말이다. 역시 이 증인신문은 모양 갖추기다. 이유현은 속으로 혀를 찼다. 김해나는 숨을 한 번 크게 들이켜더니 입을 열었다.

"지금껏 숨겨 왔지만 어차피 사정이 밝혀졌으니까 모두 말할게요. 모든 게 형부, 아니 형부라고 부르기도 싫은 그 인간, 신창순 때문이에요. 그 사람하고 결혼한 뒤로 언니의 인생이 엉망이 되어 버렸어요. 폭행뿐만이 아니에요. 검사님이 말씀하신 게 맞아요. 신창순은 정말 나쁜 인간이었습니다. 결혼하고 나서부터 언니는 주위 사람들하고 거의 연락이 끊겨졌어요. 예전 친구들은 물론이고, 심지어 저하고도 사이가 점점 멀어졌죠. 전부 신창순이 그렇게 만든 거예요. 언니를 완전히 손아귀에 넣고 가둬 버린 거죠. 아무것도 못 하게 한 거예요. 그건 사랑이 아니었어요. 독점욕이랄까, 소유욕이랄까, 그것뿐이에요. 노예나 마찬가지였어요. 언니를 그렇게 때리기까지 했단건 저도 꽤 나중에야 알았어요. 언니가 오랫동안 숨겨 왔던 거죠. 제가 걱정할까 봐.

전 언니를 만날 때마다 이야기했어요. 그런 사람하고 어떻게 같이사냐, 살 거면 당당하게 자기 의사를 이야기하라고. 못 그러데요. 아니, 아예 그럴 생각조차 품지 못하던걸요. 얼빠진 사람처럼 그저 먼산만을 봐요. 제가 언니 집에 가는 것도 신창순이 표 나게 싫어하니까 가기도 싫어지더라고요. 언니가 불쌍하기도 했지만 그런 인간한테 절절매면서 아무것도 못 하는 게 밉기도 했어요. 언니한테 아무리이야기해도 안 되니깐, 저도 포기한 상태가 되는 그런 거 말이에요.

그러던 중에 블라디보스토크에서 아예 집을 나왔다고 할 때는 얼마나 속이 시원했는지 몰라요. 언니가 큰맘 먹고 가출한 김에 단단히 얘기해 두고 싶었어요. 무슨 일이 있어도, 신창순이 아무리 사탕발림을 해도 돌아가지 마라. 정 어려우면 독하게 맘먹고 경찰에 신고하든가 변호사를 찾든가 해라. 그렇게요. 당분간, 아니 어쩌면 영원히 못 볼지도 모르는데, 신창순하고 언니를 그대로 두고는 미국으로 못 떠날 것 같았어요."

김해나는 흥분하지 않고 또박또박 증언했지만 역시나 도움은 되지 않고 있다. 신창순이 얼마나 나쁜 남편이었는지는 더 뚜렷해졌지만, 그만큼 그가 사라지면 김명진의 남은 인생에는 이익이라는 점또한 분명해진 것이다.

"신창순의 가혹 행위에 관해 변호사한테도 이야기를 안 했다고 했습니다. 왜 그러셨습니까?"

조현철이 물었다.

"그런 이야기를 하면 변호사님이 우리 언니를 믿지 않을까 봐서예요. 신창순이 미워서 죽이지 않았을까, 그렇게 생각해 버릴 수도 있잖아요? 변호를 하려면 일단 언니가 무죄라고 확신하셔야 할 거니까요. 그래서 말 안 했어요. 저뿐 아니라 오빠들도 같이 그러자고 말을 맞췄어요."

조현철이 눈을 게슴츠레하게 떴다.

"오호라, 그러니까 이런 사실들을 알리면 변호사조차도 언니의 무죄를 믿지 않을 거라고 생각하셨던 거군요."

그는 교묘한 말로 판단의 물길을 유도하고 있었다. 이 법정에서 가장 피고인의 편이 될 변호사조차 믿지 않을 일이다. 배심원들 당신들은 믿겠느냐, 그런 뉘앙스로 들렸다.

"아뇨, 그런 건 아니고……."

김해나는 뒷말을 잇지 못했다. 분위기가 확실히 좋지 않아졌다. 김해나의 답변은 마치 집채만 한 코끼리를 보자기 한 장으로 가려 보려 안간힘을 쓰는 것처럼 비쳤다. 피고인의 가족이 나서서 자신감 없이 더듬대었을 때 생기는 부작용의 안 좋은 예라 할 만했다. 고진이 끼어들었다.

"사실 그 부분은 제가 묻지도 않았죠. 부부간의 일에 관심을 가질 이유는 없으니까요. 그게 살인의 동기가 되지 않는다면요."

고진은 크게 동요하고 있는 것 같지는 않았다. 겉으로는 그랬다. 검사는 배심원들의 머리에 피해자 신창순이 죽일 놈이라는 인식을 심어 준 데는 성공한 것 같다. 하지만 죽일 놈이라고 해서 그녀가 실제로 신창순을 죽였다는 증명은 되지 않는다. 논리적으로는 그렇다.

김해나는 검사의 태도에 조금 감정적으로 반응한 듯하다. 그녀가 돌연 목소리를 높였다.

"언니는 신창순을 죽이지 않았어요. 하지만, 설사 언니가 죽였다고 해도 그건 정당방위 아니에요? 저게 짐승 잡는 거지, 사람을 어떻게 저렇게 때릴 수 있어요? 너무 겁에 질려서 차마 이혼소송을 낼 생각도 못 했대요. 신창순이 안 죽었으면 언젠간 언니가 죽었을 거예요. 맞아 죽든, 말라 죽든."

조현철이 빙긋이 웃었다. 김명진은 당혹스런 얼굴로 고진을 돌아보았다. 고진은 어쩔 수 없다는 양 손바닥을 펴서 마주 들었다. 이유현은 어이가 없었다. 김해나의 돌발 행동. '죽였다고 해도' 정당방위라니. 이건 패착이다.

무죄를 다툰다면, 더구나 '살인'쯤 되는 사건에서 본인이 억울하다면 어디까지나 철저히, 단호하게 부인해야 한다. 오리발을 백 번 내밀어야 믿어 주는 사람 하나가 있을까 말까다. 그런데 정작 피고인 본인이, 만약에 내가 죽였다 하더라도 사정이 있었다는 식으로 미적지근한 주장을 해버리면 무죄라고 외쳐 주려던 사람들도 맥이 빠져 버린다. 민사에서는 이런 종류의 예비적인 주장이 자주 있다. '그 증서는 상대방이 써 준 차용증입니다, 설사 차용증이 아니라 하더라도 지급보증의 의미로 준 것입니다.' 하는 식으로. 왼손 스트레이트가 안 먹히면 오른손 훅을 찔러 보는 것이다. 유효하고 필요한 전략이다. 하지만 형사사건에서는 한번 스트레이트를 뻗었으면 주구장창 그걸로 써야 한다. 오리발을 내밀었다가 닭발로 바꿔 내밀어서는 안 된다. 단일하고 절대적인 사실을 입증하고 밝혀야 하기 때문이다. '만약에'라는 유보적인 태도는 금물이다. 본인이 흔들리지 않아야 믿어 주는 이도 흔들리지 않는다. 그런데 김해나는 지금 자기감정에 빠져 재판을 그르치고 있었다.

이유현은 복잡한 상념에 빠져 증인석을 떠나는 김해나의 뒷모습을 물끄러미 바라보았다.

조현철이 또 일어섰다.

"검찰의 마지막 증인을 부르겠습니다."

아. 그렇군. 이유현은 깜빡 잊고 있었다. 오늘 증인은 모두 다섯 사람이었다. 한 명이 더 남았다. 지금까지의 증언으로도 충분히 김명진이 곤경에 몰렸다. 배심원들로부터 동정은 받겠지만 범행의 잠재적인 동기는 완전하게 드러났다. 조현철은 여기서 무엇을 더 노리는 걸까.

법정 뒷문이 열렸고, 비쩍 마른 여성이 들어왔다. 확연하게 중년에 접어든 여자였다. 프릴이 치렁치렁 달린 감귤색 블라우스에 넓고 긴 치마를 입었는데, '시대착오 패션'이라는 스타일이 있다면 이것이 아닐까 싶었다. 마치 60년대 계몽영화 속에서 걸어 나온 엑스트라 같았다. 푸석한 머리카락에 좁은 이마. 매부리코 위에 갈색 뿔테 안경을 걸쳤고, 각진 얼굴에 눈코입이 비좁게 들어앉은 답답한 외모. 도무지 알 길 없는 얼굴이었지만 '박색'이라는 표현이 썩 어울린다는 것만은 확실했다.

김명진은 의혹에 젖은 눈으로 법정에 걸어 들어오는 여자를 골똘히 쳐다보았다. 아는 얼굴인 듯했다. 여자는 김명진을 보지 않았다.

까랑까랑한 목소리로 증인 선서를 한 후 말미에 "증인 구옥영."을 덧붙이고 앉았다. 이 이름도 역시 이유현에게 생소했다.

"증인은 피고인과 어떤 사이시죠?"

조현철이 물었다.

"고등학교 동창이에요."

이 답변에 이유현은 조금 놀랐다. 10년은 더 나이 들어 보이는데?

"하시는 일은요?"

"초등학교 교사예요."

"피고인과는 줄곧 연락하고 지냈습니까?"

"그러진 못했어요. 고등학교 땐 단짝처럼 지냈고, 대학까지만 해도 가끔씩 만나곤 했는데 명진이가 결혼하고 나서는 연락이 완전히 끊어졌어요. 전화번호도 바꾸고 잠적 비슷하게 했다고나 할까요?"

구옥영의 말은 매끄러웠다. 교단에서 갈고 닦은 톤이었다.

"지금은 그 이유를 알고 있습니까?"

"네. 알아요. 남편이 심하게 간섭한 모양이더라고요."

구옥영은 그제야 김명진을 한 번 힐긋 보았다. 그녀의 새파래진 낯빛에 구옥영은 분명 만족해하고 있었다.

"증인이 김명진 씨를 지금 저 변호사님한테 소개해서 사건을 맡도록 했지요?"

"그런 셈이에요. 명진이가 20년 만에 갑자기 연락이 와서는 저한테 하소연을 하더라고요. 마침 동창인 규란이가 했던 얘기가 생각이 났어요. 저 변호사님에 관해서 들은 이야기가 있었거든요. 그래서 명진이한테 규란이를 한번 만나 보라고 해줬어요."

"그 과정을 자세히 말씀해 주십시오."

"이의 있습니다."

고진이 오랜만에 일어섰다.

"피고인이 사건을 의뢰한 경위를 왜 법정에서 묻습니까? 이런 증인신문은 듣지도 보지도 못했습니다."

"그러셨을 겁니다. 변호인께서는 법정이 처음이실 테니 말이죠."

조현철이 비꼬았다.

"여전히 사건에서는 벗어나 있네요."

"벗어나 있는지 아닌지는 들어 보시면 압니다."

재판장이 보다 못해 말했다.

"검사님, 변호인의 선임 과정을 묻는 건 적절하지 못해 보입니다."

"알겠습니다. 그럼 곧장 관련 있는 질문으로 들어가겠습니다."

조현철은 다시 구옥영에게로 몸을 돌렸다.

"피고인이 증인한테 뭐라고 하소연하던가요?"

"그런 말을 하긴 좀 그런데……."

구옥영이 곤란한 듯 몸을 배배 꼬았다. 하지만 괜히 내보이는 연극적인 몸짓처럼 보였다.

"괜찮습니다. 법정에는 그런 말을 해달라고 부른 거니까요. 사실 그대로만 말해 주시면 됩니다."

구옥영은 한 번 더 주저하는 척하다가 말했다.

"……남편이 자기 인생에서 없어졌으면 좋겠다는 식으로 이야기했던 것 같아요. 아주 심각하게 고민하는 것 같더라구요."

"남편이 없어졌으면? 그렇게 말한 겁니까, 아니면 그런 뜻으로 말한 겁니까?"

"몇 달 전 일이라 그대로 기억이 나진 않아요. 어쨌든 그런 뉘앙스로 고민을 토로했던 건 맞아요. 뭐, 예전에도 막 활발한 애는 아니었지만 그때보다 말수도 더 적고, 그랬어요. 어쨌든 제가 그렇게 알아들은 거니까……. 그러면서 규란이한테 들은 저 이상한 변호사님 이야기가 생각이 난 거예요. 듣기로는 제대로 된 사무실도 내지 않고서 법정에도 절대 안 나간다고, 은밀하게 사건을 맡아서는 법의 허점을 이용해서 사건을 확실하게 해결한다고. 합법적으로 남의 재산을 빼앗거나 심지어 사람을 죽일 수도 있다나. 그땐 그렇게 들은 것 같았는데, 그건 아무래도 좀 제가 과장해서 기억한 거였던 것 같아요."

구옥영은 천연덕스럽게 말했다. 묻지도 않은 변호사 소개 과정까지 단번에 증언해 버렸다. 아마 검사와 사전에 조율된 증언이리라. 배심원들의 안색이 굳어지고 있었다. 그들의 눈은 이제 김명진이 아니라 고진을 향해 있었다. 지독한 불신과 함께.

고진은 무표정했다. 하지만 내면의 파장은 작지 않을 것이다. 졸지에 법정 안에서 협잡꾼 이미지를 뒤집어썼다. 이건 김명진에게는 더욱 치명적이다. 피고인의 입이 되는 유일한 사람인 변호사에 대한 배심원의 신뢰에 금이 갔다. 그가 지금까지 했던 주장과 앞으로 할 주장에 무게가 실릴 수 있을까. 검사는 구옥영의 신문을 통해서 피고인 본인뿐 아니라 그를 옹호하던 변호사마저 쏘아 떨어뜨려 버린 것이다. 조현철은 거기다 확인사살까지 하고 싶었던 모양이다.

"확실히 저 변호사님은 법정에선 보기 힘든 분입니다. 하지만 아는 사람은 안다고 하지요. 법정 밖에서 법의 허점을 이용해서 사건을 탈법적으로 해결하고 상대방을 엿 먹이는 일을 주로 하신다고요. 그런 특징들 때문에 뒷구멍 변호사라는 별명이 붙어 있기도 한데, 그런 것도 알고 있습니까?"

지독한 모욕이었다. 게다가 별명까지 질 낮은 걸로 바꾸었다. 분명 의도적인 것이었다. 조현철은 발언이 도중에 제지를 받더라도 이번 기회에 확실하게 고진의 수상한 실체를 배심원들에게 각인시키려는 모양이다. 고진이 일어섰다.

"재판장님, 이의 있습니다."

그의 목소리에는 분노 대신 빈정거림이 섞여 있었다.

"검사는 지금 법정에서 엉뚱하게 사랑 고백을 하고 있습니다."

"무슨 말씀입니까?"

재판장은 고진을 보았다.

"변호인에 대해 스토커 짓을 했단 걸 공개적으로 밝히고 있는데, 어떻습니까?"

재판장의 입술이 일그러졌다. 그는 할 수 없다는 듯 조현철을 향해 말했다.

"검사님, 그런 발언은 삼가 주십시오. 인신 공격이 될 수 있습니다."

"알겠습니다."

고개를 끄덕이는 조현철의 얼굴은 흐뭇해 보였다. 이미 목적은 달성한 것이다. 그는 다시 구옥영에게 향했다.

"그래서 김명진 씨의 의뢰와 어울리겠다 싶어서 저 변호사님을 소개해 주었단 얘기군요."

"네. 그래요. 꼭 나쁜 의도가 있었다기보다 친구가 소송이나 그런 공개된 방식으로 해결하는 걸 원하지 않는 것 같아서요. 그래서 저 변호사님이 떠올랐고, 그 김에 규란이한테 이야기해 보라고 한 거예요……."

"잠깐, 증인의 말을 듣다보니 이상한 점이 있습니다."

조현철이 일단 구옥영의 말을 막았다.

"그럼 피고인 김명진 씨는 이번 살인사건으로 저 변호사님을 만난 게 아니란 말이네요?"

"그렇죠. 그 전이죠."

조현철은 배심원석을 힐끔 보았다. 입가에 득의만만한 미소가 찰나에 스쳐 지나가는 것을 이유현은 보았다.

"정확히 언제죠?"

"이의 있습니다. 살인사건과는 무관한 신문입니다."

고진이 벌떡 일어났다. 조금 전 모욕이 오간 상황보다 더 정색을 하고 있었는데, 검사의 질문에서 어떤 불안한 기색을 감지한 듯하다. 하지만 이번에는 판사가 잘라 버렸다.

"관계있을지 없을지는 증인의 진술을 좀 더 들어 봐야 할 것 같네요."

말투가 냉랭해져 있었다.

"지난 가을인가 그랬을 거예요. 명진이가 러시아로 떠나기 직전이었던 같은데, 아마. 그 무렵에 명진이가 저 변호사님을 만나고 왔어요."

"그때 그럼 사건을 맡겼습니까?"

"아뇨. 변호사님이 사건을 맡지 않은 모양이더라고요. 만나고 온 뒤에 명진이가 전화해서는 씁쓸하게 웃으며 말했어요. 자기가 정말 정말 바보 같았다고. 변호사를 만나서 남편을 죽여 달라고 했으니 자기를 얼마나 이상한 여자로 보았겠냐고 그러데요."

이 증언이 가져온 파장은 컸다. 방청석이 먼저 크게 술렁였다. 배심원들 몇몇은 분명 이맛살을 심각하게 찌푸렸다. 검사는 법정 안의 동요를 즐기듯 가만히 서 있었다. 그리고 그 발언의 뜻이 모든 사람에게 충분히 이해될 만큼 시간이 흐른 후 다시 구옥영에게 물었다.

"분명히 남편을 죽여 달라는 의뢰를 했다고 말했습니까?"

조현철 검사는 일부러 한 번 더 반복하고 있었다.

"네. 저도 깜짝 놀랐고, 그제야 정신이 들었어요. 명진이가 아무리 불쌍해도 그렇지, 그런 의뢰였다면 변호사를 소개해 주었을 리가 없거든요. 그냥 법정 같은데서 떠들썩하게 하지 않고 조용히 남편을 골탕 먹이고 돈이라도 받아내려나 보다, 그 정도로만 여겼던 거죠. 놀랐지만 그 자리에선 명진이를 적당히 위로하고 끝냈던 것 같아요. 지지고 볶고 하는 남편조차 없는 나 같은 사람도 있지 않냐고 하면서."

구옥영은 자신의 증언이 던진 충격을 뻔히 알면서도 뿔테 안경을 조금씩 추켜올려 가며 끝까지 차분하게 말을 이어 갔다. 그녀의 거듭된 증언으로 김명진이 남편을 살해하려 했다는 사실은 산에 부식된 동판처럼 배심원들의 뇌리에 뚜렷이 각인되었다. 아내가 남편 살해를 의뢰하려 했다. 그리고 두 달 뒤 남편은 살해당했다. 그렇다면? 인과관계를 암시하는 뉴런이 모두의 뇌 속에서 착착 연결되는 소리가 들리는 듯했다. 고진은 주먹으로 턱을 괴고 생각에 잠긴 모습이었고, 조현철은 흡족한 표정을 지었다.

"그럼 이번 살인사건의 변호인으로 선임된 과정은 모르시는 거군요."

"예. 그건 몰라요. 전 그때 규란이를 통해서 한 다리 건너 소개해 준 일밖에 없거든요. 어떻게 해서 그렇게 됐는지는 잘⋯⋯. 뭐 어차피 그때 만났던 인연으로 그렇게 된 거 아니겠어요?"

구옥영은 오히려 턱을 쳐들고 검사에게 되물었다. 조현철은 씩 웃었다.

"신문을 마치겠습니다."

만족감이 느껴지는 어조였다.

"반대신문 있습니까?"

재판장이 고진을 향해 물었다. 형식적으로 들렸다. 이유현은 고진 대신 마음으로 고개를 저었다. 저 악의에 찬 아줌마를 상대로 반대 신문을 할 이익이 있을까. 저런 증인은 말을 더 시켜 봤자 거꾸로 이쪽이 더 타격만 입게 될 터였다.

하지만 이유현의 생각과 달리 고진은 "있습니다." 하며 자리에서 일어섰다.

"구옥영 씨에게 한 가지만 묻겠습니다."

고진의 말에 구옥영은 뾰족한 턱을 쳐들었다. 배심원들은 의심스러운 눈빛으로 고진을 주시했다. 법정 안에 있는 누구나 느끼고 있는 사실이지만, 이미 피고인 측은 만신창이가 되었다. 남편의 박해로 비운의 주인공이 되어 버린 김명진은 동시에 강력한 범행의 동기를 부여받았고, 실제로 신창순 살해 직전 남편의 살해를 의뢰했다.

그리고 그 상대방은 사무실도 없고 법정에도 나가지 않는 정체불명의 요상한 변호사이며, 그 변호사가 지금 법정에서 변론을 펼치고 있다. 그 변론을 배심원들이 믿어 줄 것인가. 피고인과 변호사의 말에 이제는 어떤 믿음도 가질 수 없게 되었을지 모른다. 그런 고진이 구옥영을 상대로 무엇을 물을 수 있을까. 이유현은 걱정되었다. 구옥영처럼 일방적인 악의를 가진 증인을 상대로는 아무리 신문을 해 봤자 절대 득이 되는 일은 없을 텐데. 피고인에게 불리한 증언을 할 기회만 더 줄 뿐이다.

고진이 입을 열었다.

"고등학교 시절 말입니다."

"네…… 네?"

대답하다 되묻는 구옥영의 턱이 살짝 비틀렸다.

"김명진 씨가 참 인기 많았죠?"

"네?"

구옥영이 어안이 벙벙한 얼굴로 되물었다. 고진은 무표정하게 마주 보았다.

"그거야…… 그랬죠."

구옥영은 엉겁결에 대답했다. 그러다가 이내 미간을 찌푸렸다.

"잠깐만요. 무슨 의도로 그렇게 물으시는 거죠?"

"반대신문을 마치겠습니다."

고진은 자리에 앉아 버렸다. 이유현은 보았다. 구옥영만이 볼 수 있는 각도와 찰나 속에서 고진이 남의 속을 확 긁어 버리는 예의 그 비릿한 비웃음을 띠었음을. 구옥영은 주먹을 불끈 말아 쥐었고 얼굴이 붉으락푸르락해졌다. 깜짝 놀랄 만큼 순식간에 그녀의 평정은 허물어졌다. 고진의 말은 그녀가 깊게 숨긴 무언가를 치명적인 방식으로 건드려 버린 모양이었다. 구옥영은 아랫입술을 깊게 깨물었고, 입술이 거의 지워진 듯 보였다. 이유현은 도금이 벗겨진 조형물을 떠올렸다. 만들어 낸 우아함이 벗겨지고 못생긴 맨얼굴만이 잔뜩 드러난 모습.

재판장이 가도 좋다고 하자마자 구옥영은 벌떡 일어섰다. 화난 걸음걸이로 증인석을 떠나 법정을 빠져나갔다. 법정 문이 세게 닫히는 소리가 앞쪽까지 들려왔다.

이유현은 감지했다. 이제 법정 안 사람들은 공통적으로 한 가지를 마치 사실처럼 분명하게 인식하고 있다. 김명진 입장에서 재판은 엉망이 되어 가고 있다는 것을. 김명진 측 진지는 적과 비등하게 대치하다가 박격포를 맞고 한순간에 만신창이가 되어 버린 거나 마찬가지였다.

잠깐의 공백 후 재판장이 입을 열었다.

"그럼 증인신문을 마쳤고……. 변호사님, 피고인신문을 하시겠습니까?"

"생략하겠습니다."

고진은 일어나 대답했다. 맥 빠진 목소리였다.

"검사님, 마지막으로 의견 말씀하십시오."

조현철이 자리에서 일어나 배심원석 앞으로 걸어갔다. 얼굴이 팽팽해져 있고 걸음걸이는 기운찼다. 입가에는 가벼운 미소마저 머금고 있었다.

"오늘 우리는 분명한 사실을 확인했습니다. 몇 가지에 불과하지만, 이것은 피고인이 남편을 죽였다는 움직일 수 없는 진실을 알려 주고 있습니다."

검사는 여기서 말을 끊고 배심원들을 죽 훑어보았다.

"신창순은 한국 기업이 만든 낚싯줄을 목에 감고 죽었습니다. 그 낚싯줄은 내수용이라서 한국에서밖에 살 수 없습니다. 러시아인 강도, 아니, 러시아인이 신창순을 살해했을 가능성은 없다고 해야 합니다. 신창순을 밤늦은 시간, 골목으로 불러낼 만한 면식범, 그것도 한국인이 용의자일 수밖에 없습니다. 한국인, 이곳 서울에는 한국인이 1000만 명이 넘고 신창순과 면식이 있는 사람도 수없이 많을 겁니다. 하지만 신창순이 살해당한 곳은 타국 러시아입니다. 우리는 그 덕에 용의자를 단번에 좁혀 갈 수 있었습니다. 여러 번 강조해 왔지만 알리바이에 있어서도 그런 조건에 해당하는 사람은 피고인 한 명뿐입니다. 신창순의 취미 중 하나는 낚시였고, 집에는 한국산 낚싯줄이 있었을 것이며, 아내인 피고인은 대단히 접근이 쉬웠으리라는 건 거듭 말할 필요도 없을 겁니다. 게다가 피고인이 따로 나와 살던 집에서는 범행에 쓰인 것으로 추정되는 골프장갑이라는 결정적인 물증까지 나왔습니다. 낚싯줄 자국이 검게 남아 있었습니다.

그리고 오늘, 가장 강력하게 피고인의 범행임을 시사해 주는 부분 또한 보았습니다. 바로 범행의 동기입니다. 신창순은 아내인 피해자를 이루 말할 수 없이 가혹하게 대했습니다. 결혼과 동시에 사회적 관계를 단절시켰고, 동생마저 관계를 소원하게 만들었습니다. 자기 기분에 따라 극단적인 폭력을 휘둘렀습니다. 몰래 바람피우는 정도를 넘어서 콜걸을 집으로 불러 아내에게 변태적인 행위를 강요했습니다. 그걸 거부하자 또 마구잡이로 때렸습니다. 골프채가 부러질 만큼요. 보통 주부들이 자신의 남편에 대해 갖는, 주말에 집에서 잠만 잔다거나, 집안일을 덜 도와준다거나, 김태희보다 예쁘다는 거짓말을 안 해준다거나 하는 정도의 불만과는 차원이 다른 압도적인 악인 것은 분명합니다. 하지만 피고인은 그런 남편과 이혼하거나 도망치지도 못했습니다. 폭행으로 고소했다가 이틀 만에 고소 취하를 했습니다. 변호사였고, 교활하리만큼 치밀한 신창순을 상대로 법에 호소해 봤자 소용없다고 자포자기한 건지도 모릅니다. 남편의 손아귀에서 벗어날 수 없었습니다. 아니, 벗어날 수 없다고 '생각'했던 것 같습니다. 신창순은 피고인의 인생을 완전히 장악했습니다. 피고인은 신체적으로도 정신적으로도 완전한 노예 상태에 있었습니다. 건강한 상식을 가진 배심원 여러분들은 설마 요즘 그렇게 사는 여자가 있을까 싶으시겠지만, 이런 지배 종속 관계는 우리 주변에 언제나 있어 왔습니다. 20년을 그렇게 살아왔던 피고인은 마침내 아는 이 하나 없는 머나먼 객지에까지 억지로 끌려가게 되었습니다. 인종도 다르고, 말도 통하지 않았으며, 무척이나 추운 나라였습니다. 도저히 견디지 못하고 집을 뛰쳐나왔지만 영구적인 해결은 안 되었죠. 이혼은 꿈도 꿀 수 없었습니다. 언제든 남편은 자신을 찾아낼 것이고, 그때는 또 다시 악몽의 반복입니다. 추운 날, 혼자 집에서 오들오들 떨면서 피고인은 이전부터 해오던 어떤 결심을 굳혔을 것입니다. '이 노예 상태를 벗어나기 위해서는 한 가지 방법밖에 없다. 남편 신창순을 죽이는 것.' 거기에 생각이 미칠 수밖에 없습니다. 이것은 피고인이 학대받았다는 사실에서 추측한 것만이 아닙니다. 피고인은 이미 러시아로 떠나기 전 괴상한 별명이 붙은 음침한 변호사를 만나 살인 의뢰까지 했습니다. 다행히 변호사는 의뢰를 거절했습니다. 아마, 금액이 안 맞았던 모양이죠?"

검사의 지독한 조롱에도 고진은 무심한 표정으로 앉아 있을 뿐이었다. 하지만 분명 속은 그렇지 않을 것이다. 보다 못한 재판장이 한마디 했다.

"검사님, 말씀이 좀 지나칩니다."

"괜찮습니다."

고진이 말했다.

"알겠습니다. 그럼 계속하죠."

조현철은 얄밉게 고개를 끄덕 하고는 말을 이었다.

"아무튼 여기서 중요한 건 피고인이 살인 의뢰를 했다는 사실입니다. 그리고 바로 두 달 후 남편은 죽었습니다. 이게 우연일까요? 아니면 최후의 의뢰마저 거절당하자 이제는 직접 죽이는 수밖에 남지 않았다는 생각을 실행에 옮긴 것일까요?"

여기서 조현철이 다시 말을 끊고 배심원석을 죽 둘러보았다. 자신의 말의 효과를 극대화하는 것과 동시에 배심원들의 반응을 살피려는 것 같았다.

"그리고."

조현철은 팔을 들어 고진을 가리키며 말했다.

"살인 의뢰까지 받은 저 변호사님의 변론을 신뢰할 수 있을까요?"

"검사님, 그건……."

재판장이 다시 나섰고, 조현철은 또다시 "알겠습니다." 하며 반 발짝 뒤로 물러났다.

고진은 멍한 시선을 법정 한구석으로 보내고 있었는데, 부글거리는 심사를 숨기려는 품이 역력했다. 바깥이었다면 끊었던 담배를 꼬나물었을 법하다.

"변호사님은 김명진이 구속된 후에 사건을 맡은 걸로 되어 있지만 실제로는 그 전에 이미 김명진을 만났던 것입니다. 왜 굳이 숨겼을까요? 법정에 절대 나오지 않는 저 변호사님이 왜 이번 사건에서는 법정에 나와서 변론을 하고 있는 걸까요? 혹시 자신이 의뢰를 거절한 탓에 김명진이 남편을 직접 죽이고 말았다는 사실을 알고서 일말의 책임감을 느껴서는 아닐까요?"

여전히 고진은 아무런 이의를 제기하지 않았다. 이유현이 더 조마조마했다. 고진은 어처구니없는 공격을 견뎌 내는 도라도 닦고 있는 것일까.

"DNA와 지문만 없을 뿐 범행 입증의 모든 요소가 갖추어졌습니다. 피고인이 남편을 살해했다는 건 명백히 드러났습니다. 그러자 아까 피고인의 동생이 이렇게 주장했죠. 이건 정당방위라고."

또다시 조현철이 말을 끊고 배심원들을 보았다. 이유현은 울컥 짜증이 밀려왔다.

"틀립니다. 정당방위는 당장 급박한 공격이 있을 때 그걸 피하기 위한 행위를 말하는 겁니다. 누가 막 몽둥이를 들고 습격해 올 때 공격을 피하기 위해 그자를 때려눕히는 행동 같은 것 말입니다. 이 사건에서 그랬습니까? 신창순이 피고인을 그날 그 뒷골목에서 먼저 습격했습니까? 아니죠. 범인은 낚싯줄을 신창순의 뒤에서 감아 죽였습니다. 신창순이 먼저 습격했다면 그럴 리가 없습니다.

아마도 피고인 측은 평소에 무지막지한 폭력이 있었고, 그 때문에 남편을 죽였으니 정당방위라고 주장하고 싶은 모양입니다. 하지만 이것도 틀립니다. 신창순은 물론 나쁜 인간입니다. 혼이 나야 마땅합니다. 하지만 죽어야 할 놈은 아닙니다. 그는 어쨌든 사람을 죽이지는 않았습니다. 피고인이 한 행동은 정당방위가 아니라 복수입니다. 폭력에 대해 또 다른 폭력으로 갚은 행위에 불과합니다. 피고인은 함정을 파서 남편을 유인했고, 계획에 따라 목을 졸라 살해했습니다. 충동적인 살인이 아니라 사전에 정밀하게 준비된 모살입니다. 정당방위라니, 당치도 않습니다. 피고인의 결혼생활은 비극이었고, 동정이 갑니다. 하지만 그것은 양형에서 참작할 수 있을 뿐입니다. 피고인의 불행이 유죄를 무죄로 만들지는 못합니다. 피고인은 그게 남편에게서 벗어날 수 있는 유일한 길이었다고 생각했을지 모르지만 단지 잘못 판단한 겁니다. 정상적인 법 절차나 다른 방법을 통해 얼마든지 구제받을 수 있었습니다. 피고인은 두려워서 그러지 못했다고 말하지만, 직접 범죄에 나선 비약적 행동이 그녀가 마음이 약하다는 이유로 정당화될 수는 없습니다. 게다가 이것은 절도나 폭행처럼 결과를 되돌릴 수 있는 종류의 범죄도 아닙니다. '살인'입니다. 피고인은 선택할 수 있었습니다. 올바른 방법을요. 하지만 그 길을 택하지 않았습니다. 개인적인 복수로 문제를 해결하려 했습니다. 우리 법은 사적 구제(私的 救濟)를 엄격하게 금하고 있습니다. 자, 배심원 여러분. 피고인이 남편에게 학대를 받았다는 사실은 사정으로 참작하시되, 여기서 가장 중요한 사실을 떠올려 주십시오."

조현철은 또 잠시 말을 끊었다.

"신창순이 김명진을 죽였습니까? 아닙니다. 김명진은 살아 있습니다."

조현철은 몸을 틀어 슬쩍 배심원들의 시선을 김명진 쪽으로 유도했다.

"하지만 신창순은 죽었습니다. 이것은 그런 문제입니다."

검사는 어느새 김명진의 범행을 기정사실화해 놓고, 그것이 정당방위가 아니라는 식으로 주장하고 있었다. 논점선취의 오류지만, 분명 먹혀들어 가고 있었다.

"그럼 구형하겠습니다."

법정 안은 싸늘한 긴장감에 휩싸였다.

"검찰은 피고인에게⋯⋯."

조현철은 조금 틈을 두었다.

"⋯⋯무기징역을 구형합니다."

그러고는 이게 당연하다는 듯한 얼굴로 천천히 자리에 앉았다. 김명진의 얼굴에서 핏기가 싹 가셨다. 방청석은 웅성였다. "무기징역? 심한데." 하는 말소리도 얼핏 들렸다. 김해나가 "말도 안 돼." 하고 중얼거렸다.

이유현은 놀라지 않았다. 이건 검찰의 생리다. 어중간한 구형은 확신 부족으로 비칠 수 있다. 무기징역 구형은 김명진이 유죄라는 믿음에 어떻든 무게를 더해 줄 것이다.

"변호사님, 최후변론 하십시오."

판사가 고진을 보며 말했다. 중립적으로 들리도록 애쓴 것 같았지만 기대감이 완전히 허물어져 있다는 느낌이 말투에 어쩔 수 없이 스며들어 있었다.

고진이 일어섰다. 그는 검사와 달리 배심원석 앞으로 걸어 나가지 않았다. 대신 일어선 채로 잠시 침묵했다.

혹시 목이 메어 말을 못하고 있나, 하고 모두들 그의 얼굴을 한 번씩 쳐다볼 만큼 시간이 흘렀다. 재판장이 고개를 들어 무언으로 변론을 재촉했고, 조현철 검사도 약간의 의문이 담긴 눈빛으로 고진을 쳐다보았다.

그 직후, 고진의 입에서 툭 던지듯 말이 튀어나왔다. 판사나 배심원들에게는 특히 실망스러울 말이었다.

"공판 속행을 요청합니다."

거의 동시에 재판장의 눈썹이 휙 치켜 올라갔다.

"안 됩니다. 분명히 지난번에도 이번 공판을 마지막으로 하기로 약속했고, 오늘 재판 시작할 때도 그렇게 공언했습니다. 일방적으로 그렇게 끝낼 수는 없습니다. 검찰의 구형까지 마쳤지 않습니까."

재판장은 단호했다. 고진은 지난번 검찰이 그랬던 것처럼 새로운 증거를 내겠다며, 기회를 달라며 속행을 요구할 것인가. 아무래도 이번에는 그런 것으로 판사의 마음이 바뀌지는 않을 것 같다. 배심원들도 몇몇은 고개를 설레설레 젓고 있었고, 나머지도 그다지 표정이 좋지 않았다. 변호인의 속행 요청을 불필요하다고 느낀다는 건 이제 법정에 정말 그만 나오고 싶다는 귀찮은 마음도 작용했겠지만 이미 마음속에 어느 쪽으로든 결론이 서 있다는 뜻이기도 했다. 그리고 오늘 재판의 분위기로는, 절대 김명진에게 유리한 쪽은 아닐 듯했다.

이유현은 고진의 입을 주시했다. 고진은 이번에 도대체 어떤 명분을 내세워 재판의 속행을 요구하려는 걸까?

"꼭 속행해야 할 이유가 있습니다."

"너무 막연합니다. 그리고 주장과 증거 제출의 기회라면 이미 충분히 쌍방에 주었습니다. 어서 최후변론을 하시죠."

재촉하는 재판장의 말이 끝나자마자 고진의 메마른 목소리가 바로 이어지듯 들렸다.

"다음 기일에⋯⋯."

고진은 말을 멈추고 판사 세 사람을 쳐다보았고, 그대로 시선을 돌려 배심원들을 쭉 둘러보았다. 오늘 조현철이 여러 번 했던 장면을 마치 패러디라도 하는 것처럼.

이어 말했다.

"진범을 밝히겠습니다."

제8장

고진은 목동종합병원 건물 뒤편 주차장에 힘겹게 차를 세웠다. 주
차라인의 폭이 유달리 좁았고, 차 오른편은 옆 차에 간신히 닿지 않
을 정도의 공간밖에 남지 않았다. 깡마른 고진은 그나마 쉽게 빠져
나왔지만 조수석의 이유현은 건장한 몸을 차 틈새로 밀어내느라 낑
낑댔다. 보통 때라면 툴툴거렸을 테지만 오늘은 군소리가 없었다.
지난번 공판 이후로 고진에게 낯이 서지 않고 있는 탓이었다. 조금
전 차 안에서 나눈 대화도 그랬다.

"조현철 검사가 어마어마한 증인을 불렀더군."

차가 신호등에 걸려 서자, 고진은 운전대에서 손을 내리고 이유현
이 피하고 싶은 화제를 군이 꺼냈다.

"미안합니다. 설마 검사가 그 동창 여성을 법정에 세울 줄이야……."

이유현은 순식간에 목까지 벌게졌다.

"그러니까 그렇게 된 거군."

고진은 심드렁하게 말했다.

"자네가 무심코 조 검사한테 내 아파트 아래층에 사는 경규란이 소개해서 김명진 사건을 맡게 되었다는 이야기를 했다, 이거지."

"그랬어요. 그땐 가볍게 흘려 넘겼는데, 생각해 보니 김명진이 구속되고 나서 사건을 맡은 걸로 안다는 말에 검사가 예민하게 반응했던 것 같아요."

"그 전에 내가 김명진을 만난 사실을 검사는 알고 있었다는 얘기지. 자기가 알고 있는 사실과 자네 말이 다르니 그걸 이상하다고 느꼈던 거야. 그래서 날 소개했던 경규란한테 이것저것 물어보았을 거고, 그러다 구옥영이란 여자의 이름도 나왔을 거고…… 경규란은 김명진의 절친이었던 구옥영이 저런 증언을 할 거라곤 꿈에도 생각 못 했겠지. 배배 꼬여 있던 구옥영과 달리 경규란은 콤플렉스가 없었으니까."

"김명진과 형님이 그 전에 만났었단 사실을 검사는 어떻게 알았을까요?"

초록불로 신호가 바뀌었고, 고진은 차를 출발시켰다.

"김명진이 검찰에서 조사받을 때 얼핏 그런 얘길 했던 모양이야. 몇 시간씩 조사받다 보면 할 얘긴지 아닌지 헷갈리는 법이니까. 이해는 가. 더구나 그 말이 이런 식으로 활용되리라곤 생각할 수 없었을 거야. 날 언제 처음 만났는지는 그다지 의미 있는 이야기가 된다고 여기지 못했을 테니까. 자네가 이렇게 뒤늦게 경규란과의 인연을 검사에게 말할 거라고는 예상할 수 없지 않았겠어?"

"으음……."

할 말이 없어진 이유현은 입맛을 다시다가 어물쩍 화제를 바꾸었다.

"구옥영이란 그 여자는 왜 그랬는지, 참."

"이유? 흥."

고진은 대꾸 없이 코웃음을 쳤다. 이유현도 모르는 바는 아니었다. 응어리진 듯 뾰족한 구옥영의 얼굴을 떠올렸다. 그녀는 김명진은 물론, 경규란과도 등을 돌릴 각오를 하고 그런 증언을 했다. 예쁘고 누구에게나 사랑받는 김명진이라는 여성의 존재 자체가 구옥영에게는 고통이었던 것이다. 20년이 훌쩍 지나 법정에서 공개적으로 비수를 꽂아야 마음이 풀릴 만큼. 김명진이 자신에게 아무런 해를 끼치지 않았다는 사실은 조금도 그녀의 마음을 누그러뜨리지 못했다. 그런 종류의 일그러진 원념이란 그렇게나 깊은 것일까.

"하여튼 자네 덕분에 유죄 쪽으로 확 기울었지. 김명진은 안 그래도 힘든 인생이었는데 이젠 완전히 망했어."

"그거야 그렇지만……."

어물거리던 이유현은 발끈했다.

"김명진이 진짜 범인일 가능성이 사실 높은 거 아닙니까? 남편을 죽여 달란 의뢰를 했단 건 저도 몰랐는데……. 법정에서 그 얘길 들으니 버럭 의심이 들던데요."

"배심원도 마찬가지겠지."

"그러니까……."

이유현은 또다시 풀이 죽었다.

311

"형님이 생전 처음으로 법정에까지 나섰던 건 처음의 의뢰를 거절한 데에 결과적으로 어떤 책임을 느껴서였습니까? 이런 사태로까지 번진 것에⋯⋯."

이유현이 조심스레 물었다. 고진은 선선히 고개를 끄덕였다.

"맞아. 내 탓이잖아."

"네?"

"그 당시엔 사정을 몰랐어. 그렇게 지독한 놈한테 시달렸을 줄이야. 하긴, 남편을 죽여 달란 통에 웃어넘기고는 더 들어보려 하지도 않았지."

"뭐가 형님 책임이에요. 그럼 의뢰를 받아들여 신창순을 대신 죽여 주기라도 해야 했단 말입니까?"

고진은 한동안 묵묵히 있다가 불쑥 말했다.

"⋯⋯이탁오 박사나 김진구라면 어땠을까?"

그의 돌연한 말에 이유현은 딱히 어떤 대꾸를 할 수가 없었다. 대신 그 역시 자신도 모르는 사이, 그날 의뢰를 받던 자리에 고진 대신 이탁오나 김진구를 머릿속으로 세워보고 있었다. 어땠을까? ⋯⋯어떤 경로로든, 누군가가 그때 신창순을 멈추었더라면 모두가 불행한 이런 재판은 없지 않았을까? 이유현은 경찰로서 할 수 없는 생각을 하고 있는 자신을 깨닫고는 급히 머리를 흔들었다. 고진이 화제를 되돌렸다.

"김명진은 신창순을 죽여서라도 결혼의 굴레로부터 벗어나고 싶었던 것 같긴 해. 나한테 그런 의뢰를 장난으로 할 리는 없을 테고 말이지. 그날의 태도를 돌이켜봐도 그래. 하지만 말이야, 내가 거절한 후에 정신이 번쩍 들어서 그런 생각을 지웠다고 구옥영이나 경규란한테 이야기했잖아. 그것 또한 사실일 거란 생각이 들어. 살해 의사가 계속 있었다면, 나한테 그런 의뢰를 했다는 사실을 친구에게 털어놨을까? 이미 그때는 의사가 사라진 상태였다고 보는 게 상식에 맞지 않을까?"

"하지만 이렇게 해석할 수도 있지 않을까요? 경규란은 형님 바로 아래층에 살고 있었어요. 김명진도 그걸 알았을 거고. 형님을 소개한 걸 보면 꽤나 가깝게 지내고 스스럼없이 이야기를 털어놓는 사이일 거라고 생각했겠죠. 그래서 형님이 자기를 만나고 나서 경규란에게 '그 여자 황당했다, 남편을 죽여 달라는 의뢰를 하더라.' 이렇게 말할지도 모른다고 우려했던 거죠. 그래서 미리 경규란이나 구옥영에게 해 둔 겁니다. 사실 그런 의뢰를 했다가 거절당했는데 지금 생각해 보니 참 바보 같았다는 식으로. 이제는 완전히 살해 의사를 버린 것처럼 보이도록 말이죠. 또 남의 입을 통해 들으면 뭔가 엿들은 기분에 충격적으로 다가오지만 본인의 입으로 털어놔 버리면 뭔가 장난처럼 흐지부지되는 면도 있고요."

고진이 고개를 홱 돌렸다.

"뭐야, 그럼. 그래서 자네가 잘했다는 건 아니겠지?"

"으음, 그건 아니지만……."

이유현은 말을 흐렸다.

"그래서 김명진한테 사과하러 가는 거잖아요."

두 사람은 지금 김명진이 입원한 목동종합병원에 찾아가는 참이었다.

재판의 충격이 컸던 모양이다. 무죄판결을 받을 거라는 기대감이 컸던 만큼 더 그랬을 것이다. 김명진은 예상 못 한 증언으로 재판의 양상이 급격히 불리하게 흘러가자 마음의 부담을 견디지 못했다. 재판 도중에는 어떻게든 견뎌 냈지만 재판이 끝난 뒤 이내 몸부터 무너졌다. 그날 저녁 바로 목동종합병원 응급실에 입원을 했고, 이튿날 1인 병실로 옮겼다. 돈도 없는데 무슨 1인실이냐며 김명진이 손을 내저었지만 한연우가 거의 강요하다시피 했다.

"한연우하고 임의재가 병원비를 나눠서 내기로 했다더군. 남궁현 커플은 이민 준비하느라 카드결제 통장도 해약했고, 당장은 돈도 없나 봐."

고진은 김명진의 1인실로 이어지는 병원 복도를 걸으며 말했다.

"그래요?"

의외였다. 돈 많은 임의재가 병원비를 댄다는 건 그럴 법하다. 남궁현이 돈이 궁하다는 핑계로 살짝 빠졌다고 해도 이해가 간다. 하지만 한연우가? 종잡을 수 없었다. 지난 기일엔 법정에 나오지도 않았는데, 이젠 또 그녀의 병원비를 대겠다고 나서다니. 그녀에게 닥친 새로운 불행이 마음을 바꾸어 놓은 것일까. 옆을 돌아보지 않는 이유현으로서는 꽤나 납득하기 어려운 인물이었다.

김명진의 병실은 복도 맨 끝이었다. 1인실 라인은 유독 조용했고, 두 사람의 발자국 소리만 자박자박 울렸다. 환자복을 입고 어슬렁거리는 사람들도 보이지 않는다. 산뜻한 벽과 밝은 조명. 매끈하게 닦인 바닥. 눈을 가리고 사람을 데려다 놓으면 관리 잘된 서울 근교의 한적한 호텔쯤으로 답할 것 같다. 고진은 병원 시설이 신기한 듯 이곳저곳을 살피며 말했다.

"이런 병원이면 좀 누워 있어도 좋겠어."

"그러게요. 시설이 정말 럭셔리하네요!"

이유현이 큰 소리로 맞장구쳤다.

"한 교수가 보기보다 의리 있는 사람인가 봐."

"1인실이면 엄청 비쌀 텐데요."

이유현의 음성이 좀 컸던 듯, 엘리베이터 앞 간호대 안쪽에 있던 중년 간호사가 험악한 얼굴로 이쪽을 노려보았다. 뒤를 두리번거리던 고진은 눈이 정면으로 마주쳤다.

"이 사람아, 목소리 좀 낮춰. 여긴 광역수사대가 아니라 병원이야."

고진이 눈짓을 했다. 이유현은 고진을 따라 뒤돌아보았다가 간호사의 매서운 눈길을 깨닫고는 시무룩하게 입을 닫았다.

김명진의 병실 문은 활짝 열려 있었다. 이동식 침대가 들어가야 하기에 입구가 꽤 넓었고, 병실 안쪽이 복도에서부터 들여다보였다. 안에서 남자의 목소리가 들렸다. 두 사람은 멈칫했다. 일상적인 대화의 톤이 아니었다. 고진은 병실 안으로 들어가려다가 급히 뒷손질로 이유현을 물러서게 했다. 자신도 뒤로 반 걸음 물러나 문 뒤편에 절반쯤 몸을 가리고 섰다.

"어떡할 거야?"

미묘하게 화난 듯한 목소리의 주인공은 임의재였다. 안을 슬쩍 들여다보니 창가에 환자용 침대가 붙어 있고, 김명진은 침상에서 반쯤 일어나 기대어 있었다. 얼굴까지는 보이지 않았다. 임의재는 그 침대 옆에 앉아 있었다. 복도에 있는 고진과 이유현에게는 등만 보였다.

"······그러니까 뭘요?"

놀라고 주눅 든 김명진의 목소리가 들렸다.

"정말 몰라서 그래? 창순이한테서 정말 아무런 말도 못 들은 거야?"

"정말 몰라······."

"이거 말이야."

부스럭거리는 소리가 들렸다. 임의재가 무언가를 꺼낸 모양이다.

"그게 뭐예요?"

김명진의 가늘고 흰 손가락이 힐긋 보였다. 힘없이 내민 손이 임의재로부터 종이 한 장을 받아들고 있었다.

"차용증?"

목소리가 가늘게 떨려나왔다.

"그래. 창순이가 그동안 나한테서 야금야금 빌려간 돈이 한두 푼이 아니야. 중고차 수출상 할 때부터. 차용증만도 대여섯 장이 돼. 그걸 모두 최종 정산해서 마지막으로 받아낸 게 그거야."

김명진은 한동안 말이 없었다. 종이가 부스럭거리는 소리가 들리는 걸 보니 꼼꼼히 읽어보고 있는 모양이다. 여러 번 읽는 기색으로 보아 믿기 어려운 내용인 듯했다.

"서, 설마····· 9억? 세상에······."

김명진의 손이 힘없이 떨어졌다. 얼굴은 보이지 않지만 아마도 하얗게 질렸을 것 같다.

"그래, 정확히는 9억 1200만원이지. 이자는 빼더라도 원금이 그래."

"그 몇 달 만에 이렇게 빌렸단 말이에요?"

"차용증에 적혀 있잖아."

김명진이 증서를 한 번 더 들여다보는 기척이었다.

"그거 창순이 글씨 맞지?"

"맞긴 맞아…….."

"그래. 창순이 인감도 찍혀 있어. 너도 지금 눈으로 필적을 확인했지만 절대 가짜는 아니야."

"가짜야 아니겠지. 오빠가 이런 가짜를 만들 사람도 아니고…….."

"물론 아니지. 그래서 말하는 거야."

"……뭘?"

"명진이 너가 빨리 창순이 재산 정리해서 갚아야지."

"제가요?"

"그럼 누가 해? 네가 유일한 상속인인데."

임의재의 음성이 커졌다.

"그래도…….."

"더 어영부영하다간 창순이 채권자들이 몰려올지 몰라. 이런 일은 늘 그렇다고. 그러니까 너가 빨리 창순이 재산을 챙겨서 내 것부터 먼저 갚아 줬으면 좋겠어. 부동산을 당장 파는 건 힘들겠지만 은행에 넣어 대출받으면 금방이야."

채권 확보 방안을 나름대로 궁리해 온 모양이다. 임의재의 조급한 말투와 달리 김명진은 말이 없었다.

"왜 대답이 없어."

임의재가 답답하다는 듯 말했다.

"너무 갑작스러워서…….."

김명진이 겨우 입을 뗐다.

"그만큼 내가 배려한 거야. 그동안 너가 살인죄로 누명쓰고 감옥에 있었으니까 딴 거 신경 안 쓰게 하려고 내가 이 얘긴 안 했던 거야. 일단 나와야 하니까."

"배려……한 거였다고요?"

김명진이 어이없다는 듯 말했다. 의문문이었지만 미약한 항의의 뜻을 담고 있었다.

"이제는 어쨌든 몸은 자유롭게 되었잖아. 안심하고 있었는데 지난번 공판 이후로 상황을 보아하니 재판이 좀 위험해졌어. 네가 다시 들어가면 이 돈은 사실상 날리는 거고."

"당장은 모르겠어. 그런 얘기 해도……."

김명진은 힘없이 머리를 저었다.

"20년 만에 만나서 몇 달 만에 9억이나 빌려준 내 입장도 생각해봐. 지금 엉뚱하게 창순이가 죽는 바람에 한국을 떠나지도 못하고 있어. 잘못하면 그 돈도 날릴 판이야."

김명진이 대꾸가 없자 임의재는 구슬렸다.

"이게 뭐냐고. 우리가 남도 아니고. 옛날 일을 생각해서라도 나한테는 이러면 안 되지 않아?"

"……미안해요."

김명진은 겨우 입을 뗐다.

"……오빠 사정은 알겠어요. 근데 너무 갑작스러워서. ……좀 여유를 주면 안 돼요? 제가 남편의 빚이 얼마 있고 재산이 얼마고 하는 걸 챙길 정신이 없었어요. 남편 죽고 바로 이곳저곳 경찰에 불려다니고 감방까지 갔다 왔잖아. 지난번에 겨우 보석으로 풀려났지만 재판은 계속되고 있고……. 지금 저도 너무 힘들어서 남편의 유산 같은 건 파악할 생각조차 못 했어……."

"바로 그 유산이 문제인 거야!"

김명진의 말이 끝나기가 무섭게 임의재가 말했다.

"……네?"

"만약에 네가 유죄판결이 확정되면, 상속을 못 받거든. 알아보니까 남편을 죽인 여자가 남편 재산을 상속받을 순 없다고 그러더라고. 그렇게 되면 그 재산이 어디로 갈지 모르고, 거기서 내 돈 받아 내려면 골치 아프게 돼. 그러니까 그렇게 되기 전에 빨리 창순이 재산으로 내 돈을 갚아 달란 거야."

"……아직 재판 중이에요. 일이 좀 정리되고 나서…… 정신을 차리고……."

"것 참. 미치겠군."

임의재는 목을 좌우로 한 번씩 꺾었다.

"말했잖아, 네가 유죄로 들어가 버리면 내 돈은 사실상 못 받는다고!"

말하다가 스스로의 흥분을 주체 못한 듯 언성이 높아졌다.

"막말로 내가 생돈 달라는 게 아니잖아? 그건 빌려준 돈이야. 내 돈이라고!"

고개를 김명진 쪽으로 돌리고 있어 복도에 있던 두 사람에게 보이지는 않았지만 사천왕상처럼 무서운 표정을 그리고 있었을 게 분명했다.

흑.

김명진이 조그맣게 울먹이기 시작했다.

눈물은 일찌감치 맺혀 있었던 듯하다. 임의재의 윽박에 터져 버린 애달픔이 소리가 되어 새어나오고 있었다. 병실 안이 조용해졌다. 가늘게, 아주 가늘게 김명진의 흐느낌이 어스름 속 한줄기 모닥불 연기처럼 병실 안에 퍼졌다.

침묵 위로 시간이 흘렀다. 임의재가 다독이듯 침상 위쪽으로 손을 뻗는 것이 보였다. 제 성질을 못 이겨 불타올랐던 임의재가 약간의 이성을 회복한 것 같았다. 아니면 전략을 수정했거나. 김명진은 조용히 임의재 손을 밀어냈다.

이윽고 김명진이 양손을 얼굴로 가져가는 것이 보였다. 울음소리가 가늘게 새어 나왔다. 설움이 깊은 계곡에 깔린 메아리처럼 묻어 나왔다. 김명진이 울먹이며 말했다.

"이렇게…… 변해도 돼요?"

서운함, 세월의 무자비함, 그런 것들이 목소리에 깃들어 있었다. 이유현은 착잡했다. 재판 내내 운명에 굴하지 않겠다는 듯 의연한 김명진이었기에 지금 흘리는 눈물의 반향은 더 컸다.

"잘 생각해 봐."

임의재는 낮게 말했다. 굵은 목소리 탓에 오히려 다그치는 것처럼 들렸다. 자기 볼일에만 급급한 말투. 완전한 남인 이유현에게조차 공명을 일으킨 그녀의 눈물이 정작 예전에 그녀를 좋아했던 임의재에게는 큰 감명을 주지 못한 듯하다. 적어도 9억 원을 잊을 만큼의 슬픔은 전해주지 못한 모양이다.

"……의재 오빠가 맞아?"

김명진이 고개를 들었다.

"무슨 소리야."

"옛날에 날 그렇게 좋아했던 의재 오빠가 맞냐고요……."

임의재는 금세 대꾸하지 못했다. 김명진의 말은 요구에 대한 대답이 아니었지만 오히려 그의 말을 막아 버렸다. 말씨가 누그러졌다.

"물론 그랬지. 예전에 내가 얼마나 좋아했는데. 그만큼 잘해 주었잖아. 그리고……."

꾸며낸 티가 역력한 억양이었다.

"지금 네가 재판으로 힘든 건 알아. 하지만 재판이고, 이건 딴 문제야. 이 재판은 나도 전력을 다해 돕고 있어. 너도 봐서 알 거 아냐. 이 문제를 재판하고 연결해서 생각하지 마. 조금만 신경 쓰면 되잖아. 정말 답답하……."

김명진이 처음으로 임의재의 말을 끊었다.

"많이 아팠어."

"뭐?"

임의재가 무심코 묻다가 입을 닫았다.

"정말 많이. 오빠가 생각한 것보다 훨씬. 재판 받는 내내 그 생각했어요. 그래, 남편과 20년 결혼생활도 견뎠는데 이런 건 아무것도 아니야. 실제로도 그랬고요. 전 남편하고 살 때보다 감방 안이 더 편했어요. 그래도, 그래도 말이에요……. 내가 죽이지 않았는데 그걸로 재판을 받고 손가락질 받는 건 정말 힘들었어. 더구나 단지 남편하고 이혼하려고 죽였다는 말을 들었을 땐…… 한때 정말 죽이고 싶을 만큼 남편을 미워했어. 저 사람이 죽어야 내 고통이 끝난다고 생각했어. 하지만 내가 안 한걸. 처음에는 내가 나쁜 마음을 먹은 벌이다, 라고 생각하기도 했지만⋯⋯ 그래도 너무너무 힘들었어요. 눈물도 나오지 않았어. 눈물은 이미 말라 버렸으니까. ⋯⋯근데 이젠 진짜로 몸까지 너무 아파요. 왜인지 모르겠어. 그냥 모든 게 망가진 것 같아. 아무것도 남은 게 없는 것 같고. 차라리⋯⋯."

임의재는 초조한 낯빛으로 듣고 있다가 참기 힘들다는 듯 손을 저었다.

"⋯⋯네가 힘들었단 건 충분히 알고 있어. 정말 답답하다. 지금 그 이야기를 하는 게 아니잖아!"

자기도 모르게 소리를 높였다가, 이어 낭패스럽다는 듯 아랫입술을 깨물었다.

"이건 별개 문제라고. 네가 조금만 신경 써주면 된다니까. 재판이 잘못돼서 네가 다시 들어가 버리면 상속도 못 받고, 내 돈도 날아가. 이성적으로 생각해."

"오빠 정말!"

김명진이 쥐어짠 목소리로 외쳤다. 울먹이는 김명진의 가녀린 말이 임의재의 두터운 목소리를 뚫고 나왔다.

"사랑이 없어지니⋯⋯ 정도 없는 건가요?"

임의재는 말이 없었다. 지독한 그도 드디어 입을 닫은 모양이다.

이유현은 복도 쪽에서 인기척을 느꼈다. 로비에서 이쪽으로 걸어오는 남자의 실루엣이 보였다. 오른손에 네모난 모양으로 늘어진 비닐봉지를 든 걸 보아 홍삼액 박스라도 사들고 온 모양이다. 남궁현이었다.

이유현은 낭패스러운 기분에 휩싸였다. 하필 지금 병실 안에서는 미묘한 갈등 상황이 벌어지고 있다. 남궁현의 등장으로 일이 시끄러워질지도 몰랐다.

"여기서 뭐하세요?"

남궁현이 몇 발자국 앞에서 벌써 큰 소리로 말했다.

"안녕하세요. 우리도 지금 막 왔습니다. 들어가려는 참이에요."

고진이 얼버무리며 씩 웃었다. 남궁현은 이유현을 발견하더니 인사를 않고 여기 왜 왔냐 하는 투로 물끄러미 쳐다보았다. 적대감은 표출하지 않았지만 그게 그 나름의 불쾌감을 표현하는 최대한의 몸짓이었다.

남궁현이 낸 커다란 말소리가 병실 안까지 들린 모양이다. 임의재가 복도 쪽으로 고개를 돌렸다. 사람들을 발견하자 당황한 빛이 그의 얼굴을 스쳤다. 남궁현과 이유현, 고진 세 사람은 우르르 병실 안으로 들어갔다. 임의재와 김명진은 방금 있었던 심각한 대화를 감추려는 듯 황급히 표정을 가다듬었다.

어수선하게 가벼운 인사가 오갔다. 김명진은 상체를 반쯤 일으켜 베개를 사이에 두고 벽에 등을 기대고 있었는데, 이유현을 보자 흠칫했다. 이유현이 먼저 다짜고짜 고개를 푹 숙이자 작게 고개를 마주 숙였다.

"먼저 여러 가지로 죄송합니다."

이유현이 꺼낸 사과의 말머리였다.

"김명진 씨가 유죄인지 무죄인지는 배심원들이 결정할 겁니다. 그걸 떠나서 제 실수 때문에 오해를 받으셨고, 재판에도 불리하게 작용하지 않았나 싶어서 마음이 편치가 않습니다. 그 점은 수사 책임자로서 사과드리겠습니다."

"……아니에요."

김명진은 잠깐 눈을 맞추고는 몸이 무겁다는 듯 고개를 푹 숙였다. 그녀의 시선에 원망이 깃들어 있지는 않았다. 눈물 자국을 보이고 싶지 않은 탓인지도 모른다.

"유죄 무죄를 모르겠다니 말이 다르잖아."

고진이 히죽 웃으며 나섰다. 이유현의 등을 툭 치며 김명진에게 약간의 장난기를 담아 말했다.

"앞으로 이 친구가 적어도 해를 끼치진 않을 겁니다."

김명진은 고개를 숙인 채로 가볍게 끄덕였다. 이유현의 등장에 경계하는 빛을 띠었던 남궁현과 임의재는 그의 용건이 '사과'에 있다는 걸 알자 표정을 풀었다.

남궁현은 침상 옆 냉장고 문을 열었다가 이미 온갖 음료수와 과일로 가득 차 있는 걸 보고는 들고 온 홍삼 드링크 상자를 옆에 내려놓았다. 그러고는 김명진에게 다가갔다. 그때 확실히 본 듯하다. 고개를 숙이고 있지만 뺨에는 아직 마르지 않은 눈물 자국이 선명했다. 남궁현의 놀란 표정에 당혹감과 의문이 뒤섞였다. 그는 반사적으로 임의재를 쳐다보았다. 흙을 씹은 듯한 얼굴. 이유현이 사과의 말을 더 꾸역꾸역 꺼내려는데, 남궁현이 순서를 가로채 김명진에게 물었다.

"명진이 울었어?"

김명진은 고개를 저을 뿐 대답이 없었다.

"무슨 일이야?"

남궁현이 이번에는 임의재에게 물었다.

"별일 아니야."

임의재는 김명진의 손에서 종이를 빼왔다. 김명진의 손은 죽은 사람의 그것처럼 아무런 움직임이 없었다.

"그게 뭔데?"

남궁현이 손을 뻗었지만 임의재가 홱 손을 빼버렸다. 종이를 접어 품 안에 넣고는 무뚝뚝하게 말했다.

"내가 창순이한테 빌려준 돈, 그 얘길 하고 있었어."

남궁현이 어이없다는 듯 임의재를 빤히 쳐다보다가 말했다.

"……너도 참. 그 얘길 꼭 여기서 해야겠냐?"

그도 돈에 대해서 알고 있는 모양이다.

"네가 상관할 일이 아니야."

"그래도 명진이가 울었잖아."

"알았어. 그만해."

임의재가 목소리를 낮게 깔았다.

"네가 그만했어야지."

"뭘 안다고 나서?"

"지금은 그만하자고."

"네 돈 아니라고 함부로 말하지 마!"

임의재가 소리를 버럭 질렀다. 이유현은 긴장했다. 상황이 좋지 않다. 사과하러 왔는데 하필 싸움판이라니.

"여기서 왜들 이러실까요. 환자가 있는데."

고진이 반 발짝 앞으로 나서며 말했다. 히죽히죽 웃는 것이, 진정으로 말릴 의사가 있는지는 의심스럽지만 끼어든 타이밍은 적절했다.

"그래요……. 그만해. 난 괜찮아."

김명진이 힘없이 고개를 들고서 말했다.

두 사람이 말린 덕분일까, 남궁현이 더 이상 대꾸하지 않고 고개를 김명진 쪽으로 돌려 버렸다. 자칫 거칠어질 뻔한 상황이 가라앉았다.

고진은 금세 찾아온 평화가 마음에 들지 않았던 모양인지, 씩씩대는 임의재의 면전에 대고 말했다.

"임 사장님이 신창순한테 큰돈을 빌려주셨나 보네요."

임의재는 뚱한 얼굴로 대답이 없었다.

"그래도 그렇게 큰돈은 아닌가 봅니다."

임의재가 무슨 말이냐는 듯 고진을 보았다.

"차라리 돈을 못 받더라도 죽여서 분풀이하는 쪽을 택할 정도의 액수인 모양이니까요."

"거 무슨 말도 안 되는 소리요!"

임의재의 얼굴이 순식간에 붉어졌다.

"농담입니다. 진담일 리가 없지 않습니까?"

고진은 임의재 쪽으로 몸을 빙글 돌렸다.

"신창순이 죽으면 오히려 임 사장님은 곤란해지죠. 죽은 사람한테선 돈을 받아내기 어려워지니까."

임의재는 침묵했다.

"그건 그렇다 치고."

고진이 치근대듯 말했다.

"신창순 같은 뻔한 사기꾼 말에 왜 넘어가셨을까요. 사업도 많이 해보셨다는 분이."

그 말이 비위를 확 긁어 버린 모양이다.

"거 정말 별소릴 다 듣겠네."

임의재가 턱을 홱 쳐들었다.

"사기 친 놈이 잘못한 거지, 당한 사람이 잘못입니까?"

그에게는 뼈아픈 기억인 모양이다. 고진은 불같은 시선을 막듯이 양 손바닥을 펴들었다.

"아, 이런. 그 정도로 화내실 일인 줄은 몰랐습니다."

고진은 한마디 덧붙였다.

"하긴 돈 문제니까."

비웃음도 이 정도 끈질기니 인정해 줄 수밖에 없다. 임의재의 눈동자에 잠깐 번득였던 서릿발 같은 섬광은 금세 식어 버렸고, 목구멍에서는 무언가 담아 둔 듯 긁는 소리가 들렸다. 무언가 말하려 하는데 나오지 않는 듯했다. 그는 대꾸하는 대신 외투를 획 집어 들었다.

"젠장…… 모르고 살걸, 괜히 그딴 놈 만나서는!"

임의재는 큰 소리로 혼잣말을 남기고서 화난 걸음걸이로 병실을 휘적휘적 나가 버렸다.

쯧, 하는 소리가 났다. 이유현이 돌아보니, 임의재의 뒷모습을 보며 남궁현이 혀를 찬 소리였다.

잠시 후 김명진이 "잠깐 화장실 좀……." 하더니 이불을 걷고 일어나 병실을 주춤주춤 빠져나갔다. 얼굴에 번진 눈물이라도 씻고 올 모양이다.

　세 남자가 병실에 덩그러니 남게 되자 일순 서먹한 바람이 불었다. 병실 안에 거의 살얼음이 낄 무렵, 고진이 남궁현에게 말했다.

　"어떻습니까?"

　"어떻다뇨?"

　"지금 임 사장님의 행동이 말이죠."

　"뭐, 어떻겠습니까. 자기 성질대로 하는 건데."

　남궁현은 불편한 심기를 그대로 드러냈다.

　"한 가지만 여쭤 보겠습니다."

　고진의 말에 남궁현이 고개를 들었다.

　"임 사장님이 신창순한테 큰돈을 빌려주신 사실을 다른 분도 알고 계셨습니까?"

　"다른 사람? 누구요?"

　"한연우 씨, 김해나 씨 말이죠."

　"연우도 알았죠. 창순이가 돈 얘길 좀 많이 했어야죠. 의재도 벌써 이만큼 투자했다, 니들도 투자해라, 이런 식으로 떠들고 다녔으니까요. 해나는 내가 얘기해 줬고."

　"그렇군요……."

　고진은 말을 끌다가 힐끔 이유현을 쳐다보며 운을 뗐다.

　"여기 이유현 경감도 있지만."

　남궁현이 의아한 듯 시선을 맞추었다.

　"임의재 씨에 대해서라면 하나의 동기가 추가될 수도 있겠군요. 경찰의 시선에서 말이죠."

"무슨 동기 말입니까."

남궁현이 실눈을 떴다.

"아까 얘기한 대로, 신창순한테서 돈을 못 받아내자 열 받아서 죽였다……. 어떻습니까?"

남궁현은 이맛살을 찌푸렸다.

"말이 안 되네요. 죽으면 돈을 어떻게 받아냅니까? 제정신이라면 그러지 않겠죠."

"성질 급한 임 사장님이라면 이쪽 동기가 더 설득력 있을 수도 있을 텐데요."

"아닙니다."

남궁현은 단호했다. 당장 임의재에 대해 안 좋은 감정을 가졌겠지만 역시 그는 그것과는 별개로 그어야 할 선을 분명하게 아는 남자였다.

"확신할 이유가 있습니까?"

이유현이 나서서 물었다.

"이유가 있죠. 의재뿐 아니라 우리 모두에게요. 무엇보다 확실한 이유가 있습니다."

남궁현은 이유현을 똑바로 쳐다보았다. 이유현은 알 것 같았다. 남궁현은 임의재를 향한 의혹이 자신을 포함한 친구들에게까지 번지는 걸 차단하려는 것이다.

"뭡니까, 그게."

범인이기 때문에? 아니면 진짜 범인을 알기 때문에?

"의재가 그럴 친구가 아니란 걸 우리 모두 아니까요."

이유현은 하하, 실소를 터뜨렸다. 웃음소리가 껄끄러운 듯 남궁현은 이유현을 쳐다보았다.

"뭐가 우습습니까?"

남궁현이 눈빛을 냉랭하게 굳히며 차분하게 물었다. 고진은 두 사람 옆으로 비켜섰다. 그가 꺼낸 화제였지만 어느새 이유현과 남궁현의 대화로 바뀌어 있었다.

"그런 말은 살인자들의 가족 모두가 하는 말입니다."

이유현은 굳이 비아냥거리는 어투로 말했다. 상대의 말에 동조만 해서는 아무것도 끌어낼 수 없다.

"의재가 성질이 급하다지만 돈 때문에 사람을 죽일 친구는 아닙니다. 다른 친구들도 마찬가지고요."

"좀 더 객관적인 이유가 있을 거라고 생각했는데, 그거였습니까?"

"그보다 객관적인 건 없어요. 저나 우리 친구들은 자기가 다쳤으면 다쳤지, 남을 해칠 수 있는 사람들이 아니에요."

"결국 느낌 아닙니까. 내보일 수 없는."

남궁현은 눈썹을 추켜세웠을 뿐 대꾸하지 않았다.

"그럴 리가 없는 사람이 그런 일 하는 거 많이 보셨을 만큼 충분히 오래 사시지 않았던가요?"

이유현은 한 번 더 자극했다. 남궁현은 이유현을 빤히 쳐다보다가 이윽고 그에게서 눈을 뗐다. 그러고는 손을 뻗어 자기가 가져온 홍삼 드링크 캔을 하나 땄다. 고진과 이유현에게는 권하지 않았다. 그 행동이 은근히 불쾌감을 주었다.

남궁현은 음료를 한 모금 삼킨 다음 천천히 입을 열었다.

"그럼 우리 형사님한테 이런 질문을 한번 해보죠."

돌연 질문을 하겠다는 남궁현의 태도가 불쾌하게 다가왔다.

"뭡니까."

"학교 폭력에 시달리다가 자살하는 아이들이 있습니다. 또 모욕이나 무고에 항의하는 뜻으로 자살하는 경우도 있습니다. 이 사람들은 왜 그럴까요? 자기가 죽을 거라면, 폭력을 행사한 아이나 모욕이나 무고를 한 사람을 죽여 버리는 게 차라리 이익일 텐데요. 그걸로 감옥에서 한 15년 썩는다 해도 자기 인생을 끝장내는 것보다는 백 배이익 아닙니까? 어쨌든 자신은 살아남았고 원수는 해치웠으니까 말이죠."

"인생도 그런 계산이 통할까요? 남궁현 씨가 그렇게 계산에 밝은지는 몰랐네요."

"내가 하려는 얘기가 바로 그런 겁니다. 형사님들처럼 비열한 범죄자만 상대한 사람들은 잘 모르는 종류의 인간도 있단 겁니다. 애당초 그런 사람들은요, 상대한테 아무리 괴롭힘을 당하고 견디기 힘들어져도 자기를 파괴할지언정 남을 파괴하지는 못해요. 하지만 단지 보통 사람들이 이해하지 못한다는 이유로 오히려 비난을 받기도 하죠. 왜 저렇게 바보같이 사냐, 다른 꿍꿍이가 있는 거 아니냐, 그럴리 없다, 하고요. 하지만 그런 친구들은, 쉽게 말하자면 그저 남달리착할 뿐입니다. 남을 해칠 수 있을 만한 악의 자체가 마음에 없는 거예요."

이유현은 더 대꾸하지 않았다. 내심으로는 조금 놀라는 중이었다. 문득 다른 생각이 들었다. 남궁현이 의외로 진지한 사람인지도 모른다는 생각. 임의재라는 친구를 정말 위하고 있다는 느낌. 늘 무심한 태도를 후광처럼 두르고 있던 남자의 맨 얼굴을 엿본 기분이었다.

이때 김명진이 돌아왔고, 두 사람은 약속이나 한 듯 대화를 끊었다.

그날 저녁, 고진이 아파트에 돌아와 막 옷을 갈아입으려는 참에 현관 벨이 울렸다. 도어폰 모니터 속에는 경규란이 서 있었다. 그녀는 화면에 대고 문을 열라는 듯 손가락을 막 찔러 댔다. 고진이 버튼을 눌러 현관문을 열자 경규란이 안으로 쏙 몸을 들이밀었다. 이젠 스스럼이 없다. 처음 두려움에 가득한 눈빛으로 조심스레 문을 두드리던 모습과는 천양지차다.

"잠깐 이야기 좀 해요."

경규란은 거실로 성큼성큼 걸어 들어와 소파에 털썩 걸터앉았다. 머리를 뒤로 질끈 동여매고 검은 뿔테 안경을 낀 수수한 차림이다.

"술도 한잔?"

고진이 부엌 냉장고로 향하는데 경규란이 손을 내저었다.

"아뇨, 그냥 마실 거 하나만 줘요."

고진은 냉장고 문을 열고 빼곡히 들어찬 맥주 틈을 비집고 콜라 캔 두 개를 꺼내 와 거실 탁자 위에 놓았다. 이어 접이식 간이 의자를 탁자 건너편에 가져다 놓고 경규란과 마주 앉았다. 경규란은 콜라에 손을 대지 않았다. 가구가 거의 없는 텅 빈 거실 공간을 한심하다는 듯 둘러보다가 고진에게 시선을 멈추고 입을 열었다.

"얘기 들었어요. 구옥영이가 나가서 이상한 증언을 했다고요."

"누구한테 들으셨습니까?"

"해나한테서요."

고진은 눈으로 다음 말을 재촉했다.

"오해하실까 봐 찾아왔어요. 그 깜찍한 해나가 사실대로 말하지는 않을 것 같고."

"무슨 오해를요?"

고진이 몸을 기울인 자세로 싱긋 웃었다.

"얘길 들어 보니 제가 검사한테 구옥영이가 변호사님을 소개해 주었다고 이야기한 것처럼 오해받겠더라고요. 그게 아니거든요."

"실은 그렇게 생각하고 있었습니다. 그게 아니었습니까?"

"역시 그러셨죠?"

경규란은 한숨을 폭 내쉬었다.

"하지만 그것 때문이라면 굳이 찾아오실 필요까진 없었어요. 전 그게 사실이라고 생각했어도 규란 씨한테는 아무런 나쁜 감정을 품지 않았으니까요. 구옥영 이야기를 검사한테 할 때 그 아줌마가 그런 증언을 하리라고는 예상할 수 없지 않겠습니까?"

경규란은 쓸쓸한 표정으로 고개를 가로저었다.

"그렇긴 한데요, 전 옥영이를 알거든요. 워낙 옛날부터 샘이 많았고, 명진이를 뒤에서 욕하는 것도 들었고……. 그래서 걔를 이 재판에 끼어들게 하고 싶진 않았어요. 검사란 사람이 저한테 전화가 한번 왔었는데 전 그냥 아는 동창한테서 고 변호사님 얘길 들었다고만 했지, 옥영이 이야기는 안 했거든요."

"그랬군요. 보기보다…… 아니, 보이는 대로 역시 생각이 깊으신데요."

경규란이 눈을 흘겼다.

"검사가 해나한테 물었던가 봐요. 제 이름도 대고 막 그러니까 해나는 이미 검사가 다 알고 있는 줄 알고 구옥영 이름도 꺼냈다나 봐요. 변호사님을 소개한 사람을 이야기하는 게 무슨 해가 될까 싶어서. 해나는 옥영이가 명진이를 질투했던 사실을 몰랐던 거죠. 법정에서 그런 식으로 증언할 줄을 꿈에도 몰랐다면서 펄펄 뛰데요. 하지만 이미 늦었죠."

"뭐, 검사한테 당한 거라고 봐야죠. 어쩔 수 없는 일입니다."

"그래도…… 고 변호사님도 법정에서 상당히 당했다고 하던데요?"

"당하다뇨, 뭘?"

"쪽 팔았다면서요. 야바위 변호사란 소리까지 들어 가며."

하하하. 고진은 고개를 뒤로 젖히며 크게 웃었다.

"김해나 씨가 자신의 실수를 저한테 솔직히 말하지 않을 거 같아서 직접 오신 거군요. 어쨌든 고맙습니다. 저를 그만큼 비중 있게 생각해 주시다니."

"아니, 그게 아니라 마음에 걸리잖아요. 오해받는다는 건 어쨌든."

경규란이 고진의 다른 오해를 막으려 서둘러 말했다.

"김해나 씨하곤 잘 아세요?"

"잘 알죠. 명진이 동생인데."

"김명진 씨만큼 미인이던데. 인기도 많았겠죠?"

경규란은 흥, 하고 코웃음을 치고는 다리를 꼬았다. 김해나에 대해서 그다지 호의적이지만은 않은 것 같다.

"인기…… 글쎄요? 그건 모르겠고 오히려 해나가 내 동생을 좋아한 일은 있었어요."

동생을 좋아한 김해나를 칭찬한 일이 그녀의 자존심을 건드린 것 같다. 혹은, 여자로서 김명진은 인정하지만 김해나에 대해서는 그렇지 않은 건지도 모른다.

"그런가요? 흠. 혈육이 어느 정도 닮는다고 봤을 때 규란 씨 동생이라면 분명히 멋있었겠죠."

아부가 조금은 먹혀들어 간 듯했다. 경규란의 톤이 살짝 높아졌다.

"하긴 녀석이 잘생기긴 했어요. 한 살 아래 동생인데, 어른스럽기도 하고요. 생긴 것도 생긴 거지만, 해나는 어릴 때부터 좀 어른스런 남자를 좋아하는 경향이 있었어요. 고등학생 때니까 뭐 열렬하게 표는 안 냈지만 초콜릿에 편지에 자질구레한 선물을 계속하더라고요. 동생이 어딜 가면 그 자리에 꼭 나와 있고. 동생이 좀 인기 있는 편이라 어수룩하게 눈치를 못 챈 거 같지만 내 눈엔 다 보였죠. 근데 웃기는 일이 있었어요. 하루는 동생이 먼저 해나를 따로 만나자고 했대요. 해나는 두근거리는 맘으로 나왔겠죠. 동생이 그 앞에 조그만 선물상자를 내밀었어요."

"오, 드디어 고등학생 김해나의 첫사랑이 시작된 순간?"

경규란은 장난스럽게 웃었다.

"그 반대였어요. 동생이 해나 앞에서 그래 버린 거예요. '이거 명진이 누나한테 좀 전해 줄래?' 하고요."

핫핫핫, 고진이 크게 웃었다.

"눈치가 없어도 정말 없었죠. 해나 얼굴이 새하얗게 변하더래요. 걔가 성질머리도 있고 시샘도 있고 그렇거든요. 그제야 동생은 실수

했구나 하고 깨달았대요. 여자 심리 같은 건 내가 좀 가르쳤어야 했는데."

"일종의 삼각관계였군요. 먼지 같은? 뭐, 전 그 세 역할 중에 하나도 해본 적이 없어서…… 공감은 가지 않지만 민망한 상황일 것 같긴 하네요."

고진은 무언가를 생각하듯 손을 입가로 가져갔다.

"그런 걸 한 번도 경험해 보지 못하셨단 게 놀랍네요."

"그런 거라뇨?"

고진이 의아하다는 듯이 눈을 들었다.

"연애 말이에요."

"무슨 말씀. 충분히 했죠. 미녀를 보고도 찬탄을 보내지 않을 만큼 타락하진 않았어요."

"그런 건 연애가 아니라고 생각하는데요."

"그런가요. 뭐, 좋은 의견이군요."

고진은 어깨를 으쓱했다. 경규란이 실소를 흘렸다.

"아무튼."

고진이 팔짱을 끼며 말했다.

"김명진 씨를 둘러싸고는 그런 일이 그 한 번만 있었을 것 같진 않단 생각이 드네요. 20년 전의 달리기 시합도 마찬가지고."

"그럴걸요? 여성적인 면에서는 명진이를 따라갈 애가 없었으니까. 그래서 시샘받기도 하는 거겠죠. 옥영이가 명진이하고 친했으면서도 그러는 거 보세요."

"어쩌면 그런 압도적인 재능이랄까 매력은 축복이 아니라 불행을 부르는 건지도 모르겠군요. 남자들은 원하면서도 그게 지나쳐 부수려 들고, 여자들은 가지지 못한 것을 부수어 놓기라도 하려 들고."

고진은 의자 등받이에 비스듬히 몸을 기댔다. 잔뜩 비틀려 올라가는 나무 같은 형상이었다. 경규란은 몇 초 동안 물끄러미 고진을 바라보다가 입을 뗐다.

"고 변호사님은 인간을 참, 자신의 입술하고 비슷하게 보시는 것 같아요."

"네? 그게 무슨 말씀입니까?"

경규란이 대답했다.

"삐딱하게요."

하하하, 고진은 세 번째로 크게 웃었다.

제9장

    이유현은 고진과 보폭을 맞추듯 나란히 걸으며 블라디보스토크 공항 입국장에 들어섰다. 한국의 소도시 공항을 연상시키는 자그마하고 한산한 시설이었다. 개축한 지 얼마 안 된 현대적인 건물이어서 위화감은 덜하지만 도무지 알아들을 수 없는 러시아 말에 벌써 반쯤 질린 상태다. 공항이라지만 영어 표기도 드물다. 러시아 남자들은 대체로 이유현보다 얼굴 반 개쯤은 더 솟아 있었고, 여자들은 거의 어깨를 나란히 했다. 그만한 덩치에 하나같이 딱딱한 표정을 띠고 있으니 고목 사이에 낀 관목처럼 주눅 드는 기분이었다. 반면에 고진은 호기심 가득한 눈빛으로 이리저리 두리번거리며 말했다.

    "여기 봐! 전부 돌프 룬드그렌이야!"

    이유현은 록키 4편 때문에 러시아 출신으로 오해받는 돌프 룬드그렌이 실은 스웨덴 출신이라고 정정해 주려다 귀찮아서 그만두었다.

공항에 마중 나오기로 한 가이드가 보이지 않았다. 당황해서 우왕좌왕하는데, 급한 사정이 생겨 공항에는 나가지 못했고 이따가 호텔로 찾아오겠다는 문자가 날아왔다. 이유현은 휴대전화를 손에 쥐고 고진을 향해 원망스런 눈길을 보냈다. 거의 반강제로 타국에 끌려오다시피 되어 버린 신세를 다시금 곱씹었다. 한숨이 나왔다.

일주일 전, 점심 먹으러 나온 이유현이 자리에 앉자마자 고진은 다짜고짜 공격을 퍼부었다. 거짓말탐지기 검사에서 오류를 범한 것부터 경규란의 일을 조현철 검사에게 누설해 다 이긴 재판을 놓치게 만들었다는 것까지. 고진은 터무니없는 말까지 던졌다.

"만약 김명진이 무죄라면, 순전히 자네 탓에 옥살이를 하게 되는 거야."

"도대체 그게 무슨 말도 안 되는 소립니까?"

이유현이 항의했지만 고진은 코웃음 쳤다. 그러고는 이어 이유현이 블라디보스토크에 같이 가주어야겠다고 선포하듯 말했다. 이유현은 도무지 이해할 수 없었다.

"블라디보스토크에는 대체 왜요?"

"진범을 밝혀내겠다고 했잖아."

"그랬죠. 그 헛소리 덕분에 근근이 한 기일 더 연장했죠. 배심원들 얼굴이 붉으락푸르락하는 장면이 하이라이트였고요."

"문제는 그 진범을 아직 잘 모르겠단 거야."

"그럴 줄 알았어요."

이번에는 이유현이 코웃음을 쳤다.

"그렇다고 블라디보스토크에 가면 뭘 찾을 수 있을 것 같습니까?"

"경찰 수사도 할 거 다 했고, 마지막 남은 게 그것뿐이야. 부딪쳐라, 열릴 것이다. 내가 직접 눈으로 확인해 보는 수밖에."

고진은 연거푸 동행을 강요했다. 마치 맡긴 물건의 반환을 요청하듯이, 혹은 각서상의 의무 의행을 요구하듯이. 이유를 묻는 이유현에게 고진은 "심심해서."라고 대답했지만, 현직 경찰인 이유현이 같이 가면 아무래도 조사가 수월하고 현지에서 협조를 얻기도 수월하리라는 계산일 것이다. 수사상의 실책과 실언 때문에 김명진 재판이 엉망이 되었다며 재차 물고 늘어졌음은 물론이다.

이유현은 결국 견디지 못하고 3일간의 휴가를 신청했다. 마침 급한 사건이 없는 터라 허가는 비교적 쉽게 떨어졌지만, 입맛이 썼다. 추석 연휴 앞뒤로 휴가를 붙여 써서 오래전부터 꿈꾸던 인도 여행을 떠나리라 정초부터 야심차게 계획했건만. 어이없게 아직 추위도 덜 풀린 계절에 칙칙한 고진과 함께 동토의 땅 러시아를 방문하는 데에 황금 같은 휴가를 써버리게 되었다.

"형님은 언젠가 내 신혼여행 휴가까지 잡아먹을 사람입니다."

이유현이 이를 갈았지만 고진은 빙글빙글 웃을 뿐이었다.

이리하여 블라디보스토크 여행을 억지로 같이 떠나게 되었다. 그런데 공항에서부터 징조가 좋지 않다. 영어 알파벳을 도통 볼 수 없고 약속했던 가이드의 모습도 보이지 않으니 길을 잃어버린 기분마저 든다. 공항 바깥으로 빠져나온 두 사람은 하는 수 없이 살인적인 요금을 자랑하는 택시를 잡아탔다.

러스키 브리지를 건너 도심으로 진입, 현대호텔을 향했다. 남궁현 일행이 묵었던 곳도 이 호텔이었다. 택시가 도심의 언덕길을 올라가며 호텔이 서서히 모습을 드러냈을 때, 확실한 기시감에 이유현은 괜히 소름이 돋았다. 분명 낯이 익다. 하지만 블라디보스토크는 처음인데?

로비에서 체크인을 하며 한국인 스태프를 찾아보았으나 없다 했다. 러시아인과 의사소통을 해야 하는 상황에 긴장감을 품고 두리번거리는데, 청바지를 입고 야구모자를 쓴 한국인이 다가왔다.

"미안합니다. 전철에 빵구가 나서."

한국에서 미리 수배해 둔 현지 가이드 윤태권이었다. 진솔한 사과 대신 30년 묵은 농담을 건네며 뺀질거리는 그가 이유현은 벌써부터 마음에 들지 않았다.

고진과 이유현은 번갈아 악수를 나누었다.

"여긴 블라디보스토크에서 제일 좋은 호텔입니다. 이제 하야트가 완공되면 밀려나겠지만 위치는 여기를 못 따라오죠. 한국인으로서의 자부심을 느끼셔도 좋습니다. 현대그룹이 계동 현대 사옥을 모델로 해서 지은 건물이에요."

그랬군. 이유현이 호텔을 보고 느꼈던 기시감의 정체가 밝혀지자 오싹한 전율의 기운은 온데간데없이 사라졌다. 고진이 물었다.

"여기가 중심가 쪽인 모양이죠?"

"부근에 관광지가 몰려 있습니다. 혁명광장이나 개선문, 잠수함 박물관 같은 볼거리도 다 근처에 있습니다. 동쪽으로는 독수리 전망대하고 러시아 정교회가 있고, 북서쪽으로 나가면 옛날 우리 한인들이 초기에 이주했을 때 고려인 거리가 형성돼 개척리라고 불렸던 포그라니치나야 거리가 있죠. 해양공원도 편하게 갈 수 있고, 조금만 걸어 내려가면 스베틀란스카야 거리라고 이 지역 최고 중심가가 있어요. 블라디보스토크의 청담동이라고 할 수 있는 아르바트 거리도 가깝습니다."

도무지 정이 안 가는 러시아어 명칭 때문에 벌써 머리가 어질어질했다. 외운다는 건 꿈도 못 꿀 일이다.

"도시가 꽤 작은 모양이군요."

"작진 않은데, 가볼 만한 데는 좁은 범위에 몰려 있어서 충분히 걸어 다닐 수 있는 거리죠. 말씀하신 그 범죄 현장이란 데도 뭐 그다지 멀진 않습니다."

이미 방문 목적은 알려 놓은 상태였다. 고진이 싱긋 웃으며 말했다.

"그럼 천천히 걸어서 현장을 가볼까요."

"지금 당장요?"

고진은 고개를 끄덕였다.

"그럼 빨리 준비하고 내려오세요. 으슥한 우범지대라 더 어두워지기 전에 다녀와야 해요."

고진과 이유현은 서둘러 체크인을 끝내고 방에 짐을 풀었다. 다시 로비로 내려오자 윤태권이 모자를 고쳐 쓰며 기운차게 일어섰다.

사위는 이미 어둑어둑해져 있었다. 한국은 이미 봄기운이 완연했지만 이 땅은 뼛속까지 찬바람을 불어넣는 맹추위가 시퍼렇게 살아 있었다. 겨우 따뜻해진 한국을 버리고 굳이 이 겨울 왕국을 찾아 온 관광객이 자신들 말고 누가 있을까 하는 생각이 들자 이유현은 또 한 번 잃어버린 자신의 휴가 생각이 간절해져 한숨을 내쉬었다.

호텔을 나서 윤태권이 이끄는 대로 도로가를 따라 언덕 아래로 걸었다. 재밌다면 재밌는 모습이, 도로의 주행 방향은 우리와 같은데 승용차의 운전대는 모두 오른쪽에 달려 있고, 반면에 버스의 운전대는 모두 왼쪽이다. 꽁무니의 브랜드를 유심히 보니, 승용차는 도요타, 닛산, 버스는 대우, 현대다. 버스에는 '부산진역'이라고 한글 안내판이 그대로 붙어 있기까지 했다. 이유현은 그제야 고개를 끄덕끄덕했다. 도로 체계는 마찬가지지만 승용차는 일본에서, 버스는 한국에서 수입하다 보니 이런 뒤죽박죽의 시스템을 갖추게 된 것이다. 고진도 같은 것을 생각한 모양이다.

"신창순이 한국 중고 버스 수출 사업으로 재미를 보려 했다더니 그럴 만한데."

"저 버스는 신창순이 수출한 건지도 모르겠군요."

이유현은 지나간 '부산진역 행' 버스에 시선을 보내며 말했다.

10분쯤 길을 내려가자 가로로 길게 뻗은 스베틀란스카야 거리가 나왔다. 길 건너편으로 항만과 맞닿은 커다란 광장이 나왔고, 깃발과 나팔을 양손에 쥔 동상의 뒤통수가 보였다. 비둘기 떼가 우뚝 솟은 동상의 머리를 휘감아 날아오르며 극적인 장면을 연출했다. 양옆으로는 혁명의 진격을 외치듯 역동적인 군상들이 세워져 있었다.

"혁명광장, 혹은 중앙광장이라고도 불리죠. 저 동상들은 소비에트 극동군 용사들을 기념하기 위해 세워졌습니다. 옆에 있는 저 높은 건물은 연해주 청사고요."

윤태권이 말했다. 고진과 이유현이 큰 흥미를 보이지 않자 더 이상의 설명을 줄였다.

혁명 용사들의 앞을 러시아인 몇 명이 무심한 표정으로 지나쳤다.

오른쪽 동상을 배경으로 중국인 관광객들이 순번을 기다려 사진을 찍고 있었다. 열띤 표정이다. 소비에트 혁명이 같은 사회주의 체제 하의 중국인들에게는 남다른 의미가 있는 모양이다.

혁명광장에 면해 동서로 시원하게 뻗은 스베틀란스카야 대로는 블라디보스토크의 가장 화려한 길이다. 백화점, 쇼핑센터, 레스토랑 등이 늘어서 있다. 자동차, 버스도 한결 많아졌다. 길을 따라 서쪽으로 걷다가 사거리에서 지하도를 건너 다시 왼쪽으로 꺾었다.

"여기는 알레우츠카야 거리입니다. 율 브리너 생가도 근처에 있죠."

윤태권이 말했지만 러시아어 거리 이름은 듣자마자 훨훨 날아갔고, '율 브리너'만이 머리에 남았다.

이유현은 그즈음 깨달았다. 호텔을 떠난 후, 단 한 마디도 영어로 된 안내판이나 벽보를 본 적이 없다는 것을. 완전히 까막눈이 되어 버렸다. 희한한 모양의 키릴 문자는 개별적으로는 띄엄띄엄 발음이라도 알지만 단어로 만들어지면 도무지 읽어 낼 수 없었다. 머리 위로 찬바람이 쌩쌩 무서운 소리를 일으켰고, 목덜미로 추위가 얼음처럼 파고들었다. 걷는 사람들은 전부 화난 표정이고, 그 입에서 친절한 말은 영원히 흘러나오지 않을 것 같다. 가이드가 없다면 얼마나 막막했을까. 윤태권에 대한 안 좋은 인상은 그의 필요성에 의해 점차 고마움으로 바뀌어 갔다.

"가이드도 없었던 김명진은 어땠을까?"

고진은 마치 이유현이 무슨 생각을 하고 있는지 안다는 듯이 불쑥 내뱉었다. 이유현은 굳이 대꾸하지 않았다.

10분쯤 걷자 알레우츠카야 거리가 끝이 났다. 크림색의 길쭉한 석

조 건물이 어스름한 낙조 속에 길게 모습을 드러냈다. 유럽의 조그만 궁전 같기도 하고 혹은 프랑스의 샤토 같기도 하다. 안으로 들어가면 긴 회랑 아니면 와인이 가득한 양조장이 펼쳐져 있을 것만 같다.

"기차역이에요. 혁명 전에 세워진 건물 중에서 가장 아름답다고들 하죠."

윤태권은 마치 자신이 세운 건물이라도 되는 양 뿌듯하게 가슴을 펴며 말했다.

"9000킬로미터가 넘는 시베리아 횡단열차의 종착역입니다. 모스크바까지는 꼬박 일주일이 걸리죠. 여객, 일반 화물은 물론이고 석유, 가스 같은 산업 자재를 유럽 쪽으로 실어다 주는 러시아 산업의 대동맥입니다. 연해주 한인 20만 명이 강제로 중앙아시아로 이주당할 때 올라탔던, 우리한테는 씁쓸한 역사를 가진 역이기도 합니다."

윤태권의 입에서는 몇백 번이나 반복했을 안내 멘트가 줄줄 흘러나왔다. 그는 기차역 옆을 가로지른 다리를 가리키며 영화 「태풍」의 촬영 장소라고 알려 주었다. 장동건과 이정재가 길고 긴 기차선로를 배경으로 연민과 증오를 품고 마주 섰던 그 장면은 이유현도 기억하고 있다.

역사 맞은편에는 레닌 동상이 어둑해진 하늘을 배경으로 무너진 이상을 한탄하듯 내려다보고 있었고, 그 앞을 중국인 관광객들이 큰 소리로 오갔다. 해군 복장을 한 사람들도 눈에 띄었다. 역 주변은 꽤 번창했다. 잡화나 간이 음식을 파는 키오스크가 저마다 사람들의 줄을 길게 거느리며 서 있었다. 온통 키릴 문자로 된 간판이 복작복작 붙은 가운데 'Vladivostok Motel'이라는 영어 표기가 유독 반가웠다.

윤태권이 팔을 들어 기차역 뒤로 멀리 보이는 네모나고 길쭉한 건물을 가리켰다.

"저 건물이 항구입니다. 예전 역사책에서 보셨던 바로 그 '얼지 않는 항구'죠. 가보시겠습니까?"

김명진이 12월 14일 오후 신창순과 만나기로 했다던 카페가 저 항구 근처라고 했다. 그곳으로부터 약 1킬로미터 떨어진 뒷골목에서 신창순의 시체가 발견되었다니, 이제 현장도 멀지 않다.

"항구 쪽으로 가볼 필요는 없겠죠. 사건 현장으로 곧장 가봅시다."

고진이 말했다. 두 사람은 윤태권의 거침없는 발걸음을 따라 남쪽으로 걸었다.

"지금부터 걷는 이 길이 베르흐네포르토바야입니다. 쭉 가시면 현장이 나오죠."

윤태권이 설명을 덧붙였다. 기차역을 떠나 남으로 발길을 향한 때부터 역 주변의 복작거림이나 화려함은 완전히 자취를 감추었다. 대신 우울하고 스산한 길이 줄곧 펼쳐졌다.

길 왼쪽으로는 철망 너머로 몇 겹의 철길이 한없이 줄지어 있었다. 둥근 컨테이너를 진 화물열차들이 끝이 없을 듯이 시야 너머로 아득히 이어져 있었다. 오른쪽은 일방통행 찻길인데, 1차선인지 2차선인지 알 길이 없는 어중간한 폭에, 차선 표시도 없다. 차들은 바람이 일 정도로 쌩쌩 달렸다. 하나같이 과속이었다. 사람이 건너는 걸 봐도 조금도 속력을 줄이지 않았다. 오히려 치어 죽일 듯이 달려들었다. 차보다 사람이 우선인 서유럽과는 정확히 반대라는 느낌을 준다. 울퉁불퉁한 보도는 걷기 불편했다. 군데군데 깨져 있고, 작은 싱

크홀처럼 움푹 꺼져서 잡병이나 비닐봉지 따위로 메워져 있기도 했다. 이건 그나마 아직 나은 상태였다.

조금 더 걷다가 이유현은 기겁을 하고 놀랐다. 주변을 두리번거리다가 발이 휘청하며 구멍으로 빠져 버린 것이다.

"조심!"

고진이 소리를 지르며 이유현의 팔뚝을 붙들었다. 이유현이 겨우 균형을 잡고서 발치를 보니 맨홀 뚜껑이 없었다. 간신히 위기를 모면한 이유현은 가슴을 쓸어내렸다.

"괜찮아?"

고진은 뚫린 바닥을 내려다보며 어이없다는 표정을 지었다. 맨홀 안은 방공호처럼 널찍한 공간이 아가리를 벌리고 있었다.

"……황당하네요."

이유현이 씁쓸하게 말하며 윤태권을 쳐다보았다. 윤태권은 곤란하다는 듯이 어깨를 으쓱할 뿐이었다. 기분 탓인지 웃음을 참는 것도 같았다. 실제로 어디선가 키득키득 웃음소리가 들렸다. 돌아보니 한 노인이 낡은 외투를 두르고 철망에 기대 다리를 쭉 뻗고 땅바닥에 앉아 있었다. 노인은 이빨을 드러내고 계속 웃었다. 이유현의 헛발길질을 본 모양이었다. 지금 사람 놀리는 거? 동양인이 우스워? 안 그래도 첫날부터 주눅 들었던 이유현은 울컥 화가 치밀었다.

"신경 쓰지 마세요. 노숙자예요. 추운 날에는 저런 맨홀 안에 살기도 하죠."

그의 발끈한 기색을 본 윤태권이 눈짓을 보내며 말렸다.

현장은 기차역을 기준으로 800미터쯤 남쪽으로 떨어져 있었다.

질주하는 차를 피해 도로를 건넜다. 무너져 가는 담벼락이 도로에 이어진 골목길을 양갈래로 가르고 있었는데, 왼쪽이 18길이었다. 약간의 언덕을 이루고 있는 18길을 걸어 올라간 곳에 낡은 건물이 마주 보고 서 있고, 그 사이로 또 다시 음습한 길이 나 있었다. 벽에는 '18-a'라는 표지판이 부착되어 있었다. 오른쪽 건물은 벽면에 스프레이로 알 수 없는 그림이 그려진 것 말고는 그나마 멀쩡했지만 왼쪽 건물은 페인트가 다 일어나 마치 폐가나 철거 직전의 건물처럼 보였다. 왼편에는 거대한 철제 쓰레기통이 네 개 도열해 있었다.

세 사람은 말이 없어졌다. 건물 사이로 난 골목길을 지나자 다시 왼쪽으로 골목이 나 있었다. 검은 개 한 마리가 앉아 있다가 고진 일행을 보더니 슬금슬금 피해 달아났다. 바로 800미터 앞, 역 앞의 번화함이 거짓말만 같은 장소. 겉만 싱싱한 딸기 박스 안쪽의 썩은 딸기를 연상시키는 러시아의 뒷길이었다. 폭동이 휩쓸고 간 후의 폐허 같기도 했다. 윤태권은 골목 입구에 서서 말했다.

"아마 이곳을 찾아온 관광객은 두 분이 처음일 겁니다. 아, 물론 관광이 아니라 사건 조사차 오신 거지만요."

눈가에 웃음이 서려 있다. 기분 탓이겠지만 여기서 대체 뭘 조사하겠냐는 듯한 조롱처럼 여겨져서 이유현은 은근히 불쾌해졌다.

고진과 이유현은 어둠에 잠긴 골목으로 발길을 옮겼다. 막다른 길이었다. 쓰레기봉투가 무더기로 버려져 있었다. 이곳으로 굳이 발길을 향할 용건을 상상할 수 없는 장소였다. 누구의 눈도 없다. 어쩌면 범죄자에겐 안방과도 같은 공간이지 않을까. 설혹 건물 안에 사람이 살고 있다고 해도 해가 저물면 집 밖으로 한 발자국도 나오지 않을 것 같다. 살인이 일어난다고 해도, 시체가 발견된다고 해도 전혀 놀랍지 않다.

"으슥하네요. 인적도 없고."

이유현이 걸어 들어온 거리를 뒤돌아보며 말했다. 한국 형사, 블라디보스토크 뒷길에서 러시아 마피아에 피살. 이런 신문기사가 환영처럼 스쳤다. 몇 달 전 벌어졌던 범죄의 잔향을 맡은 탓일까. 이유현은 문득 등골이 서늘하게 느껴져 팔을 어깨 뒤로 돌려 뒷목을 문질렀다. 고진을 힐끔 보니 양손을 맞비비면서 생각에 잠겨 있는 모습이었다.

"원래 기차역 근처란 게 어느 도시나 비슷하게 이렇죠. 낡고 으슥하고. 위쪽으론 도심이니까 괜찮은데, 아랫길은 이래요."

윤태권이 말했다.

"윤태권 씨도 여긴 잘 모르겠네요?"

생각에서 깨어난 듯 고진이 물었다.

"저도 실은 오시기 전 이 거리 이름을 듣고서야 찾아와 본 곳이에요. 굳이 이런 데로 올 일은 없겠죠. '세계의 뒷골목 기행' 같은 제목의 가이드북을 낼 사람이 아니라면."

세 사람은 골목을 뒤로하고 발길을 돌렸다. 딱히 범죄의 의지가 없던 사람도 완전범죄를 꿈꿔 볼 만큼 충분히 음습한 장소라는 사실만을 확인했을 뿐이다.

기차역으로 거슬러 올라와 택시를 잡아타고 호텔로 되돌아왔을 때는 날이 완전히 저물어 있었다. 고진과 이유현, 윤태권 세 사람은 호텔 1층에 붙어 있는 한국식당 해금강에서 저녁을 먹었다.

"이 맥주는 뭔가요? 번호가 적혀 있는데."

이유현은 식탁에 날아온 맥주병을 들고 이리저리 돌려보았다. 병에는 키릴문자와 함께 숫자 3이 크게 적혀 있다.

"발티카라고 하는 러시아 맥주예요. 그중 3번이 우리 맥주하고 비슷하죠. 8, 9번은 거의 약한 소주입니다."

윤태권이 말했다.

"구수하고 달작지근하기도 하고, 색다른 맛인데요."

고진이 음미하며 말했다. 그러면서도 웨이터를 불러 9번 맥주를 따로 주문했다. 고진의 그 선택만은 이유현의 맘에 들었다. 알코올 함유량 8%.

"이건 거의 소맥인데?"

한 모금 들이켠 고진의 평가였다. 이유현도 그 말에 동의했다.

"여긴 어떤 뎁니까?"

고진이 맥주잔을 내려놓고 윤태권에게 물었다.

"어떻다뇨?"

"사람들은 서로 한 방 칠 듯한 표정으로 입을 꾹 다물고 있고, 날은 춥고, 전혀 감이 안 잡혀서요."

하하하, 윤태권은 크게 웃었다.

"여기 사람들이 좀 무섭긴 하죠. 뭐니뭐니해도 총기가 돌아다니는 곳이니까요."

"총기요?"

이유현이 놀라 물었다. 고진도 눈을 크게 떴다.

"예. 외국인도 쉽게 권총을 구할 수 있죠. 좀 친한 러시아 사람한테 이야기하면 단 돈 몇백 달러에 토카레프를 구해다 줘요."

이유현이 후우 하고 숨을 들이마셨고, 고진은 뒤통수를 슬슬 어루만졌다. 윤태권은 신이 난 듯 이야기를 이었다.

"총기 살인도 자주 일어납니다. 중국인들이 많이 당해요. 여기서 웬 중국인이냐 하시겠지만, 러시아는 중공업만 발달했지 1차 산업이 약해서 중국인들이 농산물을 많이 러시아에 수출하거든요. 생활력 강한 중국인들은 대개 하얼빈 같은 데서 20톤 트럭에 쌀, 땅콩, 채소, 과일 같은 걸 싣고 우수리스크에 있는 도매상에 팝니다. 거기서 다시 배로 블라디보스토크로 실어 나르죠. 연변에 있는 조선족 동포들도 많이 왕래하고요. 은행은 아무래도 절차도 복잡하고 환율도 안 좋으니깐 중국 상인들은 대개 베트남 환전상한테서 루블로 돈을 바꿔 현찰로 가지고 있어요. 그래서 그 사람들 상대로 권총강도 사건이 자주 일어나는 겁니다. 러시아 집 대문에는 방범 문제로 안에서 밖을 내다볼 수 있는 구멍이 있는데요, 그래도 바깥이 다 보이는 건 아니거든요. 러시안 갱들은 문 뒤에 찰싹 붙어 숨어 있다가 중국인이 대문을 열고 나오면 둔기로 때려눕힌 다음에 다시 집으로 끌고 들어가요. 거기서 느긋하게 돈을 뺏죠. 만약 얼굴을 보았다거나 하면 총을 쏘아 죽여 버리고요. 어떻게 보면 이 사람들한텐 은근히 귀족 의식 같은 게 남아 있는 게 아닌가 하는 기분도 들어요. 특히 아시아인은 좀 아래로 보는…… "

"으스스한데요. 빨리 한국으로 돌아가고 싶네요."

고진이 맥주잔을 기울이며 빙긋 웃었다.

"그래도 러시아인들은 덩치가 큰 만큼 쪼잔한 면은 없다고 할 수

351

있죠. 그런 점에선 각기 장단점이 있어요. 이 사람들하고 거래하려면 그거 하난 꼭 알아야 돼요. 러시아 말에 '잡트라'라는 단어가 있어요. '내일'이라는 뜻인데, 어떤 협상이든지 당일 오케이를 받고 사인을 받아내야지 내일로 미루면 안 된단 겁니다. 오늘 아무리 분위기가 좋아도 '잡트라'라고 하면 그 거래는 끝입니다. 그런 점은 남녀 관계도 마찬가지예요. 러시아 아가씨들은 말이죠, 사귀다가 헤어지면 내일부턴 완전히 남이 됩니다. 다시 우연히 만나더라도 우리가 언제 봤느냐는 식이죠. 엄청 차갑죠. 우리나라 여성들처럼 안부 묻고, 미련 가지고 그런 거 절대 없어요. 하하하."

윤태권은 러시아에 살며 얻은 감상과 경험담을 풀어 놓았다. 이유현은 이야기를 들을수록 왠지 이 나라에 대해 그나마 남아 있던 친밀감이 점점 더 소진되어 가는 걸 느꼈다. 머리로는 그저 '차이'이고, '문화'일 뿐이란 걸 알지만 어쩔 수 없는 정서적인 거리감이었다.

"이곳은 항구 도시고 지리상 한중일 삼국의 접점 같은 곳이어서 나라별로 거래를 할 기회가 많습니다. 그럴 때면 그 나라 사람들 특성에 맞춰서 처신해야 합니다. 한국인들은 유독 정에 약하고 말발에 약하죠. 그래서 끈적끈적한 인간관계를 쌓아야 하고, 허세 섞인 화려한 언변이 먹힙니다. 약속을 한두 번 어겨도 말로 적당히 비비고 무마하면 아무 문제가 없고요. 중국도 한국하고 비슷한 면이 있습니다. 반면에 일본 같은 경우는 말발이 그다지 중요하지 않습니다. 그 사람들과 거래하려면 깍듯해야 하고 상냥해야 하고 예의를 갖춰야 합니다. 무엇보다 약속을 잘 지켜야 해요. 그러면 다음번 거래도 보장이 됩니다……."

윤태권의 이야기는 아시아 삼국의 비교까지 이어졌다. 풍부한 경험이 녹아든 그의 화려한 언변에 고진과 이유현은 빨려들어 갔다.

이야기꽃을 피우다 보니 어느새 자정이 다 되었다. 윤태권이 손목시계를 내려다보더니 "그럼 내일 또." 하며 인사를 건네고는 먼저 자리를 떴다.

남은 두 사람은 레스토랑을 나가는 윤태권의 뒷모습을 바라보며 한동안 말이 없었다. 그가 완전히 사라지자 고진이 시선을 바로 하고 맥주잔을 비웠다.

이유현이 불쑥 말머리를 꺼냈다.

"괜히 왔단 생각 드시죠?"

"왜."

"현장 확인이라면 구글 지도로 충분했을 텐데."

고진은 삐딱한 미소를 머금을 뿐이었다. 이번 휴가로 더 손해를 본 사람은 이유현이다. 그가 후회를 부채질해 봐야 자신을 향한 게 될 수밖에 없다.

"누군지는 몰라도 여기서 신창순을 해치운다는 계획이 탁월했다는 점은 인정해야겠네요. 한국에서라면 이정도로 감쪽같이 해치우긴 어려웠겠죠."

"반면에 범인 입장에선 용의자가 대폭 줄어 버린 단점은 있지. 범인을 한국인으로 국한한다면 몇 명 안 되잖아?"

"결국 우리의 논리를 수긍하신 거군요."

"맞는 논리니까."

고진은 고개를 까딱했다. 이유현은 고진의 이런 점이 좋았다. 관점에 집착하지 않고, 사람에 열광하지 않으며, 논리라는 이유 말고 는 어떤 고집도 피우지 않는다. 그의 뇌에는 강력한 쿨링 팬이 가동 되고 있는 듯하다.

"지금 문득 그런 생각이 드네요."

"무슨 생각?"

"제가 빠짐없이 재판에 참관했잖아요. 근데 형님이 왠지 열성적이 지 않다는 느낌을 받았어요."

"내가?"

"네. 검찰 측 증인에 반대신문도 변변찮았고, 검사의 주장에 적극 적으로 다투기보다는 그저 비꼬기만 하고. 왜, 그런 거 있잖아요. 영 화에서 자주 보는, 피고인의 무죄를 확신하는 변호사의 열렬한 변 론, 그런 게 안보였거든요."

고진은 이유현의 말을 대놓고 부정하지 않았다. 그저 묵묵히 맥주 잔을 들이켰다. 이유현은 더 말을 이었다.

"제가 형님 성향을 알잖아요. 다른 변호사들처럼 그 의뢰인한테서 사건을 수임했다는 이유만으로 무죄를 믿는 코스프레 따위는 하지 않는다는 거. 오직 사실만이 중요하다는 거. 결국 형님은 김명진 본 인이 직접 범행을 저질렀을 가능성을 완전히 지우지 못했던 거 아닙 니까? 그래서 지금껏 재판에서 적극적이지 못했던 거 아닙니까?"

정곡을 찌른 것일까. 고진은 빈 맥주잔을 빙빙 돌려 대며 한동안 말이 없었다. 이윽고 고개를 들었다.

"뭐, 내 마음이 그랬는지도 모르겠군."

고진은 이를 드러내고 씩 웃었다.

"딱히 의식하고 그랬는지 어떤지는 모르겠지만 이 반장이 그렇게 봤다면 그런 점도 있었을 지도 모르지. 결국 그래서 이곳 블라디보스토크까지 온 거 아닌가. 진범을 확인하려고."

"범인이 한국인이라면……."

고진이 말을 막으며 손을 내저었다.

"잠깐. 그래도 일단 김명진은 빼자고. 일단 김명진은 범인이 아니라는 가정 하에 여기까지 온 거잖아."

"알았어요. 그럼 적어도 여기에 있을 동안에는 김명진은 제외하고 얘기하죠."

"고마워."

"김명진 말고는……. 역시 그나마 그 네 사람이겠죠."

"김해나, 남궁현, 임의재, 한연우……."

고진은 나지막이 이름들을 읊조렸다.

"하지만 이 사람들은 알리바이가 확실하죠. 범행은 물리적으로 불가능해요."

"만약 알리바이 문제가 없다고 가정하면 어떨까?"

"어떻다니요?"

"오로지 동기만으로 범인을 따져본다면 말이야. 기질적인 문제를 포함해도 좋고."

"동기나 기질이라고요……."

이유현은 말을 곱씹어 보다가 말했다.

"범행 동기라면…… 일단 임의재가 멀어지겠죠. 신창순이 죽으면 빌려준 돈을 날릴 판이니까."

"아니야. 임의재도 제외할 순 없어. 임의재는 신창순을 해치우고 상속인인 김명진으로부터 돈을 받아내는 게 더 쉽다고 판단했을 수 있어. 다혈질인 성격은 살인에 가장 어울리는 인물이기도 해."

"그럼 한연우는 어떨까요? 동기도 약하지만 기질적으로도 살인과는 거리가 멀어 보이지 않습니까? 백면서생의 유약한 이미지고, 실제로도 그다지 다른 것 같지 않아요."

"그 양반은 인생을 살지는 않고 비평만 한다고나 할까. 사랑도 정작 하지는 않고 품평만 할 뿐. 도무지 행동과는 어울리지 않는 사람이야. 하지만 그렇게 자기 관념에 사로잡힌 사람이 살인이라는 극단적인 비약을 이루는 일은 종종 있어. 남궁현은……."

고진은 스스로 말을 이었다.

"그도 신창순을 싫어한 것 같지만, 김해나와 결혼해 새 출발을 앞두고 있어. 굳이 이제 와서 사람을 죽일 이유는 생각하기 어렵지. 하지만, 사랑하는 김해나의 요구에 따라 그녀와 공모해서 범행을 저질렀을 가능성은 충분히 생각해 볼 수 있어."

"김해나는요?"

"제외할 수 없지. 동기 면에서는 이들 중 가장 강하다고 볼 수 있으니까. 어떻든 김명진과는 혈육이고, 악랄한 형부를 살해해 언니를 해방시켜 주고픈 마음이 있었을 수 있어."

"하지만 남궁현과의 공모라면 모를까, 혼자 실행할 기회가 있었을까요."

"……뭐 그렇긴 해."

"그럼 뭡니까. 전부 의심스럽고 전부 애매하고. 하나마나한 이야기들 아닙니까."

"범행 동기란 게 원래 애매한 이야기일 수밖에 없잖아."

고진은 히죽 웃었다.

"그저 우리의 용의자 모두에게 동기가 있을 수 있단 걸 확인하고 싶었을 뿐이야. 우리가 알 수 있는 건 살인 그 자체뿐, 살인을 한 사람의 내면이란 건 영원히 볼 수 없는 달의 반대편일지도 모르지."

이유현은 의아했다. 알리바이에 몰두해 왔던 고진이 왜 갑자기 동기나 기질 같은 모호한 이야기를 끄집어내고 있는 걸까.

어쩌면 객지에서의 밤이 모처럼 그에게 애잔한 감상을 던져 준 건지도 모른다.

고진은 맥주잔을 기울였다. 이유현도 단번에 잔을 비웠다.

소중한 휴가로 얻은 러시아의 첫날밤은 발티카 맥주의 강렬한 알코올 향에 젖어 속절없이 저물어 갔다.

이튿째는 블라디보스토크 경찰서 방문이 예정되어 있었다. 윤태권은 전날 공항에 나오지 못한 실수를 만회라도 하려는 듯이 아침 일찍 찾아와서 로비에서 30여 분간 기다리고 있었다.

고진과 이유현은 윤태권이 호텔 앞에 잡아 놓은 택시를 타고 부둣가에 면한 블라디보스토크 경찰서로 향했다.

러시아 경찰에 공식적인 협조를 기대할 수는 없었다. 어차피 이미 수사가 끝나고 기소돼 재판을 받는 사건이라 정식으로 공문을 보내지 못했다. 다만, 한국의 광역수사대 팀장이 몇 가지 사실 확인을 위해 방문한다고 비공식적으로 알려 놓은 상태여서 비교적 수월하게 이야기를 틀 수 있었다. 그렇다고 무표정한 러시아 경찰들의 딱딱한 태도까지는 어쩌지 못했지만.

윤태권이 통역을 했고, 담당 형사를 상대로 이유현은 한 가지를 부탁했다. 실은 고진이 배후에서 사주한 것인데, 이유현은 영문을 이해할 수 없었다. 12월 21일부터 23일까지의 현대호텔 CCTV 자료를 확보해 달라는 주문이었다.

"범행은 12월 14일 전후에 일어났어요. 21일부터의 화면이 왜 필요합니까."

"21일부터 다 같이 투숙했잖아."

"어쨌든 필요 없잖아요."

"거짓말 좀 확인해 보려고."

"누가 거짓말했는지 말인가요?"

"아니."

"그럼요?"

"누가 거짓말을 안 했는지를 알아보려는 거야."

아침에 현대호텔을 나오면서도 확인했다. 로비와 복도 입구에만 CCTV가 설치되어 있었다. 그렇다면 기껏해야 출입 여부 정도만 확인할 수 있을 텐데. 혹시 누군가의 방문을 확인하려는 것일까. 이유현이 이것저것 물었지만 고진은 말을 아꼈다. 그는 분명 어떤 기대감에 상기되어 있었다. 아름다운 여성 앞에서도 좀처럼 내보이지 않는, 수수께끼가 풀리기 직전의 두근거림 같은 것이 표정에서 비어져 나오고 있었다. 이유현은 더 말하지 않았다. 더 캐물어 봐야 연막을 치고 입을 열 듯 말 듯 약 올리며 즐기는 고진의 악취미만 만족시켜 줄 뿐이다.

영장 없이 협조를 얻을 수 있을까. 이유현은 반신반의했지만 의외로 러시아 쪽 형사는 그 정도야 뭘 하는 눈치였다. 여기에는 어떤 형태로든 경찰의 힘이 아직 남아 있는 모양이다. 오후에 다시 들르기로 하고 일단 물러났다.

"시간도 남는데…… 김명진이 가출해서 살았다던 동네로 한번 가 볼까?"

고진의 제안에 이유현은 군말 없이 따랐다. 그게 마음에 들어서가 아니라 달리 뭘 할 수가 없어서였다.

윤태권이 다른 볼일이 있어 잠시 떠난 터라 두 사람이 자력으로 길을 찾아야 했다. 행인을 붙들고 길을 물어보려니 역시 영어는 아무 쓸모가 없었다. 라이트, 레프트는 물론, 심지어 숫자도 통하지 않았다. 큰 소리로 뭐라뭐라 떠드는 러시아인에게 지어 보인 어색한 웃음을 끝으로 사람에게 길을 묻는 건 포기하기로 했다. 대신 지도 한 장을 의지해 길을 더듬었다. 하지만 도무지 헷갈려서 방향을 알 수가 없었다.

약국에 들러 한 번 더 길을 물었지만 영어가 통하지 않는 건 약사의 지성도 마찬가지였다. 두 사람은 한국인들이 싹쓸이하고 있는 차가버섯 엑기스 '베푼긴'을 한 병씩 사들고서 조용히 약국을 나왔다.

지도와 길을 왔다 갔다 하기 수십 번, 마침내 집을 찾아냈다. 김명진이 살았던 89번지는 백화점과 쇼핑센터가 늘어선 쪽과는 사뭇 달랐다. 동서로 뻗은 스베틀란스카야 거리의 동쪽 끄트머리에 위치한, 나무와 덤불, 잡초가 우거진 언덕지대였다. 다운타운에서 멀리 떨어지지 않은 곳에 이런 교외 지역이 등장하고 보니 블라디보스토크가 작은 도시라는 사실을 새삼 실감하는 것이었다.

초라한 연립주택이 옹기종기 모인 골목에 인적은 없었다. 유령마을, 혹은 놀이공원에 지어진 세트장처럼도 보였다. 어두워진 후에 나서고 싶은 거리는 아니었다. 현장에 가보지도 않은 검사가 김명진이 가출해서는 쇼핑센터의 거리에 살았다고 비꼬았던 공판의 한 장면이 떠올라 이유현은 쓴웃음을 지었다.

살을 에는 칼바람이 덤불을 거칠게 흔들었다. 이유현은 목을 움츠리고 옷깃을 여몄다.

"실은 말이야⋯⋯."

고진은 길 위에 서서 주변을 휘휘 둘러보았다.

"난 이틀 만에 벌써 이 말도 글도 안 통하는 러시아 땅에 지쳤어. 자넨 어때?"

이유현은 기다렸다는 듯 고개를 끄덕였다.

"저도 마찬가집니다. 이 얼음장 같은 분위기는 또 어떻고요. 전 여기 와서 러시아 사람들이 웃는 모습 한 번도 못 봤어요."

이유현은 옷 속에 파묻은 목을 힘없이 저었다. 그 피로감에는 물론 매서운 추위도 큰 역할을 했다.

"질렸어요, 질렸어. 오늘 밤이라도 당장 한국에 돌아가고 싶습니다⋯⋯."

둘이지만 쓸쓸했다. 김명진이 홀로 몇 개월 전 있었던 곳에 선 두 사람은 멀리 언덕 아래 바다를 향해 시선을 돌렸다.

오후에 들른 경찰서에는 CCTV 기록이 준비되어 있었다. 윤태권도 와 있었다. 아직 보관 기간이 지나지 않아 다행이었다는 형사의 말을 통역해 주었다.

21일의 CCTV에 찍힌 영상은 오후 4시부터 의미가 있다. 그날 항공편으로 온 남궁현, 김해나가 그 시간에 호텔로 도착했고, 잠시 후 김명진이 찾아오는 장면, 그리고 얼마 후 로비에 모여 우르르 몰려 나가는 장면이 나왔고, 밤 9시 50분에 김명진을 제외한 일행이 다 같이 들어오는 장면이 찍혀 있었다.

다음 날인 22일로 화면을 돌렸다. 아침 9시 20분경에 다 같이 외출했다. 그러고는 오후 4시도 되기 전에 다들 호텔로 들어왔다. 좀 일찍 일정을 끝낸 게 아닌가 싶었지만 블라디보스토크의 몇 안 되는 관광 거리를 생각하면 그럴 법했다. 힘이 남았던지 그 뒤로 다들 개별적으로 외출했다. 한연우가 오후 4시 30분쯤 외출했고, 임의재가 조금 뒤에 나갔고, 남궁현과 김해나도 5시 조금 넘어 외출했다. 22일 오후에는 제각기 시간을 가졌다는 진술과 일치했다. 돌아온 순서는 나갈 때와 달랐다. 먼저 남궁현과 김해나가 밤 9시 40분쯤, 한연우 는 밤 10시 조금 넘어 들어왔고, 임의재는 11시가 조금 넘은 시각에 휘청거리며 들어왔다. 약간 비틀거릴 뿐이었지만, 화면상으로 그 정도면 술에 만취했음에 틀림없었다.

23일은 아침 10시 20분쯤 다들 함께 로비를 빠져나갔다. 우수리스크에 다녀왔다던 날이다. 저녁 7시 20분에 돌아왔는데, 시간대로 보아 저녁까지 먹고 들어온 모양이다.

"이 사람들 진술 내용과 다 일치하는데요."

이유현이 심드렁하게 팔짱을 꼈다. 이 화면상에 드러난 출입 기록이 그들의 진술과 전혀 다르지 않다는 단순한 사실을 확인하러 러시아까지 왔단 말인가. 더구나 이날은 범행과 아무런 관련이 없었다. 고진의 반응은 조금 달랐다. 입술을 살짝 깨물고 있었는데, 그의 표정에는 의혹 대신 어떤 비밀을 확인한 자의 은밀한 즐거움 비슷한 것이 떠올라 있었다.

CCTV 확인을 끝으로 그는 러시아 땅에서의 할 일을 더 이상 찾지 못한 모양이다. 경찰서를 나온 고진은 그들의 말과 입이 되어 주었던 윤태권과 작별을 고했다.

윤태권은 생각보다 일이 일찍 끝나 의외라는 듯 눈을 올려 떴지만 이내 손을 굳게 잡고 흔들었다. 이유현은 이국땅에서의 건투를 빈다는 인사말을 건넸다. 빈말만은 아니었다. 이틀간 그의 노고를 생각해 보면 첫날 공항에 나오지 못한 실책을 몇 배 만회한 셈이었다.

그날 밤 고진과 이유현은 현대호텔 12층 스카이바 '퍼시픽'의 창가에 마주 앉았다. 이유현이 블라디보스토크 시가지를 내려다보며 말했다.

"정말 끝내주는 휴가군요. 이런 데를 형님하고 올 줄이야."

야경이 멋진 만큼 이유현은 비감해지는 자신의 신세에 기분이 상했다.

"예언하건대, 다음 휴가는 반드시 여자하고 갈 수 있을 거야."

"어떻게요?"

"결혼한 뒤에 휴가를 가면 되잖아."

"괜히 물었네요."

이유현은 보드카 잔으로 손을 뻗었다.

"도대체 이번 여행이 의미가 있었습니까? 사건 현장 가보고, CCTV 가보고 달랑 두 가지 했는데 일정이 끝났어요."

힐끔 고진의 눈치를 보았다. 무심한 얼굴이었다.

"조금 얻은 건 있지."

"뭡니까?"

"또 조현철 검사한테 일러바치려고?"

"으음, 그 얘긴 좀 그만……."

"싫어."

고진은 이야기해 줄 생각이 없어 보였다.

이유현은 불안했다. 수학 문제를 풀 듯 가설을 세웠다 무너뜨렸다 할 때가 아니었다. 재판이고, 실제인 것이다. 지난 기일 고진은 재판 속행을 위한 일격으로 다음 공판에서 범인을 밝히겠다고 큰소리를 쳤다. 변호인이 재판을 끌려고 마지막 발악을 한다고 안쓰럽게 여겼을 게 틀림없는 판사를 포함해서 조현철 검사, 배심원, 심지어 방청객까지 아무도 믿지 않는 것 같았지만, 이유현만은 믿었다. 고진이 그렇게 할 거라고. 하지만 결과의 확실성은 믿지 못했다. 과연 자신 할 수 있을까. 법정은 사고 실험을 하는 장소가 아니다. '아니면 말고'가 통하지 않는다. 눈에 보이는 증거를 보여주지 않으면 신뢰를 얻지 못한다. 그리고 그 결과는 돈을 잃거나 체면이 상하는 정도로는 끝나지 않는다. 고진이 그 말을 꺼낼 때부터 이유현의 마음 한구석은 벌써 불안해지기 시작했다.

한쪽으로 기운 시선은 위험하다. 변호인들 가운데는 무죄 주장에만 집착해 편향된 시각으로 증거를 해석해 전혀 공감되지 않는 논리를 펴는 사람도 있다. 사건에 깊이 빠지면, 무고한데도 억울하게 기소되어 재판을 받는 드문 경우가 하필 자신에게 돈을 지불하는 의뢰인에게 일어났을 가능성이 낮다는 점을 돌이켜보지 못하는 경우가 허다하다. 고진이 지금껏 객관적일 수 있었던 건 법정과 어느 정도 거리를 두어왔기 때문일 것이다. 어제만 해도 고진이 그렇다고 생각했다. 그런데 이상하게도 지금은 그렇지 못하다는 기분이 든다. 생각해 보면 이 사건에는 남다른 변수가 있다. 그건 범의나 알리바이 같은 것이 아니라 김명진이라는 여자 자체다. 그녀의 미모와 분위기는 묘한 데가 있다. 유사처럼 흐르며 사람을 못 떠나게 한다. 흡사 블랙홀 같다. 발산하는 미는 상대를 찬탄케 하는 데 그치지만, 내재된 미는 상대를 빨아들인다. 그래서 더 위험하다. 고진은 겉보기와 다르게 일순간 격정으로 가버리는 발사장치 같은 것을 뇌 어딘가에 숨기고 있는 인물이다. 혹시 그는 김명진의 여성성에 매료되어 이성을 저당 잡힌 채 판단을 흐리고 있는 건 아닐까. 그가 재밌는 생각을 하는 경향이 있지만, 그게 환영받는 건 어디까지나 논리의 테이블 위에서다. 법정에서는 재미 삼아 내건 누군가의 가설이 한 명의 인생 전체를 건 기회를 빼앗는 덫이 될 수도 있다. 그가 혼자만의 결론에 빠져 그러지 않는다는 보장은 없다. 이유현은 블라디보스토크의 거리를 내다보면서 관광객의 심정으로 편안하게 술을 마실 수만은 없었다.

고진은 보드카 잔을 들고 몽롱하게 풀린 시선을 창밖으로 던졌다. 항만이 손에 잡힐 것처럼 내려다보였다. 반달 같은 해안을 둘러싸고 점점이 빛무리가 졌고, 도심을 가로지는 차량의 줄지은 후미등이 내뿜는 빨간 불빛이 번지는 핏물처럼 밤의 블라디보스토크를 점령하고 있었다.

"블러디 보스톡이군."

이유현은 고진의 말장난에 호응해주지 않았다.

고진이 '이래도?'라고 하듯 고개를 들고서 말했다.

"범인을 알았어."

하지만 이유현은 일부러 고개를 들지 않았다.

아아, 저 병은 또…….

말도 안 되는 소리다.

러시아 땅에 와서 한 일이 없지 않은가.

이유현은 보드카를 목구멍에 들이부었다.

제10장

날이 덜 밝았다. 이 이른 시간에 누가. 그렇게 생각하며 고진은 요란하게 울리는 휴대전화를 잠에 취한 손길로 더듬어 찾았다. 거실 소파에서 눈을 뜬 고진은 리모컨을 손에 쥐고 있다는 걸 깨달았다. TV에서는 저녁 뉴스를 진행하는 아나운서의 목소리가 튀어나오고 있다. 그제야 고진은 집에 들어와 TV를 보다가 초저녁잠에 빠져 버렸다는 사실을 떠올렸다. 블라디보스토크 여행을 마치고 돌아온 후 줄곧 비몽사몽이었다. 겨우 2시간에 불과한 시차를 몸이 인식했는지 며칠간 통 잠이 불규칙하다. 귀를 괴롭히는 전자음이 일곱 번 울렸을 때야 고진은 겨우 통화버튼을 누를 정신을 차릴 수 있었다.

"여보세요."

차분한 음성이었다. 익숙한 목소린데. 기억이 날 듯 말 듯했다.

"고 변호사님. 저 한연욱입니다."

"아, 한 선생님."

흘깃 벽시계를 보니 저녁 8시 15분을 지나고 있었다.

"여기 명진이가 입원한 병원인데요."

"네에. 김명진 씨 상태가 혹시 안 좋나요?"

"그건 아니고요. 여기 오랜만에 문병 왔다가 해나한테서 얘길 들었어요. ……의재가 돈 문제로 명진이를 닦달했다고요."

"아, 네……."

딱히 대꾸할 말이 떠오르지 않았다. 한연우가 말했다.

"인터콘티넨탈 호텔로 저하고 잠깐 같이 가보시지 않겠습니까?"

"거긴 왜요?"

"의재 좀 만나 보려고요."

호텔로 가는 길, 새 담뱃갑 안의 담배처럼 꽉꽉 막힌 테헤란로에 갇힌 택시 안에서 한연우가 말했다.

"지가 멍청해서 돈 날려 놓고 이제 와서 명진일 괴롭힌다는 게 말이 됩니까."

결의에 찬 그의 얼굴은 기병대와 담판하러 가는 잘생긴 인디언 같았다.

이날 저녁 한연우를 움직인 건 역시 임의재가 김명진의 병실에 찾아가 차용증을 들이밀며 따지고 들었던 일이었다. 김명진의 눈물이 매사 뒤편에 물러서 있던 한연우의 어떤 의지를 건드려 버린 것 같다.

"한 선생님은 지난번에 임의재 씨한테 유죄든 무죄든 김명진 씨가 오직 밖으로 나오는 것만이 중요한 게 아니었냐는 말씀을 하셨죠. 속마음을 짐작하셨단 얘기 아니겠습니까. 김명진 씨가 나와야만 채권이 해결될 수 있으니까."

고진이 말했다. 한연우는 차창에 기댄 손으로 삐딱하게 기울인 턱을 괴고서 대답이 없었다.

"임의재 씨하고는 어떤 이야기를 하시려고요?"

"설득해야지요. 당분간은 명진이를 좀 내버려 두도록."

"굳이 그럴 필요 있겠습니까? 한 번 그랬으니 임 사장님도 자중하지 않을까요?"

"불도저 같은 친구예요. 가만 두면 계속 명진이를 괴롭힐 겁니다. 제가 알아요."

"흠…… 말을 순순히 들을까요?"

'돈에 눈이 뒤집힌 사람이.'라는 말은 차마 덧붙이지 못했다.

"사실 기대하진 않아요. 아마 얘길 들으려 하지도 않을 겁니다."

"제 생각에도 그럴 것 같습니다. 적어도 제가 아는 임의재 씨는 말이죠."

한연우는 차창 밖의 네온 불빛에 물든 채 시니컬하게 웃었다.

"늘 남자다움을 앞세우고, 진심인 척 연기하고……. 하지만 살다 보니 알게 되더군요. 그런 사람치고 진짜 남자다운 사람이 없단 걸요."

"그 말씀엔 동감하고 싶군요. 저도 마초들하곤 성향이 좀 안 맞아서 말이죠."

"사람들은 자신의 강함을 의식하고 이용하거든요. 할 수 있는데 하지 않는 사람은 없습니다. 성격적인 착취 구조랄까요. 신창순은 그 나름의 야비한 방식으로 명진이를 착취했지만 지금에 와선 그게 의재라고 해서 달랐을까 싶어요."

한연우의 임의재에 대한 반감이 최고조에 달한 것 같다.

고진은 오늘 싸움을 말리는 완충 역할로 자신이 선택된 게 아닌지 불안해지기 시작했다.

호텔 객실 문을 열어 이들을 맞는 임의재는 몸에 붙는 반팔 티셔츠에 헐렁한 면바지 차림이었다. 굵은 팔뚝을 과시하기 위한 허세 패션. 고진은 마음속으로 그렇게 정의했다.

깨끗하게 치워진 창가 테이블 위에 한연우가 들고 간 조니워커 블랙 한 병을 턱 하니 올려놓자 임의재가 놀라 물었다.

"술도 약한 네가 웬일이야?"

"여기서 밤새울 생각이거든. 고 변호사님도 계시고."

고진이 임의재를 향해 눈을 찡긋했다. 임의재는 질색하며 얼굴을 돌렸다.

창가 테이블에 고진을 사이에 하여 나란히 앉은 세 사람은 자동차 전조등 빛이 꼬리를 문 테헤란로를 내려다보며 술잔을 기울였다. 육포 몇 조각 말고는 변변찮은 안주도 없다.

한연우는 용건을 바로 꺼내지 않았다. 다짜고짜 본론으로 들어갔다가는 반발을 살지도 모른다고 생각한 듯하다. 임의재와 진지한 이야기를 하려면 조금은 더 술에 취하는 쪽이 좋다는 점은 고진도 생각이 같다.

두 사람은 한동안 예전의 추억을 이야기했다. 다른 친구들의 소식도 오갔다. 옛 친구들의 전형적인 술자리. 하긴 20년 동안 거의 연

락 없이 다른 길을 걸어온 두 사람이니 공통된 화제는 그럴 수밖에
없다.

한연우가 임의재에게 채근하듯이 술을 권했고, 임의재는 넙죽넙
죽 받아 마셨다. 어느새 시간이 새벽 1시를 넘어갔다. 한연우가 불쑥
말을 꺼냈다.

"너 명진이 병실에 찾아갔다며?"

임의재의 표정이 굳어졌다. 무슨 말을 하려는지 금세 깨달은 모
양이었다. 한연우가 찾아온 진짜 용건이 무엇인지도. 임의재는 잔을
내려놓고 천천히 팔짱을 꼈다.

"그 얘기는 또 왜?"

"급한 돈 아니잖아."

"네가 어떻게 알아?"

"창순이한테 빌려주고 몇 달간 손 놓고 있었어. 근데 이제 와서 그
렇게 다급해질 리는 없잖아."

"돈이란 게 원래 그래. 요즘 내 쪽에 사정이 있어."

"명진이보다 심하진 않을 거잖아."

"그만하자."

하지만 한연우는 집요했다. 명진이한테 그래서야 되겠냐. 마음이
지금 어떻겠느냐. 우리라도 편하게 해줘야 되지 않겠냐……. 그의
말은 설교조로 변해 갔다. 교단에서 갈고 닦은 장광설일까, 한연우
가 일방적으로 말을 쏟아냈다.

임의재의 표정이 굳어 갔다. 씨알도 먹히지 않는 게 분명했다. 두
사람이 접점을 찾을 수 없는 건 당연할지 모른다. 거액의 금전이라

는, 쉽게 양해될 수 없는 장벽이 가로막혀 있다.

한연우는 아마도 임의재가 알겠다며 두 손을 들 때까지 설득할 셈인 듯하다. 강함은 임의재 쪽이 앞서겠지만 점액질의 끈기라면 한연우 쪽이 윗줄이다.

고진에게 슬슬 졸음이 몰려왔다. 그러면서도 머리 한구석에는 '임의재가 이런 비난조의 말을 오래 참을 수 있는 사람이 아닌데.' 하는 생각을 어렴풋하게 하고 있었다.

어느 순간 고진은 퍼뜩 선잠에서 깨어났다. 임의재의 거친 목소리가 들린 탓이다.

"도대체 언제까지 20년 전 이야기를 할 거야!"

고진은 잠이 달아났지만 놀라지는 않았다. 그의 불뚝 성질에 이젠 익숙해졌다. 어느 정도 예상도 했다. 20년 지기 한연우는 오죽하랴. 그는 목청을 높이진 않았지만 조금도 움츠러들지 않았다.

"옛날이야기가 아니야. 적어도 재판이 끝날 때까지는 내버려 두라고."

"쉽게 말하지 마. 내 돈을 네가 책임질 거야?"

"포기하란 게 아니잖아. 좀 기다리라고. 시간 지난다고 차용증이 사라지는 것도 아니잖아."

"글쎄, 그 이야긴 그만해."

"돈 문제로 명진이를 들볶으니까 그런 거잖아."

"들볶다니? 뭔 말이 그래?"

거칠게 말하던 임의재는 조금 목청을 낮추었다.

"감정적으로만 생각하지 마. 나도 너 이상으로 명진이를 걱정하고 있어."

"그러면 적어도 그런 문제로 신경 쓰이겐 하지 말아야지."

"이건 별개라고. 아무리 말해도 왜 말귀를 못 알아들어? 창순이 돈은 명진이 돈이야. 창순이한테 준 돈은 명진이한테 준 돈이나 마찬가지야."

"그게 네가 좋아하는 장사치 방식의 셈법이야?"

드디어 임의재의 목덜미에 파란 핏줄이 섰다. 고진은 끼어들어 말릴 타이밍을 놓쳤다. 아직 잠에서 완전히 깨지 못한 상태였다.

"넌 입만 나불거리는 일 말고 한 게 뭐 있어? 왜 이제 와서 기사 행세야!"

"적어도 명진일 괴롭히진 않았어."

"그럴 거면 교실에서 애들이나 가르쳐!"

임의재의 말이 이번엔 한연우의 비위를 확 긁어 버린 모양이다.

"넌 임마 왜 항상 그런 식이야? 넌 언제나 옳다는 거야?"

말투가 확 달라졌다. 학생을 나무랄 때의 그것 같다. 자존심 강한 사람이 듣기에는 거친 말투보다 더 불쾌할 수도 있다.

"그래서?"

"신창순하고 뭐가 달라?"

"뭐?"

분위기가 심상찮아졌다. 임의재의 이마에 주름이 깊게 팼다. 눈에서는 불꽃이 튀었다. 고진은 문득 그의 모습에서 서늘한 두려움을 느꼈다. 임의재가 이 순간 어떤 행동을, 이를테면 살인을 한다 해도 그리 놀랍지 않을 것 같았다. 하지만 그의 모습에서 두려움을 감지한 건 고진뿐인 듯했다. 한연우는 이래도, 하듯이 공격의 수위를 한 단계 더 올렸다.

"신창순은 명진이를 좋아한다면서 죽어라 달렸고, 명진이와 결혼했어. 명진이를 좋아해서인 줄 알았어. 하지만 그놈은 주무르기 쉬운 장난감 같은 여자를 원했을 뿐이었지. 너도 명진이를 좋아했다고 그러지만, 아니야. 넌 단지 경쟁에서 이기고 싶었을 뿐이었어. 전리품으로서 명진이를 원한 거라고."

한연우의 흐릿한 입매에서 놀라운 정도로 냉정한 말이 쏟아져 나왔다. 고진은 잠이 완전히 달아났다. 임의재의 성질머리를 감안했을 때 이건 성난 소 앞에서 붉은 천을 펄럭거리는 거나 마찬가지다. 아니나 다를까, 임의재의 양미간이 굶은 사자처럼 사납게 일그러졌다.

"이, 이 자식이!"

급기야 그의 입에서 막말이 튀어나왔다. 임의재가 벌떡 일어섰다. 의자가 뒤로 넘어지고 잔이 손에서 미끄러졌다.

하지만 한연우는 탁자 위에 손을 올려놓고서 시선이 반원을 그리며 위로 향했을 뿐 미동도 없었다.

"자, 자. 진정하시고."

고진이 다급하게 손을 펴들었다.

임의재를 보니, 선 채로 눈이 희번덕거리고 있었다. 흰자위가 절반쯤 보였다. 좀 지나치게 흥분한 거 아닌가 싶었는데, 다음 순간 휘청 하더니 임의재가 고진의 시야에서 사라졌다. 임의재가 바닥에 쓰러져 버린 것이었다. 마치 쌓아 놓은 나무토막이 무너지듯 갑작스러웠다. 이미 넘어져 있던 의자와 테이블을 치는 바람에 쿠당탕 하는 소리가 크게 들렸다. 테이블 위의 양주병이 그 충격에 넘어졌다. 이미 비어 있어 술이 흘러나오지는 않았다.

"어, 난 손 안 댔는데?"

고진이 어리둥절해 맨 처음 내뱉은 말이었다.

한연우는 훨씬 침착했다. 당황한 눈빛을 했지만 잠시였다. 그는 재빨리 자리에서 일어섰다. 침대 머리맡 나이트테이블로 서둘러 다가가 객실 전화기 버튼을 눌렀다.

"프런트죠? 투숙객이 쓰러졌네요. 119 좀 불러 주세요."

두 시간 뒤, 고진은 시끌벅적한 응급실 한구석 침대에 누워 있는 임의재를 내려다보고 있었다. 살아는 있었다. 의식은 아직 돌아오지 않았다. 뻣뻣한 몸은 마치 자신이 여기 있을 이유가 없다며 항의하는 것만 같았다.

고진은 "잠깐." 하고는 한연우의 팔꿈치를 붙들고 바깥으로 나왔다. 응급실 입구 옆 일렬로 놓인 플라스틱 의자에 나란히 앉았다. 이쪽은 조용했다.

"술 마시다 쓰러지는 일이 가끔 있었어요?"

"전 첨 봤습니다."

"걱정되는데요."

"좀 과음한 모양이죠. 의사가 아무 이상이 없다지 않습니까?"

임의재의 상태를 그리 중하게 여기지 않는 투였다. '그래도 의식이 없지 않습니까?' 하고 고진은 되물으려다 그만두었다. 대신 주변을 돌아보며 물었다.

"다른 분들한텐 연락을 안 했습니까?"

"다들 자고 있을 시간이라…… 별 대단한 것도 아닌 것 같고 해서요."

김명진한테 연락한다는 생각은 처음부터 안 했을 법하고, 밤중에 다른 이들의 단잠을 깨울 일도 아니라고 판단한 듯하다.

"하긴, 임의재 씨 자존심으론 괜히 법석 떨고 하는 걸 더 싫어할 수도 있겠네요."

"맞습니다. 저 친구를 잘 알아요. 깨어나면 쓰러진 일보다 그 모습을 우리한테 보인 일을 더 못 견뎌 할걸요."

몇 초쯤 어색한 침묵이 흘렀다. 한연우가 불쑥 사과했다.

"변호사님한테는 미안하네요. 괜히 같이 가자고 해서 이런 폐를 끼치고……."

"천만에요."

고진은 손을 내저었다.

"변호사란 사람은 갈등 상황에서 여러 용도로 이용되는 법이죠."

한연우가 고진을 잠시 쳐다보다가 곧 시선을 거두고 어이없다는 듯 피식 웃었다.

"아무래도 변호사님은 때와 장소를 가리지 않고 농담하는 괴상한 습벽이 있는 모양입니다."

"그런 것 같네요."

"의재하고 둘이서만 만나는 것보단 변호사님이 있는 쪽이 더 얘기하기에 낫다고 생각했던 것뿐입니다. 변호사님하고는 좀 더 말이 통할 것 같아서요……. 정말 저 자신도 이해할 수 없는 게 변호사님한테는 이런 말을 듣지 못할 걸 알면서 왜 연락했는지 모르겠네요."

그는 고개를 절레절레 저었다. 그런 한연우를 보며 고진은 괜찮다거나 그럴 수도 있다며 무마하거나 위로하는 말 따위는 던져주지 않았다.

임의재는 곧 깨어났다. 당장 말은 잘 하지 못했다. 자존심 센 포로처럼 눈을 멀뚱멀뚱하게 뜨려 애쓰고 있었다. 아마 지금 그의 눈에는 세상의 위아래가 서로 자리를 바꾸어 가며 뱅글뱅글 돌아가고 있지 않을까. 고진은 응급실에서도 죽지 않는 임의재의 허세를 인정할 수밖에 없었다.

병실이 나지 않아 응급실 침대에서 하염없이 대기해야 했다. 오전 9시 20분이 지났을 때 응급실 당직 의사 대신 '내과 이덕희' 명찰을 단 나이 지긋한 담당 의사가 찾아왔다. 60세는 족히 되어 보이는 그는 뒤에 수련의로 보이는 남자를 세 명 몰고 다가왔다. 그는 한연우를 보더니 아는 체를 했고, 한연우도 인사를 했다. 의사는 고진을 지나쳐 병상으로 다가갔다.

"어허, 임 선생. 또 이래?"

의사는 임의재의 이마를 짚으며 말을 걸었다. 구면인 듯하다. 노의사가 몇 마디 더 친근하게 물었지만, 아직 덜 깨어난 임의재는 변변하게 대답하지 못했다.

"지병이 있는 겁니까?"

고진이 의사를 뒤따라 나가 복도에서 물었다. 그렇게 물은 건 "또 이래?"라는 의사의 말 때문이었다. 의사가 돌아보았고, 고진이 "보호잡니다." 하며 밝혔다. 한연우도 어느새 따라 나와 의사를 향해 가볍게 인사를 건넸다.

"의재가 죽을까 봐 걱정하고 계신 변호사님이에요. 선생님께서 좀 설명해 주세요."

노 의사는 껄껄껄 웃었다.

"술 마시다가 갑자기 쓰러졌으면 죽을 때가 된 거 아닙니까?"

고진이 장난스럽게 물었다. 의사는 미소를 띠고 스스럼없이 대답했다.

"임의재 씨는 심장판막증이에요."

"심장판막증요?"

의외의 병명에 고진이 확인하듯 물었다. 한연우를 돌아보았는데, 태연했다. 이 의사가 환자의 병명을 쉽게 털어놓는 이유가 짐작이 갔다. 어차피 한연우가 알고 있는 것이다. 의사가 대답했다.

"심장판막이 원래부터 좀 좁단 거죠."

"그렇습니까? 그럼 무서운 병 아닌가요?"

고진은 조금 전 '죽을 때' 운운하며 실언했나 싶어 말투를 조심스레 바꾸었다. 하지만 의사는 웃었다.

"일상생활엔 아무 문제가 없습니다. 생명에도 전혀 지장이 없고요."

"그래도 병명이 어마어마하잖습니까. 아무 지장이 없다는 게 놀랍네요."

"뭐, 과도한 스트레스를 받거나 술을 급하게 많이 마시는 경우에 이렇게 졸도할 수는 있습니다. 그 정도만 조심하면 돼요."

고진은 한연우를 한 번 힐긋 보고는 의사에게 재차 물었다.

"선생님한테 진료를 받은 적이 있었던 모양이죠?"

"임의재 씨는 내 오랜 환자예요. 해외에 거주하고 있어서 자주는 못 오지만. 외국은 의료 체계가 복잡하고 치료가 시원찮으니까 한국에 들어올 때면 한 번씩 진찰을 받고 갔어요. 뭐 특별히 치료할 건 없지만 한 번씩 상태를 체크하는 거죠. 아무튼 그래서 일부러 호텔도 여기서 가까운 데를 잡는다고 하던데요."

말을 마친 의사는 두 사람을 지나치려 했다. 그러다 마치 잊어버린 무언가가 생각난 듯 발길을 멈추었다. 그러고는 한연우를 향해 말을 건넸다.

"참, 한 선생은 요즘 어때요?"

"전 괜찮습니다."

한연우가 짤막하게 대답했다. 마치 화제가 길어지려는 걸 피하려는 듯이. 노 의사는 그 반응에 조금 민망했던 모양이다. 눈을 한 번 끔벅하더니 수련의를 몰고 자리를 떠나가 버렸다.

짧은 순간이지만 그냥 지나치기에는 마음에 걸리는 구석이 있었다. 찰나였지만 움찔하는 듯한 한연우의 태도. 그리고 의사 이덕희와 한연우는 그저 아는 사이가 아니라는 느낌. 혹시 한연우도 이덕희의 환자일까?

고진이 지나가듯 물었다.

"통증이 심하신가 보죠?"

"네? 누가요? 아니, 뭐가요?"

"한 교수님 말입니다. 어디 아프신가 봐요."

"아프긴요."

"저 의사가 한 교수님한테 뭐라고 하신 것 같은데요."

"그저 일상적인 인사죠."

한연우는 의사의 뒷모습에 시선을 둔 채 말했다.

고진의 마음에 조그만 위화감이 일었지만 툭 털어 버리는 듯한 그 태도 때문에 더 물어볼 순 없었다.

* * *

달리기 시합이 끝난 날 밤.

학교 앞 자주 가던 민속주점 백열등 아래에 다섯 청춘이 모였다. 김명진, 김해나 자매와 남궁현, 한연우, 그리고 신창순. 레이스 도중 성질을 내고 먼저 집에 가 버린 임의재는 결국 술자리에도 끼지 않았다. 한연우가 임의재를 부르려 했지만 김해나가 입을 삐죽이며 말렸다.

"왜 불러? 분위기 이상하게 만들려구."

"관둬. 의재 그 자식 존심 알잖아. 안 와."

남궁현도 말렸고, 다른 이들도 침묵으로 동의했다. 한연우는 결국 엉덩이를 자리에 붙였다.

술과 다섯 사람이 있었지만 분위기는 흥겹지 않았다. 노란 알전구 불빛이 우울한 그림자를 드리웠다. 레이스에서 진 남궁현, 한연우는 물론 죽상이다. 김해나는 처음부터 경주 자체를 어이없게 생각했으니 이 자리도 반가울 리 없고, 김명진은 이쪽저쪽 눈치를 보느라 좌불안석이었다. 신창순만이 처진 눈을 더 늘어뜨리며 히죽히죽 웃고 있었다.

"이젠 다들 깨끗이 포기해."

신창순이 말했다.

"야, 근데 정말 달리기 시합으로 결정해야겠냐."

남궁현이 슬쩍 떠보았지만 신창순이 처진 눈을 치켜들었다.

"딴 말 하면 인간 아니다. 어제까진 경쟁 체제였어. 하지만 오늘 부턴 달라. 명진이한테 집적대면 남의 여자 건드리는 새끼가 되는 거야."

"알았어, 자식아. 그냥 해 본 말이야."

남궁현이 겸연쩍게 한 발 물러섰다.

김명진의 표정이 어두워졌다.

"아니 그럼 정말 언니가 창순이 오빠하고 결혼한단 말이야?"

김해나가 "나 원 참 어이가 없어서." 하고 말을 덧붙이며 팔짱을 꼈다.

"이건 약속이거든."

신창순은 자신만만했다.

한연우는 막걸리 잔을 앞에 둔 채 별 말이 없었다.

달리기 시합은 아무도 예상하지 못했던 기묘한 균열을 이들 사이에 만들어내고 있었다. 장난처럼 시작했던 시합. 처음엔 어느 누구의 마음에도 정말 마라톤으로 결혼을 결정하려는 생각 따위는 없었을지 모른다. 하지만 시합이 다가오고 경쟁이 과열되면서 열기는 장난기를 대체했다. 시합 당일에는, 명진을 누가 얻을 것인가 하는 문제는 사내들 간의 허영심과 자존심 대결로 어느 정도 변질되어 있었고, 모두들 그것을 알고 있었다. 그래서 이 터무니없는 게임과 그 결과에도 누구 한 사람 터무니없다며 떨쳐버리고 나오지 못하고 있었다. 그들도 알지 못하는 사이에 지나치게 깊어지고, 지나치게 심각해져 버렸다. 네 명의 남자는 그 '불필요하게 진지한 80년대'의 사생아였다.

김해나의 삐삐가 울렸다. 카운터에서 전화를 걸고 온 김해나는 친구들이 부른다며 급히 자리를 떴다. 나이트에라도 갈 모양이다.

김해나마저 가버리니 술자리는 더 가라앉았다. 신창순은 자신이 얻은 기회를 놓치지 않았다. 이제 와서 말을 바꾸려는, 있을 수 있는 시도를 화려한 언변으로 미리 봉쇄했다.

"이제부터 명진이는 과 후배가 아니야. 나와 결혼할 여자로 대해."

신창순이 장난기를 싹 지운 낯빛으로 말했다. 자신의 승리를 바탕으로 김명진과의 결혼을 예정된 사실로 만들어 가는 중이었다.

김명진의 말수가 현저히 줄어들었다. 남궁현이나 한연우가 좀 말려 주었으면 하는 눈치인 것 같다. 하지만 두 남자는 꿀 먹은 벙어리다. 이죽거리기 좋아하던 남궁현마저 몇 마디 이후로는 그저 먼 산만 바라보고 있었다. 하물며 이 어리석은 시합을 제안하고 조금 전까지 응원의 박수를 보냈던 명진은 신창순에 맞서지 못했다.

"하지만 결국은 명진이 의사가 중요하지 않을까."

한연우가 겨우 한마디 했지만 신창순은 돌연 귀신탈처럼 미간을 깊게 일그러뜨렸다.

"그런 소린 더 이상 하지 마라. 이 시합을 먼저 하자고 한 건 명진이야."

사람이라도 죽일 듯한 신창순의 얼굴을 보지 않더라도 김명진의 마음은 완전히 뒤엉켜 있었다. 이 결과와 그것이 가져온 움직일 수 없는 불가역적인 상황에. 내가 무슨 짓을 한 거지? 왜 내가 좋아하는 사람을 입 밖에 내어 말하지 못했을까. 아니, 왜 오늘까지 분명히 몰랐을까. 난 그저 모두가 상처받지 않길 바랐던 것뿐인데……. 한없이 혼란스런 감정에 젖어 있었다. 하지만 자신의 운명을 자신의 의지로 선택하지 못한 대가가 그녀의 인생을 얼마나 피폐하게 만들게 될지 그땐 미처 알지 못했다.

김명진은 잘 마시지 못하는 막걸리를 연신 들이켤 뿐이었다. '싫어'라고 말하는 대신이었을지 모른다.

이때 한연우나 남궁현이 과감히 떨치고, '자식들아, 이게 말이 돼? 이딴 달리기로 결혼 상대자를 정한다는 게? 결혼이 장난이야?' 하며 술자리를 엎어 버렸다면 훗날 김명진의 운명은 어떻게 달라졌을까. 그럴 수 있을 임의재는 자리에 없었고, 남은 두 사람은 그러지 못했다. 어느새 김명진은 고개를 한쪽 벽에 머리를 힘없이 기댄 채 졸고 있었다.

코끝이 빨개진 남궁현, 한연우가 먼저 자리에서 일어섰다.

"계산은 내가 할게, 먼저 가."

그들의 뒤통수에 신창순이 은혜를 베풀듯 한마디 던졌다.

신창순과 김명진, 두 사람이 남았다. 김명진은 신창순만 남았다는 사실조차 알지 못하는 것 같았다.

벽에 기대었던 김명진은 이제 막걸리 사발이 밀려난 탁자 위 빈 공간에 엎드려 있었다.

신창순이 그 위에서 개처럼 입을 찢으며 웃고 있었다.

＊　＊　＊

"신창순 그 더러운 인간이 그날 정신을 잃은 언니를 여관에 델구
간 거예요."

김해나가 입술을 깨물며 말했다.

"강간이었군요."

고진이 커피 잔을 내려놓으며 말했다. 커피 숍 안의 음악 볼륨이
꽤 높았지만 김해나와 고진은 대화 내용이 옆자리로 넘어가지 않게
조심했다.

임의재의 병원에 찾아온 김해나를 고진은 이야기나 좀 나누자며
따로 불러낸 참이었다. 두 사람의 대화는 어느새 옛 친구들의 이야
기로 흘러가 있었다. 그 발단은 고진이 집요하게 옛날이야기를 청한
때문이었지만, 병상에 누운 임의재의 초라한 모습이 오히려 김해나
로 하여금 찬란했던 청춘의 추억을 불러일으켰는지도 모른다.

화제가 20년 전으로 돌아간 김에 고진은 뇌리에 남아 있던 조그만
의혹을 끄집어냈다. 물론 그녀의 눈치를 보면서였다. 김해나에게 물
어볼 수밖에 없었지만 기회를 좀처럼 갖지 못했던 의문이었다.

"한 선생님이 그러더군요. 신창순이 달리기 시합에서 이긴 건 맞
지만, 그건 김명진 씨의 바람과도 일치한 결과라고. 결국 김명진 씨
가 신창순을 선택한 거라고."

고진의 이 말이 김해나의 묵은 감정을 긁어 버린 모양이다.

"언니가 그딴 인간을 좋아했다고요?"

"아닙니까?"

"말도 안 되는 소리죠!"

그녀는 얼굴이 붉으락푸르락해져서는 김명진과 자신만이 알던 이야기를 털어놓았다. 신창순의 강간이 김명진의 선택으로 둔갑한, 묻혀 버렸던 이야기. 이제는 고진과 어느 정도 신뢰가 쌓였다는 느낌, 그리고 그에게 의지할 만하다는 생각이 크게 작용한 것 같다.

"지가 이겼으니 언니하고 자도 된다고 생각했던 가보죠. 천한 인간. 요즘엔 그게 강간이란 인식이 있지만, 옛날엔 어디 그랬나요? 술 취해서 남자하고 잤다고 하면 여자가 헤프다고 욕했어요. 동정해 줄 사람 아무도 없었죠. 언니는 그날 일을 괴로워했지만, 남한테 말할 수도 없고…… 못 마시는 막걸리를 퍼마시고 정신을 잃은 자기 탓을 할 뿐이었죠."

신창순은 2년간이나 김명진을 봐왔다. 어디까지 침범해도 김명진이 저항하지 못하는지 그 선을 정확하게 알고 있었으리라. 고진은 인간과 인간 사이의 약탈 구도에 씁쓸해졌다.

"그날 이후 신창순이 소문을 낸 거예요. 언니하고 잤다고 자랑스럽게. 자기가 이기니까 언니도 자기한테 안겨 왔다면서. 언니는 그걸 몰랐죠. 그 이야기를 들은 오빠들이 언니한테 내색하지 않았으니까요. 민망해 할까 봐. 그저 이제 언니는 완전히 창순이 거다, 언니도 신창순을 좋아했나 보다, 그렇게 생각하고 포기한 거였죠. 언니는 오빠들한테 미련이 있었는지 어쨌는지는 몰라도 그날 이후 다들 태도가 변했고, 언니도 느꼈죠. 그런 거 있잖아요? 여자로서 잘해 주다가 이젠 친구의 여자로서 대해 주는 그런 거. 마음이 허전했을 거예요. 하여튼 상황이 그랬어요. 다른 오빠들은 멀어졌고, 어쨌든 신창

순이 결혼 전까진 잘 했고, 여관 일도 있고……. 어쩔 수 없이 신창
순하고 결혼이 진행되었던 거예요. 그나마 시험 붙고 변호사가 되어
서 잘 되었다 싶었더니만…….”

흥분했던 김해나는 차분하게 말을 맺었다. 그녀는 곧 그 모든 얼
룩진 과거를 뒤로하고 미국으로 떠날 것이다. 신창순은 김해나가 한
국에 정을 붙이지 못하게 한 큰 원인이었는지도 모른다.

“신창순…….”

고진이 지긋지긋하다는 듯 머리 뒤로 양손을 깍지 꼈다.

“이래서 법률가들이 싫다니깐.”

김해나는 법률가를 욕하는 ‘법률가’ 고진을 이상하다는 듯 쳐다보
았다. 그녀는 고진을 그저 법정에 나오기 싫어하는, 좀 취향이 별난
변호사 정도로만 생각할 뿐인 것이다. ‘법’이니 ‘변호사’니 하는 게
고진에게는 변검에서 떨어져 나가는 가면보다 가벼우며, 그가 변호
사들의 사회에 아무런 관심을 두지 않는 인물이란 걸 알 턱이 없다.
그가 좋아하는 인간 중에 이유현 같은 의리파에는 고개를 끄덕이겠
지만, 발길을 돌려 이탁오나 김진구 같은 인물들을 만난다면 이 의
뢰에 대해 심각하게 고민하게 될지 모른다. 고진이 몸을 바로 하고
말했다.

“다른 분들도 이젠 알아야겠군요. 김명진 씨가 신창순과 좋아서
잔 게 아니란 걸.”

“굳이 뭘…….”

김해나는 고개를 저었다.

“결혼해서 20년을 살았는데 지금 와서 그런 게 뭐가 중요하겠어

요?"

"하긴, 그렇군요."

고진은 고개를 끄덕였다. 신창순의 이기심 탓에 모두가 그녀를 조금씩은 잘못 기억하고 있었는지 모른다. 지금에 와서 되돌린다는 것이 의미가 없어질 만큼 시간은 흘러 버렸다.

신창순도 그때는 김명진을 진심으로 원했던 것 같다. 그래서 기를 쓰고 달렸고. 하지만 이해해 줄 수 있는 건 거기까지다. 친구의 갈비뼈를 치는 반칙을 했고, 김명진에게 술을 먹인 뒤 강제로 낙인 찍고는 소문을 냈다.

많은 인연을 끊을 각오로 얻은 여자였다. 그렇게 함부로 대할 거였다면 그가 열중했던 건 대체 무엇이었을까.

고진은 커피 잔을 기울였다.

복고풍 카페였다. 솜털이 보송보송한 아르바이트생이 중년 손님들 사이를 오가며 주문을 받고 있었다. 허리가 푹 꺼진 소파는 푹신했고, 오래된 음악이 친근했다. 잠시 대화가 끊기자, 고진의 귀에 노랫말이 들어왔다.

그러나 이제 너는 안녕을 말하며 나를 떠나려 하네

예전에 우리…… 사랑했던 순간들을 넌 벌써 잊어버렸으니……

비토의 「우리 이제는」이 LP 긁는 소리에 뒤섞였다.

고진이 문득 커피 잔을 내려놓고 물었다.

"남궁 선생님하곤 괜찮으신 거죠?"

"네?"

김해나는 되물은 다음 잠시 후 말했다.

"……그럼요."

김해나가 조그맣게 웃었다.

그녀로서는 드물게 보인, 언니와 닮은 웃음이었다.

임의재는 곧 퇴원했다. 지병 탓에 일시적으로 쓰러졌다는 진단이
었으니 수액을 한 주머니 맞는 것 말고 별다른 치료는 없었다. 그는
호텔 방으로 돌아가지 않았다. 남궁현이 그를 혼자 두기 불안하다며
자기 집으로 와 있도록 한 것이다.

남궁현의 집은 경기도 광주 퇴촌면에 위치한 펜션 풍의 전원주택
이었다. 바비큐장이 있는 너른 마당을 갖추었고, 천진암 계곡에 가
까워 공기가 맑았다. 환자가 요양하기에는 최적의 위치라 할 만했
다. 이민을 떠나기 위해 매물로 내어 놓은 지 오래였지만 부동산 불
경기 탓에 원매자가 좀처럼 나서지 않았다. 남궁현은 이 집의 거래
를 중개업자에게 맡겨 놓고 미국으로 떠날 작정이었다. 큰 짐은 쌌
지만 가재도구는 그대로였다. 임의재는 졸도한 후로 어지간히 건강
에 자신감을 잃은 모양이다. 특유의 자존심으로 버틸 법도 하건만
호텔 생활을 훌훌 접고 남궁현의 집으로 순순히 들어갔다는 후문이
었다.

고진이 남궁현의 전원 집을 찾았을 때, 임의재는 면바지를 입고
티셔츠 위에 두터운 점퍼를 걸친 차림으로 정원 의자에 나와 앉아
오후의 봄볕을 쬐고 있었다. 부쩍 늙어 버린 얼굴이었다. 노쇠해 버
린 야생마. 굵은 팔뚝도 어쩐지 긴장이 빠져나가 물컹물컹해진 것
같다. 남궁현은 마당에 쭈그리고 앉아 정원 손질을 하다가 고진을

맞이했다. 고진이 먼저 농담처럼 인사를 건넸다.

"곧 남의 집이 될 건데, 다 헛수고 아닙니까."

"그러게요. 그래도 왠지 이 정원만은 그리울 것 같네요."

남궁현은 그을린 낯빛으로 웃었다. 하긴, 정원을 돌보는 것 말고는 이제 한국에서 딱히 할 일도 없으리라. "마실 거라도." 하면서 집으로 들어가려는 걸 고진이 말렸다. 대신 임의재 앞 둥근 탁자 위에 사들고 온 오렌지 주스 팩을 올려놓았다.

"좀 어떠세요?"

고진이 임의재에게 물었다.

"보시다시피 살아 있잖아요."

임의재는 불퉁스럽게 말했다. 원래 무뚝뚝한 그였지만 오늘따라 눈길이 그리 살갑지 않았다. 임의재의 허세와 자존심에 익숙해진 고진은 이유를 알 것 같았다. 고진 앞에서 맥없이 쓰러진 모습을 보였던 일로 못내 체면을 구겼다고 여기고 있으리라.

"마음 놓고 드세요."

고진은 주스 하나를 임의재 쪽으로 밀었다.

"알코올 안 든 거니까."

고진이 얄밉게 덧붙인 말에 임의재가 잠시 눈을 부릅떴다가 곧 힘을 풀었다.

잠시 후 집 현관문이 열리며 김해나가 모습을 드러냈다. 그녀는 멀찍이서 고진에게 인사를 건네고는 다시 집 안으로 들어가 버렸다.

"짐을 같이 좀 정리하러 왔어요."

남궁현이 변명하듯 말했다.

임의재의 건강 상태를 두고 형식적인 인사말이 몇 마디 오갔다. 임의재는 그 이야기가 탐탁지 않은지 시큰둥했다. 그 탓에 건강 이야기는 금세 쑥 들어가 버렸다.

"그건 그렇고…… 이 집도 언제 나갈지 모른다면서요? 부동산 경기가 안 좋아서 고생이 많으시겠습니다."

고진은 너른 마당을 빙 둘러보며 말했다.

"괜찮습니다. 부동산 경기는 전 세계적으로 안 좋죠. 그 덕분에 미국에선 싸게 집을 구할 수 있었어요."

"아, 그렇군요. 역시 남궁 선생님은 긍정의 아이콘입니다."

"누군 부정적이던가요?"

"이를테면, 한연우 선생님요."

"연우……."

남궁현은 이름을 되뇌며 씩 웃었다.

"그분은 항상 분석적이지 않습니까? 그 탓에 매사를 부정적으로 보는 것 같더군요. 심장에 문제가 생긴다면 임의재 사장님보다도 오히려 그런 분들일 텐데, 현실은 그 반대고……."

"날 그런 눈으로 볼 필요는 없어요."

임의재는 고진이 던지는 시선을 피했다.

"연우가 좀 그런가?"

남궁현이 눈웃음을 지으며 임의재를 바라보았다. 임의재는 묵묵부답이었다.

"김명진 씨 재판도 좀 비관적으로 보시는 것 같고……."

고진의 말에 남궁현이 고개를 가볍게 끄덕였다.

"하긴 지난번엔 너무 걱정하는 바람에."

"좋은 분위기를 왕창 깨기도 했죠."

고진이 말을 잇자 남궁현이 대꾸했다.

"연우가 좀 비관적으로 말하는 면이 있지만, 워낙에 신중한 성격인 데다가……."

그는 말을 흐리다가 이었다.

"……그 친구도 그럴 만한 이유가 있어요."

마치 그를 대신해 고진에게 양해를 구하듯 말했다. 고진은 말머리를 꺼낼 타이밍을 놓치지 않았다.

"몸이 많이 안 좋으신 거죠?"

그가 불쑥 꺼낸 말에 조용해졌다. 임의재와 남궁현은 서로 눈짓만 건넬 뿐 선뜻 대꾸하지 않았다. 고진이 또 말했다.

"지난번 임 사장님 입원하셨을 때, 담당 의사를 만났거든요. 한 선생님을 오래 진찰해 오신 분 같던데요. 심각하게 걱정하고 계셔서요."

고진은 그들이 입을 열기에 부담이 없도록 약간의 사실에 약간의 윤색을 더했다. 이미 난 당신들이 책임 없는 다른 경로로 대충 알고 있다, 그런 뜻이었다.

잠시 후 남궁현이 입을 열었다.

"맞습니다. 정작 불쌍한 놈은 의재가 아니죠. 연우 녀석이에요."

이제 와서 굳이 숨길 거 있냐는 듯 내려놓은 표정이었다.

"역시…… 녀석이 변호사님한테는 얘기 안 했죠?"

"뭘요?"

"혈액암 말기란 거요."

그는 마치 낯선 사람의 부고를 전하듯이 말했다. 한연우에게 무관심해서라기보다는 오래전부터 그 사실을 알았기 때문인 듯했다.

"혈액암 말기요?"

고진이 눈을 크게 떴다. 실제로는 그 이상 놀랐지만 표현을 줄여야 했다. 과도한 반응은 상대의 입을 막아 버릴 수 있다.

"발병한 지는 오래된 모양이더군요. 근데 발견을 늦게 해서…… 우리도 한 1년 전에 알았어요. 그때만 해도 약간의 희망은 있었던 모양인데, 결국 안 좋은 쪽으로 가고 말았어요."

"그 정도면 병상에 누워 있어야 하는 거 아닌가요?"

"혈액암이란 게 비교적 말기까지 큰 증상이 없답니다. 일상생활에도 큰 문제가 없고요."

"그럼…… 혹시 앞으로 수명이?"

"정확히는 모르겠습니다. 연우가 자세하게는 이야기하지 않으니까요. 하지만 그리 길게 남지 않은 건 분명해요."

한연우가 보여 주었던 어딘가 비장하면서도 종잡을 수 없는 행동들이 이해가 될 것도 같았다. 오늘 잠자리에 들면서 내일 아침에 눈을 뜨게 될 거라고 확신하지 못하는 사람이라면 남들과 다르게 살수밖에 없으리라. 누구를 만나더라도 오래갈 순 없다. 즉흥적이면서 예민하고, 그러면서도 부지불식간에 속마음을 툭툭 털어놓는다. 그런 천성 탓에 병을 품은 건지, 아니면 그 반대인지는 알 수 없지만, 아무튼 벼랑 끝에 서고 보면 타고난 기질에 따라서 그렇게 되는 사람도 있게 마련이지 않을까.

"쓰러진 쪽은 임의재 사장님이지만, 정작 위중한 분은 따로 있었네요."

"그러니까 연우 앞에서 민망하게 내가 아프다느니 그런 이야기는 하지 마세요."

임의재가 말했다.

"김명진 씨도 알고 있었습니까?"

남궁현이 고개를 가로저었다.

"아뇨, 명진이한테는 숨겼어요. 그러기로 우리끼리 이야기했어요. 안 그래도 창순이 땜에 힘든데 그런 일까지 알려서 힘들게 해선 안 된다고. 변호사님한테도 그래서 지금껏 굳이 이야기 안 한 거고요. 괜히 명진이가 알게 될까 봐."

"그렇군요……."

한연우의 병은 세 사람의 화제를 한 곳으로 모았다. 고진에게는 놀라웠지만 두 사람에게는 이미 익숙했다. 그저 담담히 이야기할 뿐이었다.

1년 전 임의재는 건강이 좋지 않던 한연우를 자신의 주치의이던 세브란스 이덕희 교수에게 소개해 주었다. 그때 한연우는 이미 혈액암 말기라는 진단을 받았다. 그는 병을 숨기고 싶어 했고, 특히 김명진에게는 알리고 싶어 하지 않았다고 했다. 두 친구 사이에는 어느새 한연우가 마치 그런 병이 없는 듯이 대하기로 하는 암묵적인 합의가 성립해 있었다. 그게 한연우를 존중하는 일이었고, 그들이 택한 우정의 방식이었다. 친구를 잃을 마음의 준비도 마친 듯했다. 하긴 40년 하고도 절반을 살았으면 친구 한둘쯤은 먼저 떠나보냈을 나이이기는 하다.

한 가지는 고진과 해석이 달랐다. 고향인 목포에 거주하는 노모에게 생활비를 부치고 있던 한연우로서는 죽음을 앞두고 목돈이 좀 필요했을 거라고 말했다. 그래서 신창순의 투자 제안에 혹했고, 러시아까지 먼저 날아간 것도 그를 설득하기 위해서가 아니라 투자의 기회를 잡으려 했던 때문이라고.

이야기에 열중한 탓에 세 사람은 미처 깨닫지 못했다. 김해나가 고진에게 인사를 건네고 다시 집으로 들어간 뒤 꽤 오랫동안 모습을 보이지 않았다는 사실을.

불현듯 여자의 울음소리가 터져 나왔다. 그 소리는 대화를 중단시켰다. 집 안에서 난 그 울음소리는 마당까지 생생하게 전해졌다. 거의 울부짖는 탓에 목소리의 주인공이 선뜻 떠오르지 않았지만, 분명 집 안에는 김해나밖에 없었다.

"해나 아니야?"

집 쪽을 돌아보며 임의재가 말했다. 남궁현도 집 쪽으로 시선을 돌렸다. 이내 불길한 기색을 띠고 자리에서 일어섰다. 고진도 뒤따라 일어섰다.

남궁현이 다급하게 집 쪽으로 뛰어갔다. 고진과 임의재가 그 뒤를 따랐다. 남궁현이 현관문을 먼저 열고 안으로 모습을 감추었고, 고진이 뒤이어 그 문을 다시 열었다. 거실에 올랐을 때, 남궁현은 이미 거실 가운데 탁자 앞으로 가 있었다.

울음소리의 주인공은 역시 김해나였다. 그녀는 거실 소파에 웅크리고 앉아 두 손으로 얼굴을 감싸고 있었다. 울음은 그새 멎어 있었지만 감싸 쥔 손 안의 얼굴이 아직도 눈물에 젖어 있다는 건 모두가 알 수 있었다.

"왜 그래? 무슨 일이야?"

남궁현이 조심스레 다가갔다. 한 손을 뻗어 김해나의 손을 잡았지만 그녀는 거세게 뿌리쳤다. 그러고는 다시 그 손으로 자신의 얼굴을 감쌌다.

테이블 위에 조그만 사진 한 장 위로 고진과 남궁현의 눈길이 쏠린 건 거의 동시였다. 남궁현이 사진을 집어 들었다. 이내 눈살을 확 찌푸렸다. 물먹은 수건처럼 손이 힘없이 늘어뜨려졌다. 늘어져 버린 그의 손에서 스르르 사진이 떨어졌다. 고진이 다가가 탁자 위에 삐딱하게 떨어진 사진을 집어 들었다.

"음……."

가벼운 탄식만 내뱉었을 뿐 말을 꺼내지 못했다. 임의재가 사진을 건네받았다. 그 역시 사진을 들여다보고는 눈썹을 꿈틀했을 뿐 말이 없었다.

얼굴을 움켜 쥔 손가락 사이로 김해나의 입이 열렸다.

"짐 정리하다가 오래된 상자에서 발견했어…… 베트남 여자라는 그 전처…… 맞지?"

목소리에 울음과 떨림이 묻어나왔다. 사진 속 인물의 피부나 머릿결, 옷차림은 분명 한국 여성이 아니었다. 아마도 베트남 현지의 그녀 집 안이지 않을까. 30대의 젊은 남궁현과 다정하게 머리를 맞대고서 카메라 렌즈를 향해 수줍게 미소를 지어보이고 있었다. 남궁현은 말이 없었다. 그것이 긍정의 대답 대신이었음은 거실 안 모든 사람이 알 수 있었다.

전처의 사진 한 장이 남아 있다고 해서 김해나가 오열을 할 이유는 없다. 남궁현이 미처 다 폐기하지 못하고 실수로 남게 된 것일 수도 있고, 약간의 추억이 서려 없애지 못하고 있었다고 해도 그리 서럽게 울 일은 아닐지 모른다. 아직은 지난 일을 정리하는 과정에 있는 것이다.

하지만 고진은 김해나를 측은한 눈빛으로 바라보았다.

임의재는 두 사람을 방해하고 싶지 않다는 듯 사진을 조심스럽게 탁자 위에 놓았다.

사진 속 그녀는 놀랍도록 김명진을 빼닮아 있었다.

고진은 김명진의 병실을 찾았다. 봄기운을 헤집고 문득 스산해진 찬바람이 몰려온 날이었다.

김해나가 김명진의 침상 옆에 앉아 병실을 지키고 있었다. 병실 창밖으로 칙칙하게 물든 하늘이 보였다. 고진을 본 김명진은 이불을 걷으며 일어나려 했다.

"누워 계세요."

고진이 손을 뻗으며 만류했지만 김명진은 "아니에요." 하며 기어이 일어나 앉았다. 등과 벽 사이에 베개를 끼운 채였다. 눈처럼 새하얀 이마에는 헝클어진 머리칼이 몇 가닥 늘어뜨려져 있었다.

"몸은 좀 어떠세요?"

고진은 김해나 옆 의자에 앉았다.

"이제 괜찮아요. 퇴원해야죠."

"김해나 씨 집이 좁던데, 병실에 더 계시죠."

뒤이어 김해나도 냉큼 말했다.

"그래, 더 있어. 어차피 병원비는 연우 오빠하고 그 돈 많은 의재 오빠가 일단 나눠 내기로 했으니까 말이야."

말투에 임의재에 대한 불편한 심기가 드러났다. 김명진은 말이 없었다.

병실 안에 알코올 냄새 대신 은은한 향기가 감돌고 있었다. 고진은 어색해진 분위기를 깨기 위해 조금 무리를 했다.

"이 향은…… 그 유명한 동동구리무 넘버 파이브로군요."

김해나가 벌떡 일어섰다.

"고 변호사님, 잠깐 나오세요."

고진이 엉거주춤 따라 일어섰다.

"설마 유치한 농담 좀 했다고 목 조르는 건 아니겠죠?"

김해나는 고진을 멀찍이 중앙 엘리베이터 앞까지 데리고 갔다.

"혹시라도."

"네?"

"연우 오빠 병 이야기는 하지 말아요."

김해나는 으름장을 놓듯 말했다.

"아, 네. 물론이죠."

고진은 고개를 끄덕였다.

"그럼, 잠깐 볼일이 있어서. 언니 좀 부탁해요."

김해나는 엘리베이터를 타고 아래로 내려가 버렸다.

고진이 병실에 다시 돌아왔을 때, 김명진은 손가락으로 머리를 차분하게 빗어 넘기고 있었다. 고진이 다시 침대 옆 의자에 앉았다.

"해나 씨한테 주의 좀 듣고 왔습니다."

"왜요?"

"개그 수준 좀 높이라고요."

김명진의 입가에 가벼운 웃음기가 떴다가 사라졌다.

"얼마 전에 블라디보스토크에 다녀왔어요."

"거긴 왜요?"

"뭔가 찾아낼 수 있을 것 같아서요."

"네에."

김명진은 힘없이 맞장구쳤다. 더 묻지 않는 것이, 큰 기대감이 없어 보였다.

"저 이제 다시 구치소 들어갈 준비해야 하는 거죠?"

"왜 그렇게 생각하시죠?"

"법은 잘 모르지만 저도 눈치가 있어요. 제가 당사자인데, 왜 모르겠어요. 판사님도 그렇고, 배심원도 그렇고……."

"눈치가 어떤데요?"

"다 제가 남편을 죽인 게 맞는다고 생각하는 것 같던걸요."

"법정에서 눈물이나 한 번 흘려주시지 그랬어요? 남자 배심원들은 다 넘어갈 텐데."

김명진이 힘없이 웃었다. 그녀의 눈은 청명하게 가라앉아 있었다. 모든 것을 뛰어넘거나, 아니면 포기한 사람의 태도였다.

"남편 이야기는 왜 그동안 안 했습니까?"

김명진은 잠시 머뭇거리다가 "죄송해요."라고 했다. 그러고는 조심스레 입을 열었다.

"변호사님한테 남편 얘기를 숨겼던 건 나쁜 뜻이 아니었는데……."

"알고 있습니다. 저였기 때문에 숨긴 게 아니라 남이었기 때문에 숨긴 거죠. 그런 남편은 남한테 내놓기 부끄럽지 않겠어요?"

김명진이 입꼬리를 올릴 듯 말 듯 웃었다.

"해나가 말하지 말라고 신신당부했지만 사실은 변호사님한테 다 털어놓고 싶은 때도 몇 번 있었어요. 근데 그게 좀 어렵더라고요."

"그건 제가 반성합니다."

고진이 고개를 숙였다.

"돌이켜보면 김명진 씨가 말을 꺼내려 했던 적이 몇 번 있었어요. 그때마다 제가 관심을 전혀 안 두었죠. 변명을 하자면, 사건이 불가해했어요. 물리적으로. 그래서 사람의 사정 쪽보단 기술적인 살해 가능성에만 관심을 둔 탓에……."

"아니에요. 의뢰인의 사정 따위에 관심 없어서 오히려 좋았어요."

"진심입니까? 비꼬는 겁니까?"

"진심이겠어요?"

김명진이 웃는 눈으로 질책하듯 고진을 올려보았다. 장난기가 담겨 있었다.

"하아, 이거. 그래도 농담하실 여유가 있어서 다행입니다."

오랜만에 보는 김명진의 밝은 미소에 고진은 약간의 설렘마저 일었다. 예전 네 명의 남자로 하여금 이 여자를 얻기 위해 얼간이들처럼 뜀박질하게 만들었던 매력을 조금이나마 알 것 같았다. 20년. 바위라도 깎여 나갔을 세월이다. 한 여자의 인성쯤 돌변하기에 너무나도 충분한 시간이다. 하지만 김명진이 가진 여성성의 불씨는 그 지독한 세월을 겪고서도 완전히 꺼지지 않았다. 상대방이 베푸는 약간의 친절만으로 그녀 본연의 향기는 언제든 되살아날 것이다. 얼마나 사랑받고 살았을 여자인가. 그저 보통의 남자만 만났더라도. 하지만 신창순은 이 여자를 최대치까지 착취했을 뿐이다.

"만약에…….."

"네?"

"만약에 말입니다. 김명진 씨가 무죄로 판결을 받는다면요, 좀 성급한 질문입니다만 혹시 지금 주위에 있는 분 중 한 분과 이어질 가능성은 있을까요?"

"재혼…… 말인가요?"

"뭐, 재혼이든 아니면 다른 모습으로든, 어쨌든 남은 인생을 함께할 상대로 말이죠. 다들 독신이시잖습니까."

"글쎄요……."

김명진은 고개를 작게 흔들었다.

"그런 문제가 내 맘대로 되나요?"

"그럴 것 같은데요. 어떻게 보면 20년 전에 비해 경쟁자만 줄었다 뿐인 거 아닐까요?"

"전혀 아니에요. 의재 오빠는 원래 작은 정에 연연하는 사람이 아니었고, 현이 오빠는 이제 곧 동생과 결혼할 사람인 걸요."

정에 연연하지 않는다는 말은 신창순에게 빌려준 돈을 날릴까 전전긍긍하는 임의재에 대한 마음의 실망을 가장 완곡하게 드러내는 표현일 것이다. 그렇다면 남궁현. 동생과의 결혼이라는 현실적인 장해를 제외한다면 아직도 자신을 생각하는 마음이 남아 있다고 믿는다는 뜻인가. 하여튼 한 명이 빠졌다.

"한연우 씨는요?"

한연우의 삶이 얼마 남지 않았음을 알지 못하는 김명진에게 이런 질문은 다소 잔혹한 것일 수 있지만 고진은 굳이 던져 보았다.

"연우 오빠는⋯⋯."

김명진의 눈시울이 금세 빨갛게 물들었다. 김명진의 눈물을 지난번에도 본 적 있지만, 그녀는 이상하게도 울려고 하면 항상 눈두덩 아래쪽이 먼저 빨갛게 부어오른다. 이것도 신창순이 남긴 흔적일지 모른다.

"살날이 얼마 남지 않았어요."

고진은 움찔했다. 김해나는 한연우 이야기를 하지 말라고 조금 전 신신당부하고 갔지만, 김명진은 한연우가 혈액암 말기라는 사실을 이미 알고 있다.

"⋯⋯알고 계셨군요. 한연우 씨의 상태를."

"이틀 전 밤에 면회 와서 모든 걸 이야기해 줬어요."

"그랬군요."

고진은 머릿속으로 날짜를 가늠해 보았다. 이틀 전이면 임의재가 쓰러져 병원으로 실려 간 그날이다. 한연우는 겉으로 담담해 보였지만 내적으로는 심경의 변화를 일으켰던 모양이다. 숨겨 오던 병을 털어놓았다는 건 어떤 의미일까. 혹시 맥없이 쓰러진 임의재의 모습에서 곧 닥쳐올 자신의 최후를 떠올렸던 걸까. 김명진이 자신의 비극을 알아주었으면 하는 마지막 허영심? 한연우라는 남자의 머릿속은 밤바다의 섬광처럼 어디서 번득일지 도무지 예측할 수가 없다.

"오빠…… 제 손을 잡고 하염없이 울었어요. 현이 오빠와 해나가 곧 먼 타국으로 떠나고, 의재 오빠는 돈만 받아내면 파리로 돌아갈 거고, 자기만 남는데 자신마저 이제 곧 세상을 뜬다. 그러면 명진이 넌 어떡하냐고. 자기 몸도 그러면서 자기보다 절 더 걱정해 줬어요……."

김명진은 쓸쓸하면서도 초연해 보였다. 한연우의 일로 울었던 많은 시간이 이미 있었던 것 같다. 고진은 병실 창밖으로 시선을 던졌다. 약간의 바람이 부는 것 같다. 잠시 침묵을 이어가다 문득 말했다.

"참, 처음부터 많이 잘못되었군요."

"처음부터요?"

"20년 전 말입니다. 달리기 시합에서부터요."

"그랬죠. 제가 바보였어요."

"하필이면 신창순이 이기는 바람에."

"……아뇨."

김명진은 천천히 고개를 가로저었다.

"결국은 제 탓이에요. 결혼은 제가 한 거니까요. 달리기 시합 이후에도 제가 얼마든지 다른 사람을 택할 수 있었잖아요."

김명진은 정말 선택할 수 있었을까. 어린 그녀가 신창순이 철저한 악의로 뿌려 놓은 막장의 덫에서 빠져 나올 수 있었을까. 이미 김해나로부터 결혼 전후의 사정 이야기를 들은 고진은 애잔한 마음이 들었다.

"마음이 약해서 못 그러신 거잖아요. 마음이 약하다고 해서 나쁜 건 아니죠."

"사실은……."

김명진이 쓸쓸하게 웃었다.

"사실은?"

"결혼을 며칠 앞두고 너무 갈등되었어요. 남편하고 결혼한다는 게 실감되니까 도무지 마음이 안 내켰어요. 견디지 못하겠더라고요. 그때 제 일생의 마지막 용기를 냈어요. 그게 제게는 처음이자 마지막 반란이었던 것 같아요. 그 후로 20년을 꿈틀거려 보지도 못하고 살았던 저니까……."

"어떤 용기를 냈단 거죠?"

"찾아갔어요……. 그 사람을……."

"그 사람이라면?"

"달리기 시합을 할 때 저도 모르게 마음으로 응원했던 사람, 그리고 남편과 결혼을 앞두고 그 사람 생각에 마음을 미어지게 만들었던 사람, 그래서 그제야 겨우 제가 좋아한다고 깨달았던 사람이요."

고진은 말이 없었다. 김명진이 이어 말했다.

"혼자 술을 마셨어요. 웃기죠? 하지만 그때 심정은 그만큼 절박했어요. 새벽 2시에 언덕길을 올라 그 사람 자취방에 찾아갔어요. 골목에서 창문을 두드렸죠. 그 사람도 뒤척이고 있었던 모양이에요. 금세 창문을 열었어요. 제가 울면서 말했어요. 창순이 오빠하고 결혼하기 싫다고. 절 어디로든 데리고 가 달라고."

"그랬더니요?"

"안 된다고. 약속이었다고. 술 취했으니 그만 돌아가라고. 그렇게만 이야기했어요."

"아…… 저런."

"그러고는 창문을 닫았죠. 전 그 아래에서 한참을 울다가 돌아갔어요⋯⋯."

고진은 착잡한 기분에 사로잡혔다. 그때의 친구들은 김명진이 좋아서 신창순과 잤다는, 신창순이 퍼뜨린 거짓말 때문에 그녀를 조금 오해하고 있었다. 그리고 김명진은 그 사실을 지금도 모르고 있다. 고진은 짐짓 가볍게 말했다.

"안타깝네요. 그까짓 달리기 시합이 뭐라고."

"그러게 말이에요."

김명진이 희미하게 웃었다. 감상적인 회상에 빠졌던 자신을 되돌리려는 몸짓 같았다.

"그런 실용적이지 못한 생각에 사로잡혔던 그 남자가 대체 누구죠?"

"그 얘긴 더 이상 안 할래요."

김명진이 갑자기 삐친 듯 고개를 저었다.

"왜요?"

"얘길 하고 보니 부끄러워요."

"부끄럽다고요?"

"네."

"놀랍네요. 실례지만 마흔이 넘은 그 나이에 아직도 마음을 털어놓는 일이 부끄럽단 말입니까?"

김명진은 조그맣게 웃었다. 고진은 작은 의문이 들었다. 단지 부끄러워서일까? 아무리 소녀 같은 감성의 여자라 하더라도 금방 고진이 무례하게 지적한 대로, 마흔이 넘었다. 말하지 못한단 말인가. 아니면 다른 이유가 있는 걸까?

"저도 모르게 그렇게 변해 버렸나 봐요."

"신창순 같은 남자와 살다 보면 누구라도 그렇게 되겠죠."

"……."

김명진은 고개를 숙였다. 어떤 오해를 불러일으킬까 봐 고진이 급히 덧붙였다.

"걱정하진 마세요. 물론 신창순이 악행을 저질렀다고 해서 김명진 씨가 범인일 가능성이 있다고는 생각하지 않습니다. 피해를 입은 것도 억울한데 의심까지 받아선 안 되죠."

김명진은 한동안 말이 없었다. 침묵의 시간이 길어질수록 고진의 마음은 무거워졌다. 뭔가 잘못한 것 같았지만 생각해 보면 무얼 잘못했는지 기억이 나지 않았다. 그녀에겐 이상한 힘이 있었다. 자신을 둘러싼 주변에서 현실감을 빼앗고 그곳을 아지랑이 같은 슬픔으로 채워 버리는 힘이.

이윽고 그녀는 천천히 고개를 들었다.

"매일……."

잠깐 말을 끊었고, 고진은 그녀를 보았다.

"……내 선택을 후회했어요."

김명진은 어둠속에서 기억의 실을 더듬는 사람처럼 막막한 눈빛으로 말을 이었다.

"……결혼을 저주했어요. 20년을요. 언젠가 이 결혼이 끝날 날이 오겠지, 꿈을 꾸었답니다. 남편이 마음이 변해서 날 떠나든가, 아니면 교통사고로 죽든가, 아니면 어느 날 아침에 눈을 떠 보면 이 모든 게 나쁜 꿈에 불과했고 난 다시 22살로 돌아가 있는 꿈……. 그런 헛된 희망이 하루하루 쌓여 20년이 되었어요. 이제야 끝났네요. 하지만 애당초 20년이 걸릴 줄 알았으면 희망도 품지 않았을 거예요……."

그녀의 말은 허공에 흩어지는 담배 연기처럼 흐릿하게 끝이 났다.

고진은 왠지 그녀와 시선을 마주치기 힘들어졌다. 오른손은 어느새 자신도 모르게 있지도 않은 담뱃갑을 찾아 안주머니를 더듬고 있었다.

제11장

"모두 일어서 주십시오."

법정 경위의 나지막한 말이 떨어짐과 동시에 법정 안의 사람들이 일제히 일어섰다. 수군거리던 방청석은 이내 조용해졌고, 판사 세 사람이 걸어 들어오자 법정 안의 공기는 긴장감으로 팽팽해졌다.

재판장은 방청석과 배심원석을 잠시 응시한 후 천천히 자리에 앉았다. 그는 곧이어 안경 유리알 너머로 치뜬 노안을 피고인석으로 돌렸다. 마치 김명진이 도주하지 않고 얌전히 제자리에 출석해 있는지 확인하듯이. 김명진은 무심한 표정의 고진 옆에 다소곳이 앉아 있었다.

오늘은 정말 마지막이다.

이유현은 자신에게 다짐하듯 마음으로 말하며 찬찬히 법정을 둘러보았다. 이제는 이웃사람처럼 친근해진 배심원들의 얼굴, 여섯 명의 남자와 네 명의 여자. 네모난 얼굴이 고지식하게 느껴지는 늙수그레한 재판장과 두 명의 배석판사. 그리고 얼음 한 덩이가 머리에 들어앉아 있는 듯 차가운 표정으로 앉아 있는 조현철 검사까지. 기분 탓일까. 고진과 김명진이 오늘따라 멀찍이 떨어져 앉아 있는 것 같다.

고진은 이유현을 소 몰듯이 하여 러시아까지 동행시켜 놓고는 재판 직전까지도 별말이 없었다. "뭐 좀 알아낸 거 있습니까?" 하고 물어도 "또 조현철한테 일러바치려고?"라며 아픈 곳을 찔렀다. 이유현은 얼굴이 벌게질 뿐이었다. 한편으로 이해가 가지 않는 바도 아니었다. 고진은 법정에서 범인을 밝히겠다고 했다. 허풍인지 알 순 없지만 만약 그가 진범을 알아냈다고 해도 공판 전에 이야기할 리는 없다. 미리 공개되어 혹시라도 범인이나 검찰 측에 누설되는 일은 피해야 하니까.

오늘 대체 누구를 범인으로 내세울 참인가. 이유현은 이리저리 짐작해 보았지만 와 닿는 사람이 없었다. 김해나, 남궁현, 임의재, 한연우는 모두 신창순을 싫어한 것 같다. 미워한 이유는 각자의 입장에서 미묘하게 조금씩 달랐을 것이다. 어쨌든 그렇다면 고진의 말대로 싫어한 만큼의 동기가 있을 수 있다. 지금 막 이유현이 한 번씩 머릿속으로 용의자 선상에 세워 본 이들은 모두 법정에 나와 있다. 한연우의 표정이 유달리 초조해 보였다. 그는 지난번에는 공판에 오지 않았었다. 김명진에 대한 그의 정서가 오락가락하는 듯하지만 재판 결과에 안심한 탓도 있었으리라. 하지만 지난번 공판에서 조현철의 공작으로 흐름이 완연히 뒤집혔다. 그 탓에 한연우의 마음이 다시 불편해진 모양이었다.

"이번을 마지막 기일로 하겠습니다."

재판장이 선언했다. 배심원들은 판사의 굳은 의지를 확인하고 다소 안심한 얼굴이었다. 중년 여자 한 명은 가볍게 한숨을 내쉬기도 했다. 재판이 지긋지긋하다는 뜻으로 보였다.

"검찰 측 증거는 지난번에 다 나온 것 같고…… 오늘은, 피고인 측의 증거를 조사하고 마무리하겠습니다."

재판장이 고진을 보며 말했다.

"변호사님, 증거를 신청해 주시죠."

고진이 자리에서 천천히 일어섰다.

"본 변호인은……."

이유현은 그 순간 고진의 얼굴에서 그나마 법정에서 보이던 팽팽한 긴장감이 사라지고, 술자리에서 가끔 보이던 권태롭고 맥 빠진 기운만이 남았다고 생각했다. 왜 그럴까? 이상하게 여기는 사이, 고진은 조현철 검사를 한 번 쳐다본 후 무표정하게 입을 열었다. 그의 입에서 놀라운 말이 떨어졌다.

"사임하겠습니다."

법정은 잠시 혼란스런 침묵에 빠졌다. 발언의 의미가 금방 이해되지 않은 때문이었다. 가장 먼저 알아들은 사람은 이유현이었다. 자신도 모르게 반사적으로 법정 안을 두리번거렸다. 고진의 선언이 법정에 가져온 파장이 크다는 사실을 역설적인 정적이 말해 주고 있었다.

"예?"

재판장이 놀라서 물은 건 고진이 말을 뱉은 뒤 몇 초가 지나서였다. 방청석에서 수군거림이 일었다. 배심원들은 눈을 둥그렇게 뜨고 고진에게 시선을 모았고, 조현철은 입매를 딱딱하게 굳히고서 깍지 낀 손을 탁자 위에 올렸다. 돌연한 사임 선언은 김명진과 미리 이야기된 것도 아닌 모양이었다. 웬만한 일에는 꿈쩍 않던 김명진마저 깜짝 놀란 눈으로 고진을 쳐다보았다.

"변호사님! 뭐하시는 거예욧!"

방청석에서 김해나가 소리쳤다.

"조용히 하세요!"

재판장이 언성을 높였는데, 어쩌면 고진을 향한 못마땅함을 대신 푸는 건지도 몰랐다.

"아니, 변호사님이 도중에 변론을 그만두겠다잖아요! 이런 법이 어딨어요?"

김해나도 맞서 소리쳤다.

"그런 법은 없는지 모르겠지만 법정에서 소란을 피우면 퇴정시키는 법은 있습니다. 밖으로 나가시겠습니까?"

재판장의 말에 김해나가 그제야 입을 다물었다. 재판장은 소동이 어느 정도 가라앉기를 기다린 다음 고진에게 말했다.

"변호사님은 지금 사임하시겠다는 겁니까?"

"그렇습니다."

"이유는요?"

"제 변호가 아무 소용없을 것이기 때문입니다."

"그렇다 해도 지금 그만두시면 피고인이 어떻게 되겠습니까?"

"법대로 되겠지요."

고진의 오만한 대답에 재판장은 잠깐 말문이 막힌 듯했지만 이내 무언가를 깨달은 듯 허리를 뒤로 빼고 말했다.

"재판 지연을 목적으로 그러시는 거라면……."

"그런 건 아닙니다. 의심스럽다면 지금 종결하고 선고를 하십시오. 그런데도 전 변호인석으로 복귀하지 않을 겁니다."

재판장은 의심이 가득한 눈을 하고서 입술을 지그시 깨물었다.

"피고인과 사전에 상의된 일입니까?"

"아닙니다."

재판장은 미간을 깊게 찌푸렸다.

"그렇다면 너무 무책임하신 거 아닙니까? 지난번에 변호사님이 이번에 진범을 밝혀 무죄를 증명하겠다고 거의 우기다시피 해서 속행했습니다. 그런데 공판을 시작하자마자 그만두시다니요."

꾹 참는 듯했지만 재판장의 말투에는 역력하게 비난의 가시가 돋아 있었다. 만약 보통의 변호사가 이런 식이었다가는 법원에서 매장될 게 뻔하다. 하지만 고진은 그런 신경을 쓸 필요가 없다. 원래 법정에 나오지 않는 인물이니까. 이번 김명진 재판은 예외에 속했다. 아마 일생에 한 번뿐일. 그의 무대는 법정이 아니라 예나 지금이나 도시의 뒷골목이다. 그러니 판사한테 이상한 인간으로 낙인찍힌다고 아쉬울 이유가 없다. 고진이니까 가능한 짓이다. 그렇다 해도 이유현은 이해할 수 없었다. 그가 아는 고진은 도의를 내세우며 꼿꼿하게 사는 인간은 아니었다. 굳이 말하자면 '제멋대로 사는' 편에 가까웠다. 하지만 이런 상황에서 도중에 변호를 집어던질 만큼 무책임한 인간이었던가.

고진은 재판장의 추궁에 대답조차 하지 않았다. "이만 가보겠습니다." 하고 일어서더니 법정 밖으로 저벅저벅 걸어 나갔다. 반짝이는 조그만 가죽가방 하나를 손에 들고서. 이유현은 알고 있다. 저 가방도 이번 법정 변론을 위해 새로 구입한 것이다. 고진은 원래 거치적거리는 걸 싫어해 반지는커녕 시계도 차지 않았다. 아마 저 가방을 다시는 쓸 일이 없을지도 모른다. 수많은 눈총이 고진의 등에 꽂혔지만 그의 행동에는 일말의 주저함도 없었다.

총알이 떨어진 건맨의 퇴장인가. 궁지에 몰린 재판을 흔들려는 계산된 도발인가. 법정 안 사람들의 뇌리에는 여러 가지 억측이 난무했지만 너무나도 확신에 찬 고진의 모습에 아무도 더 이상 말릴 엄두를 내지는 못했다. 김명진은 멍한 눈동자로 고진의 뒷모습을 좇을 뿐이었다. 조현철 검사는 고진을 매섭게 노려보았지만 그 역시 돌발적인 행동의 의미를 이해하지 못하고 있는 것 같았다.

고진은 이유현을 스쳐 지나며 눈을 끔뻑했다. 그가 흔히 하는, 어설프게 윙크하려다 실패할 때의 눈짓이었다. 야릇한 미소가 새겨진 입매의 잔상이 이유현의 눈에 순간적으로 남았다. 이 판국에 무슨 속셈일까.

재판장은 난감한 표정을 지었다. 형사소송법상 살인사건에서는 변호사 없이 재판을 할 수 없다. 사선변호인이 돌발적으로 그만둬버렸으니 일단은 재판을 중단하고 피고인이 다시 변호사를 선임하도록 한 다음 재판을 속행하여야 할 판이다. 혹시 재판에 자신이 없어진 고진은 돌연 사임해서 재판이 어쩔 수 없이 속행되기를 노린 것일까.

그렇다면 계산착오였다.

재판장은 법대 아래에서 고개를 숙이고 있던 참여 사무관에게 말했다.

"국선변호사를 급히 좀 알아보시죠."

참여관이 대답을 하고 일어섰다. 그는 바쁜 걸음으로 법정 밖으로 나갔다. 판사는 오늘 아무래도 재판을 기필코 끝낼 모양이다. 김명진에게 국선변호사를 붙여 형식적인 변론을 시키고 재판을 종결지을 모양이다.

재판장의 결정은 어쩌면 당연했다. 배심원들에게 더 이상 출석을 요구하는 건 도저히 무리다. 이번이 마지막이라고 선언까지 한 터였다. 더구나 검찰이 입증을 다 마친 상황이다. 재판이 기울자 궁지에 몰린 변호사는 명백한 소송 지연책으로 볼 수밖에 없는 지저분한 수를 썼다. 법정에서 도망가 버린다는, 소송사에 없는 전무후무한 짓을 벌이고 있다. 판사는 마지막 방법을 택했다. 국선변호사를 선임해서라도 오늘 재판을 마무리 지으려 한 것이다. 고진이 김명진의 변호사 위임장을 법정에서 내던져 재판을 끌려는 심산이었다면 큰 착오였다. 판사가 국선변호인을 데려오라고 말한 때는 분명히 고진이 법정을 완전히 나가기 전이었다. 아마도 고진이 들으라고 일부러 말한 듯했다. '당신이 소송을 지연하러 잔머리를 쓴 거라면 소용없다, 어떻게든 재판은 오늘 끝낼 것이다.'라는 의지를 명백히 알린 것이다. 재판은 진행될 것이다.

그렇다면 결론은 이미 난 거나 다름없다. 조현철 검사는 지난 기일에 재판의 흐름을 완전히 뒤집었다. 이유현이 느낀 걸 배심원이 달리 느낄 이유가 없다. 배심원들의 표정을 보아도 분명했다. 잠시 후면 사건 내용을 모르는 국선변호사가 할 수 있는 최대한의 변론, 즉 '선처를 바랍니다.'라는 형식적인 멘트를 거쳐 김명진은 유죄판결을 받을 게 뻔하다.

고진이 법정을 나가려 법정 뒷문을 삐거덕 열어젖히자, 그제야 정신이 든 듯 방청석에 앉아 있던 김해나가 벌떡 일어서서 급히 그의 뒤를 따라 나갔다. 남궁현과 임의재, 한연우도 줄줄이 그녀의 뒤를 따랐다. 잠시 후, 이유현도 뒤늦게 일어서서 법정 밖으로 나갔다.

법정 밖 복도에서는 이미 고진이 그들에게 둘러싸여 있었다. 특히 김해나는 거의 고진의 코 밑에 머리를 들이밀고 거세게 따지고 있었다.

"도대체 이게 무슨 짓이에요?"

"들으셨잖아요. 그만둔다고요."

고진이 반 발짝 물러났다.

"이게 말이 돼요?"

김해나가 다시 반 발짝 앞으로 다가섰다.

"다시 법정으로 돌아가 주세요. 변호는 마무리해 주셔야죠."

한연우와 남궁현이 한걸음 떨어져서 설득했다.

"돈 때문입니까?"

임의재는 와락 이맛살을 찌푸렸다. 고진이 임의재를 향해 고개를 돌렸다.

"지금 선생님이 '돈' 얘기 하신 겁니까?"

임의재는 불만스런 얼굴로 시선을 피했다. 돈 때문에 김명진을 궁지로 몰았던 임의재에 대한 비아냥거림이 담겨 있다는 걸 그도 느낀 탓이다.

"돈 문제도 아니고, 도대체 왜 이러세요?"

김해나가 다시금 언성을 높였다.

"아까 말했듯이 변호가 필요 없는 상황이라니까요."

"도망…… 가시는 겁니까?"

한연우의 목소리는 음울했다.

"아뇨, 집에 가려는데요."

고진은 넙죽넙죽 말을 받아쳤지만 그들에게 둘러싸여 한 발짝도 움직이지 못하고 있었다.

"언니는 어떡하라고요, 이러는 법이 어딨어요?"

김해나가 끈질기게 몰아붙였다. 좀처럼 고진을 놓아주지 않을 기세였다.

"판사가 국선을 붙여서 재판한답니다. 그러면 보나마나 뻔한 거 아닙니까? 명진이를 저대로 감옥에 보낼 겁니까?"

남궁현은 얼굴이 벌게져 말했다. 그로서는 보기 드물게 흥분한 상태인 것 같았다.

"이대로는……."

고진은 말을 멈추고 네 사람을 돌아가며 빤히 쳐다보다가 인간 장벽을 넘어 이유현과 눈이 마주쳤다.

"이대로는, 뭐가요? 언니한테 유죄판결이 안 날 거란 거예요?"

김해나가 약간의 기대감을 안은 목소리로 말했다. 고진은 그녀에게 시선을 옮기고 말했다.

"물론 김명진 씨는 유죄판결을 받을 겁니다."

"뭐라구요? 그걸 아시면서 이러면 어떡해요!"

김해나가 다시 버럭했다.

"그러면 뭡니까? 아무 방법이 없어서 그만둔단 겁니까?"

한연우가 말했다. 격동을 억누르는 목소리였다.

"재판이 장난입니까? 사람 잘못 봤군!"

임의재가 거칠게 말했다.

"그러면."

고진은 주먹 쥔 손을 턱에 갖다 대며 짐짓 생각하는 듯한 표정을 지었다. 그의 말에 다들 조용해졌다. 고진은 네 명의 얼굴을 다시 한 번 확인하듯 훑어보았다. 그 상태로 조금 지나치다 싶을 만큼 시간이 흘렀고, 네 사람은 침묵한 채 일제히 고진의 입만을 쳐다보았다. 김해나가 침을 꿀꺽 삼켰다. 그제야 고진의 입이 열렸다.

"정말 제가 변론하길 원합니까?"

"물론이죠."

김해나가 냉큼 말했다.

"모든 걸 다 밝혀도 상관없습니까?"

고진이 확인하듯 물었다.

"물론이죠. 다 밝혀 주세요. 언니가 억울하단 걸요."

김해나가 대답했고, 세 남자도 얼떨떨하게 고개를 끄덕였다.

"알겠습니다."

고진의 말이 떨어지자 김해나의 얼굴에 화색이 돌았다.

"한 번 더 말하지만, 변론의 필요에 따라 모든 걸 밝혀야 할 수도 있습니다. 만에 하나 여기 계신 분 어느 누구라도 진실을 숨기려 한다면 그땐 정말 모든 걸 그만두겠습니다."

"알겠다니까요."

김해나가 강하게 말했다. 이어 세 명의 남자를 쿡쿡 찔러 고개를 끄덕이게 했다. 고진이 말한 의미는 둘째치고 그가 법정으로 복귀한다는 사실만이 그녀에게는 중요해 보였다.

"그럼 모두들 분명히 동의하셨으니까 그렇게 알고 다시 돌아가겠습니다."

김해나는 휴우 하며 가슴을 쓸어내렸다. 한연우와 남궁현은 안심한 기색을 띠었고, 임의재는 여전히 화난 표정이었지만 일단은 폭발을 자제하는 눈치였다.

김해나와 세 남자는 안도의 한숨을 쉬었지만 속으로는 하필이면 고진이라는 이 변덕스럽고 괴팍한 변호사를 선임한 탓에 재수 옴 붙었다는 후회를 했을지도 모른다. 반면, 뒤에서 팔짱을 낀 채 삐딱한 눈길을 보내며 이 소동을 조용히 구경하고 있던 이유현은 고진의 이 행동이 우연한 변덕의 결과물이 아니라 어떤 합당한 이유가 있는 거라는 쪽으로 생각이 서서히 옮겨 갔다.

고진은 법정을 향해 발길을 옮기며 뒤쪽에 서 있던 이유현의 팔을 획 잡아끌었다. 그의 뒤를 김해나와 세 남자가 따랐다.

고진이 다시 법정에 들어서자 판사는 눈을 번득이며 고개를 쳐들었다. 재판장의 의혹에 찬 눈길을 정면으로 받으며 고진은 뚜벅뚜벅 법정을 가로질러 걸어가 김명진의 옆자리에 앉았다.

"변론을 계속하겠습니다."

새파랗게 질려 있던 김명진은 고진이 돌아와 옆에 앉자, 말은 하지 않았지만 눈에 띄게 반가운 기색을 띠었다.

"변론을 계속 맡으시겠다는 겁니까?"

재판장은 미덥지 않다는 듯이 한 번 더 확인했다. 고진은 그렇다고 대답했다. 판사가 목청을 높였다.

"왜 왔다 갔다 하시는 겁니까. 법정이 놀이터도 아니고, 변호사님 맘대로 변덕 부리고 들락날락하셔야 되겠습니까? 피고인의 인생이 걸린 문젠데."

판사가 화난 음성으로 말했다.

"변덕은 아닙니다. 조금 전 변론을 그만두려는 건 진의였습니다. 의뢰인의 지인들이 하도 간곡히 부탁해서 다시 법정에 서게 된 겁니다."

고진이 뻔뻔하게 대답했다. 판사는 입술을 움찔했지만 더 이상은 추궁하지 않았다. 변호사를 몰아붙여 질책하고 사과를 받는 일이 중요한 계제가 아니다. 자칫하면 다름 아닌 살인사건에서 국선변호인을 급히 선정해서 변칙적인 재판을 진행하게 될 뻔했다. 그런 상황을 피하게 된 것만으로 고마움을 느낄 지경인지도 모른다. 판사는 고진이 마음이 변하기 전에 재판을 마무리 짓겠다는 듯 서둘러 참여관으로 하여금 국선변호사실에 전화해 호출을 취소하도록 했다. 이번에는 맞은편 서기가 대신 바쁜 걸음으로 법정을 빠져나갔다. 재판장이 말했다.

"그럼 변론을 계속해 주시죠."

"알겠습니다."

고진은 자리에서 천천히 일어섰다.

"먼저 약간의 오해를 풀고자 합니다. 제가 변론을 그만두려 했던 것이 혹시 피고인의 무죄입증에 자신이 없어서가 아니었나 하고 생각하신다면 오해를 되돌려주시기 바랍니다. 오히려 반대입니다. 피고인의 무죄가 명백하기에 굳이 변론할 필요성을 느끼지 못해서였습니다. 가족들의 간곡한 설득으로 이 자리에 다시 오게 되었습니다만, 이 재판에서 제 역할이 얼마나 있을지는 모르겠습니다."

배심원들은 어처구니없다는 표정을 지었다. 세 판사와 조현철 검사 또한 거의 외면하는 수준의 반응을 보였다.

"먼저 검찰이 제기한 중요 의혹에 대해 한 가지 답변을 하고 싶습니다."

고진은 탁자를 피해 슬쩍 앞으로 나오더니 배심원석 앞까지 걸어갔다.

"바로 피고인이 가지고 있던 남편의 골프장갑 문제입니다."

변호인의 퇴정 소동으로 어수선했던 재판은 이어진 고진의 이 발언 덕분에 다시 본론으로 직행했다. 배심원들이 자세를 고쳐 앉았고, 얼굴에는 긴장한 기색이 떠올랐다. 강력한 정황에 비해 물증이 다소 약한 사건이다. 골프장갑이라면 이 사건의 몇 안 되는 그 물증 중에서는 가장 웃줄의 증거물이었다. 거기에 시비를 걸려는 모양이다. 배심원들의 시선이 전부 자신에게로 쏠릴 만큼 기다린 뒤 고진이 재차 입을 열었다.

"아시다시피 새 장갑 손바닥 쪽에 낚싯줄 같은 걸로 심하게 쓸린 검은 자국이 있었죠. 검찰은 이것이 범행에 사용된 장갑이라고 증거로 제출했습니다. 하지만 이것은 절대 증거가 될 수 없습니다. 진상은 전혀 달랐습니다."

"어떻게요?"

재판장이 물었다. 고진은 재판장을 한 번 본 후 다시 배심원을 향해 말했다.

"피고인은 변호인인 저한테조차 남편의 학대 사실을 숨겼습니다. 혹시라도 저 또한 자신의 결백함을 믿어 주지 않을까 걱정해서였습니다. 그래서 그 부분에 대한 변론을 준비하지 못한 상태에서 지난 기일 검찰이 돌발적으로 남편의 학대 사실을 밝혀 버렸습니다. 그 탓에 해명하지 못한 부분이 있었습니다.

이제 남편 신창순의 패악이 만천하에 공개됐습니다. 살해 동기로 작용하였을지 모른다고 오해를 받는 그 행동들 말입니다. 그렇다면 이제는 피고인 측에서도 숨길 이유가 없어졌습니다. 이 장갑에 대해서도 피고인은 할 말이 있었던 것입니다. 그럼 왜 지난번에 이야기하지 않고 이제 와서야 할 말이 있다는 거냐, 생각하실 수 있겠습니다만, 거기엔 이유가 있었습니다. 피고인도 의식하지 못했던 사실이었기 때문입니다. 신창순의 학대를 알게 된 후 저는 피고인과 대화를 나누다가 어떤 사실을 알게 되었습니다. 정작 피고인은 의식하지 못했지만 저에게는 어떤 가설이 떠올랐습니다. 그 점을 명백하게 밝히기 위해 배심원 여러분 앞에서 피고인에게 몇 가지만 물어보고 싶습니다. 잠깐 피고인에게 발언 기회를 주시도록 요청합니다."

고진은 발언 말미에 재판장을 쳐다보았다. 피고인 신문은 통상 공판의 마지막에 이루어지는 것이지만 이 상황에서 피고인의 자유로운 발언을 제지할 이유는 없다. 판사는 "말해 보십시오." 하며 고개를 끄덕였다. 고진은 김명진에게 고개를 돌렸다.

"러시아로 건너간 후 피고인은 곧 집을 나왔습니다. 왜 그러셨습니까?"

김명진은 목을 들고 정면으로 배심원석을 보았다. 얼굴빛이 파리해져 있었다. 자신의 운명을 쥔 사람들을 향해 김명진은 재판이 시작한 이래 처음으로 입을 열었다.

"러시아에서…… 거기서는 정말 견딜 수 없었어요."

잠시 몸을 움찔했다. 그때의 기억을 떠올린 모양이다.

"한국에서라면 정말 괴로워도, 그래도…… 해나도 있고 이웃도 있었는데, 블라디보스토크는 무서웠어요. 아는 사람은 아무도 없고, 한국말은 한 마디도 들리지 않고, 너무나도 춥고…… 거기서는 남편이 완전히 주인이나 마찬가지였어요. 남편이 날 죽여도 아무도 알지 못할 곳이었어요. 눈 딱 감고 집을 도망치다시피 뛰쳐나왔어요. 혼자서 한 달 넘게 살면서……."

"가출했다면 한국으로 혼자 들어올 수도 있지 않았습니까?"

고진이 배심원들의 의문을 대신해 물었다. 김명진이 서러운 눈초리로 마주 보았다.

"한국엔 뭐가 있는데요? 생활이 뿌리째 뽑혔어요. 그냥 돌아가 봐야 결국 그 사람 손아귀는 못 벗어나요. 용기 내서 경찰에 고소해 봤지만 아무 해결이 안 되었죠. 눈앞에 있는 건 남편의 주먹과 골프채뿐. 방법이 없는걸요. 도망자처럼 숨어서 가슴을 움켜쥐고 남은 평생을 살 자신은 없었어요. 현지에서 남편하고의 문제를 해결하고 그

420

다음에 한국에 들어오려 했던 거예요."

배심원석에 답답한 침묵이 내려앉았다. 한편으로는 공감, 다른 한
편으로는 '그럼에도 사람을 죽여서는 안 되는데.' 하는 안타까움, 그
런 것들이 섞여 있었다.

"피고인은 12월 14일 신창순에게 만나자는 메시지를 보냈습니다.
그 무섭고 잔인한 남편을 왜 만나려 했습니까?"

"만나서 결판을 지으려고, 이혼 약속을 받아내려 했어요. 그래야
내 인생을 살 수 있을 테니까요. 저로선 큰맘을 먹은 거예요. 정말
간절한 마음으로, 마지막으로 매달리고 부탁해 볼 작정이었어요. 헤
어지자고. 돈은 한 푼도 요구하지 않겠다. 이젠 당신 인생에 내가 필
요 없지 않냐면서. 집을 도망쳐 나가 놓고 그 사람을 만나면 맞아 죽
을지도 몰랐지만 그런 거 어차피 이제 익숙한걸요. 한 번 죽을 만큼
맞더라도 날 놓아주기만 한다면. 몇 번을 망설이다 용기를 내서 메
시지를 보냈어요. 목소리 듣는 게 겁나서 전화는 하지도 못했어요.
어쩐 일인지 욕설부터 보낼 줄 알았는데 남편은 그냥 무덤덤하게 나
오겠다고 그랬어요. 그게 절 안심하고 나오게 해서 박살낼 작정으로
그랬다는 건 만나고 나서야 알았던 거예요……."

"만나서 신창순이 또 때렸습니까?"

고진이 물었다.

"때리지는 않았어요."

"그러면요."

"훨씬 무서웠어요……."

김명진은 잠시 머뭇거렸다.

"남편은 절 만나자마자 근처 뒷골목에 있는 허름한 호텔로 데리고 갔어요. 전 무섭고 수치스러웠지만 남편을 따라가지 않을 수는 없었어요."

"아마도 그때 교포인 박인수 씨가 목격한 모양이군요."

"그랬나 봐요. 호텔로 들어가서 남들 눈에 띄지 않는 조용한 곳에서 찬찬히 이야기를 해볼 수도 있겠다는 조그만 희망도 있었어요. 정말 바보죠. 남편을 잘 알면서도 그 상황에 닥치면 늘 헛된 희망을 가져요. 깨어나 보면 어리석은 꿈을 꾼 걸 알지만……."

김명진은 한 손으로 잠깐 가슴을 잠시 누르더니 말을 이었다.

"남편은 호텔 방에 들어가서는 바로 거칠게 욕설을 하면서 외투를 벗어 던졌어요. 그 행동을 보고는 아차 싶더라고요."

"그다음엔요?"

혹시. 신창순은 김명진을 응징하는 수단으로 변태적 행위를 가했던 걸까. 법정에서 듣기 민망한 말이 나오려나 싶었는데 김명진의 입에서는 의외의 말이 흘러나왔다.

"남편은 외투 주머니에서 철사를 꺼내더군요."

"철사, 말씀입니까?"

고진은 배심원들이 흘려듣지 않도록 질문하는 형식으로 한 번 더 확인해주었다. 배심원들 몇몇은 의혹에 잠겨 눈가를 찌푸렸다.

"네. 철사요. 그거 한 쪽 끝을 쇠로 된 침대 머리기둥에 칭칭 감았어요. 아주 단단히요. 몇 번이나 둘러서 감더니 날 침대에 눕혔어요. 그러더니 양손을 머리 위로 올리게 하고는 철사를 제 양 손목에 다시 감았어요. 제 손목에 있는 빨간 흉터는 그때 생긴 거예요."

"피고인은 반항을 하지 않았습니까?"

"반항하지 않았냐고요……?"

김명진은 조용히 되물었다.

"그 상황을 당해보지 않으면……."

그녀는 모든 것을 내려놓은 듯한 표정이었다.

"첨에는 반항해 봤죠. 하지만 아무 소용없었어요. 심하게 반항할
수록 더 심하게 맞거든요. 더 저항했다간 무슨 일이 일어날지 몰라
요. 남편이 폭행을 시작할 때는 그저 빨리 지나가기만을 바라면서
맞고 있는 수밖에 없어요……."

고진은 잠시 배심원을 바라보았는데, 그들이 김명진의 말을 이해
하고 받아들일 시간을 벌려는 것 같았다.

"철사로 감은 다음에는요?"

"'네년은 이렇게 해줘야 도망 못 가겠지.' 이렇게 말하면서 씩 웃
더군요. 악마 같았어요. 넌 인간 취급을 받을 가치도 없는 여자라면
서 온갖 욕설을 퍼부었어요. 그러고는 제 위에 올라타더니 양손으로
제 목을 졸랐어요."

"목을요?"

"네. 이제 정말 죽는구나 싶었어요. 숨이 막혀 켁켁거리니까 손을
풀었어요. 제가 숨을 두어 번 쉬고 나니까 다시 양손으로 목을 졸랐
어요. 그러다가 하나, 둘, 셋 하고 숫자를 세고는 다시 손을 살짝 풀
었어요. 그랬다가 하나, 둘, 셋 세고는 다시 목을 졸랐어요. 제가 딱
죽지 않을 만큼만 목을 조르는 거였죠. 마치 게임을 하듯이요. 몸에
힘이 빠지고 말을 할 수 없었어요. 양손은 철사로 묶여 있고, 숨은

제대로 못 쉬겠고, 곧 죽을 것 같았어요. 남편이 손에 힘을 풀었을 때 겨우 살려 달라고, 당신 시키는 대로 다 하겠다고 그랬어요. 남편은 이빨을 드러내고 웃고 있었어요…….”

김명진이 말을 멈추었다. 그녀의 입으로 생생하게 증언된 신창순의 폭력은 법정 안에도 서늘한 냉기를 드리웠다.

“그러다가 정신을 차려보니 남편이 침대에서 내려가 있더군요. 잠시 후에 제 손의 철사를 풀어 줬어요. 그러고는 이렇게 말하더라고요. 오늘 운 좋은 줄 알라고. 내가 돌아올 때까지 집에 들어가 있어라, 그렇지 않으면 다음번엔 정말 죽인다고. 그러고는 호텔 방을 나가 버렸어요.”

“잠깐만요.”

고진이 손을 번쩍 들었다. 마치 자신의 손바닥으로 배심원의 주의를 모으려는 듯이.

“여기서 당연한 의문이 생길 듯하군요. 침대에 칭칭 동여맸다고 하셨는데, 남편은 맨손으로 철사를 그렇게 다뤘습니까?”

“아닐 거예요. 그땐 하도 겁이 나서 제대로 보지는 못했지만, 주머니에서 장갑을 꺼내 꼈을 거예요. 그 사람은 자기 몸만은 끔찍하게 생각하는 사람이에요. 집 안 물건을 부수고 골프채로 폭행할 때도 반드시 장갑을 꼈거든요. 그래서 지금도 장갑 낀 사람들 보면 몸이 떨릴 정도예요…….”

“그런 사람이라면 장갑을 끼지 않았을 리가 없겠군요.”

그러면서 고진은 동의를 구하듯 배심원을 보았다.

“그 남편은 폭행을 마치고 나갈 땐 장갑을 벗었을 테고요?”

"아마 그랬겠죠."

"남편이 나가고 난 뒤 피고인은 어떻게 했습니까?"

"혼이 나간 상태였어요. 너무 무서웠고. 남편이 언제 다시 돌아올지도 모르고. 정신없이 옷과 가방을 챙겨 모텔을 떠났어요. 집에 돌아와 밤새도록 떨었고, 울었어요. 다음 날에는 목이 아파 침을 못 삼킬 정도였고, 뱉으니 피가 섞여 나왔어요. 말도 안 통하지만 도저히 안 되겠어서 러시아 병원에 갔어요. 목 안 모세혈관이 모두 터졌대요. 얼굴로 피가 올라와 눈 부위와 입 주위에 벌겋게 멍이 들어 있었어요. 동생이 왔을 땐 거의 가라앉은 데다 화장을 해서 잘 몰랐을 거예요……."

김명진은 의연하게 말하려 애쓴 듯하지만 그때의 악몽이 떠오르는 듯 어깨가 미세하게 떨리고 있었다.

"남편이 그때 꼈다가 벗은 장갑이 골프장갑 아니었습니까?"

"……정확하게는 모르겠어요. 장갑 같은 게 눈에 들어오진 않았으니까요. 그게 골프장갑이었는지 다른 거였는지 알아볼 정신은 더구나 없었죠……."

"그게 솔직한 말씀이겠죠. 하지만 신창순이 장갑을 꼈던 사실은 분명한 것 같습니다……. 그렇다면 피고인은, 남편이 벗어 던지고 간 그 골프장갑을 정신없이 가방에 넣어 가지고 온 게 아닐까요? 그게 나중에 가택 수색 과정에서 발견된 게 아닐까요?"

"이의 있습니다!"

조현철 검사가 벌떡 일어섰다.

"변호인은 지금 자신의 추측을 피고인에게 묻고 있습니다."

강한 어조였다.

"알겠습니다. 묻지 않은 걸로 하겠습니다. 그럼…….'"

고진은 유들유들하게 말했다. 얼굴은 여전히 배심원을 향해 있다.

"그 골프장갑에 낚싯줄이 쓸린 듯한 자국은 그 철사를 침대에 꽁꽁 묶을 때 생긴 자국 아닐까요?"

"이의 있습니다!"

조현철이 다시 일어섰다. 아까보다 더 강경한 어조였다.

"변호인은 입증되지 않은 사실을 전제로 질문을 하고 있…….'"

"그럼 이것도 묻지 않은 걸로 하겠습니다."

고진은 두루뭉술하게 피해 버렸다. 김명진의 답변을 굳이 들을 필요는 없다. 이미 던진 질문만으로 '그럴지도 모른다'는 강한 '의심'을 배심원들에게 심어 주기에 충분했다. 유력한 물증의 증명력을 뒤흔든다는 소기의 목적은 충분히 달성한 셈이었다. 확실히 이런 면에서는 방어가 유리하다. 형사소송에서 검사는 '확신'이 필요하지만 피고인은 '의심'이면 충분하다.

"검사님이 방금 입증되지 않은 사실이라고 하셨습니다만, 과연 그런지 배심원 여러분은 다음 증거를 보아주시기 바랍니다."

고진은 말을 던져 놓고 자리로 돌아가서 서류 한 장을 집어 들고 법정 가운데로 다시 나왔다. 그 동작이 불필요하게 느렸기에 성질 급한 이들한텐 짜증이 솟구칠 정도였다. 이유현의 눈에는 좌중의 의식을 집중시키기 위한 의도적인 태업 행위로 보였다.

고진은 서류를 실물화상기 위에 놓아 배심원석 맞은편 스크린에 띄웠다. 칸막이 안에 휘갈긴 글씨가 쓰여 있었다.

"변호사님, 이건 뭡니까?"

재판장이 물었다.

"진단서입니다."

"진단서요?"

"예. 피고인이 한국에 오자마자 병원에 가서 진료를 받은 진단 내역입니다. 보시다시피 '결막하출혈, 점상출혈 및 부종안면, 경부 전면(이마 제외)'이라고 기재되어 있죠. 목을 심하게 졸랐을 때 생길 수 있는 증상들이라는 의사의 소견도 있습니다. 날짜를 보시면 분명히 그 무렵 발급되었다는 걸 아실 수 있습니다. 남편 신창순이 목을 졸랐다는 피고인의 말을 뒷받침해 주는 증빙입니다."

여성 배심원들이 유독 눈살을 찌푸렸다. 고진의 말이 이어졌다.

"이 시점에, 지난 기일에 있었던 구치소 동료의 증언 또한 상기해 주시기 바랍니다. 김명진 씨의 다른 상처는 오래돼 보였는데 손목에만은 비교적 생생한 자국이 나 있었다고 분명하게 진술을 했습니다. 목을 조르기 전 신창순이 철사를 김명진 씨의 손목에 세게 감아 생긴 상처였던 것입니다."

이유현도 기억이 났다. 구치소 동료 김복순이 법정에서 그렇게 말했었다. 그 증언을 듣고 의문을 품었었는데, 역시 이런 이유가 있었군. 김명진은 그 일이 있은 지 얼마 안 되어 구속되었으니, 김복순이 그때 손목의 상처를 본 것이다. 그렇다면, 김복순의 증언과 맞물리는 김명진의 이 진술은 신빙성이 있다.

이때 고진의 뒤편에서 목소리가 들렸다.

"3주는 꽤 긴 시간이었죠."

비아냥거리는 말투의 주인공은 조현철이었다. 일단 흐름을 깬 그는 일어서 배심원석으로 슬쩍 다가갔다.

"이런 이야기를 지어 낼 수 있을 만큼요. 지금 이야기는 피고인의 말뿐, 사실 확인을 할 수는 없습니다. 진단서가 있다지만 그게 신창순이 '그날 밤' 남긴 상처라는 증거는 될 수 없습니다. 손목의 상처도 보았다지만 이때 철사를 감아서 생긴 것인지는 알 수 없습니다. 아시다시피 신창순이 피고인을 학대한 사실을 피고인은 숨겨 왔죠. 그러다가 지난 기일에 본 검찰에 의해 명백하게 드러났습니다. 범행동기를 간파당한 피고인과 변호인은 꽤나 다급했던 모양입니다. 지금 피고인이 한 진술이, 신창순이 자신을 학대해 왔다는 사실을 토대로 발휘한 상상력에, 마침 그 무렵 어떤 이유로 생겨난 손목의 상처와 역시 다른 이유로 진찰받은 병원의 진단서를 섞어 조합해 낸 이야기가 아니라고 믿어야 할 이유는 없습니다. 반면에 피고인이 만들어 낸 이야기라고 믿을 이유는 있습니다. 골프장갑이라는 강력한 증거물에 대한 믿음을 흐리기 위해서죠. 하지만 이 스토리에는 어지간히 자신이 없었나 봅니다. 피고인조차 그때 남편이 골프장갑을 확실히 끼고 있었는지 기억에 없다고 하고 있으니까요. 변호인은 남편이 버리고 간 장갑을 피고인이 정신없이 가방에 넣어갔을지 모른다는 하나의 가능성만으로 명백한 혐의를 벗으려 시도하고 있는 것입니다."

"그럴 작정이었다면 그때 확실하게 남편이 장갑을 끼었다고 진술했겠죠. 피고인은 기억에 없는 거짓말을 하지 않은 것뿐입니다."

고진이 말했다.

"좋은 전략입니다."

조현철이 또다시 의도적인 비웃음을 흘렸다.

"지금 와서 '아, 남편이 그때 골프장갑을 끼었어요.'라고 확실하게 증언하면 오히려 신빙성이 떨어지지 않겠습니까? 그런 고도의 계산 하에, 말의 신빙성을 유지하면서도 배심원들에게 의심을 드리울 만한 딱 그 수준의 말을 한 겁니다."

"검사님은 피고인의 진실에도 박수를 보내주지 않겠다는 겁니까?"

고진의 말투도 뒤틀렸다.

"피고인의 진실이 아니라 변호인의 전술이겠죠."

논리 대신 말싸움이 과열되고 있었다.

"사실이에요……."

김명진이 돌연 떨리는 목소리로 말했다. 그녀로서는 상당히 용기를 낸 행동이었으리라. 그 덕에 검사와 변호사의 길 잃은 말싸움은 그쳤지만 조현철은 김명진의 가녀린 노력에 그저 힐끔 눈길을 한 번 주었을 뿐이었다.

"백 번 양보해서 피고인의 지금 이야기가 사실이라고 해도."

조현철은 몸을 배심원석으로 빙글 돌리고 힘주어 말했다.

"피고인이 살해했을 가능성은 조금도 줄지 않습니다. 오히려 동기는 더욱 강해졌습니다. 피고인의 말이 사실이라면, 남편의 폭력에 화가 난 피고인은 호텔을 나간 남편을 뒤따라 가 골목에서 목을 졸라 죽였다고 할 수밖에 없습니다. 자신이 목을 졸렸듯이 똑같은 방법으로 되갚아 죽인 겁니다."

말을 마친 조현철은 자리에 앉았다. 이유현은 고개를 갸웃하고 싶은 심정이었다. 김명진의 진술을 통해 배심원들에게 신창순이 얼마나 악독했는지에 관해서는 더 깊은 인상을 심어 줄 수 있었겠지만 조현철 검사의 말대로 동기나 살인의 정황은 더욱 강해졌을지도 모른다. 적어도 김명진의 집에서 발견된 골프장갑이 신창순이 김명진의 목을 조를 때 썼던 장갑일지 모른다는 주장을 부각시킨 이익을 상쇄시켰을지도 모른다. 그렇다면 이 전략은 과연 도움이 되는 것이었을까.

"안 통하는군요."

고진이 말했다. 혼잣말 같기도 했지만 아무튼 법정에 변론하러 나온 변호사가 하기에는 적절하지 못한 푸념조의 말이었다. 조현철은 어이없다는 듯이 고진을 쏘아보았다.

"검사님이 제 변론을 마음에 안 들어하신다면."

고진이 탁자를 가볍게 툭 치며 뭉기적 일어섰다.

"다른 방식으로 변론을 하려 합니다."

"다른 방식이라뇨?"

재판장이 뼈마디가 불거진 손으로 안경을 추켜올렸다.

"검사님이 만족할 만한 방법 말이죠."

"그게 뭡니까?"

고진은 법정을 휘 둘러보았다.

"진범을 밝히겠습니다."

법정 안이 크게 웅성였다.

"진범을요?"

재판장이 눈을 가늘게 뜨며 물었다. 지난번 고진이 했던 진범을 밝히겠다는 말은 기일을 끌기 위한 허세로 생각했을 것이다. 어쨌든 그런 주장을 대놓고 한 탓에 재판의 절차상 모양을 갖추기 위해 어쩔 수 없이 기일을 속행했지만 변호사가 정말 진범을 밝히겠다며 튀어나오리라고는 생각지 못했을 것이다. 그건 배심원도, 방청객도, 조현철 검사조차도 마찬가지였다. 고진의 말을 곧이곧대로 믿은 사람은 이유현 한 사람 정도일 것이다.

"예."

고진은 당연하다는 듯 말했다.

"지난 기일에 말씀드렸지 않습니까? 오늘 진범을 밝히겠습니다. 특히 저 의심 많은 검사님을 위해서라도요."

조현철은 양 팔꿈치를 테이블 위에 올려놓고 고진을 쳐다보고 있었는데, 법정만 아니라면 거의 코웃음이라도 칠 듯한 얼굴이었다.

"범인이 누구라고 주장하려는 겁니까?"

재판장이 물었다.

"길고 긴 재판이었지만 실상 사건의 진상은 매우 간단한 것이었습니다. 하지만 그 간단한 진상을 배심원 여러분께 명백히 알리기 위해서는 이 피고인과 신창순을 둘러싼 오래된 인간관계를 먼저 드러내야 합니다. 그래서……."

"그래서요?"

고진의 장황한 말에 판사가 조급증이 발동한 듯 물었다.

"증인을 신청하겠습니다."

"지금요?"

"예. 이미 이 법정에 나와 있습니다. 재정증인으로 신청합니다."

"범인을 밝힌다면서요? 근데 왜 또 증인입니까?"

"그 범인을 밝히기 위한 증인입니다."

"아니 그럼, 3주나 시간이 있었는데 그동안 증인신청을 안 하고 있다가 오늘 즉석에서 증인을 신청하신다는 겁니까?"

"증인신청을 해야 하나 망설인 이유가 있었습니다. 그건 진범을 밝혀낼 수 있을지 하는 문제와 직접 관련이 있었고요."

고진은 조현철 쪽을 향해 몸을 틀었다.

"지난 기일에 검사님도 재정증인을 신청해서 즉일신문을 했습니다만."

"아, 알겠습니다."

공평한 취급을 요구하는 고진의 말에 재판장은 질겁하는 기색이었다. 그는 모래 씹은 얼굴로 물었다.

"누굽니까?"

"남궁현, 임의재, 한연우 세 사람 그리고 이덕희입니다. 이 사람들을 차례로 불러서 간단한 질문 한두 개만 물어볼 예정입니다. 좀 이례적입니다만, 한 증인의 증언시에 될 수 있으면 다른 증인 모두를 법정에 있도록 조치해 주셨으면 합니다."

"앞의 세 사람은 알겠는데, 이덕희 씨는 누구입니까?"

"의사입니다."

"의사요?"

"그렇습니다. 이 범행의 동기를 설명해 주기 위한 증인입니다."

"의사가 범행 동기를 증명한다고……요?"

판사는 미심쩍은 듯 말을 끌었지만 결국 증인으로 채택한다고 고지했다. 살인사건이니만큼 군말이 나오지 않도록 피고인의 마지막 신청을 최대한 받아들여 줄 작정인 듯했다. 범행 동기를 입증하기 위해 의사를 증인으로 신청한다? 판사와 마찬가지로 이유현도 도무지 짐작이 가지 않았다. 이덕희라는 의사의 이름도 처음 듣는 것이었다. 아무래도 이번에 고진에게 단단히 신뢰를 잃은 모양이다.

고진의 전략이 과했던 것일까. 배심원들은 굳은 표정이었다. 배심원석에는 확실히 변호사를 향한 의심과 냉담함이 흐르고 있었다. 심지어 방청석에조차도. 질질 끄는 공판에 지친 그들은 이제 변호사가 재판을 되돌리기 위해 별짓 다한다고 여기지는 않을까. 증거법상 결정적으로 불리한 판에 이들의 호의조차 잃는다면 재판의 결과는?

"먼저 임의재 씨, 나오시죠."

고진이 말했다.

"나요?"

임의재가 손가락을 들어 자신을 가리키며 큰 소리로 물었다. 불만이 가득 서려 있었다. 자신을 증인으로 열거하는 말을 못 들었을 리 없지만 괜히 한번 또 뻗대 보는 듯했다. 재판장이 물끄러미 바라보고 있자 임의재는 떨떠름한 얼굴로 일어서서 앞으로 걸어 나왔다. 조금 전 복도에서 고진의 변론에 군말 없이 협조하겠다고 약속했던 때문인지 조금은 풀이 죽어 있었다.

임의재는 증인석에 털썩 주저앉았다. 고진이 물었다.

"간단하게 묻겠습니다. 12월 21일부터 한국으로 들어온 24일까지 증인은 블라디보스토크에서 남궁현, 김해나 씨 커플, 그리고 한연우, 김명진 씨와 같이 시간을 보냈죠?"

"예."

임의재는 굵고 낮게 대답했다. 못마땅함을 억누르는 듯해 보였다.

"같은 호텔에 묵었고, 증인이 SUV 차량을 렌트해서 같이 다녔죠?"

"예."

"계속 같이 있었습니까?"

"거의 그랬죠. 러시아를 출국하는 24일까지도요."

"하지만 22일 저녁 무렵에는 잠깐 서로를 못 본 때도 있지 않았습니까?"

"난 저녁을 거르고 일찍 호텔 방에 들어가 있었어요. 그래서 그 이후로는 친구들을 못 봤습니다."

"겨울 러시아의 저녁은 아주 일찍 찾아오죠. 저녁 먹기 전 일행과 헤어져 방으로 돌아온 때가 대략 몇 시쯤이었습니까?"

"한 4시 반쯤 되었을 겁니다."

"그 후에는요?"

"술 생각이 나서 연우한테 술 마시자고 방으로 인터폰을 했는데 받질 않았습니다. 그래서 혼자 나갔습니다. 근처에서 보드카 좀 마시다가 늦게 들어왔죠."

임의재는 눈을 올려 뜨더니 마지못한 듯 대답했다.

"남궁현, 김해나 씨가 묵는 방으로는 전화를 안 해보셨습니까?"

"예. 거긴 안 했어요. 괜히 방해할까 봐."

"매너가 좋으시군요."

고진은 싱긋 웃고는 돌연 신문을 마치겠다고 선언했다.

다음은 남궁현이었다. 그는 순순히 걸어 나와 증인석에 앉았다.

임의재보다는 표정이 편안했다.

"조금 전 임의재 씨 증언을 들었죠?"

"예."

대답은 짧았지만 신중한 어조였다.

"22일 저녁, 그러니까 4시 30분 이후에는 임의재 씨나 한연우 씨를 못 본 게 사실입니까?"

"못 봤습니다. 저와 해나는 저녁 먹으러 밖에 나갔다 왔거든요. 마침 의재하고 연우가 저녁을 따로 한다길래 우리도 따로 둘만의 시간을 가지고 싶었습니다. 느긋하게 밤을 보낼 생각이었는데 날이 하도 추워서 9시 반쯤에 들어와 버렸어요. 더 돌아다닐 엄두도 안 났고요. 러시아는 우리하고 달리 밤 시간에는 아무것도 할 게 없거든요."

"러시아의 밤이라…… 그렇군요."

고진은 눈을 끔벅이더니 다시 물었다.

"그럼 임의재 씨나 한연우 씨 방에서 전화가 오거나 혹은 전화를 걸어 보거나 하지는 않았습니까?"

"아뇨."

"그 두 사람을 다시 본 건 언젭니까?"

"다음 날 아침이었죠. 호텔 식당에서 만나서 아침을 같이 먹었습니다."

짧은 증언을 끝으로 남궁현도 증인석을 내려갔다.

이어 그와 교체하듯이 한연우가 나와 자리에 앉았다. 고진이 물었다.

"임의재, 남궁현 씨의 증언을 막 들으셨죠?"

"예. 다 사실입니다."

한연우의 대답은 좀 성급하게 들렸다. 빨리 불쾌한 신문을 끝내고 싶었던 모양이다.

"사실이라니, 뭐가 사실이란 겁니까?"

한연우가 대답이 없자 고진이 한 번 더 물었다.

"임의재, 남궁현 씨는 각자의 방에 있었다고 이야기했습니다. 그랬는지 아닌지는 증인 한연우 씨가 알지 못하는 거 아닙니까?"

"22일 저녁에 보지 못했다는 거 말입니다. 그게 사실이란 겁니다."

한연우는 말투에 불만이 서려 있었다.

"그럼 증인 또한 임의재와 남궁현, 그리고 김해나까지 그날 저녁 이후 다음 날 아침까지는 보지 못했단 거군요."

"그렇죠."

"증인은 어디 있었습니까?"

"호텔 방에 있었습니다."

"뭐 하셨습니까?"

"책을 읽었습니다."

"책이라……. 먼 타국까지 가셔 놓고 호텔 방에서 책을 읽으셨다고요?"

"그럼 뭘 하겠습니까?"

한연우가 도전적으로 되물었다.

"그렇군요. 그런데, 임의재 씨는 한연우 씨 방으로 인터폰을 했지만 전화를 받지 않았다는데요?"

"그게 꼭 이상한 겁니까? 제가 화장실에 간 때였을 수 있고, 호텔 복도에 있는 자판기에서 생수를 뽑으러 나갔던 때였을 수도 있고, 아니면 임의재 씨가 번호를 잘못 눌렀을 수도 있습니다."

"그럼 증인의 경우는 어느 쪽이었습니까?"

"그건 알 수 없겠죠. 제가 모르는 일의 인과를 제가 짐작할 수는 없습니다."

"교수님다운 논리적인 답변이시네요."

고진은 씩 웃으며 한연우를 보았다.

"그럼 22일 저녁 이후로는 다른 사람들을 보지 못했고, 다음 날 아침에야 호텔 식당에서 만난 건 사실입니까?"

"맞습니다. 아까 답변했지 않습니까?"

"수고하셨습니다. 내려가셔도 좋습니다."

한연우는 뻣뻣하게 일어서서 방청석으로 걸어 들어갔다.

고진은 한연우의 뒷모습을 물끄러미 보다가 몸을 돌려 배심원들 앞으로 한 발짝 다가섰다.

"배심원 여러분. 남궁현, 김해나 커플과, 임의재, 한연우, 이 네 사람은 22일 저녁, 정확히 오후 4시 30분 이후부터 다음 날 아침까지 서로를 보지 못한 공백 지대가 있었다는 사실을 분명하게 주목해 주시기 바랍니다."

이유현은 분명히 기억하고 있었다. 귀중한 휴가를 할애해 러시아까지 건너가 고진과 함께 개인적으로 확인한 현대호텔 CCTV에 찍힌 영상. 거기서도 이들의 증언과 동일한 사실이 확인되었었다. 21일부터 23일까지 이들은 대체로 같이 움직였지만 22일 저녁에만은 동떨어져 각각 외출을 했고, 귀가 시간도 달랐다. 밖에서 만난 게 아니라면 그 시간대는 분명히 서로 보지 못한 공백 지대였다.

"어이가 없습니다."

조현철이 일어났다.

"변호인은 사건의 쟁점을 흐리고 있습니다. 범행은 분명히 12월 14일 저녁에 있었습니다. 그런데 왜 22일 저녁의 관계인들 행적을 밝히는 겁니까? 아무 소용 없는 증인신문입니다. 이런 식으로 주의를 흐리는 건 재밌는 장난일지 몰라도 사건의 본질과는 아무런 상관이 없습니다. 재판을 불필요하게 끄는 효과는 있겠지만요. 배심원 여러분은 변호인이 설치해 놓은 이런 조그만 덫에 걸려들지 않도록 유의해 주십시오."

"12월 22일은 이번 범행에 있어 굉장히 중요한 날입니다."

"그게 왜 중요합니까?"

"실제 살인이 있었던 날로부터 정확히 7일째 되는 날이기 때문입니다."

고진이 단호하게 말했다.

"7일째?"

고진의 뜬금없는 말을 되뇌던 조현철은 하, 하며 법정에 어울리지 않는 헛웃음을 터뜨리고 말았다. 어지간히 기가 찬 모양이었다.

"변호인은 지금 애매모호한 말로 그럴듯한 논리가 있는 척 연출하려 애쓰고 있습니다만 상식을 가진 저로서는 전혀 공감이 가지 않는군요."

"남편이 죽었으면 항상 범인이 아내라는 것도 검찰의 상식이긴 하겠군요."

"변호사님이 연막을 아무리 쳐 봤자 이미 명백히 드러난 최대의 동기가 사라지지는 않습니다."

"최대의 동기? 이 사건에 그게 있었다는 점만은 저와 뜻이 합치하는군요. 그게 뭡니까?"

"증오죠."

"검사님이 피고인에게 가진 그걸 말씀하시는 겁니까?"

"내가 가진 건 증오가 아니라 증거입니다."

고진과 조현철 검사 사이에 차마 논고나 변론이라고 하기 어려운 수준의 말싸움이 오가고 있었다.

"자, 자. 좀 과열된 듯합니다. 언쟁은 그만하시고."

재판장이 양팔을 허공에 저으며 중재에 나섰다.

"변호사님, 그런데 그게 변론의 요지입니까?"

고진은 재판장 쪽으로 몸을 돌렸다.

"증인이 한 명 더 남아 있습니다. 그 증인을 신문한 다음 모든 걸 밝히겠습니다."

아직 의사 이덕희가 남아 있었다. 재판장은 그를 의식하지 못하고 있었던 듯, 아차 하는 눈치가 보였다. 재판장이 급히 "증인 이덕희 씨." 하며 호명했고, 잠시 후 방청석에서 회색 양복을 입고 머리가 희끗한 남자가 천천히 일어섰다.

이덕희는 천천히 걸어 나가 증인석에 가 앉았다. 흰 가운을 입지 않았을 뿐 회진을 도는 의사의 걸음걸이 그대로였다.

"증인은 강남 세브란스 병원 내과 교수시죠?"

고진이 물었다.

"그렇습니다."

이덕희는 검은 낯빛에 굵은 눈썹의 호남형이었다. 거침없는 표정. 직업에 더하여 그 인상 덕택에 배심원들에게 신뢰감을 더해 줄 것 같았다.

"조금 전에 증언하고 간 한연우 씨를 아십니까?"

"압니다."

"어떻게 아시는 사이죠?"

"한연우 씨가 제 환자니까요."

"그렇군요."

고진은 다가가 증인석 언저리를 슬쩍 짚었다.

"의사로서 환자의 병을 먼저 밝히시기는 어려우리라 생각됩니다. 하지만 이미 주변에서는 다 알고 있는 병입니다. 제3자인 저조차 알고 있을 정도니까요. 이 자리까지 나와 주신 터에 굳이 감출 필요는 없다는 말씀을 미리 드립니다. 제 질문에 맞다, 아니다 정도만 말씀해 주시면 되겠습니다."

"그러지요, 뭐."

이덕희는 호쾌하게 대답했다.

"한연우 씨는 혈액암 4기 환자지요?"

증인에게 질문하는 고진의 시선은 방청석 어딘가를 향해 있었다.

"맞습니다."

법정이 술렁였다. 이유현이 한연우를 힐끔 보니 당황한 나머지 잔뜩 구겨진 얼굴이었다. 왜 그런 걸 밝히는지 이해할 수 없다는 듯한 표정이었다. 고진이 다시 이덕희에게 고개를 돌려 물었다.

"4기라면, 듣기에도 대단히 위중해 보이는군요. 혹시 한연우 씨는 살날이 얼마 남지 않은 겁니까?"

"의학적으로는 그렇다고 말할 수 있습니다."

이덕희는 비교적 쉽게 대답했다. 법정에서 오가는 이 질문에 대해 미리 고진과 이야기가 되어 있는 듯했다.

이유현은 김명진을 보았다. 그녀는 차분하게 시선을 아래로 하고 있었다. 이미 알고 있었군. 임의재는 팔짱을 끼고 묵묵히 앉아 있었고, 옆자리에 앉은 한연우를 근심스런 얼굴로 쳐다보는 김해나와 남궁현의 시선에는 낭패스런 기색이 떠 있었다. 한연우는 고개를 숙여 그들의 시선을 피했다. 난처한 표정이었다. 마음의 동요가 이유현에게까지 전해졌다. 어쩌면 보기보다 심한 격정에 휩싸여 있는지도 모르겠다.

"대체 뭘 입증하려는 겁니까? 한연우 씨의 병과 이 사건이 무슨 관계가 있습니까?"

조현철이 앉은 채로 항의했다.

"검사님은 사건의 진상을 알고 싶지 않습니까?"

고진이 작은 눈을 치뜨고 놀랍다는 듯 되물었는데, 어딘지 연극조였다.

"마지막 증인인데 뭐 그냥 끝까지 들어 보시죠."

재판장이 조현철을 제지했다. 변호사의 얼토당토않은 헛소리를 지금껏 실컷 참아 주었는데 이제 와서 증인신문을 제한해 공든 탑을 무너뜨리고 싶진 않을 것이다. 어디까지나 피고인에게 완전한 기회를 준 공정한 재판으로 남아야 한다. 그럴 수 있다. 변호사의 저 헛소리를 조금만 더 참으면. 그런 심정이리라. 조현철 또한 배심원의 인상을 흔들기 위한 가벼운 제스처였던 모양으로 더 이상 발언하지 않았다. 고진이 재차 이덕희에게 물었다.

"임의재 씨의 소개로 한연우 씨가 증인에게 진찰을 받은 거죠?"

"예. 그게 한 2년 전쯤 될 겁니다."

"한연우 씨가 멀쩡히 걸어 다니고 말하는 걸 보면 위중한 환자라는 생각이 잘 들지 않는데, 어떻습니까?"

"원래 혈액암은 말기에 가서도 증세가 두드러지지 않습니다. 치료가 잘되면 극적으로 회복하는 경우도 있고요."

"그럼 한연우 씨도 회복할 수 있는 겁니까?"

"그게……."

이덕희는 잠시 망설였다.

"아까도 말씀드렸지만, 의학적으론 쉽지 않은 상태입니다. 혈액암은 우리 혈액 속에 들어가서 적혈구나 백혈구를 파괴하는데, 시간이 갈수록 개체를 늘려가기 때문에 치료가 어려운 점이 있어요. 4기쯤 되면 심각한 상태에 도달한 거죠. 생존율로 말하자면 '낮지만 있다', 이렇게 이야기할 수 있겠는데, 그건 일반적으로 그렇다는 거고 개별적인 진단은 물론 다릅니다. 주치의로서 판단하자면, 한연우 씨의 경우는 많이 힘든 상태입니다. 본인도 물론 잘 알고 있고요."

"참 어려운 이야기를 해주셨군요. 의사로서 환자의 병에 관해 이렇게 공개적으로 털어놓기가 쉽지 않았을 텐데요."

"물론 환자의 비밀이란 것도 있고, 본인이 밝혀지기 원하지 않는다면 의사를 존중해 줘야겠죠."

하지만 말과 달리 왠지 환자의 의사를 존중할 의지는 별로 없어 보였다.

"하지만 여긴 법정 아닙니까. 사실대로 말해야죠. 또 제 입장에 선 안타까워요. 한연우 씨 본인이 치료 의지가 너무 없거든요. 인생 을 정리한다는 등 그런 소리만 하고 있고. 세상에 조용히 왔으니 갈 때도 조용히 갈 거라나요. 주변에 알리지도 않는 것 같더군요. 의사 로서 나무라고 혼도 내봤지만 도통 말을 안 들어요. 보고 있자니 갑 갑하더군요. 그래서 밝히는 겁니다. 옛말에도 병은 자랑하라고 하지 않았습니까? 본인이 안 하니 내가 이렇게라도 까발려서…… 아니, 밝혀서 자극을 주고, 이걸 계기로 주변 사람들도 알게 되면 좀 의지 를 북돋워주고 치료를 도와주길 바라는 마음입니다."

아무래도 이 의사는 환자가 자신이 시키는 대로 하지 않으면 성질 을 마구 부려 댈 것 같다. 그 성질을 이용해 고진이 살살 구슬렸을지 도 모른다. 한연우의 병에 관해 법정에서 증언해 달라, 그게 환자를 위하는 길이지 않겠느냐, 의사의 지시를 무시하는 고약한 환자 한연 우를……. 의사한테 거짓말도 했으리라. 한연우가 주변 사람들에게 병을 숨기고 있다고. 그사이 고진의 질문이 이어졌다.

"다시 말하면 증인은 의사로서의 사명감에서 증언을 하신 거군요."

"사명감이라면 좀 거창합니다만, 한연우 교수도 이번 기회에 마음 을 좀 다잡았으면 좋겠습니다."

이덕희는 방청석으로 시선을 돌려 한연우를 보았다. 한연우는 두 통을 겪는 사람처럼 손을 머리에 대고 고개를 푹 숙이고 있었다.

"그렇군요. 알겠습니다. 수고하셨습니다."

고진이 덧붙였다.

"증인께서는 가시지 말고 잠깐만 방청석에서 기다려 주시기 바랍니다."

왜 기다려 달라는 것일까. 이유현이 의문을 품는 사이, 이덕희는 방청석으로 돌아갔다. 고진도 자신의 자리로 돌아갔다.

"범행의 동기를 입증한다고 했는데 뭐가 입증된 거죠?"

조현철이 비웃음을 띠었다.

"검사님의 조급함은 입증되었군요. 변론은 아직 끝나지 않았습니다."

고진도 조소하며 말을 받았다. 재판장은 이제 두 사람 사이의 말싸움을 말리기도 귀찮다는 듯이 지친 표정으로 가만히 두고 볼 뿐이었다. 조현철은 코웃음을 쳤고, 그 사이 고진은 탁자 위 서류 더미에서 무언가를 하나 집어 들었다.

"이 사건의 범인이 누군가 하는 문제는 얼마 전 알아낼 수 있었습니다. 범행이 가능했던 유일한 사람이 있었으니까요. 하지만 도무지 알 수 없는 부분이 있었습니다. 하지만 이제는 전부를 알고 있다고 감히 말씀드릴 수 있습니다. 그것도 충분히."

고진은 잠시 말을 중단하고 배심원석을 보았다.

"본 변호인은 이 사건을 완전하게 설명하기 위해 증거를 하나 더 제시하려 합니다."

고진은 법정 한가운데로 가더니 들고 온 종이를 실물화상기 위에 놓았다. 그건 빛바랜 사진이었다. 배심원 맞은편 벽에는 한 여성의 사진이 떴다.

"어떻습니까?"

고진은 누구에게 말하는 건지 모를 질문을 했다. 배심원들은 집중해서 사진을 쳐다보았고, 스크린과 비스듬한 각도인 방청객들은 사진을 제대로 보려고 낙타처럼 목을 길게 뺐다.

"피고인 김명진 씨와 많이 닮지 않았습니까?"

사람들의 시선이 스크린과 김명진의 얼굴을 오갔다. 잠시 후 고진의 질문에 화답하듯 방청석에서는 간간이 탄성 비슷한 소리가 들렸다. 물론 동조하는 반응이었다.

"하지만 이 여성은 물론 피고인이 아닙니다."

사람들의 조용한 시선은 '그럼 누구야?'라고 묻고 있었다.

"조금 전 증언을 했던 남궁현 씨의 베트남인 전처입니다."

남궁현의 전처?

분명 국적과 피부색의 차이에도 불구하고 김명진과 사진 속 여성은 놀랄 만큼 닮긴 했다. 이유현의 머리가 조금 혼란스러워졌다. 그렇다고 해서 무엇이 증명되는 걸까. 아니, 고진은 이 사진으로 무엇을 증명하려는 걸까. 조현철이 이유현의 마음속 의문을 대변하듯 불만스런 어조로 끼어들었다.

"닮기는 했습니다만, 도대체 무얼 말하고 싶은 겁니까? 변론이 너무 중구난방 아닙니까? 단지 혼란을 노리는 겁니까? 논점을 이리저리 흐려서 무죄판결을 받아내겠다는 생각이라면 우리 배심원 여러분의 수준을 너무 얕잡아 보는 겁니다."

조현철은 가자미 같은 눈을 슬쩍 떠 배심원석을 올려다보았다. 변호사의 변론 행태를 반박하면서 동시에 은근슬쩍 배심원에게 아부를 하고 있다.

"혼란이 아니라 명백한 사실을 이야기하려는 겁니다."

고진이 잘라 말했다.

"무슨 사실 말입니까?"

조현철이 퉁명스럽게 물었다.

"남궁현 씨가 오랫동안 김명진 씨를 사랑해 왔다는 사실이요."

"……."

조현철은 더 이상 딴지를 걸지 않았다. 고진이 무슨 말을 하려나 들어 보려는 것 같다. 이유현은 반사적으로 고개를 돌려 방청석의 남궁현을 보았다. 그와 같은 반응을 보인 방청객들이 몇몇 더 있었다. 몇 줄기의 시선을 받은 남궁현의 표정이 어색해졌다. 고진의 말이 계속되었다.

"물론 김명진 씨에게 프러포즈를 했을 정도니 사랑하지 않았다고는 말할 수 없겠죠. 그래서 달리기 시합 때도 죽어라 뛰었고요. 하지만 그 애정은 보이는 것 이상이었던 것 같습니다. 신창순과 결혼한 이후에도 변함없이 이어졌죠. 김명진을 잊지 못한 남궁현은 그녀와 꼭 닮은 외국인 여성과 결혼까지 했습니다. 안타깝게도 그녀는 병으로 일찍 명을 달리하고 말았죠.

그리고 남궁현 씨는 이제 김명진의 동생 김해나 씨와 결혼하려 합니다. 그렇다면 완전히 김명진에 대한 그리움에서 벗어난 것일까요? 일단은 그런 것 같습니다. 하지만 다른 의문도 전혀 배제할 순 없습니다. 김해나 씨는 김명진의 동생입니다. 김해나 자신임과 동시에 세상에 남은 여성 중에 김명진과 가장 닮은 사람이기도 하죠. 혹시 그 이유가 남궁현 씨의 마음을 김해나 씨에게로 이끌지는 않았을까요? 언니를 꼭 닮은 전처의 사진을 발견한 김해나 씨도 그렇게 생각할 수밖에 없었습니다. 그 때문에 며칠 전 두 사람은 크게 다투었죠. 하지만 결국 화해했습니다. 어쨌든 현재의 사랑을 확인한 겁니다. 그리고 두 사람의 인연은 지금 더 단단히 이어진 것 같습니다. 이 사실을 법정에서 새삼스레 밝힌다 해도 아무런 여파가 없을 만큼요. 보시다시피 법정에 나란히 나오셨군요."

고진이 팔을 들어 방청석의 남궁현, 김해나를 가리켰다. 하지만 법정에는 어떤 반응 대신 어색한 침묵만이 내려앉았다. 남궁현이 그답지 않게 얼굴이 벌게져 있는 반면, 김해나는 의외로 덤덤했다. 조금 전 변호를 그만둔다며 얼렀던 소동이, 이 민망한 상황에서도 그들을 침묵시키고 있는지도 몰랐다. 김명진은 마치 잘못을 저지른 사람마냥 고개를 깊게 숙이고 있었다.

"그럼 앞서 증언한 한연우 씨는 어떨까요?"

고진은 방청석 쪽으로 고개를 돌려 당사자를 보았다. 방청객과 배심원 몇몇이 그의 시선을 따랐다.

"그는 평생을 독신으로 살아왔습니다. 물론 그게 김명진 씨 때문인지는 알지 못합니다. 하지만 어느덧 다가온 자신의 죽음을 앞에 두고도 김명진을 걱정해 블라디보스토크로 날아갔습니다. 신창순과 담판을 지으러요. 그는 결단력 있는 남자였습니다. 얼마 남지 않은 인생길에 서 있으면서도 자신의 목숨이나 치료보다 김명진 씨를 더 걱정하고 있었습니다."

침묵은 이어졌다. 하지만 이유현은 한연우의 열정이 그다지 놀랍지 않았다. 처음부터 그는 김명진에 대한 감정을 가감 없이 드러냈고, 표현도 주저하지 않았다. 다만 그가 죽음을 앞에 둔 사람이라는 사실만이 또 다른 해석의 길을 열었을 뿐이다.

그런데, 고진은 대체 어떤 의도로 이런 은밀한 내면의 사실들을 법정에서 밝히는 것인가.

"말씀드렸듯이, 이 두 사람은 김명진을 위해서라면 진심으로 힘이 되어 줄 사람들입니다. 실제로도 이 재판을 자신의 일처럼 걱정하면서 여기까지 왔지요. 그리고 이들의 헌신은 이 사건에서 분명 어떠한 역할을 하고 있습니다. 이 사람들의 사랑이 지속될 수 있었다면 이 재판은 분명히 다르게 전개되었을 것이기 때문이죠."

이들의 헌신이 할 수 있었던 역할? 고진은 말을 끊고 배심원들을 한번 쓱 훑어보았다. 모호한 말을 던져 놓고 마치 이해를 구하듯 시선으로 압박을 보내는 그의 악취미는 법정의 무게로도 막지 못한 모양이다.

"그런데, 이 두 사람과는 조금 다른 입장에 있는 사람이 있습니다. 이들의 친구이면서 김명진 혹은 남편 신창순과 막대한 돈으로 얽힌 인물입니다. 그렇다고 비난할 필요는 없습니다. 어쩌면 감정의 격랑에 휩싸인 친구들보다 더 객관적인 진술을 해줄지도 모르겠군요. 진상을 밝히기 위해 번거롭지만 그분을 다시 한 번 불러 보고자 합니다."

그러고는 방청석을 향해 말했다.

"임의재 씨. 한 번 더 나와 주시겠습니까?"

임의재는 어리둥절한 표정으로 주위를 둘러보다가 사람들의 시선이 자신에게 꽂힌 걸 깨닫고는 마지못해 일어섰다. 느린 걸음으로 나와 증인석에 앉았다. 벌써 하루에만 두 번째 증언대에 오르는 그의 낯빛은 불만에 지친 나머지 벌겋게 달아올라 터져 나갈 지경이었다.

고진은 증인석에 다가가 섰다. 그러더니 빙글 등을 돌려 배심원석을 쳐다보았다. 오른팔을 올려 마치 소개하듯 임의재를 가리켰다.

"다시 말씀드립니다만 임의재 씨의 입장은 좀 다릅니다. 남궁현, 한연우 씨가 김명진 씨를 향한 순수한 마음으로 응원을 보낼 때, 이분은 홀로 신창순과의 돈거래로 깊숙이 얽혀 있었습니다."

"그게 잘못입니까?"

임의재가 반발했다.

"물론 그건 본인의 사업상 판단으로 그랬을 겁니다. 돈을 잃든 수익을 내든, 혹은 차용증을 만들든 결코 비난할 수는 없습니다. 하지만……."

"하지만, 뭡니까? 혹시 내가 창순이 차용증을 갖고 돈을 받아내려 했다는 거?"

"빌려준 돈은 당연히 받아야죠. 그걸로는 비난하지 않는다니까요."

"그걸로는? 그럼 내가 무슨 잘못을 하긴 했단 겁니까?"

"물론입니다."

"무엇에 대해서요?"

임의재가 고진을 노려보았다. 고진은 눈도 깜짝하지 않았다. 두 사람 사이에 팽팽한 긴장감이 흘렀고, 그건 한기가 되어 그 장면을 지켜보던 이유현의 얼굴을 쓸고 지나갔다. 고진이 말했다.

"당연히 살인이지요."

"불쾌합니다. 법정에서 뭐하는 짓입니까?"

임의재가 얼굴이 붉으락푸르락해서 소리를 높였다. 재판장 또한 적잖이 당황한 표정이었다. 증인을 불러 놓고 범인으로 지목하는 일이란 꽤 오래된 그의 경력을 고려하더라도 법정에서 처음 겪는 일임에 틀림없다. 하물며 젊은 두 배석판사는 오죽하랴. 그들의 눈은 툭 불거졌고 목이 나무토막처럼 뻣뻣해져 있었다.

"증인, 흥분하지 마세요."

재판장은 일단 임의재의 흥분을 가라앉히려 했다. 이유현은 걱정이 일었다. 그의 격정적인 기질을 아는 탓이다. 법정에서 큰 소동이 벌어지는 게 아닐까. 하지만 고진은 아예 임의재를 작정하고 자극하려는 듯 똑바로 쳐다보며 말했다.

"간단합니다. 용의자 중 임의재 씨가 범행이 가능한 유일한 사람이었기 때문입니다."

조현철 검사는 입을 움찔했지만 결국 항의하지 않았다. 일단은 고진의 말을 끝까지 들어 보려는 모양이었다.

"물론 김명진 씨 또한 검찰의 시각에 따르면 범행이 가능한 인물이었죠. 하지만 이제 용의자 명단에서 영구히 삭제될 것입니다. 왜냐하면 임의재 씨가 범인이라는 사실이 곧 밝혀질 것이기 때문이죠."

임의재는 미간을 찌푸렸다. 그의 깊은 눈은 검은 구멍처럼 보였다.

"물론 제가 이렇게 말한다고 해서 이 사람이 범인이 되지는 않을 겁니다. 더구나 임의재 씨에게는 무엇보다 확실한 알리바이가 있으니까요."

이유현은 긴장했다. 임의재는 참지 않을 것이다. 곧 증인석에서 폭발음이 들려올 텐데…… 그런데 반응이 없었다. 임의재는 그저 밋밋하게 말할 뿐이었다.

"이건 뭐, 병 주고 약 주는 것도 아니고……. 안 그래도 변호사님이 말했듯이 살인이 있던 날 난 파리에 있었어요. 설마 이게 말이 된다고 생각하시는 건 아니겠죠."

바위에 달라붙은 미역처럼 차분하게 가라앉은 목소리였다. 원래 걸걸한 음성의 소유자인 그가 나지막하게 말하니 오히려 오싹했다. 찡그렸던 미간이 언제 그랬나 싶게 매끈하게 풀려 있었다. 순식간에 무언가가 그를 차갑게 식혀 버린 듯했다. 그가 이렇게나 감정을 자제할 줄 아는 사람이었던가? 임의재는 남다른 다혈질 성격의 소유자다. 그런 그가 법정에서 공공연하게 살인범으로 지목되었으니 화를 내며 증인석을 엎어 버릴 법도 하건만, 어느새 학자처럼 차분해져서는 논리적으로 따지고 있다. 이유현은 어쩐지 맥이 풀려 버리는 기분이었다. 고진이 물었다.

"살인이 있던 날이라……. 그건 언제를 말하는 겁니까?"

"언제라뇨. 12월 14일 밤이라면서요?"

임의재가 되물었다.

"그건 검찰에서 주장한 거죠. 김명진 씨가 남편하고 만난 날과 끼워 맞추기 위해서 말입니다."

"그럼 변호사님 의견으로는 살인은 언제 일어났다는 겁니까?"

이번에는 재판장이 고진에게 물었다.

"12월 14일 저녁이 아니었습니다."

"하지만 러시아 부검의가 그렇게 밝혔잖습니까. 설마 러시아의 법의학 수준은 못 믿겠다, 이렇게 주장하시려는 건가요?"

"아닙니다. 러시아 부검의의 판단은 정확했습니다. 너무나도요."

"대체 무슨 주장이신지……?"

재판장마저 어리둥절해져 버렸다.

"러시아 부검의의 판단으로는 12월 15일이었습니다."

"나, 참."

조현철 검사가 헛웃음을 웃었다.

"지금 뭐하시는 겁니까? 12월 14일이나 15일이나 임의재 씨 알리바이는 다를 게 없잖아요. 그 무렵 파리에 있었다는 건 확인된 사실이에요. 대한항공 측 항공 스케줄 조회로도 다 나와 있고요."

"과연 그럴까요?"

조현철은 고진의 반문에 멈칫했다. 머릿속으로 열심히 상황과 경우의 수를 세어 보는 것 같았다. 하지만 이내 쓴웃음을 지었다.

"아무래도 변호사님은 뭔가 사실 관계를 착각하고 있지 않나 싶군요. 임의재 씨의 알리바이는 의심할 여지가 없는……."

"15일에는 파리에서 교민들과 같이 점심을 먹었죠."

고진이 조현철 검사의 말허리를 잘랐다.

"맞습니다."

이번에는 임의재가 대답했다. 하지만 이제 그는 왜인지 눈을 감고 있었다. 여전히 자신의 알리바이를 주장하고 있긴 하지만, 무언가 이상한 느낌이 들었다. 말 한마디에 불타오르던 그 임의재가 이 임의재인가?

"그리고 16일 오후 비행기를 타고 파리에서 한국으로 왔죠. 그러

452

니까 그 사이에 약 하루 정도 시간이 비지 않습니까?"

훗, 조현철은 숫제 비웃음을 흘렸는데, 불쾌한 감정을 숨기려는 몸짓으로 보였다.

"하루 만에 파리에서 블라디보스토크로 가서 신창순을 죽이고 돌아왔단 겁니까? 설마 임의재의 정체가 손오공이다, 그래서 근두운을 불렀다, 이런 변론을 하려는 건 아니겠죠?"

"아뇨."

조현철이 또다시 유치한 말싸움을 걸려 했지만 고진은 짧게 잘라 버렸다.

"그러면요, 대체 무슨 주장입니까? 시원하게 밝혀 보시죠."

조롱으로 일관하던 조현철이 짜증스럽게 반응했다. 이유현은 이 상황이 차라리 고소했다. 속 타게 만드는 고진의 화법이 마침내 조현철까지 폭발하게 만든 것이다.

"본 변호인은 살인이 있었던 12월 15일과 시체가 발견된 12월 23일 새벽 사이, 그 7일 남짓한 공백에 어떤 계기로 주목하게 됐습니다."

"주목하실 필요 없습니다. 그런 것에 의미를 부여할 필요도 없습니다. 단지 발견이 늦은 겁니다. 인적 없는 뒷골목이었으니까요."

조현철의 말이 점차 빨라졌다.

"맞습니다. 저도 실은 얼마 전 블라디보스토크까지 날아가 현장을 보고 왔습니다. 7일이 아니라 70일간 묻혀 있었어도 이상할 게 없는 으슥한 곳이더군요."

"그런데요?"

조현철이 따지듯 물었다.

"그래도, 어째서 7일일까요?"

"……."

조현철은 질린다는 듯 입을 조금 벌렸다.

"아까 어떤 계기로 7일이라는 기간에 주목하게 되었다고 했습니다……."

"……그래서요? 변호인이 어떤 숫자를 좋아하시는지 이 법정에서 관심 있는 사람은 아무도 없습니다."

"제 취향의 문제가 아닙니다. 이 사건에서 7이라는 숫자는 필연적이었으니까요."

"지금 게리맨더링이라도 하려는 겁니까? 빙빙 두르지 말고 직접 밝히시죠."

조현철이 짜증을 실어 말했다. 아마 판사와 배심원의 심정도 크게 다르지 않으리라.

"알겠습니다."

고진이 고개를 끄덕였다.

"그럼 임의재 씨가 파리에 있던 날로 돌아가 보죠. 임의재 씨는 12월 15일 교민들과 점심을 먹었고, 16일 한국행 비행기에 올랐습니다. 물론 블라디보스토크에 왔다 갈 시간은 없습니다. 시간여행이라도 하지 않는 한 물리적으로 불가능합니다."

"아까 본 검사가 이야기한 사실입니다."

"하지만."

고진은 검지를 번쩍 쳐들었다.

"하지만?"

"공간여행이라면 가능하지요."

"공간여행이라뇨?"

조현철의 입이 마침내 바보처럼 완전히 벌어졌다.

"블라디보스토크보다 가까운 곳이라면 거리에 따라서 얼마든지 하루 만에도 갔다 올 수 있단 이야기입니다."

"가까운 거리?"

"이를테면 모스크바 정도라면 어떨까요? 제가 알아보니까 한 2시간 반 걸린다던데."

"모스크바요?"

조현철의 음성이 찢어지며 쭉 올라갔다.

"네. 그 정도."

"알리바이가 안 되니까 이젠 비행기 시간에 맞추어 도시를 바꾸려는 겁니까?"

조현철이 어이없다는 듯 고개를 저었다. 그 다음에는 자신의 말에 동의를 구하듯 재판장을 바라보았다. 하지만 재판장은 고진의 말에 흥미를 느낀 듯 미간을 좁히고 고진에게 집중하고 있었다.

"모스크바일걸요. 아니, 모스크바일 수밖에 없습니다."

"무슨 소립니까? 신창순은 블라디보스토크에서 살해되었습니다."

"아뇨. 신창순은 블라디보스토크에서 '발견'되었을 뿐입니다."

"발견……?"

조현철이 이상한 기운을 느낀 듯 머뭇거렸다.

"지금부터 임의재 씨의 범행 방법에 대해 제 나름대로 구성한 사실을 이어 보겠습니다. 만약 틀린 부분이 있다면 임의재 씨가 지적해 주십시오. 그 때문에 증인석까지 불렀습니다."

고진은 임의재에게 눈짓을 보냈지만 그는 여전히 눈을 감고 있었다. 마치 모든 것을 내려놓은 사람처럼. 이유현에게는 그렇게 느껴졌다. 동시에 임의재가 낯설게 보였다.

"임의재 씨는 12월 15일에 교민들과 점심을 먹자마자 공항으로 가서 모스크바행 비행기를 탔을 겁니다. 파리는 세계 항공의 중심지 중의 하나죠. 예약할 항공편은 얼마든지 있었을 겁니다. 2시간 반 정도면 도착이니까 오후 늦게는 모스크바에 갈 수 있었죠. 거기서 신창순을 만납니다. 신창순에게는 아마 비밀리에 모스크바로 오라고 연락해 놓았을 겁니다. 신창순의 휴대전화에 기록이 없었던 걸 보면, 엉뚱하게 편지를 보냈는지도 모르죠. 여기서 임의재 씨한테 묻겠습니다. 신창순을 대체 어떻게 모스크바까지 유인해 냈습니까?"

임의재의 눈은 감겨 있었다. 대답도 없었다.

"아, 그럼 그건 나중에 마음이 내키시면 말씀해 주시죠. 아마 투자 건, 이를테면 그 당시 신창순이 눈이 벌게져 있던 유전 사업 투자 건 같은 걸로 꾀었을 수도 있겠네요. 어쨌든 범행에서 중요한 건 그게 아니니까요."

고진은 배심원석으로 고개를 돌렸다.

"임의재 씨는 모스크바에서 그날 저녁 신창순을 만났습니다. 그리고 한밤중에 신창순을 모스크바 뒷골목으로 유인합니다. 장소는 아마 그 전에 미리 모스크바에 방문하든지 답사를 해서 물색해 놓았을 테죠. 임의재 씨는 적당한 시기를 노려 신창순의 뒤에서 낚싯줄

을 감아 목을 졸라 살해합니다. 준비한 대형 이민가방이나 박스 같
은 것에 신창순을 쑤셔 넣고는 차에 실었습니다. 임의재 씨, 어떻습
니까? 여기까지는 맞습니까?"

임의재는 눈을 서서히 떴지만 말이 없었다. 이유현의 눈에는, 고
진의 질문과 동떨어진 자기만의 별세계에서 어떤 생각에 빠져 있는
것처럼 보였다. 고진은 임의재를 내버려 두고 배심원을 향했다.

"임의재 씨는 신창순을 담은 가방을 싣고 어디론가 향했습니다. 여
기서부터가 바로 이 마술 같은 범행의 핵심입니다. 어디였을까요?"

고진은 다시 말을 끊었다. 그 시간이 누구에게나 지나치게 길게
여겨졌다. 마침내 재판장조차 참지 못하고 말했다.

"변호사님, 뜸 들이지 말고 그냥 좀 시원하게 말씀하시죠."

"뜸을 들이려는 게 아니라 전 이쯤 되면 모두들 머리에 퍼뜩 떠올
릴 줄 알았습니다. 아무래도 제가 직접 말하는 것 보단 각자의 생각
으로 결론에 이르는 쪽이 나을……."

"으음."

재판장이 신음으로 재촉했다.

"알겠습니다."

고진은 다시 배심원석을 바라보았다.

"그가 향한 곳은 모스크바 중앙역이었습니다."

"역?"

재판장이 자신도 모르게 고진의 말을 받았다.

"그렇습니다. 러시아 교통의 핵이자 각 지역으로 가는 모든 기차
가 출발하는 곳이죠. 거기서 임의재 씨는 신창순의 시체가 담긴 가

방을 화물로 부쳐 버립니다. 바로 '시베리아 횡단열차'에 실어서 말입니다."

뭣.

아아.

이런.

고진의 말이 떨어진 몇 초 후, 방청석에서 뒤늦게 탄성과 신음이 들렸다. 판사 세 사람의 얼굴에도 놀람이 그대로 굳어진 듯한 일그러짐이 떠올랐다. 반응이 잦아들기를 기다려 고진의 말이 이어졌다.

"물론 화물의 행선지는 블라디보스토크였습니다. 수신자는 임의재 자신이고요. 모스크바에서 블라디보스토크까지는 장장 9300킬로미터, 시베리아 횡단열차로 꼬박 6박 7일이 걸립니다. 7일이라는 숫자가 이 사건에서 왜 그리도 중요했는지 아시겠죠? 시베리아 횡단열차가 달리는 기간이면서 동시에 임의재 씨가 그 사이 온갖 볼일을 다 보면서 편안하게 움직일 수 있는 시간이었습니다. 이 시간차를 이용해서 임의재는 완벽한 알리바이 트릭을 완성했던 겁니다.

임의재는 15일 밤 신창순을 살해했고, 16일 이른 아침 신창순을 화물로 부친 다음 아침 비행기로 파리로 돌아왔습니다. 그리고 오후에 파리에서 한국으로 가는 비행기를 탄 겁니다. 한국에는 17일에 도착했습니다. 한국에서 사흘을 푹 쉬고 20일에 블라디보스토크로 건너갔습니다. 6박 7일은 그만큼이나 긴 시간이었군요. 16일 아침에 부친 화물은 기나긴 여행을 거쳐 22일에야 블라디보스토크에 도착했습니다. 임의재는 22일 오후에 역으로 나가 신창순이라는 인간 화물을 수령했습니다. 바퀴 달린 이민가방에라도 실었겠죠. 그걸 렌터

카에 실었을 겁니다. 그러고는 역에 가까우면서도 인적이 드문 거리 뒷골목에 신창순의 시체를 버려두었죠. 신창순의 시체는 바로 다음 날인 23일 새벽에 발견되었는데, 아마 러시아인 노숙자에게 돈이라도 주며 신고해 달라고 했을지도 모르겠군요.

아까 입증되었다시피, 22일 오후부터는 임의재, 남궁현, 김해나, 한연우 네 사람 모두 서로의 행적을 모르는 공백 지대가 발생했습니다. 임의재 씨는 호텔 방에 있는 한연우에게 전화를 했는데 안 받았다고 했지만 아마 거짓말일 겁니다. 전화를 하지 않았겠죠. 다만 '한연우 씨에게 전화를 했는데 방에 없더라.'라고 증언해서 오히려 한연우의 부재로 주의를 돌리려는 심리적인 착시 효과를 노린 거였습니다. 22일 오후는 화물을 실은 기차가 도착하기로 예정된 시간이었겠죠. 그때 임의재는 블라디보스토크 기차역에 나가 자신에 의해 자신 앞으로 부쳐진 화물을 수령했던 겁니다. 꼬박 7일 동안 동토를 가로질러 온 신창순이라는 인간 화물을요."

고진이 임의재를 바라보았지만 반응이 없었다.

"KTX로 기껏해야 세 시간이면 어디나 갈 수 있는 한국에서는 차마 상상조차 할 수 없는 범죄입니다. 이건 북반구 대륙 5분의 1을 차지하는 초광역국가 러시아에서만 가능한 트릭입니다. 전무후무한 살해 방법이자, 범죄사상 최대의 스케일이라 할 만합니다."

법정 안에는 정적이 흘렀고, 감히 그 정적을 깨고 나서려는 사람은 없었다. 재판장의 이마에는 깊은 주름이 패어 있었다. 깊은 고민에 빠진 것 같았다.

"그러니까 모스크바에서 사람을 죽이고, 그 시체를 시베리아 대륙 횡단열차 화물편으로 블라디보스토크까지 부친 다음, 열차가 달리는 7일 동안 한국을 거쳐 블라디보스토크로 건너간 뒤 블라디보스토크에서 화물을 받아 뒷골목에 시체를 버렸다, 이런 이야깁니까?”

재판장이 다시 한 번 정리하듯 말했다.

그때 임의재가 입을 천천히 열었다. 모두가 격렬한 반발을 예상했다. 저 성질머리에 살인자로 추궁을 당하는 판이니. 하지만 그는 모두의 예상을 깨는 말을 던졌다.

“변호사님 추리가 맞습니다.”

법정 안은 찬물을 끼얹은 것처럼 조용해졌다. 이유현은 딱히 뭐라 설명할 수 없지만 떨칠 수 없는 당혹감에 휩싸였다. 고진의 추리는 충격적이지만 증거가 제시되지는 않았다. 임의재는 왜 저렇게 순순히 긍정하는 거지? 하지만 그가 붙들었던 조그만 위화감은 이어진 임의재의 말에 잘리듯 끊어졌다.

“녀석은 유전 사업에 미쳐 있었어요. 정확히 말하면 투자자와 업자를 연결해 주고 그 과정에서 커미션을 먹거나 야료를 부릴 작정이었던 거죠. 건수가 워낙 크다 보니 성사만 되면 목돈을 거머쥘 수도 있는 형편이었습니다. 전 신창순한테 편지를 보냈습니다. 투자자를 겨우 구했다, 할머니인데 엄청난 돈을 물려받았지만 거의 호구다, 러시아 모스크바로 한국 식품을 공급하는 거래선 노인네의 처인데 몇 달 전 그 부자 노인이 죽고 자식이 없어 전 재산을 상속했다, 할머니한테 유전 이야기를 하면서 투자해 보라고 했더니 큰 관심을 보이더라, 하지만 역시 나이가 있어서 그런지 조심성이 많고, 사람을 안 보고 큰돈을 맡길 수 없다면서 널 꼭 보자고 한다, 게다가 노인네가 관상 같은 걸 철석같이 믿어서 네 얼굴을 직접 보기 원한다, 만나서 네 말발로 적당히 사업 이야기를 풀어 주면 반드시 돈을 맡길 것이다, 하지만 이 할머니는 소문나는 걸 두려워한다, 안 그래도 이 상속 건으로 모스크바 한인 사회에서는 유명한 분인데, 조그만 교포 사회란 게 뻔하지 않은가, 큰돈을 딴 데 투자하려 한다는 소문이 나면 다른 이들도 벌떼같이 달려들 게 틀림없다, 그 전에 우리가 투자를 받아야 한다, 일생일대의 기회니까 절대 남한테 이야기하지 말고 조용히 모스크바로 날아와라, 이 편지도 새어 나가면 안 되니 그대로 가지고 와야 한다, 대충 이런 내용으로 썼습니다. 그래도 설마 했는데 정말 편지를 갖고 왔고, 아무한테도 이야기 안 한 것 같더군요. 녀석은 제 말대로 충실히 지켰어요. 원래 남의 말은 지지리도 안 듣는 녀석이었는데 다 돈의 힘 덕분이었죠. 편지를 가지고 오지 않았다면 아마 그때 살해하지 않고 뒤로 미뤘을 겁니다. 편지가 블라디보스토크에 남아 발견되면 범행 방법이 들통날 테니까요."

임의재는 씁쓸하게 웃었다. 이어 천천히 고개를 끄덕이며 체념이 실린 목소리로 말했다.

"살해 방법도 변호사님이 말한 그대롭니다. 놀랍습니다. 마치 옆에서 보신 것 같네요. 모스크바까지 비행기를 타고 갔습니다. 혹시라도 나중에 한국 경찰에서 파리와 블라디보스토크, 한국까지의 항공편을 조회할까 싶어 유럽 안에서만 도는 저가 항공편을 이용했습니다. 낚싯줄은 그 전에 서울에 왔을 때 사두었던 걸 준비해 갔습니다. 신창순은 블라디보스토크에서 15일 아침 비행기를 타고 왔더군요. 9시간이 걸리지만 시차 이득이 있어 모스크바 시간으로는 낮 12시도 되기 전에 도착합니다. 그날 저녁, 현지에서 만나 기차역에서 멀지 않은 인적 없는 뒷골목으로 신창순을 유인했습니다. 거기서 낚싯줄로 목을 졸라 죽였습니다. 골목에 마침 블라디보스토크 호텔이라는 허름한 영어 간판 불빛이 보이더군요. 여긴 모스크바인데…… 이것도 우연인가 싶더라고요. 신창순의 시체는 일단 쓰레기봉투로 묻어 놓았습니다. 녀석과 딱 어울리는 곳이었죠, 그 녀석에게 어울리는 곳은 쓰레기통이지 인간 세상이 아니었으니까. 잠시 그 자리를 떴습니다. 전 미리 바퀴 달린 대형 가방을 준비해 두었고, 대형 SUV도 렌트해 놓았습니다. 그 차를 가져와 가까이 대고 가방을 꺼내 왔습니다. 다시 그 골목으로 가방을 가지고 가서 신창순을 담아 차로 옮겼죠. 신창순은 체구도 작았고, 저는 보시다시피 운동을 많이 한 몸입니다. 바퀴 달린 이민가방에 넣으니 옮기는 데 어려움은 전혀 없었어요."

이어 고진이 보충 설명하듯 말했다.

"블라디보스토크 경찰은 신창순의 항공 기록 따위는 조회해 볼 생각을 하지 않았죠. 뒷골목에서 죽은 사람이 실은 모스크바까지 여행 갔을 거라고는 짐작조차 못 했을 테니까요. 물론 한국 경찰도 임의재 씨의 한국 출입국 기록과 국적기 이용 내역만 확인했을 뿐, 유럽 내의 항공 기록을 조회해 보지는 않았습니다. 그 많은 유럽 항공사들을 상대로 일일이 조회하는 것도 불가능하고, 조회한다고 다 응해주지도 않았을 거고, 게다가 이런 트릭을 사용했으리라고 생각 못 한 건 마찬가지였으니까요. 신창순이 14일 저녁 호텔 방에서 김명진 씨에게 린치를 가하고 비교적 쉽게 떠나 버린 것도 설명이 되겠군요. 다음 날 오전에 중요한 항공 일정이 있었으니…….”

고진의 말이 채 끝나기 전에 조현철이 벌떡 일어났다. 이대로는 임의재의 범행으로 굳혀질 판이다.

“보자보자하니 점입가경이로군요. 피고인의 죄를 논하는 법정에서 이렇게 제멋대로 변호인과 임의재 두 사람이 주거니 받거니 이치에 닿지 않는 소리를 해도 되는 겁니까?”

하지만 응답하는 사람도, 제지하는 사람도 없었다. 허허벌판의 이리처럼 조현철 혼자 얼굴을 붉힌 채 서 있을 뿐이었다. 그는 팔을 번쩍 들어 임의재를 가리키며 강한 어조로 말했다.

“대체 이 사람이 왜 신창순을 죽인다는 겁니까?”

“상식적으로는 이유를 찾기가 어려웠습니다.”

고진이 말했다.

“임의재 씨는 신창순에게 거액을 빌려준 상태였어요. 전 김명진 씨 병문안을 갔다가 우연히 임의재 씨가 김명진 씨한테 돈을 돌려달라고 윽박지르는 모습을 목격하기도 했습니다. 이처럼 임의재 씨는 신창순이 죽으면 그 돈을 받기 어려워질 형편이었죠. 그래서 임의재 씨에게는 오히려 신창순을 죽여서는 안 될 이유가 더 컸습니다.”

“그런데도 살인을 했단 겁니까? 아무 이익이 없는 살인을요?”

“이익……이라.”

고진은 시선을 법대 너머 멀리 어딘가로 보냈다.

“검사님은 조금 전에 이 사건에는 최대의 동기가 작용했다라고 이야기하신 바 있죠.”

조현철은 물끄러미 고진의 입을 바라보았다.

"그 최대의 동기를 증오라고 해석했습니다. 물론 그 점은 동의합니다. 다만……."

조현철 검사가 반발하듯 고진의 말을 끊었다.

"그럼 임의재 씨가 신창순하고 불구대천의 원수라도 된다는 겁니까? 또 어떤 주장으로 법정에 애매한 연기를 피우려는 겁니까?"

어지간히 분통이 터지는 듯한 말투였다. 귓불이 벌겋게 달아올랐는데 자신은 의식하지 못하고 있는 게 분명했다. 조현철의 말이 끝나자 고진이 차분하게 자신의 말을 이었다.

"다만, 전 그 증오라는 동기에 또 다른 해석을 붙이는 일이 가능하다고 생각합니다."

"주장을 명확히 해주시죠."

조현철은 순식간에 표정을 돌변해 차갑게 말했다. 지나치게 흥분해 버렸다고 자각한 모양이다.

"그 점에 대해서는 조금 전 증언하셨던 세브란스 병원 이덕희 교수께서 말씀해 주실 게 있을 것 같군요."

고진은 법대를 향했다.

"재판장님, 이덕희 교수를 다시 한 번 증언대에 세워 주시기 바랍니다. 몇 마디면 충분합니다."

"의사가 범행 동기에 대해 어떤 증언을 해줄 수 있을 리 만무합니다. 재판장님, 더 이상의 변론을 금지해 주십시오."

조현철이 이의했다. 재판장은 곤란하다는 듯 고개를 설레설레 젓더니 설득조로 말했다.

"이왕 변론을 시작한 거니 끝까지 들어는 보죠."

지금껏 고진의 온갖 분탕질을 꾹꾹 참아오며 쌓아 온 '공정한 재판'이라는 공든 탑이다. 무너뜨릴 수 없을 터였다. 분명 그 이상의 호기심도 발동했을 것이다. 재판장은 검사의 반응을 기다리지 않고 방청석을 향해 말했다.

"이덕희 교수님, 한 번 더 나와 주시겠습니까?"

이덕희는 "그러지요." 하며 스스럼없이 대답하고는 일어서서 저벅저벅 걸어 나왔다. 증인석에는 이미 임의재가 앉아 있어 자리가 없다. 그가 서서 주변을 휘휘 둘러보고 있으려니, 법정 경위가 보라색 비로드 천으로 덮인 의자를 하나 가져와 증인석 옆에 놓았다. 이덕희는 그 의자에 앉았고, 고진이 다가가 물었다.

"아까 임의재 씨 소개로 한연우 씨를 진찰하게 되었다고 하셨죠?"

"맞습니다."

"임의재 씨와는 어떻게 아시는 사이입니까?"

"임의재 씨도 저의 오래된 환자입니다."

"그렇군요. 어떤 병으로 진찰을 받았습니까?"

"심장판막증 환자입니다. 선천적으로 심장판막이 좁은 거죠."

그의 대답은 조금 전과 마찬가지로 거침이 없었다.

"정기적으로 진찰을 받아야 하는 병입니까?"

"물론입니다. 못해도 2년에 한 번씩은 진찰을 받아야 합니다. 심장 상태를 점검하고 이상이 감지되면 조치를 취해야 하니까요. 그래서 파리로 이민 떠난 후에도 한국에 올 때마다 저한테 진찰을 받곤 했습니다."

김명진이 놀란 눈을 크게 뜨고 증인석에 앉은 임의재를 뚫어지게 쳐다보았다. 자신과 비스듬하게 앉은 탓에 임의재의 표정을 다 살피지는 못할 것이다. 임의재는 그 시선을 느끼지 못하는지 무덤덤하게 정면만을 보고 있었다.

"임의재 씨가 갖고 있다는 심장판막증에 대해 간단하게 설명을 좀 해주시겠습니까?"

"그러지요."

이덕희는 자세를 편안하게 고쳤다.

"심장에는 네 개의 판이 있습니다. 쉽게 말해서 피가 거꾸로 흐르지 못하도록 해주는 밸브 같은 거지요. 이 판막이 망가져서 조절 기능에 이상이 생긴 게 심장판막증입니다. 크게는 협착증과 폐쇄부전증으로 나뉘는데, 협착은 말 그대로 판막이 좁아져서 피 흐름이 원활하게 안 되는 거고, 폐쇄 부전은 판막이 제대로 닫히지 않는 겁니다. 임의재 씨의 경우는 승포판막 폐쇄부전증으로 진단할 수 있습니다. 선천성이고요."

"운동하기엔 곤란한 질병입니까?"

"그렇지요. 심하면 호흡 곤란이나 가슴 두근거림 등이 나타납니다. 하지만 보통의 운동이나 일상생활에는 문제가 없어요. 제가 심장에 문제가 있다고 집에만 틀어박히면 안 된다, 걷기 운동 정도는 매일 하라고 권했거든요. 근데 이 임의재 씨는 한연우 씨와는 달리 또 의사 말을 지나치게 듣는 사람이에요. 임의재 씨 몸 좀 보세요. 자기 심장에 문제가 있는 걸 알고는 피나게 운동해서 오히려 보통 사람보다 훨씬 근육질의 몸이 되었잖습니까?"

"생명에는 지장이 없는 병입니까?"

"그렇죠."

"술은 어떻습니까?"

"술은 치명적이지는 않습니다만 그리 좋지는 않아요."

"과음을 하면 어떻게 되죠?"

"어느 정도는 괜찮지만 스트레스를 받은 상태에서 갑자기 많은 양의 술을 마시거나 하면 기절을 할 수도 있습니다."

이유현의 뇌리에 얼마 전 임의재가 한연우와 같이 술을 마시다가 쓰러져 병원에 실려 갔던 일이 자연스레 떠올랐다. 고진이 무덤덤하게 물었다.

"심장에 문제가 있다면 달리기라든지 지구력을 요하는 운동은 어렵겠군요."

"그야 어쩔 수 없지요. 신체상의 한계니까."

"그럼 한 가지 더 여쭙겠습니다."

고진은 잠시 말을 멈추었다. 이덕희는 얼마든지 물어보라는 듯 턱을 들었다.

"임의재 씨 정도로 심장판막에 이상이 있는 사람이 운동장 열한 바퀴를 전력으로 뛸 수 있을까요?"

운동장 열한 바퀴.

이유현은 그제야 생각났다. 20년 전, 네 명의 남자는 김명진을 차지하기 위해 달리기 시합을 했다. 그리고 임의재는 열한 바퀴만을 돌고는 성질을 내며 집에 가버렸다. 그땐 김명진을 향한 임의재의 진정성을 의심하게 만드는 행동이었다. 하지만…….

"일상생활에야 문제가 없다지만 그 심장으로 그런 정도의 운동은

467

생각하기 어렵습니다."

"뛸 수도 있지 않겠습니까?"

"글쎄요……."

이덕희는 고개를 모로 꼬았다.

"만약 실제로 열한 바퀴를 전력으로 뛰었다면 어떤 상태였을까요?"

이덕희는 고개를 한 번 더 갸웃했다.

"지옥이었겠죠."

그는 가볍게 말했다. 그리고 또 가볍게 덧붙였다.

"숨을 못 쉬는 고통을 생각하면 됩니다."

흡.

거칠게 숨을 내쉬는 소리가 들렸다. 이유현은 소리 나는 쪽을 쳐다보았다. 김명진이었다. 그녀도 20년 전의 기억을 떠올리지 못했을 리는 없다. 먼저 달리기 시합을 하자고 한 건 분명 그녀였다. 김명진은 괴로운 생각에 짓눌린 듯 고개를 푹 숙이고 있었다.

"알겠습니다. 감사합니다. 이젠 정말 돌아가셔도 좋습니다."

이덕희는 곧장 뒤편으로 걸어 나가 법정 문 뒤로 모습을 감추어 버렸다.

거의 동시에 고진은 배심원석 앞으로 천천히 걸어 나갔다.

"이제 우리는 약간의 오해가 있었던 사실에 관해 정확한 의미를 알게 된 것 같습니다."

하지만 배심원들 대부분은 설명을 요한다는 듯이 고진에게 눈길을 모았다.

"20년 전, 아시다시피 네 명의 청춘이 치기 어린 달리기 시합을 했습니다. 임의재 씨는 열한 바퀴째를 돌다가 돌연 성질을 부리고는 집어치우고 가버렸습니다. 그건 김명진에 대한 마음이 가벼워서가 아니었습니다. 오히려 반대였죠. 그는 누구보다 김명진을 사랑했습니다. '열한 바퀴 만에' 포기한 게 아니라 막힌 심장으로 숨을 쉬지 못하는 고통을 참아 가며 '열한 바퀴나' 뛰었던 것입니다. 넘치는 스태미나로 질주하는 동년배 친구들 사이에서 김명진을 잃지 않으려 죽을힘을 다해 뛰었습니다. 작은 해프닝이었지만 이 사건은 임의재의 김명진에 대한 마음을 단적으로, 무엇보다 명백하게 보여주고 있습니다."

침묵이 무거운 장막처럼 법정을 덮었다. 모두들 귀를 기울였다.

"임의재의 살인 동기? 아주 간단하고 명확합니다. 사랑입니다. 김명진을 지금껏, 누구보다 사랑했던 겁니다."

법정에 적막이 흘렀다.

"20년 만에 그녀와 연락이 닿았습니다. 하지만 현실은 기대를 처참하게 배반했죠. 변호사 친구와 결혼해 행복하게 살고 있을 줄 알았던 김명진은 진창에 빠져 있었습니다. 친구들을 대신해 영원한 사랑과 보살핌을 약속했던 신창순은 김명진을 학대하고 기름 한 방울까지 착취하고 있었습니다. 그리고 놓아주지 않았습니다."

고진은 몸을 돌려 증인석의 임의재를 보며 말했다.

"그래서 죽였던 것입니다. 김명진을 위해서."

"하지만 돈, 신창순에게 빌려준 돈은……."

조현철 검사가 말했다.

"돈? 한낱 돈이 여기서 문제였을까요? 임의재 씨 정도 되는 사업 가가 신창순이 하는 사업이 거지 같다는 걸 몰라서 돈을 대주었을까 요? 그에게 돈을 빌려준 건 오로지 김명진 때문이었을 겁니다. 속아 준 겁니다. 돈을 벌어 김명진을 제대로 부양하라고. 아니, 혹시 주머 니가 넉넉해지면 김명진을 괴롭히지 않게 되지 않을까 기대했을지 도 모릅니다. 하지만 곧 그게 아니란 것도 알게 되었겠죠……."

"그래도…… 병실에서 김명진에게 차용증을 들이댔다고 하지 않 았습니까?"

"그건 당연히 연극이었겠죠. 저와 같이 간 일행이, 아, 그 일행이 누군지 밝히기 좀 곤란합니다만, 경찰입니다."

이유현은 뜨끔했다. 조현철은 그 일행이 자신인 줄 금방 알 것이다.

"한적한 특실 복도였습니다. 우리가 그 복도에서부터 좀 시끌벅적 하게 들어갔습니다. 광역수사대가 어쩌구 하는 얘기도 하면서요. 우 리 목소리를 듣고서 임의재 씨는 황급히 품 안에 있던 차용증을 꺼 내서 흔들었던 겁니다. 자신의 범행과 동기를 숨기기 위해서. 아마 차용증을 가지고 다녔던 걸 보면 평소에 그런 부분을 대비하고 있었 던 것 같습니다. 경찰이 추궁할 때 난 오히려 신창순을 죽이지 말아 야 할 이유가 있다는 걸 당장 내보이기 위해서 말이죠. 우리, 그러니 까 그때 들이닥친 사람은 저와 경찰입니다. 전 그때 다음 기일에서 진범을 밝히겠다고 공공연히 선언해 놓은 상태였습니다. 경계심이 바짝 들어서 있었겠죠. 경찰에는 당연히 더 조심했을 테고요. 그래 서 임의재 씨는 반사적으로 차용증을 꺼내들었습니다. 그런 돌발적 인 상황에서의 반탄력이란 원래 더 큰 법이죠. 의도와는 달리 좀 강하게 밀어붙이게 되었고, 그만 김명진 씨를 서럽게 울리고 말았죠. 어떻습니까? 임의재 씨? 제 말이 맞습니까?"

임의재는 천천히 고개를 들었다. 그의 고요한 턱짓이 법정을 압도 해버렸다. 모든 이의 시선이 집중되었다.

"맞습니다."

그의 나지막한 대답은 마치 오랜 동굴 생활 끝에 햇빛을 본 사람 이 처음으로 내뱉는 말처럼 큰 무게로 법정에 다가왔다.

"맞다고요? 지금 변호인의 말에 그저 장단 맞춰주고 있는 거 아닙 니까?"

검사가 소리를 높였다.

"그렇지 않습니다."

임의재는 천천히 고개를 저었다. 조현철이 조급한 어조로 말했다.

"증인의 말은 왔다 갔다 해서 믿을 수 없습니다. 입원한 피고인한 테 돈을 내놓으라며 압박해 놓고는 변호인이 만들어 준 그럴듯한 동 기를 들고 이제 와서 그게 맞다고 말하면 믿어야 한다는 겁니까?"

임의재가 다시 말을 이었는데, 검사의 추궁에 대한 답이라기보다 는 혼잣말을 하는 것처럼 들렸다.

"변호사님 말씀대로입니다. 그날 두 분이 오시는 기척을 듣고 당 황했습니다. 제가 범인으로 밝혀져선 곤란하다는 생각이 앞섰어요. 신창순을 죽일 동기가 없다는 걸 내보이기 위해서 다급하게 차용증 을 꺼내 명진이를 몰아붙였습니다. 연극이었지만 명진이는 몰랐죠. 아무튼 감방 생활에서 겨우 벗어난 명진이를 본의 아니게 울리고 말 았어요. 마음이 한없이 무거웠습니다. 그래서 저녁에 술을 마셨어요.

하필 연우가 술을 사들고 그날 밤 호텔 방에 왔고, 그 김에 더 마셨습니다. 그러다 그만 심장에 무리가 간 모양입니다. 깨어나 보니 병원 응급실이더군요. 좀 한심했습니다…….”

그의 말이 채 끝나기도 전에 조현철 검사가 다시 벌떡 일어났다.

“변호인과 임의재 두 사람이 말을 맞추어도 충분히 가능한 이야기일 뿐입니다. 알리바이의 틈을 용케도 찾아냈지만 그것도 말뿐이죠. 어디까지나 살인의 증거는 피고인 김명진 쪽에 있습니다. 변호인 말대로 정말 임의재 씨가 피고인을 위하는 마음이라면 죄를 대신 뒤집어쓰려는 걸지도 모릅니다.”

“정 못 믿으시겠다면…….”

임의재가 눈을 부릅떴다. 양복 안주머니에 손을 찔러 넣더니 지갑을 꺼냈다. 그는 지갑을 열어 접혀진 종잇조각 한 장을 꺼냈다.

“뭡니까?”

조현철이 일그러진 눈으로 다그쳤다. 임의재는 종이를 펴서 눈높이로 쳐들었다.

“시베리아 횡단열차 화물표입니다.”

“화물……표?”

조현철의 말에서 힘이 빠지며 턱이 내려갔다.

“물론 그 화물은 신창순이었지요. 러시아어지만 제 이름만은 영어로 기재했으니까 확인해 보시죠. 제가 그런 방법으로 신창순을 죽이지 않았다면 도무지 갖고 있을 이유가 없는 화물표입니다.”

“……하지만 어떻게 이게 갑자기 법정에 등장하죠?”

조현철이 마지막 힘을 짜내 의심을 담아 물었다.

"호텔 생활을 하고 있어 중요한 물건들은 항상 소지하고 다닙니다. 명진이 앞에서 꺼냈던 차용증도, 물론 이 화물표도요. 상황이 어려워지면 언제든 제 살인을 자백할 준비를 하고 있었으니까요."

임의재가 마치 남 이야기를 하듯 덤덤하게 말했다. 고진은 임의재로부터 화물표를 받아 실물화상기 위에 놓았다. 화폐의 밑그림처럼 러시아 지도와 함께 기차가 역으로 들어오는 모습이 바탕에 옅게 인쇄된 장방형의 연갈색 종이가 스크린에 비쳤다. 배심원 한 명 한 명은 마치 그것이 금단의 서면이라도 되듯이 조심스레, 뚫어져라 확인하기 시작했다. 키릴 문자로 무언가가 잔뜩 쓰여 있어 뭐가 뭔지 알 수는 없었지만, 맨 위 칸에 아라비아 숫자로 적혀 있는 12와 16은 누구나 알아볼 수 있었다. 아마도 화물을 보낸 날짜일 것이다. 조현철의 낯빛은 흙빛으로 변해 갔다. 그는 스크린을 힐긋 보았을 뿐이지만 이 상황에서 그게 위조나 조작 따위일 리가 없다는 것쯤 모를 리 없다.

이유현은 김명진을 보았다. 그녀의 눈가에서 무언가가 반짝였고 그건 이내 스르르 뺨을 타고 흘러내렸다.

울고 있었다. 이 법정 안에서 처음으로 흘리는 눈물이었다. 기구한 인생이 법정에서 낱낱이 발가벗겨졌어도 끝끝내 눈물을 참던 김명진이었다. 그녀는 소리를 죽였지만 이유현의 귀에는 그 어떤 외침보다도 커다랗게 터져 나오는 울림이었다.

"한 가지 궁금한 게 있습니다."

재판장이 고진을 향해 조그맣게 말했다.

"변호사님은 아까 왜 변론을 그만둔다고 했습니까?"

고진은 주저하는 몸짓으로 손가락을 관자놀이에 갖다 댔다.

"전 망설였습니다."

"망설였다고요? 무얼요?"

"이 변론이 필요한지에 대해서요. 김명진 씨가 유죄선고를 받는다면 어차피 임의재 씨가 나서서 진실을 밝힐 거라고 생각했습니다. 지금 이 자리에서 순순히 자신의 죄를 털어놓고 있듯이 말이죠."

"그럼 왜 다시 들어오신 겁니까?"

"생각을 바꾸었습니다. 진상을 모두 밝히려고 마음을 먹었습니다. 이 남자가 결코 진실 전부를 말하지는 않을 거라고 생각했거든요."

"진실 전부를 말하지는 않는다?"

재판장은 고진의 말을 반복했다.

"그렇습니다. 그건 임의재 씨의 과거와 지금의 행동에서 알 수 있었습니다. 여기서 잠깐 20년 전의 달리기 시합 이야기로 돌아가 보죠. 그 사건은 임의재 씨의 또 다른 성격을 여실히 드러냅니다. 남자로서의 어마어마한 허세, 아니, 자존심이라고 해도 좋습니다. 좋아하는 여자 앞에서 무조건 강한 남자로 보이고 싶은 마음. 그는 자신의 심장판막증을 김명진 씨한테는 물론 친구 누구에게도 이야기하지 않았습니다. 약해 보이기 싫어서였겠죠. 무엇보다 김명진에게 강한 남자로서만 기억되고 싶었을 테고요. 치명적인 달리기 시합에 본의 아니게 참여하게 되었어도 끝까지 말하지 않았습니다. 약한 모습으로 동정받는 꼴은 절대로 용납하지 못하는 기질이었습니다. 병을 털어놓고 사정하고 동정받는 대신 죽을힘을 다해 뛰기로 했습니다. 그까짓 신체의 한계쯤, 의지의 힘으로 훌쩍 뛰어넘을 수 있다고 믿었던 겁니다. 투지만으로 한계를 극복하고 김명진을 얻으려는 터무니 없는 오기를 부렸던 남자입니다. 개인적 경험을 더하게 되어서 미안 합니다만 법정 밖의 임의재 씨는 지금도 그런 자존심이 더하면 더했 지 예전보다 조금도 못하지 않은 남자더군요.

자존심일지 아니면 아직도 꺾지 않은 남자의 마지막 허세일지 어 떻게 평가할지는 여러분의 자유겠습니다. 하지만, 임의재는 어차피 살인으로 단죄될 판에 마치 동정을 구하듯 구질구질하게 굴곡진 사 연과 내면을 내보이는 자신의 모습을 상상할 수 있는 남자가 분명히 아니었습니다. 그는 자신의 살인을 밝힐지는 몰라도 그 외의 것에는 일체 입을 다물었을 겁니다. 진실 전부를 말하지는 않았을 겁니다. 그대로라면 이 사건의 진정한 동기는 돈이라는 그렇고 그런 물건에 묻혀 영원히 사라져 버릴 게 분명했습니다. 물론 범인은 임의재 씨 로 바뀌고 김명진 씨는 풀려나겠지요. 하지만 그런 식의 해결은 제 마음에 들지 않더군요. 그냥. 그래서 법정에 다시 돌아오기로 했습 니다."

"변호사님이 아니었다면 임의재 씨가 동기를 밝히지 않았을 거란 뜻입니까?"

재판장의 말에 고진은 고개를 강하게 끄덕였다.

"죽은 신창순한텐 미안한 바람이지만, 아니 사실은 미안한 마음이 없지만, 이 살인사건이 미궁으로 빠지면 제일 좋았을 겁니다. 아니 면 김명진 씨가 기소되었더라도 금방 풀려나고 무죄를 받았으면 그 걸로 된 것이었을 겁니다. 애당초 이 비극은 법정이라는 무대에 오 르지 말았어야 합니다. 그런데 임의재 씨의 기대대로 일이 진행되지 않았습니다. 김명진 씨는 몇 가지 불운이 겹쳐 살인 혐의로 구속되었습니다. 그러고는 지루하고 불안한 재판을 오랫동안 받게 되었죠. 당황스러울 정도로 계산에 착오가 생겨 버린 겁니다.

만약 일이 더 잘못되어 오늘 유죄판결이 내려졌다면, 그땐 임의재 씨 자신이 살인을 자백하고 나섰을 겁니다. 하지만 그런 상황이 온다 하더라도 아까 말했듯이 모든 걸 밝히지는 않을 겁니다. 살인의 진정한 동기는 숨기겠지요. 임의재 씨는 자신의 병이 결코 김명진 씨에게 알려지는 걸 원하지 않았고, 자신의 일방적인 헌신이 전해지는 걸 원하지도 않았던 사람입니다. 이 사건은 언론의 지대한 관심을 받고 있고 호사가들의 입방아에도 오르내리고 있습니다. 어차피 살인의 죄책을 지는 건 마찬가지인데, 굳이 구구절절한 동기를 밝혀 김명진 씨에게 원하지 않는 수치와 거기에 따를 온갖 루머를 앞으로의 남은 인생에 던져 주고 싶지는 않았을 겁니다. 그렇지 않아도 신창순 때문에 충분히 힘든 인생이었으니까요. 김명진이 자신 때문에 마음 아파하는 것도 원하지 않았을 겁니다. 살인을 자백하더라도 그저 단순히, 자신과 신창순과의 돈 문제로 귀결되기를 원했던 겁니다. 김명진에게 일부러 남편 신창순의 돈을 갚으라며 모질게 굴었던 이유가 거기에도 있었을 겁니다.

임의재 씨로부터 살인 행위만의 자백을 받아내는 일은 예상대로 쉬웠습니다. 조금 전에도 직접 보셨듯이요. 검사님의 오해와 달리, 그의 자백에는 거짓이 끼어들 여지가 없습니다. 만약 돈 때문에 신창순을 죽인 사람이라면 그런 거짓 자백을 할 리가 있을까요? 진정한 이유는 보신 그대롭니다. 제가 그를 증인석에 세우고 범행 방법을 밝히자, 이제는 버티는 것이 의미가 없어졌기 때문입니다. 어차피 그가 범행을 숨기고 있었던 건 시한부 혹은 조건부였으니까요. 이 재판 결과에 따라서 언제든 밝히려고 마음먹었던 자신의 범행입니다. 제가 이 법정에서 이 모든 사람 앞에서 모든 걸 밝혀낸 상황에서 구차하게 범행을 부인하는 건 아무런 필요도 없고, 더구나 김명진 씨 앞에서 자존감이 상하는 일일 뿐이죠. 제가 트릭을 밝히자마자 의미가 없어진 버티기를 그만두고 그는 모든 걸 털어놓기로 결심한 겁니다. 바로 이 자리에서 자백한다는 극적인 심경의 변화가 이루어졌습니다. 제가 변호를 그만두겠다고 했던 것도, 김명진이 유죄 판결을 받을지 모른다는 위기감을 심어 주어 임의재 씨에게 모든 걸 인정하고 털어놓도록 심적인 부담을 주기 위한 계산 또한 깔려 있었습니다. 그 점에 관해서는 임의재 씨한테 미안하게 생각합니다. 본인은 이 시점에 이런 방식으로 밝혀지는 걸 원하지는 않았겠죠. 하지만 저는 그래야 한다고 판단했습니다.”

고진은 임의재를 바라보았다. 임의재도 고진을 마주 보았다. 하지만 두 사람은 마치 TV를 보고 있는 듯 무심할 뿐 얼굴 위에는 어떠한 표정도 지어져 있지 않았다.

“하지만 임의재 씨가 여태껏 자백해서 김명진 씨를 구하지 않은 가장 큰 이유는 다른 데 있습니다.”

“다른 이유요? 그건 뭡니까?”

재판장이 물었다.

“그마저 감옥에 가고 나면 김명진에게는 아무도 남아 있지 않다는 사실 때문입니다.”

재판장은 그 말의 의미를 곱씹듯이 눈을 가늘게 뜨고서 고진을 쳐다보았다.

"아까 밝혔듯이 김명진 씨에게는 그를 아껴 줄 사람이 있었습니다. 남궁현, 한연우라는 오래된 두 친구, 그리고 물론 동생인 김해나도 있지요. 김명진 씨도 아마 그들의 관심을 거절하지는 않았을 겁니다. 김명진 씨는 남편과의 힘든 결혼생활 때문인지 예전의 추억들을 사무치게 그리워했던 것 같습니다. 러시아로 떠나면서도 예전에 선물 받았던 LP판을 동생한테 맡기고 갈 정도로요. 그런데 상황이 많이 바뀌었습니다. 김명진을 닮은 여성을 아내로 얻을 만큼 변함없는 사랑을 품었던 남궁현은 이제 그녀의 동생인 김해나와 결혼해서 영구 이민을 떠나려 합니다. 김명진을 향한 관념적 열정만은 누구보다 못하지 않았던 한연우는 병마에 침식당해 곧 죽을 몸입니다. 모두가 곧, 김명진을 떠나게 됩니다. 그것이 당장 자신의 범행을 밝혀 김명진을 구하지 않은 이유입니다. 당장의 재판이 힘들더라도 무죄만 받아내면 그게 가장 좋은 해결이니까. 그땐 자신이 김명진을 돌봐줄 수 있다. 하지만 자신이 성급하게 나서서 유죄를 받고 그마저 감옥에 가버리면 이젠 이 땅에 김명진을 돌볼 사람이 아무도 없게 된다. 이런 생각을 했던 겁니다.

세상의 먹이사슬은 좀처럼 변하지 않습니다. 김명진 씨가 혼자가 된다면, 그때 또다시 신창순 같은 찌꺼기들이 손아귀를 뻗지 않는다고 누가 장담하겠습니까. 더구나 그런 인간들은 신창순이 그랬듯 김명진이라는 먹잇감을 바로 알아볼 건데요. 그렇게 되면 저 여자는 더 이상 살 수 없다. 그렇게 생각했던 겁니다. 그가 자백하지 않은 건 김명진을 위해 살인을 해놓고 이제 와서 치사하게 뒤에 숨으려던 게 아니었습니다. 병실에서 차용증을 꺼내 들며 연극을 했던 것도 지금은 자백할 때가 아니라는 판단에서였습니다. 김명진을 위해서요. 오로지 그녀를 위해서였습니다. 모든 것이요. 일생 단 한 번의 사랑, 이 남자는 거기에 모든 것을 바쳤습니다. 그의 고장 난 심장은 평생 한 여자를 품고 살았습니다. 그걸 고장 난 거라고 할 수 있다면 말입니다……."

고진은 말을 더 이으려다 뒷말을 삼켜 버렸다.

법정은 연극이 끝난 무대처럼 조용했고 거기엔 정체 모를 쓸쓸함마저 깃들었다. 지금 막 이루어진 살인의 고발과는 어울리지 않는 처연함이었지만 아무도 굳이 그 기분에 저항하지 않았다. 고진의 말에 귀를 기울이던 이유현은 불현듯 목이 잠겨 오는 것을 느꼈다. 고진은 마치 수학 문제 풀이를 하는 학원 강사 같은 메마른 표정이었지만 그의 얼굴에 만년설처럼 늘 드리워 있던 장난기는 완전히 지워져 있었다. 인간의 정념에 무관심한 그이지만 언젠가 한 번은 그랬었다. 이탁오 박사를 만난 날이었던가. 그래, 분명, 세상의 위선과 도덕을 비웃던 그 악마 같은 박사 앞에서였다.

그래도 아직은 이익과 계산을 잊고 굳이 진창에서 외줄을 타는 인간을 보고 싶다고.

묵묵히 듣고 있던 재판장이 임의재를 향해 입을 열었다.

"대체 왜, ……죽이기까지 했습니까? 처음에는 돈을 빌려주는 식으로 다른 방법을 찾았다고 하지 않았습니까?"

그의 말에서 짙은 안타까움이 묻어 나왔다. 임의재는 고개를 들어

판사를 쳐다보았고, 천천히 시선을 되돌렸다.

"물론 처음부터 그런 생각을 하진 않았습니다."

임의재는 긴 호흡을 한 번 하고는 말을 계속했다.

"창순이가 명진이를 학대한다는 이야기를 혜나한테서 들었을 때 극도로 화가 치밀었습니다. 하지만 한편으론 차마 다 믿기지 않더군요. 창순이가 돈이 궁하다 보니 명진이한테 못되게 하나 보다, 한 발짝 물러서 생각했습니다. 그래서 사업 자금을 빌려주기도 했습니다. 소문이란 게 늘 그렇듯이 과장이겠지, 하는 마음도 있었습니다. 그러다 명진이를 직접 만났습니다. 늦여름이었어요. 그런데 긴팔 블라우스를 입고 나왔더군요. 소매 깃 사이로 얼핏 보았습니다. 손목을 칼로 여러 번 그은 듯한 검붉은 흉터를요……. 저는 떨리는 마음으로 창순이 이야기를 먼저 꺼냈습니다."

임의재의 시선이 허공 어딘가를 향했다.

"예전에 명진이는 말이죠, 울 때면 폭풍우처럼 울었습니다. 어린 아이처럼. 우린 모두 명진이의 그 모습을 좋아했습니다."

그의 시선이 닿는 어딘가에 20년 전의 김명진이 있는 듯했다. 랭보의 시를 외우고, 샹송에 가슴 설레던 순진한 불문과 학생 김명진, 신창순이 뿌린 악에 더럽혀지기 전의 그녀가.

임의재는 다시 시선을 떨어뜨려 정면을, 현실을 바라보았다.

"명진이를 20년 만에 만났을 때, 그 이야기를 꺼냈을 때, 명진이는 제대로 울지조차 못하더군요. 눈물이 말라 있었습니다. 그걸 보고 결심했습니다……. 녀석을 죽여야겠다고."

담담한 어조였다. 그는 살인을 이야기했지만, 법정 안에는 살벌함

대신 어떤 울림이 깊은 공명이 가져다주는 적막함이 찾아들었다. 세 명의 판사조차 물끄러미 임의재를 내려다볼 뿐이었다. 아무도 입을 열지 않았다.

"오빠."

적막을 깨는 조그만 목소리는 김명진이 낸 것이었다. 20년 전 그와 친구들의 가슴을 늘 설레게 했던 말. 이런 상황에서 이런 곳에서 다시 듣게 되리라고 그땐 생각했을까. 임의재는 시선을 돌리지 않았다.

"왜……. 그날, 20년 전 그날 밤, 나 오빠 자취방에 찾아갔었어……. 기억나? 신창순하고 결혼하기 싫다고 울면서 매달렸어. 차라리 날 어디론가 데리고 가 달라고. 오빤 매정하게 거절했잖아……. 근데 왜…… 이제 와서 나 때문에……. 왜 그랬어……?"

울음기가 어려 있었다. 아무도 그녀의 말을 제지하지 않았지만 목소리는 드문드문 끊겼고, 그녀가 말을 다 마치기란 무척 힘들어 보였다.

임의재는 끝내 시선을 돌리지 않았다. 차마 못 그러는 것 같았다.

잠깐의 침묵이 흘렀다.

임의재는 두툼한 입술을 열었다.

"……후회했어."

그는 고개를 조금 숙이고 덧붙였다.

"평생."

임의재는 그대로 고개를 천천히 한 번 흔들었다.

자신의 말을 지워 버리려는 듯.

20년의 후회를 지우듯.

휴우.

배심원석의 한 여성이 긴 탄식에 가까운 한숨을 쉬었다.

임의재는 돌연 턱을 들고 재판장에게 말했다.

"증언 끝났으면 이제 들어가도 되겠습니까?"

재판장은 조용히 고개를 끄덕였다.

임의재는 증인석에서 일어나 성큼성큼 방청석으로 걸어 들어갔다. 방청객들은 조금씩 몸을 틀어 임의재 앞에 길을 만들어 주었다.

고진은 임의재를 눈으로 배웅한 후 조용히 자리로 돌아갔다. 방청석의 이유현과 눈이 마주쳤지만, 나무라는 듯한 이유현의 눈길을 모른 척 외면하고 김명진의 옆에 가 앉았다.

검사의 형식적인 구형과 배심원의 평결이 남았다. 하지만 법정 안에서 그 절차에 의미가 있다고 생각하는 사람은 아무도 없었다.

속기사의 타이핑 소리가 뒤늦게 멎고, 법정 안에는 아무런 소리도 들리지 않았다. 간간이 들려오던 방청석의 탄식도 더 이상 없었다. 김명진의 뺨을 타고 흐르는 한 줄기 눈물이 모든 소음을 지워 버렸는지도 모를 일이다.

법정에 내려앉은 긴 정적은 곧 모든 것을 잃게 될 한 남자의 일생을 건 사랑을 애도하는 것만 같았다.

<끝>

악마는 법정에 서지 않는다

1판 1쇄 펴냄 2016년 5월 27일
1판 11쇄 펴냄 2023년 2월 9일

지은이 | 도진기
발행인 | 박근섭
편집인 | 김준혁
펴낸곳 | 황금가지

출판등록 | 2009. 10. 8 (제2009-000273호)
주소 | 06027 서울 강남구 도산대로 1길 62 강남출판문화센터 5층
전화 | **영업부** 515-2000 **편집부** 3446-8774 **팩시밀리** 515-2007
홈페이지 | www.goldenbough.co.kr

도서 파본 등의 이유로 반송이 필요할 경우에는 구매처에서 교환하시고
출판사 교환이 필요할 경우에는 아래 주소로 반송 사유를 적어 도서와 함께 보내주세요.
06027 서울 강남구 도산대로 1길 62 강남출판문화센터 6층 민음인 마케팅부

㈜민음인은 민음사 출판 그룹의 자회사입니다.
황금가지는 ㈜민음인의 픽션 전문 출간 브랜드입니다.